KB166246

생의 한가운데

생의 한가운데

루이제 린저 지음 | 전혜린 옮김

문예출판사

MITTE DES LEBENS

Luise Rinser

자매는 서로에 관해서 전부를 알고 있거나 또는 조금도 모른다. 나는 내 동생 니나에 관해서 최근까지 아무것도 몰랐었다. 니나는 나보다 열두 살 아래다. 내가 결혼했을 때 니나는 뻣뻣한 갈래머리와 수없이 많은 할퀸 상처를 팔다리에 가진 귀엽지 않은 말라빠진 열 살짜리 소녀였다. 결혼식 때에 니나는 부모가 내 면사포를 파아쥐〔중세에 귀부인의 시중을 들던 소년〕처럼 들고 가게 하였더니 너무 화가 나서 말도 못하면서 면사포위에 침을 뱉었다. 후에 니나는 좀 보기가 나아졌지만 그래도 예쁘거나 귀엽지는 않았다. 니나가 몇 번이나 나에게 제발 간섭하지 말아달라고 선언한 이후에 나는 그 아이를 돌보지 않았다. 그리고 남편하고 같이 외국에 간 후로는 나는 니나를 완전히 시야에서 잃어버렸다. 그럼에도 나는 작년에 천만 뜻밖에도 바덴바일러의 뢰머바트 호텔의 바에서 니나를 만났을 때 곧 그것이 니나라는 것을 알았다.

니나는 놀라울 만큼 변했었다. 여전히 예쁘지는 않았으나 매력적이었다. 그리고 아직도 야생적인 무엇을 가지고 있었다. 무엇이 니나를 야생적으로 보이게 하는지는 아무도 알 수가 없었다. 왜냐하면 니나는 매우 고급 옷을 매우 멋지게 입었었고 두어 가락의 웨이

브가 이마에 내려오는 신식 모양으로 머리를 빗었고 입술을 붉게 칠했었기 때문이다. 니나는 조금도 눈에 띄는 모습을 하고 있지 않았다. 그런데도 남자들은 모두가 그녀를 돌아다보았다. 니나를 다시 알아보지 못한 내 남편도 마찬가지였다. 나는 남편에게 그녀가 니나라는 것을 가르쳐주지 않았다. 내가 왜 곧 니나에게 말을 걸지 않았는가를 나는 알 수가 없다. 그것은 아마 니나가 그렇게도 생각에 깊이 잠긴 쌀쌀한 얼굴을 하고 혼자서 탁자를 앞에 놓고 신문을 손에 쥐고 앉아 있었기 때문인 것 같다.

한번은 웬 남자가 말을 걸었으나 니나는 대답조차도 하지 않았다. 누가 문을 열고 들어올 때마다 니나는 잠깐 쳐다보고는 점점 더 어두운 표정을 띠면서 신문을 다시 들여다보았다. 그러나 니나가 몇 시간 동안이나 들여다보고 있는 것은 언제나 같은 페이지였다. 니나는 위스키를 마셨다. 나는 다섯 잔을 세었으나 내가 오기 전에 몇 잔을 마셨는지는 알 수가 없었다. 니나가 나가려고 일어섰을 때 나는 그 애가 비틀거릴까봐 걱정이 되었다. 그러나 니나는 완전히 말짱한 것같이 보였다. 니나는 퍽 젊게 보였다. 벌써 서른일곱 살인데도 니나는 거의 처녀처럼 보였다. 나는 니나를 따라 나갔다.

니나, 하고 나는 불렀다. 정말 너니? 니나는 나를 알아볼 때까지 한참 동안 생각해야 했으나 별로 의외라는 태도는 보이지 않았다.

다시 독일에 왔어? 니나는 냉담한 어조로 물었다.

일 년만 있을 예정이야, 라고 나는 대답했다. 그러고는 스웨덴으로 다시 간다. 남편과 나는 여기서 스톡홀름 신문을 위해서 일하고 있어. 그런데 너는 여기서 뭘 하고 있니?

내 질문이 별로 현명한 것이 못 된 것은 나도 자인한다. 그런데 니나가 술을 마시고 있어, 라고 대답했을 때 나는 조금도 놀라지 않았다. 이 순간에 나는 니나가 절망 상태에 빠져 있는 것을 알았다. 니나는 대화를 계속 할 의향을 조금도 보이지 않았기 때문에 내가 그것을 해야만 했다. 여기서 살고 있니? 니나는 고개를 흔들고 홀의 열린 창 너머로 어딘지 뚜렷하지 않은 어둠 속을 가리켰다.

여기서 혼자 있니? 나는 물었다. 니나는 고개를 끄덕였다.

오래 여기 있을 작정이니? 하고 나는 계속해서 물었다.

니나는 어깨를 추켜 보였다. 나는 더 참을 수가 없었다.

애야! 하고 나는 소리 질렀다. 말 좀 해봐! 어떻게 된 것이니? 내가 도와줄 수 없니? 그랬더니 니나는 미소했다. 이 미소에는 약간의 조롱과 우월감이 포함되어 있었으나 무언지 모르게 감동시키는 것을 지니고 있었다. 그것은 우수에 찬 미소였다.

나가요, 나를 좀 바래다 줘, 라고 니나가 말했다.

밖에 나오자 니나는 몸을 떨었다. 아침 공기, 라고 니나는 큰 소리로 거칠게 말했다. 아직 어두웠으나 다가오는 날이 엄격하게, 자극적으로 공기 속에 풍기고 있었다. 커다란 고목들이 조용히 움직였다. 우리는 공원을 통해서 갔다. 도로변의 이슬에 무겁게 젖은 풀이 우리의 다리에 닿았다. 나는 니나가 말을 시작하기를 기다렸으나 동시에 따분하고 시시한 연애사건 이야기 이외에 아무것도 듣지 못할까봐 겁이 났었다. 큰길로 나와서 우리는 내려가기 시작했다. 날이 새기 시작했고 추워졌다. 갑자기 니나가 무뚝뚝하게 말했다. 여기서 나는 누구를 기다렸었는데 오지 않았어. 기차로 오늘 떠나겠어. 언젠가 편지할지도 몰라. 주소를 적어줘. 나는 적어주었다. 니나는 내 곁을 떠났다. 나는 니나를 따라가도 아무 소용이 없다는 것을 느꼈고 어깨를 추켰다. 내리고는 다시 호텔로 돌아가는 수밖에 없었다.

나는 이 해후를 잊을 수가 없었다. 몇 번이나 나는 니나에게 편지를 쓰려고 했었으나 쓰지는 않았다. 그러나 나는 니나가 저술한 책을 샀고 니나가 기고하고 있었던 옛날 잡지도 주문했다. 그러나 나는 니나가 쓴 것이 보잘것없을지도 모르겠다는 두려움에서 그것을 읽을 수가 없었다.

그 후 약 9개월 후에 나는 전화 소리에 의해서 잠에서 깨어났다. 뮌헨에서부터의 장거리 전화였다. 미안해, 라고 내가 곧 알아낼 수 없었던 목소리가 말했다. 더 일찍 전화 걸 수가 없었어. 나 니나야. 내주일에 떠날 예정이야. 런던으로.

나는 졸려서 그저, 그래? 라고밖에 대답할 수가 없었다. 오래 있을 예정이야?

잠시 후에야 비로소 대답이 왔다. 아마 그럴 거야. 나도 모르겠어. 어떻게 알 수가 있겠어? 그런데…… 말해 봐, 내 생일날에 올 수 없어?

그렇지만 너는 남이 네 생일을 축하하는 것을 어릴 때부터 싫어했지 않니? 라는 말보다 더 신통한 말은 내 입에서 나오지 않았다.

지금도 축하하려는 것은 아니야. 그런데……의논하고 싶은 일이 많아서 그래. 오겠어?

그래 좋아, 라고 나는 대답했다. 야간 급행을 타고 갈게. 월요일 아침에는 너에게 도착할 거다. 아무 대답도 없이 전화가 끊어졌다. 나는 다시 잠들 수가 없었다. 니나의 목소리는 그렇게도 이상했기 때문이다. 니나의 목소리는 무섭게도 조용했다. 목소리에 관해 이런 말을 할 수 있다면 그것은 돌같이 고요한 목소리였다.

나는 니나에게 무슨 일이 일어났는가를 생각해보려고 해보았으나 나는 니나를 너무나 몰랐다. 그녀의 생애에 관해서 내가 무엇을 알았던가? ― 아무것도 몰랐다. 누구나가 다 알고 있고 나에게는 중요하게 생각되지 않는 몇 개의 사실밖에 나는 니나에 관해서 몰랐다. 즉 니나가 스물여섯 살 때 아이를 뱄고 그 아이의 아버지와 결혼을 했고 이유는 모르겠으나 1, 2년 후에 이혼했다는 것과 히틀러 정권 때에 체포당했었다는 것과 한마디로 말해서 불안정한 생활을 보냈으나 그것이 좋은 책을 쓰는 데 방해가 되지는 않았다는 것…… 밖에는 알지 못했다. 나는 니나의 친구 몇 명을 알고 있었는데 그들이 종종 니나의 소식을 나에게 전했다. 그러나 나는 가십을 좋아하지 않았기 때문에 들어도 곧 잊어버렸다. 사람들은 니나를 거만하고 매혹적이고 방종하다고 말했으나 그 말들에는 언제나 존경의 어조가 섞여 있어서 나를 놀라게 했다. 내가 좀 더 일찍이 니나를 돌보지 않았던 것이 지금은 후회가 되었다. 니나는 갑자기 내 가까이에 왔다. 우리는 우리가 부모의 진짜 아이가 아니라는 느낌 ― 많은 예민하고 개성이 강한 아이들이 갖고 있는 느낌 ― 이외에는 거의 아무것도 공통으로 갖고 있지 않았다. 우리가 그 속에서 조용히 해야 했던, 좁은 집과 나 혹은 니나 혹은 우리 둘이 방해가 되었던 가족의 축하일에 대한 추억을 우리는 함께 가지고 있었다. 그것이 전부였다. 그러고는 생이 우리를 멀리 떨어지게 했다. 그리고 생은 우리를 지금 또다시 만나게 했다.

나는 이 아이에 대해서 커다란 애정을 느꼈고 재회할 것이 기뻤다. 나는 기차를 타고 가지 않았다. 내 남편이 자동차로 나를 뮌헨에까지 데려다 주고 잘츠부르크로 계속해서 갔다. 그는 나와 니나를 방해하지 않으려고 했다. 나는 그것에 반대하지 않았다. 그가 바에서 니나인 줄 모르고 니나에게 던졌던 시선을 나는 보았기 때문이다.

우리는 밤새도록 달렸다. 내가 니나의 집 앞에 내려선 것은 아침 7시였고 기차가 도착하기 한 시간 전이었다. 3층에 있는 니나 집 창문은 열려 있었다. 커튼은 떼어서 없었고 집 앞 문패도 떼어져 있었다. 나는 니나가 이미 떠나고 난 후가 아닐까 하고 걱정이 되었다. 니나의 이해할 수 없는 태도로 미루어볼 때 그것은 있을 수 있는 일이었다. 그러나 니나는 아직 있었다.

결코 당황하지 않는 것은 니나의 천성인 것 같았다. 이리 들어와—그것이 니나가 말한 전부였다. 니나는 몹시 창백했다. 니나의 얼굴은 마치 전화를 통한 목소리가 그랬던 것처럼 돌과 같았다. 집은 이미 비어 있었다. 아니, 더 정확히 말한다면 대부분의 가구는 실려나간 뒤였다. 나는 전에는 더 많은 가구가 거기에 있었으리라는 것을 의심할 수가 없었으나, 지금은 다만 한 개의 긴 의자와 몇 개의 담요와 작은 가스 풍로와 그 위에서 거의 넘쳐 올라오게 물이 끓고 있는 냄비와 정원용 의자 두 개, 책과 공책과 커피 세트와 몇 개의 통조림이 놓여 있는, 책상보도 안 덮은 책상이 있을 뿐이었다. 구석에는 못을 친 궤짝이 대여섯 개, 옷이 가득 차 있는, 뚜껑이 열려 있는 장롱 트렁크가 하나, 완전히 포장되어 주소를 쓴 종이가 매달려 있는 트렁크가 세 개 놓여 있었다.

커피를 끓일게, 라고 니나가 말했다. 그러나 니나는 궤짝 위에 앉아서 담뱃불을 붙였다.

피우겠어? 라고 물으면서 니나는 나에게 담뱃갑을 내밀었다. 나는 정원용 의자에 앉아서 내가 가져온 물건을 풀었다. 꺼내 든 케이크와 한 다발의 흰 수선화를 니나는 눈을 가늘게 뜨고 바라보았다.

꽃? 하고 니나는 놀라서 물었다.

니나의 태도는 나를 무안하게 했다. 네 생일이라면서?

아, 나는 그걸 또 잊어버렸었군, 이라고 니나는 말했다. 그걸 왜 내가 말했는지 나도 모르겠어.

갑자기 니나는 뛰어 일어났다. 커피를 끓인다고 했었지!

뒤에서 보니까 빠른 동작으로 움직이고 있는 니나는 꼭 어린 소녀같이 보였다. 그러나 니나가 찻잔을 상 위에 놓기 위해서 몸을 돌렸을 때 나는 니나의 얼굴이 전에 바에서 보았을 때보다 늙어 보이는 것을 발견했다. 니나는 어젯밤에 자지 않은 것이 틀림없는 것 같았다. 아마 여러 밤째 별로 잠자지 않았던 것인지도 몰랐다.

이 커피, 맛이 좋지? 라고 니나는 다시 내 곁에 앉으면서 말했다. 나는 아주 진한 커피가 좋아, 아주 검고 아주 달고…… 언니도?

그러나 니나는 오랫동안 가만히 앉아 있지를 않았다. 곧 다시 뛰어 일어나서 유리잔 두 개와 상표 없는 술병 하나를 들고 왔다.

마시겠어? 라고 니나가 물었다.

싫어, 라고 나는 대답했다. 이렇게 아침 일찍부터는, 그게 무슨 술이니?

위스키, 라고 니나는 중얼거리면서 술잔에 철철 넘치게 따르더니 단숨에 마셔버렸다.

니나, 라고 나는 질색하면서 말했다. 그러면 못써. 너는 술을 마시는구나.

그럼 어때, 라고 니나는 말했다. 지금은 마시겠어. 여기서 떠나면 마시지 않겠어. 아마 마시지 않게 될 거야, 라고 니나는 중얼거리며 덧붙였다.

니나는 또 한 잔을 가득 따랐으나 이번에는 다만 반만을 마셨다. 자, 인제는 말을 할 수가 있어, 라고 니나는 말했다.

그러나 니나는 다만 물었을 뿐이었다. 왜 벌써 도착했어? 나는 역에 마중 나가려고 했었는데. 그러나 니나는 내 대답을 기다리지 않았어. 니나는 아무 대답도 조금도 들으려고 하지 않았다.

수요일에 나는 떠나, 라고 니나는 빠른 어조로 말하고는 술잔을 비웠다. 유감스럽게도 나는 술을 얼마든지 마실 수가 있어, 라고 니나는 얼핏 기묘하게 심각한 어조로 덧붙여 말했다. 갑자기 니나의 시선이 내가 궤짝 위에 놓아둔 꽃으로 갔다.

수선화. 내가 이 꽃을 특별히 좋아하는 것을 어떻게 알았어? 라고 니나가 물었다.

나는 그런 줄 몰랐어, 라고 나도 마치 무슨 비밀을 말하듯이 낮은 목소리로 말했다.

그래, 하고 니나는 천천히 말했다. 수선화와 분홍 스위트피와 진홍빛 장미를 나는 좋아해…… 눈을 반짝이면서 니나는 말했다. 아, 그렇게도 많은 것을 좋아해. 뭐든지 다.

꽃을 빈 깡통에 꽂기 위해서 일어서면서 니나는 말했다. 그리고 이 지독히도 저주스러운 생을.

니나는 깡통에 물을 부었다. 그래 목요일에는 떠나겠어!

수요일이 아니고? 아까 수요일이라고 말하지 않았니?

또는 수요일. 그건 마찬가지야. 니나는 마치 그것을 말하는 것이, 아니, 도대체 무슨 말을 한다는 것이 아무 소용없다는 듯 갑자기 피곤한 손짓을 했다.

니나, 하고 나는 말했다. 네가 왜 떠나며 런던에서는 무얼 하려는 것인지를 인제는 좀 애기해주지 않겠어?

하고말고. 커피를 더 따를까?

아니, 고마워. 너무 진해.

니나는 웃더니 한 잔 가득 따라서 그 뜨거운 것을 한 모금에 다 마셔버렸다. 그러고는 말했다. 이리 와. 보여줄 게 있으니까.

우리는 옆방으로 갔다. 이곳에도 역시 궤짝이 놓여 있었다.

이걸 전부 다 놓아두고 가겠어. 책과 또 너저분한 것들이야. 이걸 스웨덴에 가져갈 수 있어? 아니면 운수사업자에게 맡겨야 할까? 스톡홀름의 언니 집에 간직해주면 나는 더 좋겠어.

아무렴, 해줄게. 이 트렁크도?

응. 그리고 이게 열쇠야, 만약에 내가 다시 안 온다면……

니나야!

그럴 수도 있지 않아, 누가 알아? 니나는 나에게 재빠른 시선을 던졌다. 그래 만약에 내가 다시 안 온다면 이 물건은 모두 내 아이들에게 줘.

나는 질색하면서 물었다. 아이들을 안 데리고 가니?

응. 니나는 냉담하게 말했다. 아이들은 데려가서 뭘 해? 그 애들은 기숙사에서 잘 지내고 있어, 돈은 얼마든지 있으니까.

니나의 목소리에는 전연 억양이 없었다. 내 신경은 찢어질 것 같았다. 나는 니나의 어깨를 쥐고 흔들었다.

도대체 웬일이니? 인제는 좀 애기를 해봐라! 니나는 내 팔에서 빠져나와서 핸드백에서 종이 쪽지를 꺼냈다. 이게 내 주소야. 그것은 버크셔에 있는 한 지명이었다.

거기서 뭘 할 거니?

니나는 어깨를 움츠려 보였다. 아직 모르겠어. 우선은 어떤 노부부의 집안일을 돌봐줄 예정이야. 전부터 아는 사람들이야. 전에 외무부 서기관을 했던 사람이야. 이게 시작이야. 우선 여기서 떠날 수 있기 위해서.

그 순간에 초인종 소리가 들려왔다.

우편배달부일 거야, 라고 말하면서 니나는 나갔다. 다시 돌아왔을 때, 니나는 한 묶음의 편지를 납작한 한 개의 소포 위에 마치 쟁반 위에처럼 얹어 들고 들어왔다. 니나는 우편물을 아무렇게나 방바닥에 놓았다.

우선 읽어보지 않으련?

아, 니나는 말했다. 별 게 있을라고. 매일 아침 이런 걸 뭐.

그래, 하고 나는 말했다. 그렇지만 너는 나한테 다만 궤짝을 보이기 위해서 오라고 한 건 아닐 테지? 왜 불렀니?

나도 모르겠어. 아니, 아마 혼자서 빈 집에 있지 않도록 하기 위해서 그랬어.

니나는 이 말을 아주 예사롭게 했으나 그 속에는 공포가, 공포와 절망이 숨겨져 있었다. 무슨 일이 일어났는지를 나는 알아야만 했다. 그리고 나는 그것을 지금 알기로 결심했다.

너에게 누가 무슨 짓을 했니? 니나야! 라고 나는 물었다.

무슨 짓을? 니나는 고개를 흔들었다. 아무것도. 그런 건 생각하지도 말아. 다만 나는 여기에 더 있을 수가 없어. 왜냐하면…… 니나는 말이 막혀버리더니 곧 빠른 어조로 낮게 계속해서 말했다. 왜냐하면 내 생활을 변경해야 하기 때문이야.

어떻게 하면 니나에게 모든 것을 말하도록 할 수가 있을까? 니나는 말을 하려고 했었다. 적어도 그것을 원하고는 있었다. 그러나 니나는 자기를 말하기를 늘 중간에서 포기하고 말았다.

위스키를 한 잔 줄 테야? 라고 내가 말했다. 니나는 잠자코 저편으로 가서 한 잔 따라 가지고 왔다. 니나는 이번에는 안 마셨다.

갑자기 니나는, 내가 언니를 오라고 한 건 어리석은 일이었어, 라고 말했다. 언니가 왔다고 해서 일이 더 쉬워지는 건 아닌데, 그렇지만 벌써 와 있는 이상은…… 그리고 참, 와줘서 고마워.

이 말을 하면서 니나는 약간 얼굴을 붉혔다. 그리고 나는 더 보지 않으면서 빨리 말했다. 나는 왜 떠나려는가에 관해 무엇인지를, 어떤 원인을 말할 수 있을 거야. 그리고 나는 그걸 언니한테 하고 싶어. 누군든지 한 사람은 필경 알아야 할 거니까. 그리고 내가 만약 다시 오지 않는다면……

망측한 소리는…… 니나야, 너는……

니나는 일순간 손을 내 입 위에 얹었다. 니나의 손은 뜨거웠다. 뜨겁고 건조했다.

……만약 그렇게 되거든 사람들은 알아야 해. 나를 이렇게 쫓은 것이 악(惡)한 무엇이 아니었다는 것을. 이유는 다만 내가 누군가를 더 이상 방해하고 싶지 않은 것뿐이야. 그리고 내가 여기 있는 한은……

니나는 짧게 거친 한숨을 내쉬었다. 그것뿐이야.

그래, 그렇지만 나는 그것만 가지곤 조금도 더 알 수가 없구나.

니나는 나에게 놀란 시선을 던졌다. 더 알 수가 없다고? 전부 다 들 말했는데도?

니나는 방바닥에 놓인 편지 뭉치를 발로 찼다. 그리고 이것들도 이젠 지긋지긋해. 그뿐 아니라 편지가 옆으로 굴러 떨어져서 소포 봉투 뒤의 발신인 주소가 보이게 되었다.

니나와 나의 시선은 동시에 그곳으로 갔다. 니나는 궤짝에서 뛰어 일어났다. 얼굴이 종잇장같이 희어졌다. 아니, 재같이 회색으로 변했다는 것이 더 옳을 것이다.

저것 봐, 라고 니나는 속삭이는 목소리로 말했다. 저건 있을 수 없는 일이야, 저게 웬일일까? 그는 죽었는데. 니나는 소포 위에 몸을 굽혔다. 건드리지는 않고……

그의 글씨야, 틀림없는 그의 글씨야.

니나는 소포를 뚫어지게 바라보았다. 나는 무엇이 니나를 그렇게 흥분시키는지를 이해할 수가 없었다.

뭐가 들어 있는지 내가 열어볼까? 나는 무슨 말이든지 해야 할 것 같아서 물어보았다.

응, 그렇지만 나는 그걸 알고 싶지 않아, 라고 니나는 쉰 목소리로 크게 말했다. 방에서 나가면서 니나는 성난 목소리로 소리 질렀다. 나는 이 글씨를 한 번도 참을 수가 없었어.

그러고는 밖에서 그릇을 씻기 시작했다.

나는 궤짝 위에 앉아서 소포를 풀기 시작했다. 갑자기 노끈이 풀리고 내용물이 내 앞에 쏟아졌다. 그것은 커다란 책 — 아니, 책같이 보이는 커다란 물건이었다. 그것은 서류를 넣어두는 두꺼운 종이뚜껑이었고 그 속에는 글이 씌어 있는 종이가 더러는 묶이고 더러는 따로따로 풀린 채 꽂혀 있었다. 그 중의 한두 장은 땅에 날아 떨어졌다. 나는 그것을 주웠다. 그것은 몇 장의 편지였다. 그 중의 하나는 '니나에게'라고 씌어진 봉투 속에 들어 있었다. 그 필적은 니나가 싫어한다는 필적이었다.

니나, 하고 나는 옆방을 향해서 불렀다. 이것은 편지하고 또 그와 비슷한 것들이야.

니나는 방에서 나오지 않은 채 무관심하게 말했다. 읽어봐, 만약 중요한 것이거든 나에게 말해 줘. 니나는 그릇 씻기를 계속했고 그것이 끝나자 궤짝에 못을 치기 시작했다. 빈 집에 망치소리가 크게 울렸다.

내가 주워 든 첫 번째 편지는 타이프라이터로 쓴 것이었다. 커다랗고 투박스러운 타이프 활자와 문장의 투가 나에게 낯익어 보였다. 그것은 완전한 편지가 아니라 둘째와 셋째 페이지였다. 그것은 다음과 같은 불완전한 문장으로 시작되어 있었다.

……많은 고생을 겪었고 고생에 짓눌린 늙은이를 용서해주오…… 이 아이는 아주 나쁜 성격의 소유자이며 냉혹하고 몰인정하며 신뢰할 수가 없고 방종하고 친어머니를 감상적인 인간이라고 부르고 나를 보고도 내 성격의 견고성은 다만 정신과 발전 능력의 결핍 이외에 아무것도 아니라고 감히 말할 정도로 뻔뻔스럽고 건방진 인간입니다. 그런 말을 젊은 계집애가 입에 담다니! 우리는 이 아이를 잘 교육했습니다. 이러한 말들은 남의 영향에서 나온 것임에 틀림없습니다. 그것이 당신의 영향이라고 우리가 추측한다면 우리는 과히 잘못 본 것이 아니라고 믿습니다. 박사님, 이 아이는 당신한테

서 커다란 정신적 자극을 받고 있다고 주장합니다. 그러나 그 자극이 양친과 양육자의 위신을 매장하는 데 도움이 되고 있다면 우리는 그것을 포기하겠습니다. 이 의미로 내 딸이 당신 집에 더는 출입하지 말라는 내 명령을 이해하시기 바랍니다. 바라건대는……

여기서 편지는 끝나 있었다.

니나, 라고 나는 분격해서 불렀다. 이걸 좀 들어봐.

니나는 망치를 손에 들고 몇 개의 궤짝용 긴 못을 입에 물고 왔다. 나는 니나에게 편지를 읽어주었다. 니나는 얘기를 하면서 하나씩하나씩 못을 입에서 천천히 빼냈다.

맙소사, 라고 니나는 말했다. 벌써 옛날이야. 벌써 다 지나간 일이야. 아버지는 이 모든 것을 이해할 수가 없었어. 그건 그의 죄가 아니야. 그건 아버지의 이해 밖의 일이었다.

다시 궤짝에 못을 박으면서 니나는 덧붙여 말했다. 모든 것이 다 이해하기에 몹시 힘들어. 나는 이해하기를 포기했어.

니나와 그 문제에 관해서 싸우는 것은 무의미한 일이었다. 나는 두 번째 읽기 시작했다. 그것은 1930년 6월 29일로 날짜가 적혀 있었다.

존경하는 슈타인 박사 귀하

어제는 실례했습니다. 나쁘게 생각하지 말아달라고 빌고 싶습니다. 나는 내가 웬일인지를 알 수가 없습니다. 아마 다만 여름 때문인지도 모르겠어요. 나는 이 풍요와 포식을 견딜 수가 없습니다. 지금 자연 속에는 아무런 그리움도 없는 정지의 상태가 지배하고 있습니다. 그 때문에 나는 아주 피로하고 공허해집니다. 나는 나 자신이 몹시도 무가치하게 느껴집니다. 때때로 나는 아직도 인기척이 없고 모든 것이 회색인 이른 새벽에 잠에서 깹니다. 그러면 나는 공포를, 목을 죄는 공포를 느낍니다. 삶에 대한 공포, 살아야 하는 것에 대한 공포입니다. 그럴 때면 어떤 위대한 것에 대한 상념도, 신에 대한 생각까지도 나를 도와줄 수 없습니다. 사람은 이 공포와 완전히 혼자인 것입니다. 공포의 가장 무서운 순간이 지나고 나면 나는 도대체 그것이 무엇인가를 이해하려고 해봅니다. 그러면 나는 여러 개의 대답을 발견합니다. 그것은 내가 이 생에서 아무것도 이룰 수 없으리라는, 아무것도 훌륭한 것을 이룰 수 없으리라는 두려움입니다. 그리고 내 생명을 그저 아무렇게나 흘려보내고 참으로 살지 않았으리라는 공포입니다. 또 내가 어떤 과오를 범하고 그 과오가 나의 발전을 좁은 범위 내에서 움직이도록 판결 지어버리리라는 공포입니다. 그리고 그것을 나는 참지 못합니다. 그렇지만 내 속에서 무슨 훌륭한 게 나오겠어요! 이 무슨 교만일까요. 그런데도, 나는 이것을 당신한테는 말하겠습니다. 그런데도 내 속에는 무엇인지 모르는 게 들어 있어서 나에게 말합니다. 너는 그것에 도달하리라고. 나는 '그것'이 무엇인지도 모릅니다. 그러나 나는 '그것'을 느낍니다. 그리고 나는 그것에 도달하지 못할까봐 두렵습니다. 영원히 도달하지 못할까봐 두렵습니다. 영원히, 그건 끔찍합니다. 그러나 이 모든 것은 다 공포의 가장자리에 불과합니다. 포착할 수 있는 바깥의 가장자리에 불과합니다. 진짜는 포착할 수가 없습니다.

그런데 가장 미친 것은 내가 이 상태를 거의 사랑하고 있다는 사실입니다. 나는 정열적으로 이 속에 적응해가고 있습니다. 그리고 이런 발작의 하나가 참을 수 있는 극단의 최극단의 한계에 도달하지 않으면 실망을 느낍니다. 나는 이 극단을 원합니다. 나는 그것에 대한 기묘한 결단성을 느낍니다. 내 어머니는 언젠가 한번 나에게 미쳤다고 말했습니다. 때때로 나는 내가 참으로 그럴 소질이 있다고 생각합니다. 그리고 그것에 대해서도 공포를 갖고 있습니다. 그렇지만 인제는 그만, 당분간 나는 당신을 방문하지 않겠어요. 더 이상 감정을 상하게 해드리고 싶지 않아서.

—당신의 N.

나는 이 편지를 들고 옆방으로 갔다.

망치질 좀 그만해라, 라고 나는 소리 질렀다. 그러고는 '극단에의 결단성'에 관해서 쓴 곳을 읽어주었다.

누가 쓴 거니? 라고 나는 물었다.

내가 쓴 것이기 쉬워, 라고 니나는 말했다. 아무튼 그런 말을 나는 지금 할 수 있을 거야.

이건 네가 쓴 거야. 네가 열아홉 살 때 쓴 거야. 더 읽을까? 편지 전부를?

아니, 하고 니나는 말했다. 그건 다 옛날에 지나간 일이야. 그런데 그 자신이 쓴 편지는 없어? 이 소포를 보낸 사람이 쓴 것 말이야. 무슨 설명이 있을 것 같아.

나는 봉투에 들어 있는 편지를 꺼냈다. 니나는 그것을 긴장보다는 주저하는 몸짓으로 받아 쥐었다. 나는 소포 곁으로 다시 가서 공책꽂이 속을 뒤졌다. 그것은 전부 손으로 쓴 매우 많은 종이였다. 처음 것들은 오래돼서 누렇게 퇴색했고 사이사이에 여러 사람의 편지가 끼여 있었다. 니나 자신의 편지도 있었다. 모든 종이에는 날짜가 적혀 있었다. 그것은 분명히 일종의 일기같이 보였다.

나는 절반보다 뒤쪽을 아무렇게나 펼쳐서 읽기 시작했다. 1938년 11월 8일 날짜가 적혀 있었다.

— 오늘 저녁에는 또 헬레네가 자기 생각으로는 나에게 기분 전환이 되리라고 생각하고 있는 파티를 준비했다. 감동은 되지만 거기에 참가해야 하는 것이 나에게는 불편한 노력이다. 헬레네 자신은 파티를 혐오한다. 그러면서도 언제나 파티를 열어서 새로운, 감탄할 만한 손님 접대의 재능을 보여주고 있다.

어제의 사건 이래 우리는 손님이 모두 올 것인가 아닌가를 의심하고 있었다. 그러나 손님은 모두 왔다. 성격에 따라서 침울하거나 흥분해 있었고 모두가 산란해 보였다. 잿빛 얼굴들이 뜬눈으로 새운 밤을 말하고 있었다. 새로 오는 사람마다가 제각각의 방식으로, 자기 자신의 관찰을 보고했다.

내 집의 창문에서 내다보면 엉성한 나뭇가지, 타버린 유대인 교회의 검은 지붕의 윤곽과 약탈당한 유대인 상점의 빈 창이 보였다. 우리는 하루 종일 깨어진 쇼윈도의 저벅거리는 유리 위로 지나갔다. 당연히 제일 분격해 있는 마이트 부인은 조심스럽게 우리들은 제외하면서 전 민족에 대한 격렬한 욕설을 퍼부었다. 그 여자에 동의하는 것도 반대하는 것도 곤란한 일이었다. 그래서 대화에 공백이 생겨났고 그 틈을 이용해서 헬레네는 화제를 바꾸었다.

이날 밤 우리는 모두가 지나치게 마셨다. 우리는 우리가 본 것을 잊어버렸다. 그래서 10시경에 공연이 끝난 뒤에야 올 수 있었던 알렉산더가 들어왔을 때 우리는 평소보다 훨씬 명랑한, 그러나 좀 이상한 분위기 속에 있었다. 그는 우리를 의심하듯이, 우울하게 바라보았으나 나와 헬레네를 제외하고는 아무도 그 시선에 유의하지 않았다. 그는 헬레네가 갖다 준 샌드위치를 잠자코 먹었다. 단 한 모금으로 한 잔의 포도주를 마셔버리고 또 한 잔을 마신 뒤에 그는 약간 덜 우울해 보였으나 여전히 이상하게 동요하고 있는 것같이 보였다. 그는 식탁에 오래 앉아 있지 않았다. 그의 늘 하는 버릇대로 방 안을 왔다 갔다 거닐기 위해서 그는 일어섰다. 내 책상 위에는 나나의 글이 실린 《룬트샤우》의 오래된 호가 놓여 있었다.

근래에 갑자기 거의 광적인, 진정할 수 없는 호기심에 엄습되어서 모든 책과 신문과, 어디든지 놓여 있는 것을 보면 편지까지도 열어보는 습관이 생긴 알렉산더는 기계적으로 그 잡지를 들고 뒤적거렸다. 갑자기 그는 이상하게 격동된 태도로 마치 금지된 것을 범하는 듯 그 책을 들고 유리창 있는 구석으로 갔다. 그곳에서 그는 탐욕스럽게 골똘하게 집중된 주의력을 가지고 읽기 시작했다. 그것은 나를 초조하게 만들었다. 빌 부인이 그에게 무얼 그렇게 열심히 읽느냐고 물었을 때 그는 무의식적으로 소설이라고 짧게 대답했다.

마이트는 그의 곁에 몸을 굽히고 소설 제목을 읽으려고 했다. 그러나 알렉산더는 잡지를 홱 치우고는 신경질적으로 말했다. 나중에 읽게. 우리는 고개를 흔들면서 그를 내버려두었다. 식탁으로 돌아오면서 마이트는 말했다. 저 친구는 니나 부슈만의 소설을 읽고 있군요.

부슈만이라고, 빌 부인이 말했다. 그 여자는 신인이지만 기대가 커요. 처녀작을 읽어보았는데 아주 좋던데요.

헬름바흐가 갑자기 비상한 생기를 띠면서 말했다. 나는 그 여자를 알고 있습니다. 아주 흥미 있는 인물이지요. 갑자기 그는 설명을 첨부했다. 그 여자는 내 소송 의뢰인이었습니다. 마치 그는 이미 너무 많은 것을 말했다는 듯이 말을 중단하고 침묵을 계속했다.

오, 하고 마이트 부인이 갑자기 남편을 팔꿈치로 찌르면서 소리질렀다. 여보, 그 여자는 우리도 알고 있지 않아요? 그 여자는 언젠가 한번 뭐라든가 하는 피아니스트하고 같이 집에 왔었지 않아요. 그 피아니스트 말이에요. 이름을 아시죠? 그 여자는 그와 무슨 관계가 있는 것 같더군요. 그 여자는 도대체, 말하자면 변화에 찬 생활을 하고 있지요.

그럴지도 모르지, 라고 마이트가 말했다. 그렇지만 그 여자는 총명해, 비상하게 총명하다고 말할 수 있을 거야.

그건 내가 판단할 수는 없어요, 라고 그의 아내는 말했다. 그렇지만 그 여자는 좀 더 신중하다면 좋을 거예요. 그 여자에게는 불안스러운 무엇이, 또는 말하자면 도전적인 무엇이 있거든요.

마이트 부인이 마치 자기가 말하고 싶은 것의 가장 부드럽고 가장 정당한 표현을 택하려고 애쓰는 것을 보이기 위해서 주저하는 목소리로 '말하자면' 하는 태도는 나를 점점 불쾌하게 만들었다. 헬레네는 나에게 불안한 시선을 던졌다.

그 여자가 무엇을 도전하지요? 라고 빌 부인이 무뚝뚝하게 물었다.

글쎄, 그 여자는 별로 예의 깊지 않습니다. 그 여자는 사람에게 노골적인 방법으로 무슨 불쾌한 말을 할 수 있는 인간입니다. 그 여자는 매우—말하자면 직선적이에요.

그게 결점이야? 라고 마이트가 물었다. 그의 아내는 아무 대답도 하지 않았다. 그리고 그 여자는 어떤 반대도 참을 수 없다는 태도로 자신의 의견을 말했어요. 그러기에는 그 여자는 정말로 너무 어렸어요. 그리고 그 밖에도 그 여자는 말하자면 — 글쎄……그 여자는 주저했다.

포도주에 흥분된 마이트가 쾌활하게 조롱 조로 외쳤다. 어서 말해 봐, 그 여자는 너무 여기저기서 잠잔다 말이지.

그는 아내의 팔에 손을 얹고 말했다. 아무것도 위험을 무릅쓰지 않는 사람이 좋은 책을 쓸 수 있다고 생각하나? 사실보다 더 어리석게 더 도덕적으로 자신을 만들지 말아.

그러고는 나를 향해서 물었다. 도대체 당신은 그 여자를 아십니까?

아니요, 라고 말하면서 나는 내 목소리가 말을 안 듣는 것을 느끼고 전율했다. 그래서 또 한 번, 아니요를 되풀이했다.

한번 사귀어보셔야 합니다, 라고 그는 말을 이었다. 내 생각으로는 그 여자는 인간이 허위 없이도 살 수 있다는 것을 무의식적으로 시위하고 있는 인간입니다. 흥미 있으나 까다롭지요. 아무 데나 충돌하고 입 안을 태우고 모험 속에 얽혀 들어가고 언제나 맨 극단에 있는 대담한 존재입니다.

헬레네가 큰 소리로 말했다. 오빠, 지하실에서 술을 한 병 더 갖다 주세요!

나는 층계를 내려갈 때 어두운 현기증을 느꼈다. 지하실 속의 냉기는 기분 좋았다. 나는 이마를 습기 있는 차가운 벽에 대었다. 다른 사람이 니나에 관해서 말하는 것을 듣는 것은 참을 수가 없었다.

그것이 존경이나 선망에 찬 감탄에서 일어났을 경우에도. 그렇게 관찰된 그 여자를 본다는 것, 아니, 도대체 그 여자가 관찰된다는 것은 구역질나는 일이었다. 얼마나 많은 사람들이 그 여자와 사귀었는가! 그리고 그들은 모두 그 여자에 관해서 무엇인가를 알고 있는 것이다! 그 여자가 내 아내가 될 것을 거절하지만 않았다면 그 여자의 생이 얼마나 달리, 얼마나 완전히 달리 진행되었을까를 생각하고 나는 또 한 번 커다란 고통을 느꼈다.

지하실에 머물러 있고 싶은 욕망이 걷잡을 수 없이 일어났다. 나는 불을 끄고 궤짝 위에 앉았다. 어둠이 기분 좋게 내 위에 덮여왔고 완전한, 결정적인 종말에 대한 동경에 찬 욕망이 내 속에 깨어났다.

최근에 나는 얼마나 자주 스스로 물었던 것인가, 무엇 때문에 내가 살기를 계속하는가를, 나는 생에 아무 즐거움도 못 느낀다. 또한 얼마든지 다른 사람과 바꿀 수 있고 아무에게도 기쁨을 주지 않는 이 생을 계속해나갈 하등의 의무를 느끼지 않는다. 공포 대신에(전같이) 만족을 가지고 나는 아무것도 나를 생에 연결하고 있지 않다는 사실을 시인한다. 무한한 황무지가 내 앞에 입을 벌리고 있고 무한한 무의욕이 내 속에 가득 차 있다. 어떤 실망이나 포만에서 발생한 것도 아닌 냉담이 나를 지배하고 있다. 나는 성공했고 재산도 있다. 또한 지배층의 사람들의 존경이 나를 기쁘게 하지 않는다는 사실을 나에게 잊게 하는 중요한 동시대인들의 존경을 나는 받고 있다. 그러나 이 모든 것이 나에게는 무의미하다.

니나가 만약 내 집에서 산다면 다를 것인가, 하고 나는 생각해본다. 내가 두려워하는 것은 그 여자가 몇 번 이룰 수 있었던 저 기적—나에게 생이 살 만한 것이라고 믿게 하는 것—은 다시는 일어날 수 없으리라는 것이다. 그 여자가 언젠가 한번 내가 내 생활의 무의미함을 격렬히 한탄했을 때 했던 말을 나는 아직 기억한다. 내 생각으로는 삶의 의의를 묻는 사람은 그것을 결코 알 수 없고 그것을 한 번도 묻지 않는 사람은 그 대답을 알고 있는 것 같아요. 그 여자는 이 말을 팽이를 가지고 놀면서 별로 깊이 생각도 안 해보고 그저 예사롭게 말했다. 그 당시 그 여자는 매우 불행했었다. 그것은 그 여자가 두 번째 아이를 배고 가스 자살을 시도한 것을 내가 끌어내준 시대였다. 그 여자는 분명히 생명을 내던졌었다. 그러나 그것을 다시 받아들였던 순간에 이미 그 여자는 생의 의의를 믿었던 것이다. 아직도 초록빛 얼굴을 하고 매우 비참한 모습을 한 채 그 여자는 나에게 그 여자의 특징을 가장 잘 나타내고 있다고 생각되는 말을 했다. 내가 의식을 잃기 시작한 순간처럼 삶을 강렬하게, 그처럼 집중되어서, 끔찍하게, 아름답게 느낀 때는 없어요.

왜 나에게는 그처럼 감각하는 힘이 없는가? 왜 나는 어두운 지하실에 앉아서 부드러운 종말을 기다리는가? 드디어 정말로 살아보려고는 안 하고? 나는 불을 켜고 두 개의 술병을 잡았다. 계단에서 나는 그것이 과일 주스인 것을 발견하고 다시 돌아가서 마침내 포도주를 찾아냈으나 이번에는 불을 끄는 것을 잊어버려서 두 번째로 다시 내려가야만 했다. 그것은 마치 땅 밑에 있는 동굴이 나를 다시 놓아주지 않으려는 것 같았다. 다시 위로 올라갔을 때 나는 알렉산더의 음성을 들었다. 그는 방 한가운데 극도로 흥분해서 무언지 보고를 하고 있었다. 처음을 안 들었던 까닭에 나는 무엇에 관해서인지 곧 알 수가 없었고 누구에 관해서인가는 도대체 알 수가 없었다.

……그래서 그 여자는 그 도당의 한가운데 뛰어들어서 그 아이

를 빼고 그놈들에게 욕지거리를 퍼부었습니다. 놈들은 어찌도 놀랐던 지 꼼짝도 못하고 있는 틈에 그 여자는 아이를 데리고 사라져버렸습니다. 그러나 그때는 도당들이 제정신으로 돌아와서 그 여자 뒤를 따라갔고 한 놈은 총을 쏘았답니다. 그러나 그 여자도 어떤 집 속으로 사라져버렸습니다. 놈들은 다 뒤따라갔고 나도 따라갔지요. 그러나 그 여자는 집 안에 없었습니다. 놈들은 찾고 또 찾고 골목을 온통 찾았으나 그 여자는 흔적도 안 보였습니다. 그런데 자정이 훨씬 지나 그 여자는 아이를 팔에 안고 내 집 문 앞에 왔습니다. 아이는 누더기처럼 그 여자의 팔에 축 늘어져 있었습니다. 그 여자는 피곤한 나머지 비틀거리고 있었습니다. 그 여자는 아이를 침대 위에 내려놓았습니다. 아이는 마치 올 때부터 잠이 들어 있던 것처럼 아주 곤히 잠들었습니다.

그 아이는 '뢰벤슈타인' 집안의 다섯 살짜리 사내아이였습니다. 그 아이의 부모는 끌려갔고 그 아이도 그 여자가 빼어오지 않았던들 맞아 죽었을 것입니다. 그리고 그 여자는 의자 위에서 잠이 들었으나 곧 다시 깨서 그 아이를 어떻게 할 것인가에 관해서 의논했습니다. 그 여자는 말했습니다. 내가 기르겠어요, 머리를 금발로 물들이겠어요. 그러고는 그 여자는 아이를 데리고 집으로 갔습니다. 그래서 지금 그 아이는 그 여자의 집에 있습니다. 나는 누가 그 아이를 발견할까봐 몹시 걱정하고 있습니다.

그는 사납게 승리에 차서 주위를 둘러보았다. 모두가 당황해서 침묵을 지켰다. 빌 부인은 낮은 목소리로 나에게 말했다. 그는 니나 부슈만이 뢰벤슈타인의 아이를 구제한 것을 얘기했어요. 나는 땀이 솟아나는 것을 느꼈다.

헬레네가 말했다. 술을 따르지 않겠어요? 그러나 내 손이 얼마나 떨리는가를 보고 그 여자는 병을 내 손에서 빼앗아 자신이 따랐다. 그 여자는 그런 경우에 곤란한 입장에서 건져내기를 늘 잘하듯이 눈에 안 띄는 방법으로 했다. 대화는 다시 가라앉기 시작했다. 그러나 분위기는 깨졌고 손님은 얼마 안 있어서 집으로 돌아갔다.

신선한 공기를 들어오게 하기 위해서 유리창을 열어놓았을 때 나는 누군지 모자를 목덜미에 내려뜨리고 한복판에 서서 깨어진 유리조각 위를 발로 디디고 있는 것을 보았다. 나는 술주정뱅이인 줄 알았으나 잘 보니 그것은 알렉산더였다. 나는 창가를 떠났다. 잠시 후에 초인종 소리가 났다. 헬레네가 달려갔으나 내가 그 여자에 앞섰다. 아마 알렉산더가 또 무얼 잊어버리고 갔을 거야.

헬레네는 물러갔고 나는 알렉산더를 들어오게 했다. 그는 이상스럽게도 정신이 혼란해 보여서 나는 그가 그동안에 어느 선술집에서 재빨리 몇 잔 더 마신 게 아닌가 의심했을 정도였다. 그는 모자를 못에 걸고 나보다 앞서서 방에 들어가더니 유리창을 닫고 의자에 몸을 던졌다. 나는 주저하면서 그의 혼란의 이유를 물었으나 그는 다만 손을 들었다가 다시 떨어뜨렸을 뿐이었다. 그것은 그의 심한 절망의 정도를 완전히 나타내고 있는 몸짓이었다. 그래서 나는 그를 우선 내버려두고 몇 다스의 담배를 마는 일을 했다. 그러나 고통스러운 초조감이 나를 지배했고 마침내는 참을 수 없는 지경까지 이르렀기 때문에, 드디어 알렉산더가 머리를 들고 나를 절망에 차서 바라보면서 말했을 때 그것은 나에게는 마치 어떤 해탈과도 같았다.

자네는 나를 기막힌 바보로 알 거야. 그렇지만 나는 혼자서는 암만해도 이 문제를 처리할 수 없어. 그러고는 또다시 그의 고통스러운 침묵에 잠겼다.

나는 조심스럽게 물었다. 극장에 무슨 곤란한 문제라도 생겼나?

아, 그런 건 아냐, 하고 그는 조급하게 말했다.

또는 자네 마누라가 유대인인가?

그는 고개를 흔들었다. 정치적인 얘기가 아니야, 라고 그는 피곤한 듯이 말했다. 아주 바보 같은 연애 이야기야, 기막힌.

그 찰나에 나는 그것이 니나에 관한 것임을 알았다. 이 테마에 관한 대화에 대해 몹시도 강한 반감이 마음속에 치밀어올랐던 까닭에 나는 내 생각보다 쌀쌀하게 말했다. 우리는 사실 고백의 연령은 지났다고 생각하네.

그러나 그는 이 사건과 또 보고하려는 욕망에 그처럼 사로잡혀 있던 까닭에 내 거부도 듣지 못했을 정도였다. 그는 나에게 곤혹에 넘친 시선을 던지고는 우울하게 중얼거렸다. 자네는 이 모든 것을 이해하지 못할 것이네. 이런 일은 자네한테는 중요하지 않으니까. 그런 자네가 부럽네. 다음 순간 그는 책상을 치고는 큰 소리로 말했다. 그렇지만, 그건 중요한 거야, 너는 그런 걸 이해해야 했어. 사람이 갑자기 자기 생을 잘못 보내서 망쳐버렸다는 것을 아는 건 비참한 일이야.

그래, 라고 나는 무안해서 말했다. 그렇게 말할 수 있을 테지.

그리고 사람이, 하고 그는 말을 이었다. 갑자기 두 개의 의무 앞에 놓이게 되고 그 중의 한 개도 결정적으로 또는 궁극적으로 수행할 수 없는 경우에는 더 저주받은 일이야.

나는 이 대화에 대한 나의 구토를 극복하려고 애쓰면서 마침내 물었다. 무엇에 관한 얘기인지를 말해주지 않겠어?

아, 말하는 것은, 하고 그는 절망적으로 말했다. 그런 것은 말할 수가 없는 성질의 것이야. 그리고 문제가 되고 있는 여자를 자네가 알지 못한다면 내가 다만 무능한 백치로밖에 안 보일 것이야. 글쎄 좀 들어보게. 이게 바보 같지 않은가를. 약혼자가 있는 한 소녀가 나를 알게 되고 쌍방이 다 굉장한 정열에 불타서 나는 그 여자를 나에게 묶어놓으려고 했고 그 여자는 임신했네. 약혼자는 그 여자로부터 그 말을 듣고도 그 여자를 내놓지 않으려고 했어. 그래서 그 여자는 그에게 머물게 되고 어린애는 그의 것으로 인정된 걸세.

그럼 좋다. 나는 처음에 성난 나머지 제일 먼저 닥친 여자하고 결혼했지. 자네도 아는 일제하고. 그런데 이제 이 남자는 그 여자를 결국은 버렸고 그 여자는 아이와 함께, 내 아이와 함께 혼자 남았고 나는 결혼한 몸이네. 일제는 임신 중이고, 나는 전과 마찬가지로 그 여자를 좋아하고 있네. 그래서 나는 그 여자하고 얘기를 했지. 그 여자는 물론 거절했어. 당신은 당신 아내에게 속해 있어요, 하고. 자네가 그 여자를 알기만 한다면, 그 여자가 결코 다르게 대답하지 않을 여자라는 것을 알 것인데, 아마 그 여자는 내가 자기와 아이한테 어떤 의무감을 느낀다고 생각하는지도 모르지. 그 여자는 남의 도움을 받기보다는 차라리 굶어 죽을 거야. 그 여자는 내가 아이의 양육비를 대겠다는 걸 거절했고 고집 때문에 그동안 한 푼도 받아들이지 않았어. 그런 여자야.

그는 그의 승리에 찬 태도로 나를 다시 쳐다보았고 아직도 니나를 사랑하고 있는 것이 명백했다. 곧 이어서 그는 통탄했다. 그래 나는 여기 앉아서 한탄만 하고 있군. 무슨 짓을 해서라도 그 여자를 손에 넣을 생각은 안 하고. 나는 하루도 안 빼놓고 그 여자와 만나고 있어. 그리고 어제저녁은 유대인 어린애 사건과 그 여자의 빌어먹을 예의가.

나는 그의 말을 더는 듣고 있지 않았다. 니나의 아이의 아버지가 누구였는가를 내가 안 것은 이것이 처음이었고 그것이 내 자신의 친구였다는 것은 나에게는 쇼크 이상의 무엇이었다.

그래서, 라고 나는 알렉산더의 우정을 영원히 잃어버릴 각오를 하면서(알렉산더는 사실 내가 친구라는 이름을 붙이는 순수한 동기를 가진 유일의 사람이었다) 쌀쌀하게 말했다. 그래, 그게 나와 무슨 상관이 있단 말이야? 나한테 어떻게 하란 말이야?

그래, 라고 그는 우수에 넘쳐서 말했다. 그래 내가 자네한테서 무얼 바라는 것일까? 나도 모르겠어. 나는 이런 경우에 처한 남자는 어떻게 할 것인가를 자네가 말해줄 줄 알았어.

나는 더는 그의 말을 듣고 있을 수가 없었다. 알렉산더, 하고 나는 말했다. 제발 부탁이니 나보고 아무것도 묻지 말게. 나는 자네를 도와줄 수가 없어. 우리가 어젯밤에 겪은 끔직한 일에 비한다면 자네의 연애 이야기는 중요하지 않은 일이야. 사람이 어쩌면 자기의 생활 속에서 그처럼 많은 자리를 한 여자에게 내어줄 수가 있단 말인가! 세상에는 그보다 더 중요한 일이 있네.

그는 어깨를 추켜 보였다. 자네는 한편으로는 옳지만 다른 편에서 보면 그르네. 자네에게 이 모든 일이 극도로 진부하게 보이리라는 것을 나는 생각했어야 했어. 나 자신도 몇천 번이나 말해보았으니까. 이건 바보 같은 짓이다. 중요하지 않다—아, 제기랄, 집어치우세.

그는 육중하게 일어섰다. 그러나 문간에서 그는 말했다. 자네는 나를 조소해도 좋아, 뭐라고 말해도 좋아. 그러나 중요하건 말건—그것은 우리를 놓아주지를 않는 거야. 그리고 자네가 그처럼 우울하게 있는 것을 보면……

그러면, 하고 나는 말했다. 내가 생명의 나쁜 원수로 보인단 말이지. 잘 알고 있어.

나의 조롱하는 듯한 어조가 그를 놀라게 했다. 우리는 서로 바라보았다. 그리고 이 시선이 교차하는 동안 우리는 공정한, 그러나 신비스러운 남자들 간의 적의와 끈기 있고 피곤한 자기주장 사이의 넓은 길을 재어보고 있었다.

나도 알아, 라고 알렉산더가 말했다. 언제나 마찬가지야, 잘못에 또 잘못을 거듭하고 맨 끝에는 고독만이 남는 법이지. 그렇지만 자네가 그 여자를 안다면…… 그 말은 그만하세.

그는 모자를 못에서 내렸다.

그 여자를 알고 싶지 않아?

아니, 라고 나는 마지막 힘을 다해서 말했다. 나는 혼자 있고 싶다는 욕망 외에는 아무것도 느낄 수가 없었다.

그는 어깨를 추켜 보이고는 나갔다. 나는 유리창으로 그의 뒷모습을 보았다. 그는 천천히 가고 있었다. 두 손을 호주머니에 찌르고 약탈된 거리를 천천히 걷고 있었다. 조금도 절망하고 있는 남자같이 안 보였다. 나는 식은땀에 전신이 젖었고 몹시 혼란 상태에 빠져 있었다. 또한 나는 아까보다 더 강하게 위 부근에 고통을 느꼈다.

1938년 11월 8일의 이 글에 이어서 1938년 2월 20일의 메모가 놓여 있었다. 그러나 거기까지 읽었을 때 나는 니나가 문간에 서 있는 것을 발견했다. 니나는 내가 주었던 편지를 손에 쥐고 있었다.

이게 설명이야, 라고 니나는 아무 표정도 없는 얼굴로 말했다.

1947년 9월 7일에서 8일에 걸친 밤 동안에.

—사랑하는 니나, 너는 이 날짜에 유의하지 않을 거다. 오늘이 바로 우리가 처음으로 만난 지 18년이 되는 날이다. 우리의 우정은 지상에서는 더 계속될 수 없을 것이다. 나는 너와 다시는 만날 수 없다. 나는 불치의 병에 걸렸다. 암이다. 그리고 나는 이 병이 참을 수 없는 고통이라는 비겁한 무기로 나를 쓰러뜨리기 전에 자연스럽게 생을 끝낼 자유를 택하겠다. 네가 그것을 승인할 수는 없다 하더라도 이해하고 존경해줄 것을 나는 믿는다.

나는 18년 동안 너에 관한 모든 것을 기록했고 수집했다. 그리고 헬레네에게 이 소포를 보낼 것을 명했다. 그러나 너의 38회 생일날에 보낼 것을. 그때라면 너는 이것에 의해서 당황하지 않을 것이니까. 다만 네가 이것을 읽으며 나에게 반대하지 못하는 것이 너는 유감스러울 것이다. 죽은 다음에 생시의 죄를 갚을 가능성이 있다면 나는 그것을 하겠다. 나의 생시의 죄란 결단을 회피했다는 것이다. 나는 지금 그것이 비겁에서 나온 것인가를 스스로 묻는다. 내 생각으론 그렇지 않다. 그것은 아마 약함이었던 것 같다. 그러나 의식이 끊임없이 조심하라고 경고하고 온갖 찬성과 불찬성을 수없이 비교해 생각해보라고 명하고 그래서 소박한 박력을 빼앗고 지식의 우울 속에 몸을 맡기게 만들어버린 남자가 자신을 어떻게 결단에 강요할 수 있단 말인가? 죽음과 얼굴을 맞대고서도 나는 이에 대한 대답을 모른다. 나는 지상을 기쁘게 떠난다. 벌써 떠난 지 오래된다. 그런데도 너를 다시 못 볼 생각을 하면 나의 비애의 잔재를 느낀다.

오늘 새벽녘에 나는 나의 일생에 처음으로 진짜 결단을 내리겠다. 참을 수 없는 고통의 명령에 의해서일 것에 불과하다. 진정으로 살아보지 않은 채 죽는다는 것은 얼마나 어려운 일인지.

잘 있어, 잘 있어 —

이 편지를 읽고 났을 때 나는 감히 니나를 쳐다볼 수는 없었다. 나는 니나가 울고 있으리라고 생각했다. 그러나 니나는 울지 않았다. 창백한 어두운 표정으로 방바닥을 응시했을 뿐이다.

노트에는 뭐라고 적혀 있어? 하고 니나가 물었다.

일기야, 라고 나는 대답했다.

어떤 것을 읽었어?

이 일기를 쓴 사람이…… 나는 주저했으나 계속해서 말했다. 네 아이의 아버지와 얘기를 주고받은 날의 기록이야.

읽을 만해?

그것은 대답을 기다리지 않는 질문이었다. 니나는 돌아서서 짐이 놓여 있는 곳으로 돌아갔다. 니나는 마치 아픈 것같이 천천히 갔다. 그러나 갑자기 돌아와서 궤짝 위의 내 옆에 앉았다. 마르그레트, 라고 니나는 말했다. 언니는 결혼했지? 그렇지 않으면 이혼했어?

결혼하고 있어. 벌써 오랜 옛날부터. 왜 그걸 묻니?

언니가 그때 결혼했을 때 언니 남편은 전에 결혼한 일이 있는 사람이었지 않아?

그래. 그런데 그는 이혼했어.

언니 때문에?

그렇게 볼 수는 없어, 그는 불행한 결혼을 하고 있었으니까.

그이가 그렇게 말했어?

사실이 그랬어. 누구나 다 알고 있었으니까.

확실해?

글쎄, 다른 사람의 결혼 생활을 들여다볼 수 있는 한에선.

그렇지, 라고 니나는 말하고 고개를 끄덕거렸다. 니나는 우수에 차서, 그러면서도 만족해서 고개를 끄덕거렸다고 말하고 싶다.

언니의 남편은 이혼하는 데 힘이 들었어? 라고 니나는 끈기 있게 또 물었다.

내 생각으로는 그렇기도 하고 또 안 그렇기도 했을 것 같다. 그이가 아주 사랑했던 아이가 있었고 또 그런대로 그는 그의 아내를 따르고 있었으니까. 그렇지만 그것은 결국 그에게 일종의 해결이 되었을 거야.

그럼 언니들은 둘이서…… 니나는 주저하다가 재빨리 말했다.

얘야, 행복이 무슨 말이니. 우리는 평화스럽게 살고 있다. 우리는 공통된 취미를 가졌고 함께 한 잡지를 위해서 일하고 있다. 어린애는 없으나 없는 것에 만족하고 있어. 우리는 예쁜 집과 자동차와 개를 — 몇 마리의 아주 예쁜 셰퍼드를 가지고 있어. 무얼 더 바라야 해?

잠시 후에 니나는 구두끈을 졸라매면서 말했다. 언니는 사랑이 무엇인지를 조금이라도 알아?

그것은 내가 예기하지 않았던 질문이었다. 나는 대답을 우회해서 말하기로 했다.

니나야, 라고 말했다. 나는 지금 마흔아홉 살이야. 오십이 다 된 여자는 많은 일을 겪었지만 다 지나가버린 일이야. 적어도 대부분을 이 나이에는 겪고 난 후이고 그것이 다 끝난 일인 것이 기쁠 뿐이야. 그것은 꽤 많은 갈팡질팡과 눈물과 히스테리와 싸움과 화해와 끝없는 오해와 몇 개의 아름다운 밤과 많은 기다림으로서 우리의 기억에 남게 되지. 적어도 나에게 있어서는 사랑은 언제나 기다림과 연결되어 있었어. 편지를 기다리고, 기차를 기다리고, 그의 이혼을 기다리고, 그의 최종적 결정을 기다리고, 그의 취직을 기다리고—처음에는 독일에서, 나중에는 스웨덴에서—아, 맙소사, 그것은 기다림 이외에 아무것도 아니었어.

그러고는?

그러고는? 결혼하고 나서는? 나는 기다릴 필요가 없어졌지.

그러고는 언니는 행복했어? 전보다, 언제나 기다려야 했을 때보다 행복했어?

그때 나는 행복했어.

정말로?

니나의 질문은 나를 당황케 했다. 적당한 대답을 찾아내려고 애쓰는 동안 나는 내가 결혼한 지 몇 년 안 되었을 때 이래 한 번도 이 문제에 관해서 정말로 생각해보지 않았다는 것을 알았다. 그 당시 나는 물론 때때로 스스로 물어보았다. 이것이 저 '행복'인가를. 그러나 나는 불행하지 않았고 인생에 대해 지나친 요구를 잊지 않았으므로 나는 내가 행복하다는 생각과 일치할 수가 있었다.

그러나 사랑에 관해서 조금이라도 알고 있어? 라고 니나가 물었다. 사랑이 무엇인지를 알아?

그래, 하고 나는 말하면서 거북한 것을 느꼈다. 사랑은 한 사람에게 절대적으로, 그리고 모든 결과와 함께 속하는 것을 말해.

그럼 사랑과 정열의 차이는 무엇이야? 라고 물으면서 니나는 나를 의심하듯 쳐다보았다.

나는 이렇게 대답하고 싶었다. 정열은 지나가버리지만 사랑은 영속적이다, 라고. 그러나 니나의 눈을 보니까 내 대답이 몹시 진부하게 생각되었다. 그래서 나는 다만 내 생각으로는 그건 아무도 정확하게는 모른다고 생각해, 라고 말했을 뿐이었다.

니나는 얼굴을 천천히 나한테서 돌려 유리창으로 향하고는 말했다. 바로 그것 말이야, 아무도 이 일에 관해서는 알지 못해. 니나는 편지 위에 손을 얹었다. 이 사람, 슈타인은 나를 사랑했어. 그건 나도 알고 있어. 그는 나를 17년 동안 관찰하고 방해하고 자기 자신도 방해했어. 사랑은 그의 병이었어. 그렇지만 그것 없이는 그는 고갈해버렸을 거야. 그는 자신의 생기를 유지하기 위해서 사랑을 필요로 한 거야. 그렇지만 그는 정말로 나를 사랑했어. 그는 나한테 모욕을 당했고 조소받았어. 그렇지만 그는 결국 나를 단념했어.

니나가 입을 다물었을 때 나는 물었다. 그는 아마 너희가 서로 맞지 않는다는 것을 느꼈었겠지?

그래, 하고 니나는 어두운 표정으로 대답했다. 그는 그것을 느꼈고 알고 있었지만 나를 사랑했어. 그는 모든 것을 날카롭게 관찰했어. 그러나 그는 나를 가지려는 생각을 버리지를 않았어. 맨 마지막까지. 그리고 언제나 거의 그렇게 되었을 때마다 그는 포기하고 말았어. 아니, 라고 니나는 내가 무슨 말을 하려는 것을 보더니 말했다. 아니야, 그런 것은 아니었어. 언니 생각은 그가 정복하기만 하면 약탈물에 관심이 없어지는 남자가 아닌가 하는 것이지? 오! 천만에. 그는 그저 물러섰어, 알 수 있어?

그래, 하고 나는 주저하면서 말했다. 그럼 너는? 니나는 어깨를 추켜올렸다가 다시 내렸다.

니나가 말을 더 계속하지 않기에 나는 또다시 공책꾸이 속을 뒤적이기 시작했다.

잠시 후에 니나는 말했다. 나는 일생 동안 한 번도 정말로 사랑하지 않았어. 한 번도 진짜가 아니었어. 나는 한 번도 한 남자 때문에 정말로 불행하지 않았어. 나는 사랑한다는 게 무엇인지를 몰랐어. 그러나 지금은 그걸 알고 있어.

나는 아무 대답도 안 했다. 니나가 아까보다도 더 낮은 목소리로 말을 이을 때까지 나는 숨을 죽이고 있었다. 끔찍한 일이야.

나는 더 물을 용기가 없었다. 니나는 일어서서 빈 방을 끝에서부터 끝까지 걸어갔다. 그것을 두 번 세 번이나 반복했다. 니나가 그렇게 걷고 있는 것을 보니까 오히려 부드럽게 보이고 그런 어두운 결단성이 있어 보이지를 않았다. 그러나 니나는 꿰뚫어 보기가 어려웠다. 조금도 꿰뚫어볼 수가 없었다. 니나 속에는 그처럼 많은 것이 있었고 나는 니나를 거의 모르고 있었다.

니나, 하고 나는 말했다. 이 종이를 읽고 싶지 않아? 이리 와, 같이 읽지 않을래?

아, 하고 니나는 대답했다. 무엇 때문에? 나는 그렇지 않아도 다 알고 있어. 다만 젊은 사람들만이 자기 자신에 관해 무엇을 듣는 것에 열심이야. 그뿐 아니라 나는 그의 문제를 참을 수가 없어.

그러나 니나는 나에게로 와서 궤짝 위에 앉았다. 처음 것을 읽어 봐. 그건 좀 참을 수 있을지도 모르니까.

1929년 9월 8일로 시작해, 라고 나는 말했다.

그렇게 일찍? 아, 그래, 그때 그는 아직 의사였어.

니나는 갑자기 나에게 몸을 돌렸다. 내가 끊임없이 말하고 있는 사람을 언니는 모르지? 그는 슈타인 박사라는 사람으로 스켈 가(街)에 개업하고 있다가 후에는 대학교수가 되었던 사람이야.

어떻게 생긴 사람이니? 라고 나는 물었다. 혹시 생각이 날지도 모르니까……

키가 크고 말랐고 뼈대가 굵었어, 라고 니나는 짧게 대답하고는 빨리 덧붙였다. 인제는 읽어봐.

그래서 나는 내가 세상에서 제일 싫어하는 것인 소리를 내서 읽기를 시작했다.

1929년 9월 15일

―새로 여자 환자가 한 명이 생겼다. 그 여자는 골칫덩어리다. 자기는 의식하지 않고 나를 이상하고 거북하고 피할 수 없는 방법으로 귀찮게 만드는 여자다. 한 주일 전에 그 여자는 면회 시간에 왔었다. 그 여자는 방 한구석에 웅크리고 앉아 있었다. 나는 그 여자가 처음에는 어린아이인 줄 알았다. 말라빠진 미성년 소녀인 줄 알았다. 그 여자는 한 번도 고개를 들지 않았다. 그 여자 차례가 맨 끝으로 올 때까지는 두 시간이 걸렸다.

드디어 그 여자가 방문턱을 짚고 들어섰을 때 나에게 어떤 일이 일어났다. 내 속에 있는 무엇이 변화했다. 아니, 나는 변했다. 나는 그 여자를 보았고 그 여자는 나를 보았다. 그러나 나를 보고 있는 것이 아니었다.

그 여자는 회를 칠한 담벽같이 흰 얼굴빛을 하고 두 손으로 허공을 짚었으나 의식을 잃기 전에, 내가 잡아주기 전에 다시 제정신으로 돌아갔다. 의식을 잃지 않기 위해서 그 여자는 비상한 노력을 하고 있는 것이 틀림없었다. 한마디도 말하지 않고 그 여자는 의자에 앉아서 구두끈을 풀었다. 나는 발이 굉장히 부어 있는 것을 곧 볼 수가 있었다. 나는 도와주려고 했으나 그 여자는 내 손을 밀쳐 버리고 양말을 발에서 쑥 잡아당겼다.

농독증이에요, 라고 그 여자는 무뚝뚝하게 말했다.

그건 꽤 악한 증세같이 보였다. 일각도 지체할 수 없습니다.

나는 헬레네를 불렀다—

그건 그의 여동생이야, 라고 니나가 말을 던졌다. 그 여자는 병원 일을 돕고 있었고 나를 아주 싫어했어. 그런데 나는 그때 정말로 심하게 앓았어. 회복될 때까지 두 달이나 걸리는 긴 병이었으니까. 때는 몹시 아름다운 가을이었는데 나는 누워 있고 또 누워 있어야 했어. 그렇지만 멋진 때였어. 읽어봐. 그가 뭐라고 썼는가. 수술 기록을 빼고, 그것에는 흥미 없으니까.

그는 다만 그가 전신 마취를 하려고 헬레네를 불렀으나 네가 싫다고 해서 국부 마취만 했다는 것과 네가 누워 있던 광경과 그가 너를 바라보았다는 것을 썼을 뿐이야.

읽어줘, 그때 벌써 나를 사랑하기 시작했는지 알고 싶어.

그는 다음과 같이 썼다.

—그 여자는 두 눈을 감고 꼼짝도 안 하고 누워 있다. 나는 그 여자를 바라본다. 아직 한 번도 환자가 나를 유혹에 빠뜨린 일이 없었는데 이 여자는 그것을 알고 있었다. 그 여자는 아름답지 않았다. 그 여자 나이 또래 소녀의 부드러운 귀여움이 없는 거의 슬라브식 얼굴을 가진 말라빠진 갈색 몸과 관자놀이에 달라붙어 있는 헝클어지고 먼지에 덮인 머리카락을 가진 여자였다. 사람의 마음에 들지 않게 생겼었다. 그런데도 그 여자는 내 마음에 들었다. 마치 황원의 바람에 휘몰려 온 것같이 그 여자는 마르고 갈색 모습을 하고 정신없이 매우 앓고 심각하게 거기 누워 있었다.

나는 그 여자를 더 보고 있어서는 안 되었다. 나는 차 준비를 하라고 헬레네를 불렀다. 진찰실로 다시 돌아갔을 때 그 소녀는 일어서려고 했다가 이번에는 정말로 의식을 잃고 말았다. 내가 한 여자를 팔에 안아보는 것은 이것이 10년 만이다. 이 여자는 가벼웠다. 그리고 고열에 뜨거웠고 먼지와 땀 냄새가 났고 아름답지 않았다. 그러나 그 여자를 안아서 자동차로 데려갈 때 나는 마치 침대로 데려가는 것 같은 기분이었다.

예민하고 질투심이 강한 헬레네는 무뚝뚝하게 물었다. 언제부터 환자를 오빠 자동차로 데려갔지요? 헬레네는 처음으로 아무 대답도 얻지 못했다—

그리고 그 순간부터, 라고 니나가 내가 읽는 것을 가로막았다. 그 여자는 나를 싫어했어. 그런데 그가 나에 관해서 쓴 것은 별로 보기 좋은 모습이 아닌데? 나는 그렇게까지 보기 싫지는 않았어. 그 시절의 사진이 있는데. 뭐 그렇지만 그가 쓰는 방법은 내 마음에 안 들지 않아. 그 당시 그는 아직 달랐었군. 그때 그가 만일…… 그렇지만 나는 아팠으니까. 그리고 아무튼 쓸데없는 일이야. 그것에 관해서 더 생각해본다는 것은 부질없는 일이야. 내가 도대체 왜 이걸 다 듣고 있는 것인지 나도 모르겠어.

들어봐, 라고 나는 말했다. 너한테 흥미가 있을 대목이 나오니까. 그가 네가 아마 죽을 것이라는 것을 너에게 말한 것에 관해서 쓰고 있으니까.

그래, 하고 니나는 갑자기 탐욕스러운 생기를 띠면서 말했다. 그래 그걸 읽어줘. 죽음은 사랑보다 흥미 있으니까.

니나, 라고 나도 큰 소리로 말했다. 나는 정말로 네가 그렇게 생각하지 않는다는 걸 알고 있다.

생각지 않는다고? 왜? 생각 가운데의, 가장 흥미 있는 것은 죽음인데.

죽고 싶니? 라고 나는 가벼운 어조로 물었으나 대답을 두려워하고 있었다.

죽는다고? 아니, 지금은 아니야. 이렇게는 싫어. 지금까지 한두 번은 그걸 시도해보았고 한 번은 거의 성공했었어. 그렇지만 나는 그게 실패한 것을 다행으로 생각하고 있어. 단념하거나 또는 절망한다고 해서 자살하는 것은 옳은 일이 아니야. 그렇지만 언젠가 한 번……

니나는 말을 뚝 끊고 나를 재빠른 시선으로 바라보았다. 나에게 이야기를 할 것인가를 생각해보는 것 같았다. 그리고 얘기를 하려고 몹시 애쓰다가 결국은 다음과 같이 짧게 말하고 말았다. 우리는 무한히 행복할 때만 죽어도 좋은 것인지도 몰라. 그리고는 낮은 목소리로, 생각에 잠겨서 계속해 말했다. 그렇지만 그것은 결국 다른 모든 것과 마찬가지로 비겁한 일일 거야. 이 말을 할 때 니나는 마치 인생을 전부 알고 있고 모든 것을 그대로 받아들이는 노파처럼 보였다. 니나가 그 이상 더 말을 하지 않은 까닭에 나는 계속해서 읽기 시작했다.

1929년 9월 18일

—매일 N. B.를 왕진한다. 그 여자는 고열이 있으나 의식은 맑다. 그 여자는 아무 말도 하지 않는다. 그 대신 그 여자의 어머니가 그 여자 몫까지 수다를 떤다. 그 여자의 어머니는 딸에 대해서 매우 불만을 품고 있다. 그래서 N이 다정하지 않고 거세고 쌀쌀하고 말을 안 듣고 폐쇄적인 성격이며 마치 집안에 속해 있지 않은 것같이 군다고 한탄했다.

N은 사실상 이 가족에 속해 있지 않다. 은행 관리인 부친은 매우 예의 바른 사람이지만 좀 비굴한 데가 있고 의심이 많고 자신이 없어 보인다. 그는 예절 밑에 냉혹한 마음을 감추고 있다. 어머니는 지식계급에 속하나 쌀쌀하고 섬세한 감정이 결핍된 여자다. N의 양친의 집안 분위기는 숨이 막힐 것 같다. 사람들은 그 집 안에서 발끝으로 걸어 다녔고 아무것도 건드리지 못한다. 모든 것은 유리알처럼 반들반들했다. 나는 빗자루와 걸레를 들지 않은 N의 어머니를 본 일이 없다. 마치 그 집에서는 빡빡하게 그러다 정당하게 측량된 공기까지 살균되어 있고 이 질서광 여인의 힘에 굴복해 있는 것 같아 보인다—

나는 웃지 않을 수 없었다. 참 잘 썼구나. 그렇지?

응, 응이라고 니나는 무슨 딴생각을 했던 것처럼 건성으로 대답하면서 계단을 올라오고 있는 발소리를 긴장해서 듣고 있었다. 니나의 그 모습은 마치 내 두 마리의 신경질적인 개를 연상시켰다.

누굴 기다리니? 라고 나는 물었다. 니나는 몸을 움츠렸다.

아니, 아무것도 아니야. 그저 전부터 있는 습관이야.

발소리가 니나의 방 앞을 지나가버리고 난 후에야 비로소 니나의 얼굴에서 긴장의 빛이 사라졌다.

더 읽어봐, 그이가 나보고 죽을 것이라고 말한 데만 읽어줘.

1929년 9월 20일

—우리는 오늘 마침내 단둘이 방 안에 있을 수 있었다.

선생님, 이라고 니나가 말하면서 나를 쳐다보았다. 선생님은 쓸데없이 잠자코 계시는 거예요. 혈관 폐쇄가 곧 일어나리라는 것을 나는 잘 알고 있으니까요. 그 여자의 목소리는 완전히 맑았고 눈은 한 점의 공포도 근심조차도 없이 고요했다.

아닙니다. 라고 나는 말했다. 물론 정맥염에 있어서 혈관 폐쇄의 위험이 있긴 합니다. 틀림없이. 그러나 당신이 완전히 조용하게 누워 계신다면 그것은 불가피한 것은 아닙니다.

그 여자는 고개를 흔들었다. 잘 알고 있어요, 의사들은 결코 진실을 말하지 않는다는 것을. 진실을 말하지 않는 것은 아마 그들의 직무상 비밀이거나 또는 의무일지도 모르지요. 그렇지만 말하지 않는 것이 잘못인 경우도 있는 것입니다. 내가 죽어야 한다면 알고 싶습니다. 죽음은 중요한 일이에요. 그리고 우리는 그것을 단 한 번밖에 체험하지 못하는데 왜 의식 없이 받아들여야 해요? 마치 도살당하기 전에 머리를 얻어맞는 짐승과도 같이…… 나는 깨어 있고 싶어요. 나는 그것을 알고 싶어요. 죽음은 굉장한 것일 거예요. 멋질 거예요.

나는 내가 관찰한 일이 있었던 수많은 죽어가던 사람들을 기억했다. 그들의 죽음은 멋진 것이 못 됐었다. 그것은 온갖 종류의 고통에 마비된 비참한 죽음이었다. 그들은 그들의 생명을 마치 구역질나는 구멍투성이의 누더기같이 내던져버리는 것 같았다. 또는 그렇게도 처참한 생인데도 그것에 집착했고 위신도 수치도 없이 반항했다. 또는 그들은 니나의 말처럼 그들에게 무엇이 닥쳐올지를 보는 것을 막는 타격을 머리에 받고 죽음에 의해서 정복당했다. 니나의 죽음은 그것들과는 다른 것이었다. 그 여자의 죽음은 '멋질' 것이고 그 여자는 자기의 죽음을 '멋지게' 형성할 것이다. 나는 그것을 그 여자에게서 믿을 수 있다.

나는 종종 죽음을 꿈꿉니다, 라고 니나는 계속해서 말했다. 나는 죽는다는 것이 어떤 것인지 짐작할 수가 있어요. 그것은 끔찍한 공포의 순간이었어요. 마치 목을 졸리고 찢기고 짓눌리는 것 같은 기분이었으나 그건 일순간뿐이었고 그 다음에 온 것은 말할 수 없이 좋았어요. 나는 아주 가벼워졌고 날아다녔고 마치 수정같이 보이는, 그러나 딱딱하지는 않고 무겁지도 않은, 아주 가볍고 밝은 물체로 변해 있었어요. 그리고 나는 점점 더 가벼워지고 밝아졌고 마침내는 일종의 은빛 공기로 만들어진 공 같은 것으로 되었어요. 굉장히 멋진 기분이었어요.

그러나 그 다음에 나는 잠에서 깨고 말았어요. 그날 아침잠에서 깨었을 때 이 나무와 새털로 된 침대 속에 내가 누워 있는 것을 보고 이 담벽과 천장과 방바닥 속에 있는 것을 발견하고 나는 무섭게도 불행했습니다. 무한이라는 게 무엇인지를 알고 난 후에는 내가 육체를 가지고 있다는 것이 참을 수가 없었습니다. 애써서 일으키고 한 걸음 한 걸음 걸어가야 하는 육체를 가졌다는 것이! 언제나 한계뿐이고 육체적인 이런 생을 어떻게 견딜 수 있단 말이에요? 다른 게 있는데? 우리가 동경하는 것이! 자유가!

니나는 너무 말을 많이 했다. 나는 더 얘기하지 못하게 명했다.

아, 라고 니나는 경멸하듯이 말했다. 그건 이제는 문제가 아니지 않아요. 나는 죽고 싶은 거예요. 사는 것보다, 여기에 사는 것보다 훨씬 아름다운 것이 있다는 것을 알고 있으니까요. 공부하고 먹고 자고 직업을 갖고 결혼하고 아이를 낳고, 그게 뭐예요? 그것만으로는 부족해요. 사람은 그것이 습관이 되어버리고 마치 그것에 의의가 있는 것처럼 스스로 타이르는 거예요. 아마 그것밖에 모르고 필요하지 않은 사람들에게는 의의가 있을지도 모르지요. 하지만 내가 어떻게 그걸로 만족할 수 있단 말이에요? 멋진 순간이 우리 생에 있다는 것을 나는 책에서 읽어서 알고 있어요. 사랑을 하거나 아이를 낳거나 어떤 진리를 발견한 순간이 그렇다고 합니다. 그렇지만 그런 건 다 지속되지 않아요. 우리는 다만 조금만 맛보기로 구경만 하고는 다시 뺏기고 맙니다. 그건 절대로 나에게는 충분하지 않아요. 그래서 나는 죽고 싶어요. 아시겠어요? 그러니까 선생님은 나에게 말해도 괜찮아요.

니나는 나를 당황하게 했다. 나를 당황케 한 것은 그 여자의 담담한 정신만이 아니다. 그 여자를 잃게 된다는 나 자신의 피조물로서의 고통이었다. 거기에다 이 인간이 더 계속해서 자라나지 못하고 그 속에 들어 있는 약속이 실현되는 것을 보지 못한다는 무서운 고통이 겹쳐져서 나를 당황시킨 것이다.

모르겠습니다, 라고 나는 말했다. 당신이 죽을 것인지를 나는 모릅니다. 정말로 난 모릅니다.

그 여자는 나를 오랫동안 쳐다보더니 물었다. 우리는 소망을 통해서 죽음에 도달할 수 있을까요? 매우 간절한 소망에 의해서, 그리고 열렬하게 그것을 믿음으로써 죽을 수 있는 것은 아닐까요?

그 여자는 자신이 얼마나 무섭게 나를 괴롭히고 있는 것인지를 모르고 있었다.

내 생각으로는 인간은 소망과 신앙에 의해서 거의 모든 것에 도달할 수 있을 것입니다, 라고 나는 말했다. 그러나 그 소망은 일부러 한 것이어서는 안 됩니다.

네, 라고 그녀는 소리쳤다. 그것은 인간의 본질 속에 놓여 있는 필연성이어야 합니다. 그렇지 않아요? 바로 그렇기 때문에 —

아, 우리는 모릅니다. 그것에 관해서는 알 수 없습니다, 라고 나는 말했다. 우리는 몇천 개의 기만의 가능성에 몸을 내맡기고 있고 한 걸음 걸을 때마다 신들에 의해서 속고 있는 것입니다.

아니에요, 라고 그 여자는 고개를 흔들었다. 나는 그렇지 않아요.

내가 귀가했을 때 그 여자는 흥분해 있었으나 매우 행복한 기대에 넘친 기분 속에 있었다. 그 여자는 죽을 것 같지 않다. 적어도 오늘 밤에는 안 죽을 것 같다. 또는 도대체 이 병으로는 죽지 않을 것 같다. 그 여자의 죽음에 대한 동경은 호기심이다. 형이상학적 호기심이다. 그것은 그 여자의 활기에 대담성과 모든 것을, 죽음까지도 — 그 여자에 있어서는 생의 일부인 죽음까지도 체험하겠다는 욕망에서 나온 것이다. 이 호기심은 경박에 인접해 있다. 내 생각으로는 그 여자는 이 경박을 비싸게 보상하기 위해서 더 살아야만 할 것 같다.

자정이다. 잠이 안 온다. 그 여자가 정말로 죽는다면? 그 여자가 지금 자리에서 일어서서 막 돌아다닌다면? 그 여자가 죽음을 불러온다면? 그 여자는 한마디도 이에 관해서는 말하지 않았다. 이 가능성에는 주의를 하지 않았다. 그 여자의 확신이 그 가능성에서부터 그 여자를 막고 있다. 그 여자가 그처럼 경멸하고 있는 생이 그 여자를 보호하고 있는 것이다. 자살은 그 여자의 세계 밖에 있다. 또는 내가 다만 그런 생각을 가지고 스스로 위안하고 있는 것인지도 모르는 일이다. 만약에 내일 아침 일찍 전화가 와서 니나의 어머니가 나에게 그 여자의 죽음을 말한다면 — 나는 어찌 될 것인가?

새벽이다. 나는 지금 막 집에 돌아왔다. 나는 니나의 집 앞에 갔었다. 나는 다섯 시간 동안 담장에 기대서서 숲 뒤에 숨어 그 집을 바라보고 있었다. 별이 가득 찬 맑고 추운 가을밤이었다. 내가 이 도시에서 아직 한 번도 겪어본 일이 없을 만큼 조용한 유리같이 투명한 밤이었다. 마치 높은 산중에 있는 것같이 고요했고 집들은 해안의 암벽처럼 딱딱한 회색을 보였다. 한 마리의 개가 마치 그림자처럼 소리 없이 스쳐 지나갔다. 그는 자꾸만 내 곁을 지나갔다. 나는 마치 니나의 목숨이 내가 꼼짝도 안 하고 서 있는 데 달려 있다는 듯이, 마치 니나 목숨을 파수 보듯이 움직이지 않고 서 있었다. 나는 4층에 있는 니나의 유리창을 응시하면서 갑자기 촛불이 켜질 것을 기다리고 있었다. 니나의 부모 같은 사람들은 틀림없이 촛불을 켜고 기도하고 울부짖을 것이다. 그러나 니나는 사람들이 겨우 아침에야 발견할 수 있게 급격히 죽을 것이다. 빠르고 고요한 죽음이었다는 것은 얼마나 좋은 일이냐.

아침이 되었을 때 나는 집으로 돌아왔다. 나는 마치 새벽 공기 속에서 내가 밤을 기대서 보낸 감옥소 담장에서 죽음을 본 것같이 생각되었다. 지금은 6시다. 나는 두 시간 동안 자도록 해보아야겠다. 그러나 그것은 불가능할 것 같다. 어쩌면 그 여자는 내가 그 여자를 떠난 바로 이 시각을 기다리고 있는 것인지도 모른다. 나를 떠나기 위해서 — 나는 자지 않겠다 —

왜 더 읽지 않아? 라고 니나가 물었다. 니나는 다리를 꼬고 두 손을 무릎에 깍지 끼고 꼼짝도 않고 앉아 있었다. 대답을 안 했더니 니나는 태연하게 말을 했다.

흥분했어? 벌써 옛날 일이야. 그렇지만 나는 그가 밑에 서 있는 줄은 몰랐어. 다행이야. 알았더라면 방해가 됐을 테니까.

니나는 정열을 띤 어조로 말을 이었다.

그건 아주 멋진 밤이었어. 그는 내 머리맡에 뿌옇게 흐린 액체가 담긴 컵을 갖다 주었는데 나는 그것이 진통제인 것을 알았어. 그러나 나는 마취되고 싶지 않아서 그걸 먹지 않았어. 그래서 나는 그저 누워 있었어. 덧문도 커튼도 열려 있어서 나는 하늘과 성당 탑의 끝을 볼 수가 있었어. 언니도 우리 방에서 내다보던 광경을 기억할 거야. 루트비히 성당의 첨탑이 마치 두 개의 바늘같이 가늘게 보일 뿐 하늘에는 아무것도 없었어.

12시에 어머니가 또 한 번 왔어. 자는 척했더니 뭔지 입 안에서 중얼거리면서 다시 나가버렸어. 아마 기도하고 있었을 거야. 무엇 때문에 기도를 한 것인지는 나도 모르겠어. 어머니는 나를 싫어했었고 내가 화의 근원이고 어머니의 생을 망치고 있다고 말하고 있었는데 어떻게 내가 건강해지라고 기도한단 말이야? 사람들은 정말로 모순 덩어리지?

그날 밤 얘기를 더 하겠어 이제는. 나는 누워서 기다렸어. 나는 죽음, 아니, 죽고 난 후를 기다리고 있었어. 처음에는 나는 행복했어. 그건 확실히 기억하고 있어. 그런데 그 다음에 온 생각들은 나를 불안케 만들었어. 나는 생이 앞으로 나에게 무엇을 갖다 줄지 모른다고 생각했어. 굉장한 앞날이 있을지 누가 알아? 어쩌면 나에게는 큰 재능이 있어서 유명해질지도 누가 알아? 또는 훌륭한 남자를 알게 되어서 결혼할지도 모르고 유혹은 한 개 한 개씩 나에게 다가왔어. 그것은 생의 환상이었고 전부 유혹에 넘친 광경이었어. 아침 햇빛 속에 꽃밭과 강이 있었고 나는 대도시의 거리를 걷고 있었어. 부활절이었어. 나는 늘 몹시도 갖고 싶어 하고 한 번도 사 입지 못한 봄 투피스를 입고 팔엔 보랏빛과 노랑빛 튤립 꽃다발을 안고 있었어. 왜 하필 보랏빛과 노랑빛인지는 나도 모르겠어. 환상이었으니까 뭐. 또 나는 무대 위에서 캐첸[《하일브론의 캐첸》, H. 클라이스트 작] 역을 연기했어. 그 당시는 배우가 되는 것이 내 이상이었으니까. 그리고 난 담배 냄새를 맡았어. 담배 피우는 걸 나는 그 당신 멋의 상징같이 생각하고 있었으니까. 이렇게 해서 생은 나를 완전히 바보 같은 환상들을 가지고 유혹하려고 했어. 나는 매우 불안해지고 당황했어. 그러나 그 다음에는 내가 꿈꾸었던 환상이, 자유의 환상이 다시 나타나서 나는 다시 아주 고요해졌어.

그러나 나는 죽기를 바랄 용기가 없었어. 나는 그저 누워서 기다리고 있었어. 나는 아직까지도 그때 내가 느꼈던 기분을 다시 느낄 수 있어. 나는 아주 가벼웠어. 새털같이 가벼워졌어. 어쩌면 슈타인이 나에게 아편을 주었던 것인지도 몰라. 그러나 나에게는 그것이 죽음의 시각처럼 보였어. 그러고는 점점 맑아졌고 낮이 왔을 때 나는 아직 살고 있었어.

생 가운데 다시 내던져졌어. 나는 몹시도 나 자신이 부끄러웠었어. 위대할 기회가 지나가버렸다는 것을 알았고 다른 모든 사람과 마찬가지로 살아야 한다는 것을 알았기 때문이야. 그때 나는 울었어. 유리창에 기대서서. 창문은 열려 있었고 밝은 이른 아침이었어. 나는 슈타인이 서 있는 걸 보았어야 할 텐데 보지 못했어. 가을 낙엽의 냄새가 났고 나는 울었어. 몹시 슬픈 아침이었어.

조금 있다가 슈타인이 왔을 때 나는 모든 잘못은 그 때문이라는 듯이 그에 대해서 성이 나 있었어. 그러고는 며칠 동안 계속해서 잠잤어. 그 다음부터 회복되기 시작했어. 회복은 매우 느렸어. 나는 책을 굉장히 많이 읽었어. 아마 슈타인의 장서의 절반은 읽었을 거야. 그는 내가 읽고 싶어 하는 책을 갖다 주었어. 내가 읽고 싶어 하지 않는 책을 더 자주 갖다 주었으나 나는 그가 갖다 주는 것은 무턱대고 다 읽었어. 이런 방법으로 나는 무섭게 많은 것을 알게 되었어. 나는 마치 귀신이 붙은 것같이 열심히 배웠어. 죽음이 나를 가져가려 하지 않았으니까. 이제 나는 생의 편으로 돌아섰던 거야. 그런데 산다는 건 그 당시의 나에게 있어서는 아는 것, 무섭게 많이 아는 것과 생각하는 것과 모든 것과 파고드는 것이었어. 그 이외에는 아무것도 아니었어.

우울한 어조로 니나는 말을 이었다.

나도 언제나 과장 속에서 살아왔어. 그런데 그는 또 뭐라고 더 쓰고 있어? 내가 건강해진 다음에 나하고 그사이가 어떻게 됐는지 기억이 나지 않아. 나는 공부를 계속했어. 둘째 학기에 들어 있었어. 그래서 나는 그를 위한 시간이 없었어.

내가 보기에도 그동안엔 긴 공백이 있었다. 다음 기록은 1931년 5월 12일 날짜로 되어 있었다.

—니나는 이 도시에서 없어진 것 같다. 헬레네가 놀라게도 나는 매일 산책을 하는 습관을 새로 만들었다. 내 산책길은 언제나 같다. 공원을 통해서 대학을 돌고 튜르켄 가를 지나서 윌헴름 가에 있는 니나 집 앞에까지 갔다가 다시 돌아오는 것이다. 때때로 밤에 환자가 왕진을 청해 올 때면 나는 차를 일부러 멀리 돌려서 그 여자의 방에 불이 켜져 있는 것을 보려 한다.

나는 괴로울 만큼 혼란한 상태에 빠져 있다. 내 생각으로는 지금 내가 여태까지 여자들에게 가지고 있었던 거만한 거리에 대해서 보상해야만 하는 것 같다. 내가 그 여자 때문에 내 생활을 바꿀 수 있는, 아니, 이미 바꾼 최초의 여자가 니나라는 것을 안다면 니나는 뭐라고 할 것인가? 나와 헬레네에 의해서 그처럼 어렵게 만들어지고 그처럼 완강하게 지켜진 고독이 지금은 나에게 무엇을 뜻하는가?

나는 책 쓰는 것을 중단하고 말았다. 진찰실을 잠그고 병원 일을 마치고 나면 나는 내 방으로 간다. 헬레네는 거기서 날 방해하는 일이 없다. 헬레네는 내가 공부하고 있는 줄 안다. 내 책상 위에는 글씨가 씌어진 종이가 놓여 있는데, 나는 매일 다른 페이지를 위에다 얹어놓는다. 만약 헬레네가 들여다본다면(그녀가 예의상 그걸 못하게 하겠지만) 마치 일이 착착 되어가는 것같이 보이도록 하기 위해서다.

니나의 사진이 한 장 갖고 싶다. 이 무슨 바보 같은 생각이랴. 그러나 이 생각은 완강하게 나를 따라다니고 망상으로 되어가고 있다. 만약 내가 니나의 사진을 가진다면 니나를 내 곁에 마술로 불러올 것이 가능할는지도 모른다.

나는 어떤 힘에 의해서 지배되고 있는 것일까? 내 이성은 매일 매일 암초에 부딪히고 파산하고 있다. 이처럼 해서 나는 자연에게 세금을 바치고 있는 것인지도 모른다. 또는 그렇지 않다면 나를 괴롭히고 어쩔 수 없이 강대한 힘으로 유혹하고 있는 것이 무엇이란 말인가? 오늘 밤 나는 몇 년 동안이나 나에게 일어나지 않았던 일을 자는 동안에 경험했다. 그 때문에 잠이 깨었고 마치 비밀의 죄를 저지른 것같이 그것이 창피하다. 지금은 내가 니나를 획득하거나 또는 이 소원을 결정적으로 극복할 시기다. 그러나 니나는 어디에 있는 것일까?

어디 있었어? 라고 나는 읽다 말고 니나에게 물었다.

우리는 이사 갔었어, 라고 니나는 짧게 대답했다. 그런데 이걸 봐. 여기 편지가 있네. 슈타인이 나에게 한 편지야? 아마 복사인지도 몰라, 또는 초안인지도. 읽어줘.

1931년 6월 28일

존경하는 부슈만 양에게

어쩌면 내가 당신에게 빌려드렸는지도 모르는 책에 관해서 내가 당신에게 묻는다면 그것은 내가 당신이 그 책을 반환할 것을 의심해서가 아니라 그 책을 내가 누구에게 빌려주었는지 뚜렷하지가 않아서이며 당신이 그것을 가지고 계신 것을 알고 싶어서라는 것을 이해하여 주시기 바랍니다. 저에게 이에 관해서 일필 적어 보내주실 수 없으신지요? 그 책은 스탕달의 《적과 흑》으로서 내가 매우 아끼는 책입니다. 당신의 건강을 빕니다.

—B. 슈타인

니나는 한숨을 쉬었다. 맙소사, 어쩌면 그렇게도 우회를 할 수 있을까? 그는 내가 그 책을 갖지 않고 있다는 것을 잘 알고 있었으면서. 그런데 나는 이 편지를 받지 않고 말았어. 받았더라면 기억할 것이니까. 편지가 또 있네. 같은 날에 쓴 거야.

존경하는 부슈만 양에게

만약 당신에게 내가 당신의 방문이 끊기고 당신을 다시 만날 하등의 가망이 없는 것이 나에게는 몹시 고통스럽다고 말씀드린다면 당신은 아마 극도로 놀라실 것입니다. 나는 매우 은둔해서 살고 있고 당신과 대화를 못하는 것을 애석하게 생각하고 있음을 고백합니다. 저에게 기쁨을 주시기 위해서……

여기서 그는 중단했다.

그래, 라고 니나는 쌀쌀하게 말했다. 그는 바로 자기가 원하고 있는 것을 말할 용기가 없었던 거야. 또 편지가 있어?

그래, 그런데 이 글씨를 좀 보아라! 아주 혼란하고 갈피를 못 잡고 있지 않니? 누구한테 쓴 것인지도 씌어 있지 않고…… 날짜는 같은 날짜다.

……이 편지는 당신에게는 뜻밖일 것이고, 혹은 당황하게 해드릴지도 모릅니다. 나를 이해하려고 애써주십시오. 당신은 매우 젊습니다. 그러나 당신과의 대화는 나에게 당신의 정신이 당신의 연령보다 훨씬 앞서 있으며 당신의 마음이 나를 이해할 수 있을 만큼, 당신에게 낯설고 이상한 점까지도 이해할 수 있을 만큼 크다는 것을 증명해주었습니다. 우리가 처음 만난 이래 나는 당신이 나의 생과 갈라놓을 수 없게 연결되어 있음을 알고 있습니다. 당신은 나의 이 생에 새로운 방향을 주었습니다. 당신은 내 본질에 있는 두꺼운 굳어진 층을 융해시켰습니다. 당신은 나에게 좋은 일을 베풀고도 그걸 모르고 계십니다. 그러나 당신은 당신의 일을 끝마치지를 않으셨습니다. 나는 당신이 필요합니다. 마치 숨 쉬는 공기같이 당신이 필요합니다. 당신을 찾기 위해 나는 거리를 헤매고 있습니다. 당신을 꼭 다시 만나야겠습니다. 부디—내 말을 들어주십시오. 부디—나에게 오시거나 한 줄이라도 좋으니까 글을 써주십시오. 내 생명은 당신 수중에 있습니다.

—당신의 B. St.

이 편지도 보내지 않고 말았어, 라고 니나는 말했다.

그가 그걸 보냈다면 어떻게 되었을까? 라고 나는 물었다.

니나는 어깨를 추켜 보였다. 아마 나는 그걸 가지고 아무것도 할 수 없었을 거야. 나는 그때 아직 어린애였으니까. 이 편지는 나를 놀라게 했을 뿐일 거야. 만약 내가 그를 찾아갔더라면 어떻게 되었느냐고? 우리는 아마 스탕달에 관해서 토론했을 거야. 또는 루소에 관해서.

여기 1931년 7월 8일의 일기가 있군.

—나는 N을 다시 만났다. 만약 우연이라는 것이 있다면 그것은 우연이었고, 만약 그것이 우연이 아니었다면 불행스러운, 그러나 교훈적인 운명이었다.

N은 어떤 남자와 함께 공원 속을 걸어가고 있었다. 저녁때였다. 남자는 크고 넓적했으며 거의 투박스러웠다. 내가 알지 못하는 남자였다. 니나는 애써서 그와 걸음을 맞추면서 첫 번째 커다란 감동에 의해서 어두워진 모든 것을 말하고 있는 눈으로 그를 뚫어지게 바라보면서 걷고 있었다. 나는 그들의 바로 곁을 지나갔으나 N은 나를 보지 못했다. 그 여자는 그 이외의 아무도, 아무것도 보지 않았다. 나는 샛길로 들어가서 그들보다 앞장섰다. 그러고는 다시 그들 앞으로 마주 갔다. 그 남자는 내 마음에 들지 않았다. 술꾼 같은, 해면같이 우툴두툴한 얼굴을 가졌고 팔은 뒷짐 지고 몸을 구부리고 걸어서 뚱뚱한 것이 더 강조되는 자세를 하고 있었다. 그의 음성은 중얼거리는 것 같았고 사투리가 섞여 있었다. 무엇이 N을 끄는 것일까? 나는 바싹 가까이 갔기 때문에 그 여자를 거의 스쳤을 정도였다. 그 여자는 나에게 귀찮아하는, 방해된 듯한 시선을 던졌으나 나라는 것은 알지 못했다. 얼마 동안 나는 그들을 따라갔다. 그때보다 더 내가 나 자신에게 미웠던 때는 없다. 나 자신에 대한 얼마나 수치스러운 인식인가? 무절제하고 욕망하고 질투하고 의심하

고 시기하고 복수심에 불타고 한마디로 남자의 정열의 온갖 악마에 의해서 지배되고 있다니! 그러나 죄악의 이 알지 못했던 감미여!

어둠이 깃들였다. 두 사람은 아직도 공원을 이리저리 거닐고 있다. 매우 더운 저녁이었다. 먼 곳에서 번개가 번쩍였고 논에서 개구리가 울었다. 우수와 관능에 마비되어 있는 것 같은 저녁이었다. 그들이 공원 출구에서 헤어진 것은 11시나 되어서였다. 그들은 악수조차도 하지 않았다. 그는 마치 용해되어버린 것같이 공원의 어둠 속으로 사라져버렸다. 나는 그를 따라가서 대들고 뺨을 치고 모욕하고 싶은 바보 같은 욕망에 사로잡혔다. N은 팔을 축 늘어뜨리고 꼼짝도 안 하고 길 한복판에 서 있었다. 그를 위해서라면 나무 숲으로라도 변할 용기가 있는 모습이었다. 매우 우수에 넘친 시적인 광경이었다.

나는 그 여자에게 감히 말을 걸 용기가 나지 않았다. 그렇다. 그것이 적합한 표현이다. 나에게는 용기가 나지 않았다. 나는 어둠 속에 여자의 가까이에 서서 그 여자의 감정을 존중하고 잠자코 있었다. 드디어 그 여자가 처음에는 주저하면서 그러나 점점 더 빨리 갔을 때 나는 그 여자를 따라갔다. 그 여자는 그러니까 집을 이사한 것이다. 나는 무엇을 했으면 좋을지 불안하다. 아니, 내가 해야만 할 일을 어떤 방법으로 해야 할지 몰라 불안하다.

1931년 8월 18일

—내가 N을 다시 만난 것은 순전한 우연이라고는 이미 표현할 수가 없다. 왜냐하면 나는 그 여자가 지금 살고 있는 합스부르크 가에 하루에도 몇 번씩 걷거나 차를 타고 갔었기 때문이다. 그리고 이

번엔 그 여자에게 말을 붙였다. 그 여자는 완전히 태연스러웠고 거의 무뚝뚝하게 쌀쌀했다. (찬 느낌은 아니다. 그것은 결함에서 나오는 것이지만 그 여자의 쌀쌀함은 젊음의 낙인이고 그 여자의 순진함의 표시인 것이다.) 그 여자의 눈은 수줍었으나, 그처럼 맑았기 때문에 밤의 욕망을 나는 부끄럽게 생각했을 정도였다. 그러나 이 눈도 언젠가는 어둡게 흐려질 것이다. 이 여자의 전체가 하나의 약속을 뜻한다. 아직도 그 여자는 소녀 같은 공상에 잠겨 있고 빳빳한 지성적인 태도를 하고 있다. 그 여자는 공부에 관해서 얘기한다. 심리학을 배운다고 하면서 신입생의 반짝이는 학구열을 보인다.

그 여자는 다른 얘기는 한마디도 안 한다. 국립도서관에 가는 도중이었다고 하며 방학을 공부로 보내고 있다고 한다. 그 여자의 얼굴은 약간 창백하다. 나는 대담하게도 주말에 함께 여행을 하지 않겠느냐고 물었다. 그 여자는 조금도 당황하지 않으면서, 안 돼요, 고맙습니다만, 돈이 없어요, 라고 대답한다. 당황한 것은 오히려 내 편이었다. 나는 그 여자에게 여행에 내 손님이 되어줄 수 없느냐고 묻지 않을 수 없었다. 그럴 수 있을까요? 라고 그 여자는 심각히 생각해보면서 물었다. 어째서 안 됩니까? 라고 나는 다시 물었다. 아, 나의 부모는 언제나 남자가 나에게 돈을 쓰는 것을 허락해서는 안 된다고 말해요, 라고 그 여자는 대답했다.

정신적으로 그처럼 독립적인 인간과 그처럼 인습적이고 소박한 선입견이 어떻게 연결될 수 있었던 것일까? 마침내 나는 내가 자동차를 가지고 있으며 그 여자가 아니더라도 갈 예정이니까 한 리터도 벤젠을 더 살 필요가 없으며 우리는 나의 아주머니인 아네트의 손님으로 있게 될 것이라고 설명해주었다. 나는 그 여자를 도서관

앞까지 바래다주었으나 그 여자는 말이 거의 없었고 쌀쌀했다. 나의 제안이 그 여자에게 수수께끼를 던져준 것이다. 마침내 그 여자는 금요일 밤에 전화하겠어요, 라고 짧게 말하고는 가버렸다. 나는 그 여자의 뒷모습을 즐거운 마음으로 바라보는 것을 그만둘 수 없었다. 그러나 내가 N을 마치 나의 소속물처럼 관찰하고 있는 것을 발견하고 참으로 놀랐다. 나의 꿈이 현실에 의해서 사정없이 수정될 최적 시기는 지금인 것 같다. 나는 거의 N이 같이 가지 않겠다고 말하는 것을 기다리고 있다.

1931년 8월 20일

—N이 전화를 했다. 만약 도중에 중요한 책을 빌리기로 한 그 여자의 교수 집을 들르는 것이 가능하다면 같이 가겠다는 것이다. 구실은 그 여자가 수치심과 자존심 때문에 꾸민 가장일 것이다. 우리는 토요일 낮에 가서 일요일 저녁에 돌아올 예정이다. 인제는 그것을 헬레네에게만 알리면 된다. 감독받은, 아니, 언제나 감독할 수 있는 비밀 없는 생활을 보내는 것이 습관이 된 남자가 갑자기 무엇을 숨길 필요가 생겼을 때 그의 내부에는 커다란 저항이 일어난다. 그는 간계와 거짓말을 쓴다. 그것은 그에게 혐오스럽고 동시에 달콤한 방법이나, 절대로 그리고 지급하게 필요한 것이다. 왜냐하면 그것은 그의 최상의 부분—그의 내면에 있는 모험심—의 노예화에 대한 방패며 무기인 까닭이다.

나는 헬레네에게 의학 회의에 참가하기 위해서 본으로 간다고 말하겠다. 다행히도 회의가 지금 있으니까. 그런데 헬레네가 같이 가겠다면 뭐라고 말해야 할 것인가? 여태까지의 모든 관계에도 불구하고 갑자기 그 여자가 같이 가기를 희망할는지도 모르는 일이니까. 나는 여태까지 내가 얼마나 거짓말에 있어서 명수인가를 알지 못했었다. 구실은 또 곧 생각났다. 동료를 한 명 데리고 간다고 말하면 될 것이 아닌가. 그런데 이론은 이렇게 간단해도 실제는 엄청나게 힘든 것이다! 그리고 나는 헬레네가 내 말을 한마디도 곧이듣지 않았다는 무안스러운 감정으로부터 해방되지 못할 것이다. 헬레네는 내 트렁크를 언제나와 마찬가지로 정성스럽게 싸줄 것이고 아무것도 물어보지 않을 것이다. 헬레네에게는 나라는 인간을 말없이도 안다는 뻔뻔스러운 무기가 있는 것이다. 왜 나는 그 여자에게 이 힘을 준 것인가? 나는 자유로운 남자가 아니란 말인가? 어떤 남자가 자유롭단 말인가?

밤이다. 이 생각이 나로부터 잠과 이성을 빼앗고, 끊임없는 생각에 빠뜨리고 있다. 나는 수면제를 먹겠다. 내일 잠을 덜 잔 모습을 해서는 결코 안 된다. 그것은 나를 늙어 보이게 할 것이니까. 이 두려움 속에서 나는 나의 어리석음의 극치를 본다.

거기까지 읽었을 때 니나는 짧은 웃음소리를 냈다. 그러고는 심각하게 말했다.

나는 전에는 거짓말을 한 남자를 증오했었어. 거짓말은 나에게는 비겁으로 보였었어. 그리고 비겁을 나는 싫어하니까. 나에게서도 다른 사람에게서도. 그런데 지금은 나는 우리가 마치 밤이 필요한 것처럼 비밀이 필요하다는 것을 알게 되었어. 전에는 생이 투명하고 공개적이고 슈타인의 말처럼 언제나 감독할 수 있는 것이어야 한다고 생각했고, 우리는 밝은 대낮의 햇빛 속을 똑바로 곧은 길을 걸어갈 수 있고, 우리가 알고 있는 것과 바라는 것을 모두 사람들을 향해서 큰 소리로 말할 수 있다고 생각했어. 자, 인제는 알았지? 나는 이러니까 그것을 받아들이든지 말든지는 맘대로 할 것이고 나는 이대로 있고 바꾸지는 않겠다, 라고—그러나 이런 궤도가 하나밖에 없는 생을 가지고는 발전해나갈 수가 없는 거야. 나는 이제는 우리가 거짓말을 하지 않을 수 없다는 것을 알게 되었어. 어린애들도 종종 그것이 필요하고 우리는 그것을 허락해주어야 해. 그것은 애들이 누구나 호기심을 가지고 건드리고 파괴하지 못하도록 하기위해서 그들의 생 위에 펼친 베일이야.

나는 니나가 이 말을 가지고 자기가 종종 열심히 연구해보고 있는 생각을 말한다는 것을 느꼈고 내가 완전히 이해할 수는 없었으나 니나가 말을 하는 것이 기뻤다. 니나는 자기가 격동을 받고 있는 일에 관해서는 조금도 말을 하지 않았으나 나는 니나가 그걸 말할 때까지 이제는 얼마 남지 않았다는 것을 느낄 수 있었다. 그러나 니나는 언제나 새로운 자극을 필요로 했다.

슈타인과의 여행은 어땠니? 라고 나는 물었으나 니나는 내 질문을 듣지 않았다. 이상하다고 니나는 말했다. 슈타인이 그 교수를 그렇게 질투했다는 것은.

도대체 무얼 가르치는 교수였니? 라고 나는 물었다.

고등학교 때 물리학 교수였어.

그래?

아무것도 아니야. 우리는 모두 다 그를 동경했었어. 나도 마찬가지였어. 내가 제일 오랫동안 따랐어. 상급반 아이들이 모두 남자친구를 만들고 난 후에도 나에게는 다만 그 선생만이 있었을 뿐이었어. 그래서 나는 스무 살이 되고 스물한 살이 되고, 이론적으로는 사랑에 관해서 잔뜩 알고 있었으나 키스 한 번도 안해보았던 거야.

호기심에서가 아니라 니나에게 이야기를 계속시키기 위해서 나는 물었다. 그때 슈타인과 함께 여행했을 때도?

아, 나에게 좀 더 경험이 생겼느냐고 묻는 거지? 아니야, 조금도 그렇지 않았어. 나는 그 경험을 전혀 다른 방법으로 배웠어. 나는 그걸 아주 잊어버리고 있었는데. 아직 아무한테도 말한 일이 없어. 왜 지금 그게 생각날까? 언니한테는 말해도 좋지만 아마 질색할 거야.

갑자기 니나의 얼굴에는 어두운 빛이 깃들였다. 슈타인은 나에게 그런 꼴은 안 보여도 좋았을 거야, 라고 니나는 화가 나서 큰 소리로 말했다. 다음 순간에 니나는 피로한 듯이 말했다.

마찬가지야 모두가. 나에게는 아무렇지도 않았으니까. 나는 그게 무언지 이해하지도 못했어. 이 일은 말해도 곧이들리지가 않을 거야. 언니, 상상 좀 해봐, 언니한테 스물한 살 된 딸이 있고 개가 언니한테 이런 말을 했다고. 그 여자가 단지 호기심과 모험심에서 생전 모르는 남자와 바에 갔다고. 그 여자는 아직 바를 구경도 못하고 일종의 아편굴같이 생각하고 이것저것 막 섞어서 마셨어. 술을 마셔보지 않았으니까 유쾌해지지를 않고 죽을 것같이 고단해져버려서 자는 것밖에 아무것도 원하지 않게 되었어. 남자는 그 여자를 호텔의 자기 방으로 데려갔어. 그 여자가 넙죽넙죽 따라가는 걸 보고 그는 그 여자가 경험자인 줄 알았어. 그러고는 와야 할 일이 왔어. 그 여자가 반항하는 것이 그에게는 쑥스럽게 보였어. 그는 이미 늦었을 때에야 사실을 알고 '맙소사' 하는 단 한마디 말을 던졌어. 그러고는 일어서서 담배를 한 대 피우고 마당에 던졌어. 그 여자는 집으로 갔어. 혼자서. 그것뿐이라면 언니는 언니 딸의 말을 믿겠어?

끔찍도 해라! 라고 나는 나도 모르게 큰 소리로 말했다.

니나는 마치 할머니 같은 엷은 미소를 지었다.

그는 너를 그렇게 그냥 가도록 내버려두고 너를 돌보지 않았단 말이니? 야만스럽기도 해라.

나는 이 남자에 대해서, 또 다른 모든 남자에 대해서 화가 났다.

그러나 니나는 태연히 말했다. 그가 그럼 어떻게 했어야 했단 말이야? 기다란 우수의 장면을 연출해야 했을까? 후회를 보여야 했을까? 그는 나에게 자기의 주소를 적어주었으나 나는 길가에서 그걸 찢어버렸어.

그래, 하고 나는 아직도 경악에 사로잡힌 채 말했다. 너는 강하니까 생은 너에게는 그런 걸 허가할 수 있을 것이지만 다른 여자라면……

나는 다른 여자가 아니야.

그래도……

니나는 내 말을 중단시켰다. 나 자신의 잘못이었던 것이야. 그걸 잊지 말아줘, 라고 니나는 무뚝뚝하게 말했다.

아직까지 흥분하고 있던 내가 뭐라고 대답할 수 있기도 전에 니나는 가볍게 물었다. 우리의 여행에 관해서 슈타인은 뭐라고 썼어?

마치 니나는 내가 질색하는 것을 재미있어 하는 것같이 보였고 나에게 쇼크를 주기 위해서 이 이야기를 꾸며낸 것같이 생각되었다. 나중에 슈타인의 일기에 정말로 그와 비슷한 일이 있었던 것이 적혀 있는 것을 보게 되었을 때까지 나는 그 의심을 버리지 않고 있었다.

어서 읽어봐, 라고 니나는 말했다. 여행에 관해서 읽어봐. 아니 기다려, 배가 고플 테니까—니나는 궤짝에서 뛰어 일어났다—계란 프라이를 두 개 만들어줄게, 그러면 되지?

나는 놀랐음에도 시장했었다. 너는? 너는 안 먹니? 아, 나는 먹고 싶지 않아, 라고 니나는 중얼거렸다.

나는 니나의 손에서 프라이팬을 뺏어 들고 한 사람에 두 개식 계란을 부쳐서 토스트 위에 얹었다. 니나는 자기 몫을 순순히 먹었으나 어찌도 맛없게 먹는지 보고 있기 딱할 지경이었다. 다 먹고 난 후에 우리는 잠깐 더 앉아서 담배를 피웠다.

우리가 만나기 위해서는 이처럼 나이를 많이 먹어야 했다는 게 이상스러워, 라고 니나가 평화스러운 어조로 말했다.

니나는 나에게 잠깐 시선을 던졌다. 애정에 넘친 그 시선은 매우 강렬한 감정을 감추는 것이 습관이 되어 있는 것을 말해주고 있었다. 내 동생을 이런 방법으로 점점 더 알게 되는 것은 즐거운 일이었다. 그러나 나는 지금도 내가 니나를 정말로 안다고 말할 수는 없고 또 그럴 필요도 없다.

우리가 먹은 접시를 설거지하고 난 뒤에 니나는 나에게 계속해서 읽어달라고 졸랐다. 니나는 자기도 모르게 점점 슈타인의 기록에 관심을 갖게 된 것 같았다. 니나는 슈타인이 니나에 관해서 말하는 것보다는 자기 자신을 나타내고 있는 구절에 더 흥미를 느끼는 것이 분명했다.

1931년 8월 21일

—N과의 여행에서 돌아왔다. 처음에 N은 말이 없었고 나도 할 말이 없었다. 우리는 봄날을 연상시키는, 초시간적인 감동적인 분위기를 만들어내는 흐린 색채와 부드러운 온유함에 넘친, 벌써 가을의 이른 입김을 느끼게 하는 비 온 뒤의 풍경 속을 잠자코 달려갔다. N이 무슨 생각을 하고 있는지 나는 알 수가 없었다. 투칭에서 그 여자는 갑자기 생기를 띠더니 책을 빌려 받을 선생을 방문하겠으니까 멈춰 달라고 부탁했다.

30분 넘어 기다리다가 나는 니나가 사라져 들어간 마당의 낮은 담장으로 갔다. 나는 그 여자를 엿볼 의도는 없었으나 그걸 하고 말았다. 나는 그 여자가 마당을 한 남자와 왔다 갔다 하고 있는 것을 보았다. 나는 그 남자가 얼마 전에 나를 그처럼 분격시킨 저 둔중하고 수수하게 생긴 교수라는 걸 곧 알 수가 있었다. 그들이 무슨 말을 하고 있는지는 들을 수가 없었다. 마치 그들은 침묵하고 있는 것 같이 보였다. 그러나 그들은 무엇을 하고 있는 것일까? 왜 그들은 그처럼 오랫동안 같이 거닐고 있는 것일까? 마침내 그들은 멎어섰다. 그는 알 수 없는 짐승을 바라볼 때와도 같은 냉담하고도 인내성 있는 우수를 띤 표정으로 그 여자를 내려다보았다. 그 순간에 나는 N에 있어서의 그의 의미가 무엇인가를 거의 이해할 수 있는 것같이 생각되었다. 그는 N의 낭만적인 우수에 대한 N의 어린 임시적인 취미에 해당되는 것이다.

마침내 그들은 작별했다. 그러나 그 여자가 그의 곁을 떠날 때의 모습이란! 그 여자는 그의 곁을 홱 떠나서 돌아서려는 몸짓을 하더니 주저하고 다시 그를 바라보았다. 그러고는 갑자기 뒤돌아서서 빠른 걸음으로 마치 달아나는 것같이 뛰어갔다. 차를 다시 달리기 시작했을 때 그 여자는 얼굴을 유리창으로 향하고 오랫동안 움직이지 않고 앉아 있었다. 바람에 그 여자의 머리가 나부꼈다. 나는 그것을 쓰다듬고 싶은 강한 유혹을 느꼈으나 그것을 하지는 않았다.

알프스 산맥에 가까이 갔을 때야 그 여자는 제정신으로 돌아왔다. 그 여자는 마치 어두운 강물에서 떠오르듯이 고개를 쳐들고 신선한 공기를 마셨다. 그러고는 주위를 둘러보고는 낯선 경치의 한가운데 와 있는 것에 놀라고 있었다. 마치 잠에서 깬 사람 같은 얼굴로 그 여자는 나를 쳐다보았다. 아직도 지쳐 있는 것 같은 그 여자의 얼굴에는 어떤 결심의 빛이 보였다. 그 결심의 빛은 오래 지속되기에는 너무 힘차게 보였다—

내가 읽는 것을 니나가 듣고 있지 않다는 것을 느꼈다. 뭘 생각하니? 라고 나는 물었다. 니나가 약간 몸서리를 치는 것을 보고 나는 니나의 생각이 얼마나 먼 곳에 있었는가를 알 수 있었다.

우수에 관해서 생각하고 있어, 라고 니나는 천천히 말했다. 온갖 아름다움이 다 부정될 수 있는 것에 불과하고 다만 몇 시간 동안의 짧은 기한으로 빌려져 있는 것에 불과하다는 것을 한번 알아차린 사람, 또 우리가 여기에 나무와 극장과 신문의 한가운데에서도 마치 불모지인 달에 놓여 있는 것과 마찬가지로 고독하다는 것을 안 사람도 물론 누구나 다 우수에 잠길 것이야.

니나, 라고 나는 불렀다. 그게 무슨 말이니? 나는 네가 사는 것을 기뻐하는 줄 알았는데? 너는 생을 사랑하지 않니? 네 자신이 그렇게 말했잖아?

물론 그래, 라고 니나는 대답했다. 우수는 다만 인식의 시초일 뿐이야.

갑자기 니나는 웃었다. 내가 무슨 현명한 말을 하고 있는 것인지 모르겠군! 물론 나는 기쁘게 살고 있어.

가짜 우수도 이 세상에는 있어, 라고 니나는 계속해서 말했다. 사람들의 눈만 보아도 그걸 알 수가 있어. 많은 사람들에 있어서는 우수는 다만 표면에만 떠 있고 꾸민 의도와 감상주의를 나타낼 뿐이야. 정말로 우울한 눈의 위층은 활기와 주의력 또는 바쁜 빛을 띠고 있어. 그러나 그것은 다만 포장에 불과해. 그 뒤에는 무대가 있는데 그것은 보통 때는 보이지 않지만 때때로 포장이 들춰지면 그 뒤의 어둠 속에 아무 희망도 분격도 없이 한 남자가 앓고 있고 누가 그에게 가서 그를 더 정다운 세계로 데려가려 하면 그것을 의심하는 것을 볼 수 있을 거야. 그는 더 정다운 세계가 있다는 것을 믿지 않아. 그는 이미 그의 우울에 의해서 마비되어 있는 것이야. 그는 우리를 보고 웃고 마치 우리의 말을 믿는 것처럼 하지만 우리와 같이 가기 위해서 일어서지는 않아.

니나는 나에게 조사하는 것 같은 수줍은 시선을 던졌다. 나는 니나가 사랑하는 남자에 관해서 말하고 있다는 것을 짐작할 수 있었다.

갑자기 니나는 얼굴이 새빨개지더니 말했다. 어머나, 이성적인 언니는 나를 뭐라고 생각할까?

아, 때때로는 조금 덜 이성적으로 되고 위대한 어리석은 짓을 저지르고 굉장한 혼란을 일으킬 수 있었으면 무엇이든지 줄 수 있을 것 같아, 라고 나는 대답했다.

아니야, 라고 니나는 거의 끔찍하다는 듯이 말했다. 그런 걸 원하지 마라. 그런 것이 닥쳐오면 어쩔 수 없이 받아들여야 하지만 그걸 원하는 것은 벌써 경박이라고 불릴 수 있을 거야.

니나는 격렬한 어조로 말을 이었다. 언제나 너무 큰 것을 걸어야 하니까 위험해.

아, 때때로 모든 것을 내던져버릴 만한 위험이 없는 생이란 무가치한 거야, 라고 나는 말하고 나서 나도 모르게 나에게 엄습해 온 남의 사상에 놀랐다. 그리고 나는 정말로 내가 그걸 믿고 한 말인지를 스스로 분간할 수가 없었다. 왜냐하면 나는 여태까지 무엇을 과감하게 해보고 싶은 욕망을 느낀 일이 없기 때문이다.

니나는 내 얼굴을 유심히 살펴보더니 생각에 잠겨서 말했다. 언니는 언니의 생활이 너무 고요해서 불만인 거야.

나는 펄쩍 뛰면서, 그렇지 않아, 내가 말한 것은 그런 뜻이 아니었어, 라고 말하려고 했으나 갑자기 나에게는 니나의 말이 백번이라도 옳다는 것을 느끼고 깜짝 놀라서 잠자코 있었다.

그리고 나는 내 생이 너무나 불안정해서 불만인 거야. 우리는 이상해. 우리 인간은, 이라고 니나는 말을 계속했다.

니나는 조금 웃고 나더니 내 팔을 잡고 정열적인 어조로 말했다. 아니야, 그렇지 않아. 나는 이대로가 좋아. 나는 안정을 얻고 싶지 않아. 언니. 때때로 저녁때 특히 여름 저녁때 산책을 할 때 나는 마당과 전등이 켜져 있고 라디오 소리가 나는 방 안을 들여다보면 속에 사람들이 모여 앉아 있는 것이 보여. 그러면 나는 가정과 나에게 친절하게 해주고 내가 믿고 의지하고 나를 밤에 안아줄 한 남자에 대한 끔찍할 만큼 강렬한 동경이 치밀어 오는 것을 느끼곤 해. 그럴 때면 나는 마당의 낮은 울타리에 기대서서 그 광경을 바라보면서 생각해봐. 여태까지 내가 몇 번 운명으로부터 이것을 제공해 받고도 왜 한 번도 받아들이지 않았는가, 도대체 왜 안 했는가를. 왜 나는 돌아다니는 개처럼 여기에 서 있어야 하는가? 나를 이것에서 막은 것은 운명이나 또는 다른 무엇이 아니었어. 그걸 원하지 않은 것은 나 자신이었어.

나도 한번은 결혼과 아이들과 모든 것을 가지려 해보았으나 나는 행복할 수가 없었고 나쁜 결과로 끝나고 말았어. 그리고 그때 슈타인은 나에게 목가적인 가정 풍경 이상의 것을 제공했었어. 그때라면 나는 바로 내가 원하던 환경과 생활 방식을 가질 수가 있었어. 그걸 보여주기 위해서 그는 나를 아주머니한테 데려갔던 거야. 아주머니는 내가 이 세상에서 본 집 중에서 가장 아름다운 집을 갖고 있었고, 그 집은 슈타인의 소유물이었어. 그는 유일한 상속인이었고, 아주머니는 생시에 벌써 그에게 그 집을 선사한 셈이었으니까.

그 집은 거대한 정원 한가운데에 있었고, 내부는 귀중품으로 꽉 차 있었어. 거기에는 아주 특별히 골라낸 아름다운 것밖에는 없었어. 한 개 한 개가 다 특출했어. 어떤 양탄자도 접시도 수저도 재떨이까지도 다 고르고 골라낸 물건뿐이었어. 집 안에는 언제나 방금 청소하고 난 흰 마룻바닥과 낡은 버찌나무 가구와 마당의 냄새, 호두나무 냄새가 났고 전부 다가 그렇게도 기분이 좋았기 때문에 사실은 지금도 그 집이 좀 그리울 정도야. 나는 아주머니가 돌아가시기 전에는 꽤 자주 그 집에 갔었어.

돌아가신 뒤에는 안 갔니?

니나는 머리를 흔들었다. 그 후에 그 집은 남한테 빌려주었다가 나중에 팔고 말았어.

그럼 슈타인은 그 집에 가지 않았구나?

아니, 그는 시내에 있는 집에 그냥 머물렀어. 그는 고집쟁이 어린애같이 나를 갖지 못하자 그 집도 갖지 않으려고 했어.

얘야, 너는 그의 생활을 근본적으로 망쳐버렸구나! 라고 나는 소리 질렀다.

니나는 나를 조용히 쳐다보았다. 정말로 그렇게 생각하고 있어? 나는 그렇게 생각하지 않아. 그는 그의 생을 밤이나 낮이나 꽉 채우고 있는 그의 일을 갖고 있었고, 거기다가 그에게 생기를 주는 사랑을 가지고 있었어. 내 생각으로는 행복은 우리가 언제나 생기를 지니는 데에, 언제나 마치 광인이 고정관념에 사로잡혀 있듯 무슨 일에 몰두하고 있는 가운데 있는 것 같아. 나의 생활은 여태까지 꽤 불행한 것이었어. 그래서 슈타인이 언제나 주장하는 것처럼 내가 신들의 총아라면 나 자신은 그걸 별로 느끼지 못했다고 말할 수밖에 없어.

그렇지만 잘 생각해보면 몹시 불행할 때도 한편으로는 매우 행복했던 것 같아. 슈타인도 아마 마찬가지였던 것 같아. 나는 그가 나하고 결혼할 수 없으리라는 것을 알고 있었으면서도 언제나 그 생각을 꼭 붙들고 있었으리라고 믿어. 그런 짓은 냉정히 관찰해본다면 순수한 광증이야. 그렇다고 해서 그의 내부에서 그걸 믿는 사람과 믿지 않는 사람이 분열되어 있었다는 의미가 아니라, 그는 모든 것이 소용없는 짓이라는 것을 잘 알고 있었으면서도 그에게는 그게 필요했던 것이야. 그는 그것을 끊임없이 믿는 것을 문자 그대로 자기의 목표로 삼고 있었어. 그것이 그의 삶의 토대였어.

그렇지만 이 모든 것이 어떤 설명이 되었는지 아닌지는 나도 모르겠어. 그저 내가 그렇게 생각하고 있는 것뿐이야. 아마 사실은 정 반대인지도 모르지. 우리가 어떻게 남을 알 수가 있단 말이야! 우리는 자기 자신에 관해서조차도 아무것도 모르니까. 그리고 우리가 알았다고 생각하면 할수록 더 몰라지는 거야. 그리고 우리는 나이를 먹으면 먹을수록 괭이처럼 사는 것을 배우게 돼. 점점 더 소리 없이, 점점 더 필연성 없이—그것이 늙은 징조야. 나는 늙어가는 것이 기뻐.

나는 웃지 않을 수가 없었다. 왜냐하면 니나는 늙기 시작하는 것 같이는 정말로 보이지 않았던 까닭이다.

웃지 말아, 라고 니나는 심각한 어조로 말했다. 누구든지 의욕을 갖기를 그치면 늙기 시작하는 거야. 얼마 전까지도 나는 무슨 특별한 일이 일어날 것 같다는 생각을 가지고 아침마다 일어났어. 나는 마치 아침마다 문간에 서서 코를 바람 속에서 벌름거리면서 사냥에의 욕망으로 떠는 사냥개와도 같았어. 그런데 지금은 나는 이미 나 자신에게 있어서 조금도 의외의 무엇을 갖고 있지 않아. 그리고 인생은 끝없는 풀밭이 아니라 그 속에서 우리가 최선을 다해야 하는 네 개의 벽이 있는 공간이야.

그러고는 니나는 갑자기 거칠고 아이러니컬하게 말했다. 마르그레트, 나는 지금 무섭게 도덕적인 짓을 하려는 판이야.

니나는 궤짝에서 뛰어 일어나더니 유리창으로 가서 바깥에다 대고 말을 했다. 마침 트럭이 지나가고 있어서 나는 니나의 말을 거의 알아들을 수가 없었다.

내가 떠나는 것은 이 남자가(니나는 그에 관해서 얘기할 때마다 말이 막히는 것이었다) 결혼한 사람이기 때문이고 나 때문에 그에게 혼란이 생기는 것을 원하지 않기 때문이야. 이건 도덕적인 일이지? 그런데도 나는 무언지 굉장히 잘못을 저지르고 있다는 생각을 버릴 수가 없어. 이해할 수 있어?

니나는 궤짝으로 돌아와서 마치 어린애같이 내 옆에 웅크리고 앉았다.

언니, 모든 윤리가 아무 소용 없어지고 양심까지도 아무 도움이 될 수 없는 상황이 있다는 것을 알아? 갑자기 아무 법칙도 없어지고 우리는 내맡겨져 있는 거야. 누구에게 내맡겨지는 것인지는 나도 모르지만.

니나의 목소리는 갑자기 쉰 것 같아지고 딱딱해졌다. 나는 도덕적인 인간이나 뭐 그런 사람은 아니야. 나는 예를 들면 우리 부모를 또 한 번 무덤에 넣기에 알맞을 만한 짓도 몇 번 경험했어. 그러나 나는 한 번도 가짜 게임은 안 했고 이미 성립해 있는 결합 관계를 언제나 존중했어. 왜냐하면…… 그렇게 하고 싶어서. 그런데 갑자기……

니나는 깊은 절망에 찬 시선을 나에게 던졌다. 갑자기 나는 나 자신에 더 저항할 수가 없었다. 그래서 나는 본래는 나에게 부정으로 보아야 할 일을 했어. 그런데 그것은 이미 나에게는 부정으로 생각되지 않아. 그것은 옳은 일이야. 그래서 지금 내가 더는 동요를 일으키지 않기 위해서 떠난다면 무슨 잘못을 저지르고 있는 것 같은 구제받을 수 없는 감정을 가지고 갈 거야.

아주 낮게 니나는 말했다. 끔찍한 일이야. 여기에는 법칙이 있고 저기에는 생이 있다는 것은. 우리가 하는 일이 잘못인 것 같은 것은. 우리가 생을 극복하면 더 높은 생을 얻을 수 있다는 것은 정말일까?

니나는 스스로 대답하면서 피곤한 것처럼 고개를 흔들었다. 믿을 수 없어, 내 생각으로는 생이 옳은 것 같아. 모든 것을 다 극복했다고 생각하면서도 아직도 내 소망이 강렬해서 이런 말을 하는 건지도 모르지만. 아, 누가 이 문제에서 옳게 갈피를 잡을 수 있을까?

나는 니나에게 니나의 경우에 있어서 내 감정은 강하게 생의 편이며, 니나의 희생 또는 도피는 할 만한 가치가 없다고 말하고 싶었으나 더는 니나를 혼란에 빠뜨릴 용기가 나지 않았다. 그래서 나는 잠자코 슈타인의 일기를 계속해 읽으면서 니나를 혼자의 사색에 맡겨두었다.

맙소사, 라고 잠시 후에 니나는 빠른 어조로 자조에 넘쳐서 말했다. 내가 이제는 숫제 그때 슈타인과 결혼하지 않은 것을 후회하려고 들 것 같군. 만약 그와 결혼만 했더라면 지금쯤 예쁜 집에 앉아서 조용한 결혼 생활의 기억을 갖고 아무 근심도 없이 그저 일만 할 수 있을 터인데, 그 모든 일이 나에게 일어나지 않을 수 있었을 것인데.

니나, 하고 나는 거의 내 의사에 반해서 물었다. 바보 같은 소리 말아. 만약 네가 그렇게 했더라도 너는 그 남자와 틀림없이 만났을 거야. 운명에는 대항할 수 없는 법이니까.

그래, 라고 니나는 말했다. 운명은 역시 운명이니까.

우리는 잠시 침묵에 잠겨 있었다. 얼마 후에 나는 니나 앞에 일기장을 밀어놓았다. 니나는 이번에는 나보고 크게 읽을 것을 요구하지 않았다. 우리는 잠자코 둘이서 같이 읽었다.

—우리는 아네트 아주머니를 마당에서 만났다. 내가 보기에 아주머니는 N을 흥미를 가지고 관찰하는 것 같았다. 별일 없이 저녁이 지나갔다. 아주머니는 때때로 있는 니나의 실수를 놓치지는 않았으나 보통 때 그처럼 날카롭고 거부적인 아주머니의 시선은 점점 커져가는 놀라울 만한 호감을 가지고 니나에게로 갔다. 그러나 니나는 불행했다. 그 여자는 조금도 아주머니의 마음에 들려고 애쓰지 않았다. 그 여자는 미리 그것을 포기하고 있었다. 그래서 심각한 표정으로 짤막하고 그저 예의 바르게 대답할 뿐이었다. 그러나 아주머니는 자꾸만 니나에게 말을 붙였다. 나는 놀라움을 가지고 보통 때 그처럼 쌀쌀하고 거만한 아주머니가 이 소녀의 마음을 사려고 애쓰는 것을 바라보았다. 그러나 아주머니는 니나의 마음을 풀어놓는 데 성공하지를 못했다.

식탁에서 일어섰을 때 나는 잠시 동안 아주머니와 단둘이 되었다. 나는 질문을 하기를 주저했으나 아주머니는 생기를 띤 목소리로 말했다. 이 아이를 교육시켜 보고 싶구나. 태도에 안정감이 있어야겠고 좀 더 나은 옷과 새 머리 모양만 갖춘다면 조금도 더 필요한 게 없다. 그렇게 하고 보면 걔는 어디다 내놓아도 손색이 없다. 때때로 데려오너라. 빨리 배울 아이다.

그러나, 그러면서 아주머니는 손을 내 팔 위에 얹었다. 그러나 내 생각으로는 너는 이 여자아이를 간직하기가 힘들 거다.

아이, 아주머니도, '간직'이 뭡니까.

아주머니는 미소했다. 그러고는 나를 놀래줄 말을 했다. 그러나 그 말은 나에게 있어서 뜻밖은 아니었다. 왜냐하면 나 자신이 이미 백 번은 더 그것을 생각했던 까닭이다. 아주머니는 말했다. 그 여자는 너의 엷은 공기 속에는 살 수 없을 거야. 열과 동요와 변화를 필요로 하는 여자니까. 그 여자는 많은 위험을 감행할 성질의 여자다.

그러고는 아주머니는 내 곁을 떠났다. 마당에서야 나는 니나가 연못가에 주저앉아 있는 것을 발견했다. 니나는 무질서하게 엉켜서 높이 솟아 있는 식물과 꽃 뒤에 숨어 있었고 나에게 겁을 집어먹은, 그러나 공격적인 짐승을 연상시켰다. 나를 보더니 그 여자는 한 장의 종이를 호주머니에 집어넣고 버리고 시든 꽃을 가지고 장난을 했다. 그 여자와 이야기를 시작하는 것은 힘든 일이었다.

갑자기 그 여자는 물었다. 왜 당신은 나를 이곳으로 데려오셨어요?

이곳이 당신 마음에 들까 하고요.

어째서 그런 생각을 하셨어요? 라고 그 여자는 우울하게 물었다.

글쎄요, 이 집과 이 마당이 퍽 아름다우니까요.

그 여자는 나를 흘기면서 말했다. 나는 여기에 맞지 않아요. 그리고 당신은 그걸 잘 알고 있던 거예요.

별말씀을 다 합니다, 라고 나는 큰 소리로 말했다. 그게 무슨 어리석은 말입니까. 왜 당신이 여기에 안 맞는단 말입니까!

이런 집안에서는 어떻게 움직여야 옳을지 모르겠어요, 라고 그 여자는 말했다. 그리고 나는 여기 있기가 싫어요.

미안합니다, 라고 나는 말했다. 그건 예상하지 못했습니다. 오늘 밤 동안만이라도 참아주십시오, 라고 나는 말했다.

니나는 아무 대답도 하지 않았다.

마당을 구경하지 않으시렵니까? 라고 나는 물었다.

어둠은 짙어갔다. 거의 밤이었다. 달은 아직 뜨지 않았고 마당은 가을의 야채와 호두나무와 이슬에 젖은 잔디밭 위에서 천천히 썩어 가는 첫 번째 낙엽의 코를 찌르게 강한 향기에 가득 차 있었다. 공기는 얕은 소리—풀덤불 속의 쥐새끼들, 수풀 속을 돌아다니는 고양이, 바로 머리 위를 지나가는 박쥐, 과수원에 떨어지는 사과—이러한 소리로 가득 차 있었다. 감탄할 만큼 생기에 넘친 밤이었다. 내 곁의 니나의 걸음 소리는 거의 안 들렸고 니나 자신도 말이 없었다. 나는 말을 하는 것을 삼갔다. 왜냐하면 나는 가장 조심스럽게 니나와 나 사이의 비밀의, 침묵의, 깊은 공감의 환상을 꾀하고 있었던 까닭이다. 나는 매우 인공적이고 극도로 예술적으로 몽상된 행복을 그 여자의 침실 문간에 올 때까지 향락했다.

안녕히 주무십시오, 라고 나는 말했다. 그러나 그 순간에 내일의 계획을 그 여자하고 의논해야 한다는 생각이 떠올랐다. 니나는 문에 기대서서 내 말을 들었다. 그 여자의 눈은 맑고 크게 나에게 향해 있었다. 이 순간에, 이 상황에 있어서 나의 관찰력은 기능을 발휘하지 못했다. 나는 그 여자의 눈에서 갑자기 조소의 불꽃을, 또 그 여자 자신도 거의 의식하지 못하는 도전을 보았던 것이 아닌가? 나는 모르겠다. 나 자신의 참모습보다도 나를 좋게 만들기 위해서 이렇게 말할까? 그 여자의 젊음과 순진함이 나에게 감동을 주었다고? 아니다. 그것은 나를 감동시키지 않고 날 유혹했다. 마치 가시와도 같이 나를 찔렀다. 나는 실패를 두려워했던 것일까? 기회는 유리했다. 니나의 우울과 고독감은 그 여자로 하여금, 그 여자를 알고 있는 사람의 팔에 피난처를 찾기 위해서 몸을 내던지게 했을 것이다. 그럼 나는 그 여자를 별로 욕망하지 않았단 말인가? 나의 목은 흥분에 콱 막혀 있었고 내 입술은 뜨겁고 건조했다. 그럼 무엇이 나를 막는 것인가? 잠깐 동안의 사려, 사려의 자취 외에는 아무것도 아니다. '그러고는?' 나는 니나와 악수했다. 안녕히 주무세요, 라고 말하고 니나는 방으로 들어갔다. 그 여자는 잠그지 않았다. 문을 잠글 생각이 도대체 일어나지를 않았던 것임에 틀림없다.

나는 잠시 동안 어두운 현관에 앉아 있었다. 온 집안이 잠들어 있었다. 니나의 유리창에서는 불빛이 마당에 새어 나오고 있었다. 나는 불이 켜질 때까지 기다리고는 또 한 번 밖으로 나갔다. 나는 풀밭 속을 오랫동안 거닐었다. 밤은 서늘했고 기분 좋게 맑았다. 나는 아침 녘에야 집으로 돌아왔다. 조금 자다가 일어났을 때 거울은 늙은 잿빛 얼굴을 보여주었다. 이 모습이 나에게 깊은 만족감을 주었다. 이 감정은 잠시 동안밖에 계속되지 못했다. 나는 곧 내가 스스로를 속이고 거짓말을 하고 있음을 알았다.

여태까지 나의 생애는 조금도 장애물이 없었고 손실도 없었다. 모든 것은 올바른 질서 속에 있었다. 분명히 그건 그렇다. 그러나 또한 나는 아무것도 얻은 것이 없었다. 아무것도. 나는 재물을 가져오기 위해서 파견되는 대신 도크에 잠가둔 배와도 같았다. 배를 바다에 보내는 것은 위험이 따르는 일이며 나는 모험을 위해서 만들어진 사람은 아니다. 분명히 아니다. 그러나 아무것도 위험을 무릅쓰고 얻으려고 해보지 않는 남자의 어디에 가치가 있단 말인가?

내가 니나와 함께 산중에서 보낸 일요일은 거의 아무 방해도 없이 흘러갔다. 그러나 그날 끝에 나는 내가 니나와 손톱만큼도 더 가까워지지 않았다는 것을 인식해야만 했다. 그때 나에게 고통이 덮쳐왔다. 저녁이 다가오고 우리가 돌아가는 길에 나에게로 생활의 무의미함이 여태까지의 언제보다도 뚜렷이 느껴졌다. 나는 그것을 니나에게 말하지 않을 수가 없었다.

니나, 하고 나는 말했다. 이 세상에는 전부 다가 주어져 있는 1백퍼센트짜리 사람이 있습니다. 그런 사람은 몇 안 되지만 있기는 합니다. 그리고 또 10퍼센트나 30퍼센트만 주어져 있는 사람도 있습니다. 그것이 대부분의 사람들이며, 그들에 관해서는 말할 만한 가치가 없습니다. 그리고 또 일면에는 90퍼센트가 주어져 있는 사람도 있습니다. 90퍼센트입니다. 알겠습니까? 거의 다 주어진 셈이지요. 그런데 바로 제일 중요한 10퍼센트가 빠져 있는 것입니다. 내가 그런 사람입니다. 나 같은 종류의 인간은 태어나지 않았어야 했습니다.

나는 그 말을 하면서 니나 쪽을 보지 않았다. 그러나 갑자기 그 여자는 손을 내 팔 위에 얹었다. 낮게, 잠깐, 그러나 동정심에 넘쳐서. 그것은 마치 생명 그 자체가 나를 만지는 것과도 같았다. 이 접촉 속에서 내 고통은 녹아 없어지고 막연하고 달콤한 희망을 위한 공간을 남겨두었다. 내 눈에는 눈물이 괴었다. 니나는 그것을 보지 않았다. 볼 수가 없었을 것이다. 그리고 만약 그 여자가 그걸 보았더라도 나는 부끄러워하지 않겠다.

지금은 밤이고 나는 혼자다. (헬레네는 평소와 마찬가지로 다정하게 맞았고 의사 회의에 관해서는 한마디도 묻지 않았다.) 나는 내 나이의 남자가 '생의 의의'를 한 소녀 속에서 찾는 것이 어떻게 가능한가를 스스로 물었다. 갑자기 나는 원시민족 사이에 있었던, 그리고 우리나라의 농부들 간에도 간혹 있는 신앙이 생각났다. 힘찬 어린애를 노인이 이부자리에 넣어놓으면 그 아이의 힘이 노인에게로 옮겨져서 목숨을 연장하고 강화한다는 것이다. 내가 이런 것을 기억하는 것은 불쾌한 암시다. 전보다 더 나는 니나와 결혼하고 싶다—

이 글은 길게 그은 선으로 끝맺고 있었다. 그 선은 어찌도 강한 힘으로 그어졌는지 아마 펜촉이 갈라진 것 같았다.

니나는 그 굵은 선을 내려다보았다. 그 당시 나는 그것을 몰랐어, 라고 니나는 생각에 잠겨서 말했다. 그런 줄은 몰랐어.

만약 네가 알았더라면?

아, 그래도 마찬가지였을 거야. 나는 언제나 그에게 성이 나 있었어, 그때도 나중에도. 그는 나의 길을 방해했어. 그는 나로부터 이상한 것을 만들어내려고 들었어. 그게 무언지는 모르겠지만 아무튼 내가 되고 싶지 않은 무엇을 만들려고 했어.

니나는 몹시 분격한 어조로 말하다가 갑자기 말을 끊고 피곤한 듯이 말했다. 왜 내가 옛날에 다 지나가버린 일에 흥분하는 것일까? 나는 슈타인에게 감사해야 옳을 거야. 그가 내가 아닌 무엇을 나로부터 만들려고 한 것을. 왜냐하면 내가 그에게 언제나 반항하는 동안에 내가 정말로 무언지를 알게 되었으니까. 그때 내가 아직 어릴 때 나는 몹시 혼란 상태에 있었어.

언니도 이런 경험이 있어? 아침에 일어났을 때 전날과 아주 달라진 것을 발견하는 일이? 갑자기 걸음걸이도 달라지고 글 쓰는 것도 말하는 것도 달라진 경험이 있어? 다른 사람은 보아도 모르지만 우리 자신은 잘 알고 있는 변화인 것이야. 우리는 이렇게도 될 수 있고 또 전연 다르게 될 수도 있다는 것을 느끼게 돼. 우리는 변신할 수 있고 자기 자신과 유희할 수 있어. 책을 읽었을 때 우리는 책 속에 있는 이 사람 또는 저 사람과 같다는 것을 알게 돼. 그리고 다음 책을 읽었을 때는 또 다른 모습과 같은 걸 알게 돼. 이렇게 끝없이 계속되곤 해. 사람은 몸을 굽히고 자기 자신 속을 들여다보면 몇백 개의 나를 볼 수가 있는데 그 중의 하나도 참 자기가 아니야. 아마 그 몇백 개를 다 합치면 정말 자기일지도 모르지. 아무것도 아직 결정되지 않았어. 우리는 우리가 원하는 것이 될 수 있다고 적어도 믿고 있어. 그렇지만 우리는 이 수많은 자기 중에서 다만 하나만, 미리 정해진 특정의 하나만을 택할 수 있을 뿐이야.

그래, 라고 나는 말했다. 그런데 때때로 우리는 선택을 잘못한 것 같은 느낌을 갖게 되지. 어떤 때, 아주 혼자 있을 때, 고독할 때 우리는 자신의 다른 모습이 어둠에서 떠오르는 것을 보고 자기 자신을 바라보고는 슬픔에 가득 찬 마음으로 손짓을 하고 말하는 거야. 너무 늦었다고.

아, 언니가 자신에 관해서 그런 생각을 해? 라고 니나가 깜짝 놀란 것같이 물었다.

때때로 느껴, 라고 나는 대답했으나 사실은 그 순간까지 한 번도 그런 생각을 해본 일이 없었다.

그건 옳지 못한 일이 아닐까? 언니는 여태까지 그처럼 많은 것을 삶에서 이루었고 올바른 생활을 하고 있잖아. 이루지 못한 것은 하나도 없고 언니도 모범적이잖아. 나는 언니에 대해 감탄하고 있어.

니나는 나를 몹시 당황시켰다.

아니야, 라고 말하면서 나는 나 자신의 말에 놀랐다. 아무것도 제대로 돼 있지 않아. 그렇지만 그 말은 그만두자. 내 생각으로는 네가 올바르게 살고 있는 것 같다. 너는 너의 수많은 자기 중의 한 개에 너를 고정시키지 않았어. 모든 가능성을 열어놓고 있는 것이야.

아, 바로 그래서 문제인 거야, 라고 니나가 소리 질렀다. 나는 생 가운데를 방랑해 다니고 있어. 마치 집시처럼. 애들이 있는데도 나는 아무 데도 속해 있지 않아. 나 자신에게도 속해 있지 않는 걸 뭐. 내가 이번에는 나 자신과 세계 내에서의 나의 장소를 확실히 알았다고 생각했을 때는 또 얼마 안 있어서 그곳을 떠나가게 되고 모든 것이 흘러가버리고 떠내려가버려서 땅도 집도 없어지고 말리라는 것이 분명해져. 그렇게 해서 나는 또다시 불안정 속에 혼자 있게 되는 거야. 내 생에는 뚜렷한 선이라고는 하나도 없어.

그만둬, 이제는. 나는 큰 소리로 말했다. 너의 일과 너의 성공은 어떻게 하고 그런 말을 하는 거니?

아, 그까짓! 언니는 그런 것들이 나에게는 얼마나 중요하지 않게 느껴지는지를 모를 거야. 전부 다가 우연히 된 일뿐이야. 다른 직업을 가졌더라면 좋았을걸 그랬어. 그때 레니 아주머니 가게에 눌러앉아 있을 걸 잘못했어.

바보 같은 소리, 그런데 네가 무슨 가게를 맡을 수 있었단 말이니? 무슨 말인지 모르겠구나, 어느 아주머니 말이니? 어느 가게 말이니?

아버지의 왕고모뻘 되는 할머니야. 물론 언니는 모를 거야. 그 때문에 나는 슈타인을 그렇게 오랫동안 만나지 않았었어. 그것은 아버지가 돌아가시고 언니는 남미인지 어딘지 어쨌든 사망 통지를 보낼 수도 없는 곳에 가 있을 때였어. 그러고 나서 보니까 공부를 계속할 돈이 없는 것을 발견했어. 아버지는 우리들 아무도 모르게 어머니도 모르게 돌아가시기 직전에 토지를 가지고 투기를 하고는 다 잃어버리셨어. 그래서 우리는 무일푼으로 빚더미에 앉게 되었어. 내 공부는 중단되어야 했고 어떻게 하면 빨리 어머니와 내가 살기 위해서 돈을 벌 수 있는가를 연구해야 했어. 그때 먼 일가뻘 되는 레니 아주머니가 편지를 보냈어, 자기가 너무 늙었으니 가게 일을 와서 좀 봐달라고. 그 대신 그 가게를 상속해주겠다고…… 나는 그것을 할 수밖에 다른 방도가 없었어. 어머니는 그냥 시내에 머물러서 빚을 갚기 위해서 방을 빌려주었고, 나는 사탕과 담배와 밀가루와 커피를 팔기 위해서 웬하임으로 옮겨왔어. 그런데 벌써 한 시가 넘었군. 언니는 무얼 좀 먹어야 해. 저기에 내가 늘 식사를 하는 작은 음식점이 있어.

나는 이의가 없었다. 뮌헨의 세찬 바람은 나를 평소보다 훨씬 시장하게 만들었다.

빛나는 광선과 경쾌한 바람과 신록의 신선한 향기에 넘친 봄 날씨였으나 니나는 아무것도 보지 않았고 아무것도 느끼지 않았다. 우리는 공원을 통해서 갔다.

많이 시장하지? 라고 니나가 물었다.

아니, 왜 그래?

그럼 잠깐 동안 저기 벤치 위에 앉을까 해서…… 만약 괜찮다면.

앉자마자 니나는 잠들어버렸다. 니나는 두 팔을 의자의 기대는 나무 위에 얹고 얼굴을 위로 향하고 뙤약볕을 마주 보면서 잤다. 니나는 마치 송장처럼 앉아 있었다. 일순간 니나가 정말로 죽은 것이 아닌가 하는 바보 같은 공포를 느꼈을 정도였다. 나는 벤치 한구석에서 오래된 신문을 발견하고 그것을 니나 얼굴 위에 덮어주었다. 니나는 꼼짝도 안 하고 반시간 동안 자더니 갑자기 깨서 놀란 듯이 주위를 두리번거렸다.

아마 내가 잔 모양이지? 라고 니나는 말했다.

그래 잤다 다행히도, 라고 나는 말했다.

나에게 종종 있는 일이야, 라고 니나는 당황한 듯 말했다. 며칠 밤이나 잠자지 않다가 갑자기 낮에 언제든지 한번 갑자기 잠들어 버려. 언젠가는 전차 속에서 선 채로 잠든 일도 있어. 니나는 무안한 듯이 웃었다.

니나야, 하고 나는 말했다. 같이 어디 휴양하러 가지 않겠어? 요양소나 바닷가에?

아니, 하고 니나는 단호하게 말했다. 그리고 공포의 빛을 띠면서 말했다. 아니, 가고 싶지 않아.

니나의 말이 더는 이론을 허락하지 않는 것을 나는 느꼈다.

식탁에서 니나는 거의 아무것도 안 먹었다. 그리고 니나를 알고 있는 웨이터 할아버지가 나에게 호소하듯이 말했다. 벌써 몇 주일 동안 이러고 있지 않아요. 약간의 상추 샐러드와 감자 한 알, 수프 국물 몇 숟가락, 그러고는 그만이지 않습니까? 무얼로 살고 있는지 이상할 지경입니다. 전에는 그렇게도 잘 잡숫더니. 아, 그 의사선생님과 같이 얼마나 멋진 메뉴를 골라내셨는지요!

그렇지만 한스 씨, 내가 위병을 앓고 있다는 걸 알고 있지 않아요?

웨이터는 어깨를 추켜 보이고는 체념한 듯이 식탁을 치웠다.

정말이니? 라고 나는 물었다. 병이 있니?

아이, 조금도 안 아파. 한스도 그걸 잘 알고 있어, 라고 니나는 말했다.

집에 돌아갈 때 니나는 돌연 몹시 걸음을 재촉했다.

아니 왜 이렇게 달리냐? 라고 나는 숨 가쁘게 물었다.

내가 달렸어? 나는 몰랐는데.

니나는 천천히 가려고 노력했다. 그러나 열 발자국쯤 가더니 다시 뛰어가기 시작했다. 우리가 집 앞에 왔을 때 니나의 옆집에서 한 부인이 불렀다. 부슈만 부인, 빨리! 빨리! 댁의 전화가 오래전부터 미친 듯이 울리고 있어요.

나는 니나를 쳐다보았다. 그건 편집부일 거야, 라고 니나는 말했다.

다른 데서 온 것인지도 모르잖아?

니나는 성급히 고개를 흔들었다. 다른 데서 오지 않아.

나는 불안했다. 그러나 조금 전까지도 그처럼 바쁘게 굴던 니나는 갑자기 조용했다. 가자, 하고 나는 졸랐다. 니나는 고개를 흔들었다.

안 가겠어.

내가 가볼까?

니나는 어깨를 추켜 보였다. 좋을 대로. 그렇지만 편집부에서 온 것일 거야. 니나는 나에게 열쇠 뭉치를 주었다. 가봐, 꼭 가보고 싶다면. 그렇지만 내가 벌써 떠나간 뒤라고 말해줘, 누구든지 간에.

내가 마침내 방 안에 들어섰을 때 전화는 또다시 발광한 듯이 울리고 있었다. 한 목소리가, 남자의 목소리가 말했다. 니나!

아니에요, 라고 소리 지르면서 나는 내가 이 음성에 의해서 흥분되고 당황해 있는 것을 발견했다. 이게 도대체 누구일까? 대답은 조금 있다가야 들려왔다. 아니라고요? 니나가 거기 없습니까? 나는 어쩔 수 없이 뒤돌아보았다. 그러나 니나는 나하고 같이 올라오지 않았다.

아니요, 라고 나는 말했다. 니나는 갔어요, 여행 떠났어요.

갔다고요, 라고 그 음성이 놀란 듯이 반복했다. 나는 대답할 수 없었다. 목이 졸리는 것 같았다.

니나는 어디 있습니까? 라고 그 음성이 주저하면서 물었다.

영국이오, 라고 나는 나 자신에게 정말을 말할 시간을 주지 않기 위해서 빨리 말했다.

영국에?

나는 바보처럼 고개를 끄덕거렸다. 말이 나오지 않았다. 그 다음에는 단 한마디밖에는 들리지 않았다. 아, 라고 그 음성은 말하더니 수화기가 놓여졌다. 매우 천천히 수화기가 놓여지는 것을 나는 느낄 수가 있었다.

이 '아' 소리는 내 귀를 떠나지 않았다. 그것은 믿을 수 없다는 듯한, 그러나 복종에 넘친 목소리였다. 그것은 어떤 나쁜 것이 닥쳐와도 이미 더 놀라지 않을, 또 고통에 고통을 쌓아올린 남자만이 가질 수 있는 목소리였다. 나는 그것이 바로 '그 남자'만이 가질 수 있는 목소리라는 것을 알 수 있었다.

니나는 그저 거리에 서 있었다. 누군가하고 얘기를 하고 있었다.

니나, 하고 나는 불렀다. 올라와.

끝났어? 하고 니나가 물었다.

나는 고개를 끄덕였다. 니나는 천천히 계단을 올라왔다. 니나는 나에게 묻지 않았다.

편집부에서 온 전화였어, 라고 나는 말했다.

뭐라고 대답했어? 라고 니나는 낮은 목소리로 물었다.

네가 말하라고 한 대로 말했어, 라고 대답하고 나는 니나의 시선을 피했다. 니나는 방 안에 들어갔다. 나는 니나를 혼자 놓아두었다. 니나의 방문은 조금 열려 있었다. 그 틈을 통해서 나는 니나가 손깍지를 끼고 앉아 있는 것을 볼 수 있었다. 나는 니나가 술을 마실 것을 원했으나 위스키 병은 내 곁에 놓여 있었고 나는 니나를 방해할 수가 없었다. 나는 궤짝 위에 누웠다. 거의 새다시피 한 어젯밤 피로가 나에게 엄습해 왔다. 나는 궤짝이 그렇게 딱딱하고 내 자세가 그렇게 불편한 데도 잠들었다. 잠이 들면서 나는 내가 니나에게 알려주겠다는 구실 하에 그 남자의 이름과 주소를 묻지 않았던 것에 화를 냈다. 어쩌면 나는 그에게 가서 얘기하고 설복하거나 어떻게 할 수 있었을 것인데. 그러고는 나는 잠들어버렸다.

내가 잠에서 깨었을 때에 내 머리 밑에는 베개가 놓여 있었고 문은 닫혀 있었다. 나는 타이프라이터 소리와 니나의 구술하는 목소리를 들었다. 삐삐거리는 방바닥을 내가 걷는 소리를 듣고 니나가 들어왔다.

곧 끝나, 라고 니나는 말했다. 내 우편물을 처리해야 해. 안 그러면 저 잡지사의 편집국에서 어떻게 해야 할지 모를 테니까. 내 여비서를 불러왔어. 10분만 더 하면 돼.

니나는 사라졌다. 나는 또다시 니나의 조용하고 뚜렷한 목소리를 들었다. 애쓰지 않고도 나는 니나가 구술하는 내용을 들을 수가 있었다. 나를 엿듣게 한 것은 호기심이 아니었다. 아니, 그것은 호기심이었으나 정당한 호기심이었다. 나에게 주어진 짧은 시간 내에 나는 니나가 어떻게 살고 어떻게 일하고 다른 사람과 어떻게 사귀고 무엇을 어떻게 쓰고 아무튼 니나의 전체를 완전히 알고 싶었던 것이다. 니나는 잘못 말하거나 다시 고치거나 하지 않고 아주 간결하고 정확하게 구술했다. 때때로 니나는 우스운 말을 해서 여비서를 큰 소리로 웃게 하고 자기도 같이 웃었다. 그처럼 절망에 빠져 있으면서도 그렇게 할 수 있는 것을 보니 니나는 자기 자신을 몹시 억제하고 있는 것임에 틀림없었다.

10분이 좀 넘어서 니나는 사과하러 들어왔고 홍차를 한 잔 갖다 주었다.

인제 20분만 더 있으면 꼭 끝날 거야, 라고 니나는 말했다.

나는 홍차를 마시고 나서 슈타인의 일기를 다시 읽었다. 거기엔 1932년 12월 13일 날짜가 씌어 있었다. 그는 그러니까 펜촉이 갈라질 만큼 굵게 줄을 그었던 날부터 1년 넘도록 일기를 쓰지 않았던 것이다. 나는 이제야 그 줄 밑에 잉크 방울에 덮여서 1932년 2월 6일이라는 날짜가 씌어 있는 것을 보았다. 그 이상은 씌어 있지 않았고 다음 페이지에 12월 13일의 일기가 씌어 있었다.

—나는 나의 패배에 관해서 써야 할 필요성을 느낀다. 나의 실패는 일종의 희극을 내포하고 있다. 물론 깊은 수치의 감정이 사건의 희극적인, 그로테스크한 면을 물리치고 있기는 하지만. 나는 한 달 전에 니나를 방문하기 위해서 웬하임에 갔었다. 그리고 나는 수치심을 극복하기 위해서, 아니, 정확히 말해서 내 패배의 정도를 내가 승인할 용기가 생기기까지 한 달을 필요로 했던 것이다. 그것에 관해서 기록하는 것은 나에게는 힘든 일이다. 왜냐하면 기록한다는 것은 사정없는 날카로움을 가지고 상기하는 것을 뜻하기 때문이다.

그러나 나는 나 자신을 해방하기 위해서 그것을 해야 한다. 나는 다시는 니나를 만나지 않겠다. 그리고 이 기록과 더불어 내 생의 이 장(章)이 결정적인 종말을 고하게 될 것이다.

아름다웠던, 그러나 실패로 끝났던 니나와의 여행 후 한 주일쯤 되어서 나는 니나의 부친으로부터 이해할 수는 있으나 바보 같은 비난에 찬 편지를 받았다. 그는 내가 그의 딸을 하나님의 뜻에 맞는 질서에 반항하도록 옳지 않은 방법으로 선동하고 있으며 아이로서 당연한 경건함을 가지고 가정을 대하지 않도록 사주하고 있다는 등의 비난을 나에게 가했다. 그리고 그는 니나에게 나의 집을 방문하는 것을 금한다고 말했다. 나는 답장을 보내지 않았다. 그러나 바로 이 금지가 니나를 나에게 오게 할 것이라는 것을 믿었다. 왜냐하면 니나는 반항의 정신에 지배되고 있기 때문이다. 그러나 그것은 나의 오해였다. 니나는 나에게 오지 않았다.

나는 10월 말까지 기다렸다. 나는 이전에는 기다린다는 것에 얼마나 많은 뉘앙스가 있을 수 있는 것인지를 몰랐었다. 처음 몇 주일 동안에는 행복한 초조와 아마 그리움이라고 부를 수 있을 저 깊고 달콤한 침울 사이를 동요하는 상태 속에서 흥분해서 기다렸다. 이 그리움은 실상은 내가 일을 하는 것에 방해가 되지는 않았다. 그러나 나의 모든 행동에 섞여 들어가서 가장 기이하고 가장 부자연스러운 사고의 연결을 창조했다. 온갖 사물이 나에게 마술적으로 니나를 연상시키는 유일의 과제를 가진 것같이 보였다. 나는 이런 종류의 도취에 내 몸을 맡겼다. 종종 나는 그것을 수치스럽게 생각했으나 다른 때는 그것을 더 강하게 하려고 애썼다.

그러나 셋째 주일부터는 나에게 근심이 엄습해 왔다. 그처럼 독립적이고 고집쟁이인 니나에게 아버지의 금지를 존중하도록 만들기에는 어떤 일이 있었던 것일까? 니나는 죄수처럼 감금되어 있는 것일까? 또는 나를 더는 만나지 않겠다는 것은 그 여자 자신의 결심이었던 것일까? 그렇다면 왜? 그 여자는 나를 불신하는 것일까? 또는 내가 그 여자를 소유할 용기가 없었다고 나를 경멸하는 것일까? 이 생각이 처음 며칠 동안은 마치 둔하게 파고들지만 과히 아프지는 않은 치통처럼 아직 견딜 수는 있는 방식으로 나에게서 떠나지 않았다.

그러나 이윽고 이 생각은 나를 정복하고 나를 마취시키고 나를 파냈다. 나는 그 때문에 병이 났고 일을 할 수가 없어졌다. 물론 나는 니나의 집 문 앞에서 대기할 생각도 했으나 그것을 나에게 금지하고 말았다. 이 주저는 나에게서 말할 수 없이 큰 힘을 빼앗아갔기 때문에, 나는 기다림의 제3단계이고 종류인 깊은 피로에 빠져버렸다. 이 피로는 나를 거의 무관심하게 만들었다.

나는 나에게 있어서의 니나의 의미를 내가 과대평가했던 것이라고 생각하게 되었고 이 모든 관계의 종말이 온 것이라고 믿게 되었다. 이 생각은 나에게 처음에는 늙은 남자의 피곤한 만족감을 주었으나 다음에는 갑자기 어떤 경종의 성격을 띠게 되었다. 나는 몹시 경악했다. 내 감정의 끝은 내 생의 종말을 뜻할 것이다. 그것을 나는 매우 날카롭게 느꼈다.

그것은 내가 죽음을 찾는 것을 뜻하는 것은 아니다. 죽음은 내가 나 자신에게 허락할 수 없는, 너무 쉬운 해결책이다. 다만 그것은 내가 재같이 쏟아지는 무감각 밑에서 질식하기 시작하는 것을 뜻할 뿐이다. 이 생각이 나를 깨웠다. 나를 고통과 구제로 깨웠다. 왜냐하면 그럼으로써 나는 기다림의 마지막 단계인 지옥과도 같은 고통에 나를 맡기게 되었기 때문이다. 그 고통이란 미칠 것 같은 초조, 사정없고 어쩔 수 없이 쫓기고 있는 느낌, 뜨거운 열병 상태였다.

헬레네는 모범적인 태도를 취했다. 헬레네는 조금도 묻지를 않았고 먹기를 강요하지도 않았다. 내가 식사 때 나타나지 않으면 내 방 앞에 홍차하고 냉육 요리를 갖다 놓아두었다. 헬레네는 나를 동정이나 비난을 가지고 관찰하지도 않았다. 그런데도 나는 그 여자의 말없는 관심과 고의적인 사려 깊은 태도를 귀찮게 느꼈다. 창피스러울 만한 이기심에 꽉 차서 나는 헬레네에게 감사는커녕 귀찮다는 태도밖에는 보이지 않았다.

그러나 아직도 나에게는 단 하나의 희망이 남아 있었다. 나는 뮌헨대학 의과대학의 동학기에 강좌를 맡아달라는 요청을 수락했다. 나는 학교에서 니나를 만날 것이다. 12월이 가까워질수록 나는 회복되어가는 것을 더 뚜렷이 느낄 수가 있었다. 학기가 시작되었다. 나는 제4학기째에 들어 있는 학생들 명부를 받았다. 니나는 그 속에 들어 있지 않았다. 나는 니나가 학교를 그만두었다는 것을 알았다. 나는 니나의 친구라고 알려져 있던 소녀의 주소를 받아 적었다.

바로 그날 저녁으로 나는 그 소녀에게 갔다. 나도 모르는 조바심이 나로 하여금 본명을 말하지 않게 했다. 그녀는 다정하고 부드럽게 생긴 소녀로서 내가 니나의 이름을 말하자 울음을 터뜨렸다. 말없이 소녀는 가방을 찾더니 나에게 한 통의 편지를 내밀어 보였다. 나는 그 여자에게 이 편지를 달라고 부탁했다. 그리고 그 순간에 나는 그 말을 하기가 조금도 어렵지 않았다.

읽기 힘든 필적으로 씌어진 그 편지가 거기에 첨부되어 있었다.

웬하임 1932년 11월 2일

사랑하는 이레네에, 나는 너에게 가고 싶지 않다. 그래서 이 편지를 보낸다. (너도 알다시피 나는 빨리 작별하기를 좋아하니까) 나는 공부를 더 계속할 수가 없다. 아버지가 6주일 전에 돌아가셨어. 우리는 돈은 없고 빚만 생겼어. 내가 장학금을 받더라도 소용이 없다. 우선 빚을 제해나가는 것을 도와야 하기 때문이야. 7촌인가 몇 촌인가 된다는 아주 먼 친척이 웬하임에 작은 가게를 가지고 있어. 웬하임은 슈바벤 지방에 있는 작은 도시야.

나는 그 여자가 죽을 때까지 이 가게를 맡아서 일해야 해. 그 대신 나는 순이익의 절반을 받고, 그 여자의 사망 후에는 이 가게와 전 재산을 받게 되었어. 굉장한 말같이 들리지만, 이 가게는 아주 조그마한 가게고 매상고도 극히 적고 집은 낡아서 수리를 해야 한다는 걸 알아야 해. 그렇지만 하여간 없는 것보다는 낫지. 이 할머니는 무섭게 나이가 많고 목숨이 얼마 안 남았고, 나는 여기서 독립해 있고 돈을 번다. 이 밖에 나는 다른 방도를 찾을 수가 없다. 어머니는 시내의 집을 방마다 다 빌려주고 돈을 벌지만 그것으로는 부족해. 그래서 나는 9월 15일 이래 웬하임, 게트라이데가세 5번지에 와 있다.

할머니가 곧 죽기를 (보기에는 끔찍하지만 다행히도 호전적은 아니고 아픈 개처럼 언제나 졸고 있는 할머니다), 그리고 공부를 계속할 수 있을 것을 기다리면서, 나는 많은 책을 가지고 왔고, 끈적끈적한 사탕이나 싸구려 담배를 팔고 있지 않을 때엔 공부하려고 생각하고 있다. 나를 방문하지 말아다오. 참을 수 없으니까.

—니나

—다음날 아침에 나는 헬레네에게 한마디도 하지 않고 웬하임에 갔다. 자동차를 수리공장에 보내었기 때문에 나는 기차를 타야만 했다. 나는 몇 번이나 옮겨 타야 했고 자그마한 정거장에서 텅빈 누추한 대합실에서 기다려야 했고 난방도 없는 완행열차를 타고 가야만 했다. 그것들은 다른 때라면 결코 일어날 수 없는 불행한 일들이었다. 나는 그것에 다만 잠깐 주의했을 뿐이었다.

나는 또 한번 전보다 더 긴박하게 N에 대한 나의 관계를 해명해보려고 열중해 있었다. 그리고 언제나와 마찬가지로 그것에 실패했다. 왜 나는 니나에게 가고 있는 것일까? 그 여자는 나를 보고 싶다는 소원을 말한 일이 없다. 나는 나 자신을 넘고 불확실한 것으로 뛰어든 것이다. 나는 그 여자에게 환영받지 못할 것을, 아니, 귀찮은 인간이 될 것을 예기해야만 했다. 정말로 나는 모욕조차도 예기하고 있었고 그것을 감수할 각오가 되어 있었다. 나는 그것을 그 여자에게는 싫고 나에게도 고통스러운 관계일지라도 하여간 어떤 관계가 다시 그 여자와의 사이에 생겨날 수 있다는 것의 대가로 받아들인 것이다. 증오도 또한 다리일 수 있는 것이다. 나는 그 여자가 느끼는 것이 증오가 아닐 것을 희망한다. 그러나 친절한 무관심보다는 차라리 증오가 더 달가울 것이다.

나는 그 여자가 어떻게 하고 있을까를 상상해보았다. 그 여자는 절망에 빠져 있을 것이고 그 절망을 나타내지 않으려고 긴장해 있을 것이라고 생각했다. 나는 내가 가는 도중에 죽 그 여자가 정말로 절망해서 기진맥진한 나머지 나하고 함께 가는 길밖에 다른 방도를 발견할 수 없어져 있기를 간절히 희망했다는 것을 고백한다. 그렇게 생각하는 것은 공정한 일은 아니다. 그것은 운명을 협박하는 것이며 비현실적인 설복이었다. 그러나 나를 놀라게 하고 동시에 기쁘게 한 완강함을 가지고 나는 다른 생각을 다 곁으로 밀어버릴 수가 있었다. 나는 체면 없는 대담성이 내 속에 있는 것을 느끼고 내가 할 수 있는 한 정신적 유혹의 온갖 방법을 다 사용하기로 결심했다.

늦은 오후에 웬하임에 가 닿았을 때는 비가 내리고 있었다. 나는 이처럼 회색이고 이처럼 죽은 도시를 전에 본 일이 없었다. 그곳은 조금도 황폐한 모습이 보이지 않고 오히려 무섭게 깨끗한 골목골목이 고통스러울 정도로 완전히 버림받은 인상을 주고 있는 도시였다. 무엇보다도 모든 길의 양옆에 서 있는 완전히 똑같은 공 모양으로 자른 아카시아 가로수가 이 도시에 어떤 장난감과도 같은 동시에 악의 있는 인공적인 인상을 주고 있었다.

그러나 이 도시를 그렇게 보게 한 것은 나 자신일지도 모른다. 이곳에서 N은 살 수 없다고 나 자신에게 말할 수 있기 위해서, 탈주의 기회를 내가 만들어준다면 그 여자는 이곳에 하루라도 살려고 하지 않을 것이다. 그러나 그 여자에게는 온갖 변화를 기뻐하고 아무리 보잘것없는 장소라도 어떤 발견의 원천으로 만들곤 하는 특수한, 긴장된 생의 호기심이 있다고 나는 생각했다. 다만 이곳에만은 그 여자의 호기심과 생에 대한 기갈을 채워줄 아무것도 없다고, 나에게는 생각되었다. 내가 만난 몇 사람들은 침울한 또는 완전히 무표정한 얼굴을 하고 있었다. 게트라이데가세는 내가 지나갔던 다른 모든 거리와 완전히 똑같았다. 벽돌로 된 성당과 소방서 사이에 놓여 있는 5번지의 집은 단 한 개의 쇼윈도를 갖고 있었다.

나는 이 묘사를 길게 끌고 있다. 왜냐하면 한편으로 나는 본 문제에, 나에게는 매우 수치스러운 일에 도달하게 될 것이 두렵기 때문이고 또 한편으로는 또 한번 저 긴장된, 긴밀한 기대의 순간을 맛보고 싶은 까닭이다.

마침내 그 쇼윈도 앞에 섰을 때 나는 이번에는 틀림없이 니나를 얻을 수 있으리라는 확신을 가졌다. 사탕이 담겨 있는 유리병과 상록수로 만든 화환과 파이프용 담배와 먼지를 뒤집어쓴 화분 사이에 니나가 서 있는 것이 보였다. 유리가 비에 젖고 가게의 훈기에 흐려져 있는데도 나는 니나를 알아볼 수가 있었다. 두 명의 손님이 와 있었다. 한 명의 늙은 여자와 한 명의 젊은 여자였다.

그들이 가고 난 뒤에 니나는 열린 서랍을 닫고 한 뭉텅이의 떨어진 빈 종이봉지를 정돈하고 걸레로 천천히 상 위를 닦았다. 그러고는 문간으로 가서 얼굴을 유리에 대고 밖을 응시했다. 잠시 후에 니나는 다시 들어가서 천천히 조용하게 어두운 가게의 내부에 가라앉았다. 가게에 들어가서 니나가 포대와 궤짝 틈에 웅크리고 있는 것을 보았을 때 나는 가장 순수하고 강렬한 동정의 파동이 나를 엄습함을 느꼈다. 그리고 만약 니나가 이 순간에 울음을 터뜨렸던들 나는 깊은 창피를 면할 수 있었을 것이고 우리의 운명은 변경되었을 것이다.

그러나 니나는 나를 보고도 울지 않았다. 또 내가 어떻게 그것을 기대할 수 있었으랴! 니나는 고개를 들고 나를 쳐다보았다. 나는 나의 모든 힘을 정확하고도 동시에 조심스러워야 할 돌격을 위해서 모았다. 그러나 그 여자의 얼굴 표정은 나를 기막히게 했다. 그 표정은 뚜렷하게, 왜 나를 방해하러 왔어? 라고 말하고 있었다. 니나가 입을 열기도 전에 나는 내가 오산했다는 것을 알았다. 그 여자의 자존심은 그 여자의 탈주를, 나쁜 운명이 그 여자를 가져다 놓은 장소를 떠날 것을 허락하지 않을 것이다. 그리고 그 여자는 운명을 어쨌든 의미 있고 정당하다고 믿을 것에 틀림없었다. 그러나 바로 그 순간에 완강한 고집이 나를 엄습했다. 아니, 그것은 고집 이상이었다. 그것은 무슨 일이 있어도 반항하고야 마는 어쩔 수 없는 의지였다. 지금에야 비로소 나는 그 여자를 갖고 싶었다. 이제야 나는 나의 비겁이나 그 여자의 불신과 완고에 지지 않으려고 생각했다.

니나, 라고 나는 가볍게 말을 걸었다. 나에게도 좀 팔아주시겠습니까? 담배가 필요한데요.

니나는 일어섰다. 네, 드리지요. 그렇지만 영국제는 없어요.

니나는 내가 영국제 담배를 어떤 담배보다도 좋아한다는 것을 아직도 알고 있었다. 우리의 연결은 아직 끊어지지는 않았던 것이다. 나는 격심한 기쁨을 가지고 그것에 주의했다. 니나는 나에게 다른 곽을 주고는 주저하는 것 같은 예의 있는 태도로 물었다. 그런데 어떻게 여기를 아셨어요? 내 대답을 기다리지도 않고 그녀는 계속해서, 저기로 들어가세요, 비에 젖으셨군요, 문을 닫겠어요, 인제는 아무도 더 안 올 거예요, 또 와도 그만이고요, 라고 말했다.

니나는 어깨를 추켜 보이고는 전등을 켜고 문 앞에 가서 쇠 덧문을 내렸다. 그러고는 나를 가게 뒤에 있는 방으로 데려갔다. 그곳도 가게와 마찬가지로 찌를 것같이 식초와 비누와 먼지 냄새가 났으나 따뜻했다. 난로 옆에는 무서울 만큼 추악한 노파가 안락의자에 꼼짝도 않고 앉아 있었다.

왕고모님이에요, 라고 니나가 말했다. 귀도 눈도 멀었어요, 제 정신이 아니고요, 방해가 되지 않겠어요?

니나는 자기의 물음에 대한 대답을 기다리지 않는 독특한 태도를 갖고 있었다. 마치 아무것도 그 여자의 흥미를 끌지 않는 것 같았다. 니나는 작은 알코올 램프로 찻물을 끓였다. 알코올 램프는 단조로운 퍽퍽 소리를 냈다. 방은 그처럼 앙상하게 비어 있었기 때문에 나는 니나가 어떻게 이 광경을 견디고 있을까 스스로 물었을 정도였다.

이건 마치 고행과도 같습니다, 라고 나는 말했다.

아이, 나도 여기가 기분 좋지 않다는 것은 알아요, 라고 그 여자는 대답했다. 그렇지만 어떻게 해야 한단 말이에요? 여기서 무얼 변화시켜 본다는 것은 무의미해요.

그 여자의 말은 예사롭게 아무 희망이 없는 것같이 들렸으나 그 여자의 목소리에서는 갑자기 불안이 나타나기 시작했다. 나는 그 여자를 방해한 것이다. 나의 방문은 그 여자에게 추억과 소망을 가져온 것이다. 나는 그것을 죄스러운 쾌감을 가지고 관찰했다. 다른 말을 하다가 문득 생각난 것처럼 나는 내일 가르미쉬로 주말을 보내러 갈 예정이라고 말했다. 일기예보에 의하면 비가 멎을 예정이라고 만약 니나가 같이 간다면 기쁘겠다고 나는 가볍게 덧붙였다. 아니요, 라고 니나는 나의 제안이 그 여자를 자극한 것을 증명하는 딱딱함을 가지고 말했다.

아니요, 라고 니나는 우울하게 반복했다. 그건 불가능해요. 나는 이 할머니를 혼자 놓아둘 수가 없으니까요.

유감입니다, 라고 나는 말했다. 나는 또 대신 가게를 볼 만한 사람을 구할 수 있지 않을까 생각했던 것입니다.

니나는 잠자코 홍차를 따랐다. 그 여자의 동작은 하나하나가 나에게 감동을 주었다. 갑자기 니나를 영원히 잃을지도 모른다는 공포가 나를 엄습했다. 그 순간에 나에게는 내가 오랫동안 생각하지 않았던, 또는 아무에게도 한 번도 말하지 않았던 온갖 사랑의 말이 생각났다. 그러나 나는 그것을 입에 담을 수가 없었다. 나는 정열의 힘이 나를 돌처럼 굳게 만드는 것을 느꼈다. 니나는 나를 바라보았다. 니나는 나의 바로 옆에 앉아 있었다. 차를 따를 때 그 여자의 팔은 나에게 잠깐 닿았었다. 순간은 지나가버렸다. 다시 오지 않게 잃어버려지고 말았다.

우리는 책에 관해서, 내 일에 관해서, 그 여자의 앞으로의 계획에 관해서 말하기 시작했다. 할머니와 같은 방 안에서 그 여자가, 할머니가 죽고 나면…… 이라고 말하는 데 나는 놀라지 않을 수 없었다. 니나는 나의 놀란 시선을 보더니, 아, 걱정 마세요, 할머니는 완전히 귀머거리예요. 그리고 들을 수 있다 하더라도 이 할머니의 생은 끝난 거예요. 다만 죽음을 기다릴 뿐이니까요.

나는 용기를 내어 물었다. 이 할머니와 같이 사는 게 무섭지 않으십니까?

왜 무서워요? 니나는 나를 이해할 수 없다는 듯이 바라보았다. 오히려 흥미 있다고 생각하는데요. 나는 여태까지 아무도 죽어가는 것을 본 일이 없어요. 이 할머니는 아주 서서히 죽고 있어요. 나는 그것을 정확히 관찰하고 그것에 관해서 소설을 쓰고 있어요.

니나는 얼굴을 붉혔다.

글을 쓰십니까? 라고 나는 물었다.

아무것도 아니에요. 그저 해보는 거예요. 나는 아무것도 못하니까요. 가벼운 어조로, 그러나 숨겨져 있는 질긴 열심을 보이면서 니나는 덧붙여 말했다. 그렇지만 언젠가 한번 할 수 있을지도 몰라요.

나는 쓴 것을 좀 보여달라고 졸랐다.

안 돼요, 라고 니나는 대답했다. 하나도 없어요. 언젠가 좋을 것을 쓸 때까지 다 태워버리기로 했으니까요.

그렇지만 쓰는 것이 나쁜지 아닌지를 어떻게 아십니까? 나는 말했다.

니나는 짧게, 단호하게 말했다. 그건 알아요.

그로써 니나는 화제를 바꾸고 가게에 오는 이상스럽고 우습고 슬픈 사람들에 관해서 얘기하기 시작했다. 모르실 거예요. 그 사람들을 관찰하고 얘기를 듣고 하는 것이 얼마나 재미있는지를.

그 말을 하는 그 여자의 어조는 언제 어디서든지 생애 대한 그 여자의 굽힐 수 없는 타고난 흥미를 말하고 있었으나, 동시에 자기가 얼마나 불행한가를 나에게 보이지 않으려는 것이 너무나 뻔한 거만과 고집의 자국도 나타내고 있었다. 이 명백성은 나에게 칼로 베는 것 같은 아픔을 주었다. 그 순간에 그 여자는 불을 보기 위해서 난로로 가려고 일어났다. 그때 나는 20년 동안이나 입에 담아보지 않았던 말을 했다. 당신을 사랑합니다. 그러나 니나는 석탄을 난로에 쏟고 있어서 그 말을 듣지 못했다. 아니, 나는 니나가 그 말을 들었는지 못 들었는지를 알지 못한다. 나는 그 말을 반복하지 않았다.

저녁때 니나는 나를 여관으로 안내해주고 자동차를 빌리는 것을 도와주었다. 나는 가르미쉬에 가기 위해서 자동차를 빌리기로 결심한 것이다. 그것은 니나를 데려갈 수 있을지도 모른다는 완강한 희망에서 한 것이다. 불면의 밤이 나를 위협하고 있는 것을 느끼고 나는 커다란 곽에 든 '파노도름'을 먹고 꿈 없는 깊은 잠에 빠졌다.

나는 매우 일찍이 일어났다. 매우 좋은 날씨였다. 가을이 한 번 더 돌아온 것 같았다. 이 날씨도 나의 공범이 되어야 했으나 나는 일을 너무 서둘고 싶지 않았다. 나는 니나에게 나의 제안을 거절한 것을 유감스럽게 생각할 시간을 주고 싶었다. 나는 니나를 기대와 불안 속에 넣어두고 싶었다. 오늘은 끝없이 길게 느껴졌다.

나는 몇 번이나 게트라이데가세로 갔으나 이른 오후에야 비로소 차를 몰고 가게 앞으로 갔다. 차의 뚜껑을 열고 한 다발의 단풍진 포도잎을 앞창에 걸고. 니나는 창가에 서 있었다. 나는 그것을 보았다. 니나는 기다리고 있었다. 외출복을 입었고 외투와 핸드백이 옆에 놓여 있었다.

지금도 원하신다면 같이 가겠어요, 라고 니나는 말했다. 그러고는 가게와 할머니 쪽은 한 번도 돌아다보지 않고 집에서 나왔다. 니나는 마치 다시는 돌아오지 않을 생각인 것처럼 갔다.

나는 니나가 내 옆에 필요 이상으로 가깝게 다가앉아서 한숨을, 기쁨과 해방의 한숨을 내쉬던 순간을 절대로 잊지 않을 것이다. 그리고 나는 우리가 달려가던 시골을 뒤덮고 있던 광선, 늦가을의 갈색과 보랏빛이 섞인 광선, 이 달콤하고 죽음에 중독돼 있는 광선을 잊지 않을 것이다.

나는 행복했다. 이 시간, 이 한 시간 동안은 행복했다. 그리고 갑자기 미친 듯한 멋있는 유혹이 나를 엄습해 왔다. 왜 우리는 이 시간에 둘이 다 기쁨에 충만하여 딴생각은 없이 행복할 때 살기를 그칠 수 없는 것일까? 이날처럼 조화된 날은 다시는 안 올 것이고 매일은 다만 손실에 불과한 것이 될 것이다.

약간 더 속력을 내고 바른편으로 돌고, 커브, 나무 기둥, 무덤, 종말은 갑자기 완전한 것으로 되고 니나는 아무것도 모를 것이었다. 나는 니나를 보았다. 그 여자의 얼굴은 바람에 홍조되었고 머리는 나부끼고 눈은 빛나고 있었다. 니나는 나의 시선을 느끼고 나를 바라보았다. 그리고 그 순간에 나는 내가 니나의 기쁨과 아무 관계가 없다는 것을 알았다. 나는 그 여자에게는 다만 선량하고 좀 거북한 친구에 불과한 것이다. 그 이상의 아무것도 아니다. 나는 천천히 갔다. 광선은 창백해지고 시간은 지나가고 말았다.

왜 이렇게 천천히 가세요? 라고 니나는 실망해서 말했다. 나는 빨리, 아주 빨리 달리는 편이 훨씬 좋은데.

나는 니나의 희망에 따라서 차를 빨리 몰았으나 유혹은 다시 돌아오지 않았다. 빨리 잿빛 어둠이 덮었다. 산에 가까이 갔을 때는 짙은 안개가 내려앉았다. 우리는 차 뚜껑을 덮었다. 니나는 추위에 떨었다. 나는 그 여자가 떠는 것을 보았다. 니나의 외투는 얇았고 꼴이 초라했다. 나는 니나에게 내 외투를 덮어주었다. 니나는 가만히 내가 하는 대로 있었다. 유혹과 친밀감의 시간은 말할 수 없이 멀리 멀어져갔다. 그러나 하루는 아직도 끝나지 않았고 아무 소용 없으리라는 예감과 슬픔이 나를 대담하게 만들었다.

나는 파크 호텔 앞에서 차를 세우고 니나의 의심스럽다는 얼굴을 즐거움을 가지고 보았다. 그러나 니나는 너무도 추워하고 있었기 때문에 홀의 따스함을 반기지 않을 수 없었다. 그리고 이 따스함이 나의 동맹자인 것이다. 따스한 공기는 니나를 피곤하게 복종적으로 만들었다. 내가 이름을 적고 있는 동안에 니나는 내 어깨 너머로 허공을 바라보고 있었다. 그처럼 무심하게 부주의하게 보이는 니나의 그 시선은 내가 다른, 가짜 이름을 쓰는 것을 방해했다. 나는 니나가 '동부인'이라고 쓴 것을 보지 못했을 것을 희망했다. 태연한 얼굴로, 그렇지 않아요, 라고 그 여자가 말한다는 것은 얼마든지 가능한 일이기 때문이다.

그러나 니나는 아무 말도 하지 않고 사람들이 우리에게 지정해 준 방으로 순순히 갔다. 니나는 내가 두려워했던 것보다는 훨씬 덜 놀라고 있었다. 그 여자는 도대체 죽은 것 같은 무감각 상태에 빠져 있는 것 같았다. 그러나 저녁식사 때 니나는 점점 깨어나고 포도주를 한 병 마시고 나니까 거의 명랑해지기까지 했다. 나 자신은 적어도 이 하룻밤만이라도 생에 반항해야겠다고 맹목적으로 결심하고 현실과 꿈 사이의 깨어질 듯이 섬세하고 매우 좁은 길 위를 조심스럽게 움직였다.

우리가 방에 들어간 것은 매우 늦어서였다. 니나는 한 편 구석에 돌아서서 잠자코 마치 세상에서 제일 당연할 일이라는 듯이 옷을 벗기 시작했다. 나는 니나가 정말로 내가 생각하고 있듯이 순진한 소녀인가를 의심하지 않을 수 없었다. 갑자기 나에게는 이 상황이 견딜 수 없고 이해할 수 없는 것으로 생각되었다.

나는 방에서 나와 홀에 가서 또 한번 술을 마셨다. 니나를 그날 밤에 소유하는 것은 가능하다는 것을 나는 알고 있었다. 그러나 그게 무엇을 뜻한단 말인가? 나는 니나를 결코 지킬 수 없을 것이다. 니나는 나를 사랑하지 않는다. 앞으로도 사랑하지 않을 것이다. 마침내 내가 방으로 되돌아갔을 때는 방은 어두웠다. 니나는 자는 것 같았다. 바람에 나부끼는 커튼 사이로 가로등의 빛이 새어 들어왔다.

나는 소리를 죽여서 옷을 벗고 침대에 누웠다. 니나는 움직이지 않았다. 갑자기 나는 니나가 나를 수줍음 없이 정면으로 바라보고 있는 것을 느꼈다. 나는 용기를 내고 그 여자의 손을 잡아서 내 얼굴 위에 놓았다. 니나는 가만히 있었다. 니나는 내가 키스하는 것도 내버려두었다. 니나의 입술은 건조하고 갈라져 있었다. 짧게 쓰겠다. 자세한 것을 상기하는 것은 참을 수 없는 일이기 때문이다. 나는 무서운 마비 상태에 빠져버렸다. 생이 나에게 복수를 한 것이다. 그 이외의 다른 설명이 나에게는 불가능하다. 내가 그처럼 오랫동안 생에 반대되게 산 것에 대해서 보복한 것이다.

니나는 눈을 감았다. 니나가 잠든 것이 분명하다고 생각했을 때 나는 괴로움에 몸을 맡기고 뜨겁게 솟아 나오고 소리 없이 대량으로 쏟아져 나오는 눈물을 금할 길이 없었다. 나는 그것을 부끄럽게 생각하지 않는다. 나는 나 자신에게 한 번만, 이 한 번만은 피조물이고 그 이상의 아무것도 아닐 것을 허락했다.

갑자기 나는 니나의 손을 내 눈 위에 느꼈다. 우시는군요, 라고 니나는 놀라서 물었다. 웬일이세요.

니나의 목소리는 순진함과 따스함에 넘쳐 있었고 나는 니나의 숨을 느낄 수가 있었다. 그 여자는 동정심 속에서 나와 아주 가까웠다. 이 순간에도 그것이 일어날 수 있었을 것이다. 그러나 나는 동정은 원하지 않았다. 나는 니나를 부드럽게 베개에 다시 눕히고 눈물을 억제했다. 나는 니나가 그날 밤에 잠을 잤는지 안 잤는지 알 수 없다. 나는 자지 않았다.

새벽이 왔을 때—아, 이 안개 낀 아침. 나는 영원히 니나 곁을 떠날 결심을 했다. 그날 밤을 니나는 결코 용서하지 않을 것이다.

그렇게 어지럽혀진 것을 한 여자가 용서한다는 것은 생각할 수 없는 일이었다. 나는 창피스럽게, 경멸받을 만하게, 우스꽝스럽게 달아나버리고 싶은 강한 욕망을 느꼈으나 머물렀다. 적어도 그것에는 이기고 싶었다. 나는 소리 없이 옷을 입었다. 니나가 움직이는 것을 보고 나는 말했다. 조반을 먹으러 내려가겠어요. 준비가 끝나거든 내려와요.

잠시 후에 니나가 나를 따라왔다. 니나는 약간 수줍은 태도를 보였으나 다정했고 신비스럽게 나이가 많아진 것같이 보였다. 우리는 그날 긴 거리를 달렸다. 그리고 웬하임으로 돌아가는 길에 니나는 몇 번이나 소도시에 정거해서 진한 커피를 마실 것을 제안했다. 내가 몹시 피로해 있었기 때문이다. 니나는 달라졌고 경험이 많아진 것같이 보였다. 그 불면의 밤 동안에 니나의 내부에 무엇이 일어난 것일까? 나는 그것을 결코 알 수 없을 것이다.

내가 웬하임에서 자동차와 기차를 바꾸어 탔을 때 니나는 친절하게 우정에 넘쳐서 작별인사를 했다. 기차가 떠나기 직전에 니나가 나를 바라보았을 때 나는 그 여자가 나중에 많은 경험을 겪은 뒤에 갖게 될 얼굴을 보았다. 용서할 준비가 돼 있는, 관대함에 넘친 얼굴, 고향이 없는 사람의 방황하는 눈과 많은 것을 알고도 생을 경멸하지 않는 사람의 우수에 넘친 고요함을 지닌 얼굴이다. 나는 니나를 전보다 더 사랑한다. 그러나 다시는 만나지 않을 것이다—

니나는 방 안에 들어와서 내 어깨 너머로 같이 읽고 있었다.

나도 어렸어, 10년 후였다면 내가 무엇을 해야 하는지를 알았을 터인데, 왜 그렇게 쳐다봐?

무엇을 할 수 있었겠어? 라고 나는 말했다.

니나는 잠깐 미소했다. 사람이 동정심에서는 무슨 일이든지 할 수 있다는 것을 언니는 모를 거야.

그 순간에 나는 내가 나라는 것과 니나보다 그렇게 많은 안정을 갖고 있는 것이 기뻤다. 그러나 동시에 나는 니나가 그처럼 몸을 내던지고 있는 생이 니나를 나보다 훨씬 더 잘 돌보아주고 있는 것을 알고 있었다. 나에게는 흥미 있는 일이 조금도 없었다. 나는 여기에 니나가 수면 부족으로 창백한 얼굴을 하고 슬픔 때문에 몸치장도 안 하고 아무 희망도 없이 침울하게, 그러나 생명에 넘쳐 서 있는 것을 바라보았다. 니나는 마치 폭풍우에 좀 파손된, 그러나 대해에 떠 있고 바람을 맞고 있는 배와도 같았다. 그리고 볼 줄 아는 사람이면 누구나 그 배가 어디든지 원하는 곳에 갈 수 있다는 것을, 아니, 새로운 대륙의 새로운 해안에 도착해서 대성공을 거두리라는 것을 돈을 걸고 단언할 것 같았다. 내가 니나의 절망을 완전히 믿지 못하는 것은 뭣 때문인지 알 수가 없었다. 니나의 절망은 그처럼 진심에서 우러난 것이어서 내 심장을 아프게 찌르는 것 같았는데도.

언니는 이해 못할 거야, 라고 니나는 잠시 후에 말했다.

무얼 이해 못한단 말이니?

내가 얘기하려는 걸 말이야.

그래? 그걸 내가 모를 거라고?

나는 언니가 끔찍하게 생각할 것 같아.

주저하는 것 같은, 동시에 도전적인 시선으로 보면서 니나는 말을 이었다. 한 번은 호기심에서 했어. 얘기해도 괜찮아?

나는 대답을 안 했다. 뭐라고 대답을 할 수가 없었다. 나는 니나가 다시 절망해 있는 것을 보았다.

아니, 하고 니나는 이상하게 적의를 띠고 말했다. 얘기하지 않겠어. 아니, 얘기할까?

니나, 라고 나는 괴로워서 말했다.

이번에는 니나가 웃었다. 아, 모두들 얼마나 무서워하고 있는지! 인생이 정말로 어떤 것인가를 아는 것을. 그렇지만 나는 다른 얘기를 해주고 싶어. 이 이야기는 덜 거칠고 시적(詩的)이기조차 해. 얘기가 끝나거든 윤리적인가 아닌가를 말해봐.

나는 니나를 의심스럽게 쳐다보았다. 아마 니나는 나를 조롱하고 있는 것인지도 모른다. 니나하고 있으면 한 번도 안심되지 않았다. 벌써 니나는 아주 심각해졌고 아주 자기 자신 속으로 돌아간 것 같았다.

얘기해줘, 라고 나는 말했다.

응, 하고 니나는 대답했다.

그러나 니나는 얘기를 안 했다.

나갈까, 라고 니나가 갑자기 말했다. 조금 걷지 않겠어?

우리는 이자르 강변을 지나고 다리를 건너서 자꾸만 걸어가서 마침내는 뮌헨 시 북쪽에 있는 강변으로 왔다. 날이 저물었다. 이자르 강에는 물이 가득 차 있었다. 강물은 세차게 파도쳤다. 강물 소리는 저녁 공기를 불안하게 만들었다. 니나는 나를 강변의 담벽으로 꽉 잡아당겼다.

여기에 나는 지난겨울에 가끔 왔었어, 라고 니나는 말했다.

강물은 그 장소에서 매우 빠르게 흘렀다.

이리 와, 라고 나는 말했다. 나는 니나가 거기 서 있는 것이 마음에 들지 않았다. 마치 항거하는 것처럼 뻿뻿하게 몸을 뒤로 젖히고 서 있는 것이 마음에 들지 않았다. 잠시 후에 니나가 말했을 때 나는 조금도 놀라지 않았다.

내가 만일 한다면, 알겠어? 그러면 여기서, 이런 밤에 하겠어. 지금 같은 냄새가 나야지 돼. 많은 물과 축축한 땅과 지난해의 나뭇잎과 버드나무 껍질의 냄새가 나야지 돼. 냄새를 맡을 수 있어? 공기 속에 있는 쓴맛은 버드나무 껍질의 냄새야. 그리고 여기서처럼 이렇게 솩솩 소리가 나야 해. 공기는 생명에 가득 차 있어야 해.

니나는 나한테 말을 하는 동안 내 팔을 꽉 잡고 있었다. 갑자기 니나는 손을 탁 놓았다.

나는 꽤 돌았어, 라고 니나는 부끄러운 것같이 말했다. 이런 바보 같은 소리는 몇 년 동안 한 일이 없어. 그건 내가 지난 주일 동안 조금밖에 자지 않고 꽤 많이 일을 했기 때문일 거야.

그래, 하고 나는 가벼운 어조로 말했다. 너는 좀 신경질 기질이 있어. 그러나 니나에 대한 나의 근심은 증가했다. 그 순간이나마 니나가 다른 생각을 하도록 만들기 위해서 나는 말했다. 아까 무슨 얘기를 하겠다고 하지 않았어?

아, 그건 다 무의미한 것들뿐이야, 라고 니나는 말했다.

나는, 그래, 아무것도 중요하지 않을 거다, 네가 마치 귀신에 홀린 것같이 생각하고 있는 그 남자를 빼놓고는 아무것도, 라고 말할 뻔했다. 그러나 아무 말도 하지 않았다. 나는 니나가 그 남자를 만났을 때 비로소 자기 자신을 만났다는 것과 만약 그를 잃게 된다면 생명에의 직접적인 자연스러운 길이 끊긴다는 것을 점점 강하게 이해하게 되었다. 나는 니나가 내 옆을 언제나 반걸음쯤 앞서서 얼굴을 바람에 내맡기고 걸어가는 것을 바라보면서 니나에게 어울릴 남자를 상상해보려고 했다. 나는 니나에게 그에 관해서 물을 수도 있었을 것이다. 그에 관해서 얘기하는 것은 어쩌면 니나에게는 해방감을 줄는지도 몰랐다. 그러나 나는 니나가 스스로 말을 꺼내기를 기다렸다.

그래, 하고 니나는 갑자기 말했다. 그 이야기를 하면 언니는 이상한 얘기라고 생각할 거야. 그렇지만 잘 이해만 한다면 시적인 맛이 없지도 않은 얘기야.

우리는 어둠 속에서 길 밖으로 빠져나와서 점점 깊게 땅을 뒤덮은 가시덤불 속으로 들어갔으므로 마침내는 집으로 돌아가기로 결정했다. 돌아가는 길에 니나는 나에게 이야길 했다. 그 이야기에 관해서 나는 종종 생각해보았다. 나는 왜 나에게는 그런 일이 한 번도 없었고 그런 봉사를 요청받은 일이 한 번도 없었는가를 스스로 물었다. 나도 또한 남을 도와주기를 즐기고 침묵을 지킬 줄 알고 쌀쌀하지 않은 성격의 소유자다. 오히려 니나보다도 따뜻한 셈이다. 그런데 왜 사람들은 내가 니나보다 덜 관대하고 덜 다정하고 경험이 적다고 생각하는 것일까?

나는 거울을 들여다보았다. 니나와 나는 매우 비슷하게 생겼다. 누구나가 우리가 자매라는 것을 알 것이다. 내 얼굴이 니나 얼굴보다 훨씬 예쁘다는 것을 나는 안다. 그런데도 우리가 같이 걸어갈 때면 사람들은 니나를 보지 나를 보지 않는다. 내 얼굴은 밋밋하고 니나의 얼굴은 표정이 풍부하다. 그래서인 것이다. 니나는 이 얼굴 때문에 비싼 대가를 지불해야 했다. 나도 니나처럼 전쟁과 역경을 독일서 함께 체험했다면 더 나았을지도 모른다.

그러나 이것은 모두 한가한 생각에 불과하다. 니나는 자기도 어쩔 수 없고 자기는 의식하지 않는 무서운 능력을 갖고 있다. 즉 니나는 다른 사람에게 결단을 요구한다. 만약 나에게 그만한 용기가 있다면 나는 지금 내 남편과 헤어질 것이다. 그러나 나는 니나가 강가를 걸어갈 때 나에게 한 이야기를 적기로 하겠다.

나는 몇 년 전에 어느 시골에 연구소를 가지고 있는 어떤 학자를 인터뷰하라는 청탁을 어떤 신문으로부터 받았어. 나는 우선 실험소로 갔어, 라고 니나는 말했다. 거기에는 많은 조수들이 왔다 갔다 하고 있었는데 아무도 나에게 소장이 어디에 있는가를 말해주지 않고 나를 이상한 얼굴로 쳐다들 보았어.

나는 사택으로 가보겠다는 생각이 떠올랐어. 그런데 그 집은 덧문이 다 내려져 있었고 아무도 없는 것같이 보였어. 마침내 식모 계집애가 콩을 따고 있는 것을 발견했는데 그 아이도 조수들과 같은 눈초리로 나를 보았어. 교수님은 면회를 안 하십니다, 하기에 나는 물었어. 앓고 계시니? 식모는 대답하려고 하지 않았어. 그래서 내가 신문사에서 왔다고 말했더니, 식모는 낮은 소리로 말했어. 선생님은 저 안에 계시지만 아무도 들어가서는 안 돼요. 왜 안 돼? 라고 나는 물었어. 벌써 4주일 동안 아무도 들어가지 못한답니다. 그래? 내가 한번 들어가볼게, 라고 나는 말했어.

내가 무슨 용기가 나서 다짜고짜 집 안에 들어가서 제일 가까운 방에 침입했었는지는 나도 모르겠어. 그것은 어린애 방이었어. 텅 빈 침대는 사용된 채로 챙겨지지 않았고 방 안은 포장지 뭉치와 망가진 장난감과 찢어진 그림책으로 어지러웠고 마치 누가 급히 쓸 만한 것만 주워 모아들고 여행 떠나고 난 뒤같이 보였어.

마침내 나는 그 교수가 어린애 의자 위에 앉아 있는 것을 발견했어. 내가 온 것에 대해서 그는 완전히 무관심했어. 나는 다시 나갔어야 했을 것인데 웬일인지 나도 모르게 그냥 머물렀고 그의 입을 열게 했어. 나는 그의 이야기를 여기에 다시 옮겨놓고 싶지 않아. 그것은 모든 결혼 생활 이야기와 마찬가지로 권태로우니까.

그런데 종말만이 좀 특이해. 그의 아내는 아이들을 데리고 그를 버리고 갔어. 그는 아내가 어째서 그렇게 했는가를 잘 알고 있었고, 그것은 그의 죄는 아니었으나 그 여자를 용서하지 않을 수 없는 입장에 놓여 있었어. 그게 이 이야기의 제일 난점인 것이야. 그는 어떤 날 갑자기 그의 아내를 포옹할 수 없게 되고 말았어, 갑자기. 그의 아내는 선량하고 총명한 여자였으나, 아마 간호사처럼 정확하고 친절하지만 남자에게 꿈을 꿀 수 없는 종류의 여자들에 속하는 사람이었던 것 같아. 세상에는 그런 여자가 많아.

그래, 하고 말하고 나는 생각했다. 나도 그 중 한 명이다.

그의 아내는, 하고 니나는 이야기를 계속했다. 기다렸어. 기다리고 또 기다렸으나 그녀는 다시 3년을 만 3년을 기다리고 나서 그의 곁을 떠나버렸어. 그게 4주일 전의 일이었어. 그는 아직도 그 방에 면도도 안 하고 괴로움 때문에 폐인이 되다시피 해서 있어. 그렇게도 절망에 빠져 있었기 때문에 생소한 나에게 그 이야기를 했을 정도였어.

그래서? 하고 나는 니나가 침묵했을 때 물었다. 중요한 게 그 다음에 있을 게 아니니?

아, 얘깃거리는 많지 않아, 라고 니나는 말했다. 우리는 같이 산책했어. 물이 마른 강을 따라서 걸었어. 아주 더운 여름날이었고 사정없이 햇볕이 쪼이는 길이었어. 지금이라도 나는 그 길을 다시 찾아갈 수 있을 거야. 마침내 우리는 커다란 돌 더미를 쌓아올린 장소까지 왔어. 농부들이 주변의 밭에서 돌을 전부 날라다 쌓아놓은 곳이었어. 마치 구약성서에 나오는 장소같이 웅대한, 한번 보면 잊히지 않는 장소였어. 그곳에서 그는 나에게 그를 도와줄 수 없느냐고 물었어.

그래서? 라고 나는 물었다. 그는 무얼 원한 거니? 나는 알 수 없다.

그는 독실한 가톨릭 신자였어, 라고 니나는 말했다.

그러나 나는 아직 무슨 말인지 이해할 수가 없었다.

그는 그 순간까지 다른 여자한테 가는 것을 자기 자신에게 허락하지 않았던 거야.

니나는 그 말을 겨우 들릴 만큼 낮은 목소리로 말했으나, 이번에는 나는 이해했다. 내가 생각했던 것보다 훨씬 더 끔찍스럽다는 듯 나는 소리 질렀다. 그리고 네가 그걸 했단 말이냐? 다만 동정심에서? 설마! 네가 그랬을 리가 없다.

나는 그렇게 했어, 라고 니나는 단순하게 말했다.

니나는 나를 서먹서먹하게 바라보았다. 나는 그걸 해서는 안 됐을까? 내가 대답하지 않았을 때 니나는 큰 소리로 말했다. 그것 봐, 내가 말하지 않았어? 언니는 인생이 정말로 어떤 것인지를 알려고 하지 않을 것이라고.

그래서, 하고 나는 물었다. 그게 그 사람한테 도움이 되었어?

아, 하고 니나는 말했다. 그가 희망에 차서 그의 아내에게 돌아갔을 때도 그는 전과 마찬가지인 것을 발견하고 포기하고 말았어.

그래서? 그것뿐이야?

잠시 후 니나는 또 한번 물었다. 끔찍하지?

아니, 라고 나는 대답했다. 나는 사실은 그 순간은 끔찍하다고 생각하고 있었음에도 그렇게 대답했다. 그러나 나중에 이 사건에 관해서 생각해보니까 점점 더 니나가 한 일이 옳다고 느껴졌다. 다만 나라면 결코 그만한 용기가 나지 않았을 것이다.

우리는 잠자코 밤의 어둠 속에서 집으로 돌아갔다. 니나의 이야기는 어떤 낯선 무엇을 우리 사이에 몰아넣었다. 그것은 마치 우리들이 다 발을 들여놓지 않은 한줄기 무인 지대와도 같았다. 그런 느낌은 우리가 집에 도착했을 때도 여전히 남아 있었다.

우리가 서로 이야기를 하지 않고도 무엇을 할 수 있게끔 슈타인의 일기가 있는 것이 다행스러웠다. 우리는 중단했던 데를 다시 읽기 시작했다. 나는 니나를 보지 않겠다. 그것이 슈타인의 마지막 구절이었다. 다음 일기는 1933년 1월 15일 날짜였다. 글씨가 전보다 컸고, 달필이었으며, 일기 서두의 N자는 마치 새 돛을 단 배와도 같이 보였다.

—니나가 다시 왔었다. 나는 환상을 그리지 않았다. 니나는 나를 다시 만나러 온 것이 아니라 나와 의논할 일이 있어서 왔었다. 그러나 하여간 니나는 여기에 나한테 왔었고 그 여자가 충고를 구하고 신뢰를 표시한 것은 바로 나였다. 그리고 이것은 내 착각이 아니다.

니나는 때때로 특히 대답의 끝 무렵에 퉁명한 자존심의 막을 뚫고 한줄기 호의와 따스함을 보였다. 내가 이 호의를 과대평가하거나 또는 오해하는 것이 아닌가에 대해서 생각해보는 것을 나는 처음에는 스스로 금하고 있었다. 어쩌면 니나의 성격은 최근에 일반적으로 더 따뜻하고 부드러워진 것이고 이 따뜻함은 나에게 해당되는 것이 아니라 누구나 다한테 해당되는 것인지도 몰랐다.

우선 나는 마치 몇 달이나 계속된 가뭄 뒤에 첫 번째 빗방울이 죽은 줄 알았던 싹 위에 떨어지는 것을 본 농부의 아직 의심스러운, 긴장된 환희와도 비슷한 나의 기쁨 속에 잠겨 있고 싶다. 너무나 오랜, 희망 없었던 기다림 위에 딱딱하게 떨어진 아픈 기쁨이었다.

니나는 예고도 없이 찾아왔다. 우연히 헬레네는 외출 중이었다. 저녁때였고 눈이 오고 있었다. 그날 나는 아무 방문도 기다리고 있지 않았다. 나는 방해가 오히려 좀 귀찮을 정도였다. 나는 내 고독 속에 정착했었고 내 생활에는 아무런 변화도 없었다. 정돈된 나날의 일의 경과와 자발적으로 인수한 일련의 의무밖에 내 생활에는 아무것도 없었고 그것들은 마비시키는 듯한 습관으로 고정되었었다. 최근 몇 달은 강한 수면제의 복용조차도 필요 없을 정도였다. 이러한 고통 없는 굳어져버린 균등한 나날에 도달하기에는 많은 시간을 요했다는 것을 나는 감출 필요가 없다고 생각한다.

그러나 지금 니나가 내 문 앞에 서 있다. 나는 니나를 먼저 목소리로 알아냈다. 정확히 말하면 내 의식은 니나가 말을 시작했을 때 니나를 인식했다. 그 여자를 보았을 때 나의 숨을 막히게 하고 나에게 엄습해 왔던 급격하고 강렬한 경악은 몇 초 전에 이미 니나가 와 있다는 것을 알려주었다. 우리가 내 서재에 들어와 앉았을 때까지 우리가 무슨 말을 했는가를 나는 생각해낼 수가 없다. 우리가 거기에 와서도 잠시 동안은 잠자코 마주앉아 있었던 것 같기도 하다.

니나가 돌아온 것은 나에게 믿어지지 않았고 또 니나는 어쩔 수 없이 변해 있었다. 내가 우리의 상봉을 뚜렷이 상기하는 것은 내가 니나에게 다시 공부를 하고 있느냐고 물은 데 대해서 피곤한 것같이, 거의 무관심하게 고개를 흔들었을 때부터다. 나는 니나가 그의 죽음을 기다리지 않을 수 없었던 할머니에 관해서 물었다.

아, 그런 사람들은 영원히 사는 법이에요. 그 사람은 벌써 유령 같아요. 우유 조금하고 흰 빵 부스러기를 먹고 살고 있고 내가 몸을 씻기고 머리를 빗겨주고 침대에 넣어줘야 해요. 벌써 송장 냄새가 나지만 죽지는 않아요—니나의 목소리에는 조금도 분격이 섞여 있지 않았다—벌써 1년 반이나 나는 거기에 가 있어요. 아버지 부채의 큰 부분을 갚을 수는 있었지만 아직도 남아 있어요. 나는 탈주할 수는 없으니까요.

니나의 목소리는 뚜렷한 결심을 나타내고 있으나, 그 여자는 나를 속이려고 하지도 않았다. 그 여자의 눈은 나에게 두려움을 줄 정도의 피로를 나타내고 있었다. 그 순간에 나는 내가 여태까지 수없이 여러 번 생각했고 수많은 편지에 썼다가 보내지 않고 만 생각을 발표할 용기를 얻었다.

니나, 하고 나는 말을 했다. 내가 지금 제안하는 계획은 당신과 같이 우수한 학생을 잃은 것에 대한 나의 슬픔에서 나온 것입니다.

니나는 머리를 쳐들었다. 호기심이 없지는 않으나 벌써 불신을 느끼고 조심스럽게 눈치를 살피는 태도로. 나는 니나가 내 제안을 거부하리라는 것을 알고 있었다. 그것이 니나의 성질에 위반되는 것이기 때문에, 그리고 무엇보다도 그 제안이 나한테서 나온 것이기 때문에. 이것을 알고 있는 것이 나의 설득력을 빼앗아버렸고 미리 패배를 각오시켰다.

그러나 나는 이 계획을 말했다. 내 계획은 다음과 같았다. 즉 내가 니나의 빚의 나머지를 갚고 이미 누가 간호하는지 구별할 수 없는 노파를 위해서 유능한 간호사를 채용하며, 내가 지출할 돈은 니나가 상속할 집을 담보로 무이자로 빌려준 것으로 생각하자는 것이었다. 그러나 내가 끝까지 얘기하기도 전에 니나의 재빠른 거절의 말 '감사합니다만 그렇게 못하겠어요'가 말문을 막고 말았다. 물론 그것은 예상하지 못한 바 아닌 대답이었으나 마치 문을 세게 닫는 쾅 소리와도 같이 오랫동안 잠잠했던 옛 고통을 일깨웠다.

니나는 고개를 곧 돌렸으나 나는 니나의 얼굴이 붉어진 것을 보았고 니나가 나에게 준 타격은 니나 자신에게도 들어맞은 것이라는 것을 알았다.

나를 쳐다보지 않으면서 니나는 말했다. 나는 그 모든 것을 내던질 수가 없어요. 내가 한번 인수한 것이니까. 그걸 놓고 달아난다면 내가 나 자신에 대해서 무가치하게 보일 거예요.

니나, 그렇지만 그건 당신의 과제가 아니지 않습니까? 그런 벽촌에서 정신이 몽롱한 노파를 간호하고 석유를 파는 것은?

이번에는 니나는 나를 정면으로 바라보았다. 니나의 그 시선은 나를 부끄럽게 했다. 그게 나의 과제가 아니었다면 내가 거기에 가게 되지도 않았을 거예요.

니나의 운명에 대한 신념은 움직일 수가 없었다. 그것은 니나의 강한 점이며 니나의 보호가 되었고 니나를 감당해나가고 있었다. 그럼에도 나는 니나가 그 어두운 집에 노파와 단둘이 있을 때면 은둔 생활에 대해서 분격하면서 반항심을 느끼지 않을 리가 없다고 생각하지 않을 수 없었다. 니나는 강했다. 그러나 그 여자의 상황의 비참이 참을 수 없게 느껴지지 않을 만큼 강하지는 못할 것이다. 나는 니나가 코를 고는 노파 옆에서 잠 없는 밤을 보내면서 버림받은 느낌을 면할 수 없었던 일이 반드시 있었으리라고 믿었다. 나는 니나의 의무에 충실한 인내를 어리석고 자살적인 자기 학대라고 설명함으로써 니나의 절망적인 거만한 안정감을 망쳐버리고 싶은 유혹을 금하기 힘들었다. 그러나 니나의 눈의 맑은 용기가 나의 경계심을 풀어놓았다. 나는 대화를 바꾸어서 대수롭지 않은 일상 회화를 시작했으나 우리의 말은 자꾸만 막히고 마침내는 더 말을 계속할 수 없을 정도로 긴 침묵이 우리의 대화를 끊어버렸다. 그것은 내 죄만은 아니었다. 절대로 시시한 일상 회화를 할 수 없는 니나가 마침내 침묵을 깨뜨렸다.

의논할 일이 있어서 왔어요. 아무도 다른 사람하고는 이 문제를 의논하고 싶지 않았어요, 라고 니나는 말했다.

이 두 마디 말이 나의 생에 잃어버린 의의를 다시 주었다는 것을 니나는 몰랐을 것이다. 내가 니나를 위해서라면 하지 않았을 일은 이 세상에 없다. 어린 정열적인 애인으로 하여금, 그의 애인에게 너 대신 내가 죽도록 해다오, 라고 말하게 하는 저 광적이고도 성실한 자기 과제의 상태와도 같은 무한한 희생의 용이성의 황홀감이 나를 뒤덮었다.

그것은 마치 생이나 사의 직후와도 같은 투명한, 가장 신비스러운 조화의 순간이었다. 그것은 나에게 선사된 단 하나의 순간이었다. 1분 후에 나는 니나의 말을 듣고 압박하는 것 같은 근심에 꽉 차 있었다.

니나는 폐병인 것 같다고 말했다. 나는 그 여자에게 모든 환자에게처럼 증세를 물었다. 니나는 저녁때 종종 미열이 있을 뿐이라고 말했다. 니나의 주저하는 듯한 시선을 보고 나는 왜 하필 폐병이라고 생각하느냐, 열은 다른 원인에서도 나는 것이 아닐까, 라고 물어보았다. 아니에요, 라고 니나는 나를 쳐다보지 않으면서 말했다. 전염된 거예요.

니나는 무언지 근심될 만한 일을 나에게 감추고 있는 것이 틀림없었다. 나는 더 묻지 않았다. 니나는 기대에 찬 얼굴로 나를 보았고 나는 니나가 무엇을 원하는지 알았다. 니나는 내가, 가서 뢴트겐을 찍어봅시다, 라고 말하는 것이 가장 당연한 일이라고 생각하고 있는 듯했다. 그리고 그것만이 가장 자연스럽고 필요하고 인간적인 일이 아니었을까? 아마, 그럴지도 모른다. 그러나 나에게 있어서는 그렇지 않았다.

나는 말했다. 내 친구인 브라운 박사는 폐결핵 전문의사입니다. 지금 곧 전화를 걸겠습니다. 내일 아침 일찍이 뢴트겐 촬영을 할 수 있게 준비하도록.

니나는 대답하지 않았다. 전화 앞으로 갈 때 나는 니나의 눈이 나를 따르는 것을 느꼈다. 그리고 내가 수화기를 들기 전에 니나는 매우 낮은 소리로 말했다. 나는 선생님도 그걸 하실 수 있는 줄 알았어요. 그편이 나에게도 더 좋았을 거예요.

또다시 나는 행복이 콱 부딪치는 딱딱한 소리를 듣는 것같이 느꼈다. 니나가 원하는 일을 나는 얼마나 기껍게 할 수 있었을 것인가. 나 자신도 이해할 수 없는 나의 거부를 어떻게 니나에게 설명할 수 있단 말인가?

내 전문 분야가 아니니까, 라고 나는 회피하면서 대답했다. 그런 케이스는 종종 매우 복잡해질 수 있습니다.

그렇지만, 이라고 니나는 낮은 목소리로, 그러나 열심히 말했다. 도대체 확실하지도 않지 않아요? 선생님이 진단서를 써주신 뒤에도……

나는 수화기를 들면서 니나의 말끝을 놓쳐버렸다. 브라운은 집에 있었다. 우리는 다음날 아침 적당한 시간을 약속했다. 니나는 더는 반대하지 않았다.

고맙습니다, 라고 니나는 짧게 대답했다. 어딘지 적의를 품은 어조로 나에게는 생각되었다. 그러나 다음 순간에는 몹시 다정하게 반복해서 말했다. 매우 고맙습니다. 그러고는 일어서서 작별인사를 했다.

나는 니나에게 어디서 잘 예정이냐고 물었다. 어머니한테 가서 자지요, 라고 니나는 의아한 듯이 대답했다. 니나도 말했던 것처럼 방마다 다 빌려주었다고 하지 않았느냐고 나는 말했다. 아, 어디서 자든지 잘자리쯤은 만들 수 있을 테지요, 라고 니나는 가벼운 어조로 대답했다. 나는, 여기 계십시오, 자리가 넉넉하니까요, 라고 말할 수는 없었다. 그래서 그 대신, 아직 이른데요, 라고 말했을 뿐이었다.

네, 아직 일러요, 라고 니나는 대답했다.

또다시 유혹과 동시에 경고를 뜻하는 추억의 안개가 마취시키려는 듯이 솟아나게 하는 더 불길한 침묵의 공간이 성립되었다. 우리는 니나도, 그렇다. 니나도 마찬가지였다—애써 감춘 긴장에 넘쳐서 꼼짝도 안 하고 마주 보고 서 있었다. 그러나 우리의 경기에 있어서 니나의 과제는 더 쉬운 것이었다. 더 강하게 감동되어 있는 사람은 언제나 손해다. 그의 감정이 어디서나 방해가 되어서 그의 정열에 걸려서 넘어지고 패배할 때마다 자기를 웃음거리로 만든다. 그의 찬스는 번번이 더 적어지고 그의 감정은 그와 반비례되게 커간다.

나는 조금 더 시간이 있어요, 라고 니나는 장갑을 만지작거리면서 말했다. 그것은 두꺼운 털실로 짠 주먹장갑이었다. 그걸 보았을 때, 동정심이 또 한번 나를 엄습했다. 나는 니나가 그 장갑을 어딘지 놓아두고 잃어버리도록 만들 작정을 했다. 추운 날씨는 니나에게 안에 털이 들어 있는 새 장갑을 별로 선물이랄 것도 없이 나로부터 받기를 강요할 것이니까.

니나는 나의 시선을 눈치 챘다. 밉지요? 그 대신 따뜻해요. 갑자기 니나는 덧붙여서 말했다. 나는 오늘 몹시 시내에 나가보고 싶어요. 어디라도 좋으니까. 난 아주 오랫동안 음악이 있는 카페에 가보지 않았어요. 왜 웃으세요?

내가 웃은 것은, 니나가 전에는 카페 음악을 듣는 것을 참지 못했던 것을 상기했던 까닭이었다. 내가 그 말을 했더니 니나도 웃었다. 변화와 무상의 경험을 지닌 이 미소는 니나와 나 사이에, 그리고 어제와 오늘 사이에 다리를 놓아주었다. 더는 약속이 필요 없었다.

나는 현관의 외투 걸어두는 곳에 헬레네를 위해서 쪽지를 써놓았다. '외출했음. 귀가는 예정키 어렵다. 잘 자거라.' 니나는 그것을 읽었다. 나는 그것을 보았고 우리의 시선을 부딪쳤다. 그것은 공범자들의 시선이었다. 청춘의 입김, 놓쳐버린 청춘, 놓쳐버린 놀음과 어리석은 짓의 유쾌한 입김이 나를 스치고 지나갔다. 경박과 대담의 맛이 따르는 일종의 도취가 나를 노상에서 동반했다. 부드럽게 꾸준하게 눈이 내렸고 나는 크리스마스 같은 기분이 났다.

나는 미리 말하지 않고 니나를 슈바르츠밸더로 안내했다. 니나는 약간 당황한 것 같았으나 몹시 기뻐했다. 그러나 니나는 제일 싼 음식을 골라냈다. 나는 니나의 손에서 메뉴를 빼앗았다. 니나는 내가 주문하는 것을 근심스러운 얼굴로 듣고 있었고 마치 본능이나 경험이 깊은 불신을 명하는, 먹이 주는 곳으로 꼬여 나온 수줍은 짐승과도 같은 일종의 경계를 식사 중에 죽 유지하고 있었다. 나는 니나에게 무엇을 마시겠느냐고 물었다. 알코올의 작용으로 나의 혼란한 상황의 어떤 해결을 기다리는 것은 옳지 못하고 현명하지 않은 일이라고 생각했음에도 내가 샴페인을 주문한 것은 니나의 주저하는 대답 때문인지도 모른다. 내가 나의 사고 습관에 반대되고 그걸 무시해버리는 행위를 하는 것은 왜 언제나 니나 때문에 일어나는 것일까?

이 페이지의 끝에는 거의 읽을 수 없을 만큼 작은 필적으로 1938년 3월 2일의 기록이 적혀 있다.

—몇 년을 통해서 이러한 관찰을 해온 결과 나에게는 어떤 것이 참된 나의 본질인가에 대한 의문이 일어나게 되었다. 내가 잘 알고 있는 내 이성이 명하는 대로 통제하는 것이 참된 나인지 또는 니나가 옆에 있음으로 해서 나에게 일깨워지는 저 의심스럽고 예측할 수 없고 유혹자적이고 비밀스럽게 폭력적인, 나쁜 자아가 참 나의 본질인지 나는 알 수가 없다. 나는 또 하나의 더 어려운 자아가

야만의 고개를 들 것을 결코 허락하지는 않을 것이지만 결국 둘 다가 나라는 단순한 인식으로 만족하게 되었을 때까지는 실로 10년이라는 긴 세월이 필요했다. 조화에 도달하기에는 너무 늦었다. 너무 늦다. 방해가 되는 것을 영원히 질식시켜버리는 것이 되어 다른 방도를 발견하기에는 너무 늦었다. 살지 않은 생에 대한 무한한 비애와 무서운 꿈이 나를 괴롭히는 밤에 그것은 나에게 보복을 한다—

다음 페이지에는 1933년 1월 15일 일기가 계속 씌어 있었다.

—니나는 조심하지 않고 막 마셨다. 마시는 습관이 되어 있지 않기 때문이었고 나는 그것을 경고해주지 않았으므로 순수하지 못한 쾌감을 가지고 나는 니나의 얼굴과 태도가 점점 풀리는 것을 관찰했다. 와인하임은 멀리 놓여 있었고 안개 속에 사라져 없어졌다. 니나의 눈에서는 의심에 넘친 주의가 없어졌다. 때때로 니나는 나에게 미소를 던졌다. 이 미소는 나에게 해당되는 것이 아니었다. 또한 나에게만 해당되는 미소가 아니라 샴페인과 따뜻한 방과 우리가 피우는 담배의 연기와 유쾌하고 성대한 저녁을 위한 미소이기도 했다. 나는 술을 마셨으나 조금도 취하지 않았다. 니나가 풀리면 풀릴수록 나의 의지는 긴장되었다. 악착같이 정확하게 나는 내 목표를 추궁했다. 니나는 혼미 속에 무심코 나를 따랐다.

꽃을 파는 여자가 장미를 사라고 내밀었다. 나는 10년 넘어 아무에게도 꽃을 선사하지 않았었다. 지금 그것을 하는 것은 꽤 힘이 드는 일이었다. 나는 부끄러웠다. 그러나 그 수치심에는 굉장한 쾌감이 동반해 있었다. 매우 아름다운 장미였던 것 같다. 니나는 내가 사는 것을 태연히 보고 있었으나 내가 그것을 주었을 때는 몹시 당황했다. 니나의 손의 놀란 동작은 그녀에게 내 감정을 표시한 것이 얼마나 큰 모험이었던가를 말해주었다. 물에 꽂아야지요, 라고 니나는 어린애같이 무안스럽게 말했다.

매혹은 다시 돌아왔다. 니나의 눈은 피곤하고 흐려졌다. 달콤하게 흐려졌다고 나는 생각했다—지금 그것을 쓰는 것이 창피한 표현이지만 구태여 쓰겠다. 왜냐하면 그것은 이제 그 여자가 나에게 보여준 그 여자의 본질을 나타내고 있는 까닭이다. 마침내 나는 부드럽고 끈기 있는 공격을 할 때가 왔다고 생각했다.

유형지에서 돌아오면 무얼 하실 작정입니까? 라고 나는 물었다.

그건 아시잖아요, 공부를 계속하겠어요.

그러고는? 이라고 나는 물었다.

니나는 나를 꿈꾸는 듯한 놀란 표정으로 바라보았다. 그러고는? 그러고는 나는 직업을 갖겠어요. 그리고 일하고 어쩌면 글을 쓸 거예요. 소설을 쓸 거예요.

그리고? 나는 계속해서 물었다.

니나는 흥미 없다는 듯이 어깨를 올렸다. 그리고—그건 알 수 없지 않아요. 그러고는 살 거예요. 갑자기 니나의 눈은 빛났다. 그러고는 살겠어요, 라고 니나는 명확한 결심이 보이는 소리로 말했다.

니나, 라고 나는 말했다. 당신 나이의 소녀와 부인 들이 결혼에 관해서 어떻게 생각하는지 알고 싶습니다.

아, 아직도 눈치를 못 채고 니나는 말했다. 그것에 관해서는 생각해보지 않았어요. 그렇지만, 나는 결혼하고 싶지 않아요. 혼자 있는 걸 아주 좋아하니까요. 다른 사람들은 방해가 될 때가 많아요.

갑자기 결심한 듯이 니나는 핸드백을 열고 반쯤 구겨진 종이쪽지를 꺼내서 나에게 주었다. 그것은 한 편의 시였다. 니나는 전에는 한 번도 나에게 자기가 쓴 것을 보여준 일이 없었다. 나는 주저하면서 읽기 시작했다. 나는 그 시가 내 마음에 들지 않을까봐 두려웠다. 그것이 정말로 나쁜 시라면 나에게 어떤 생각이 떠오를 것인가? 내 감정이 흔들릴 것인가? 나쁜 취미를 가졌고 재능이 없다는 것을 알고도 그녀를 사랑하는 것을 과연 나 자신이 용납할 수 있을 것인가? —

여기까지 읽고 나는 읽기를 중단했다. 나는 나 자신을 억제할 수 없었다.

이건 정말 지나친 말 같다, 라고 나는 말했다. 사랑을 재능에 의하여 좌우하다니! 사랑하니까 사랑하는 것이지, 능력이 더 있고 없는 건 그 다음 문제가 아니니?

아니야, 라고 니나는 생기를 띠고 말했다. 이 점에서는 나는 슈타인을 변호해야겠어. 이걸 좀 봐. 내 시가 나쁘다면, 정말로 나쁘다면, 형식에 있어서뿐 아니라 내용에서도 감상적이고 싸구려라면 틀림없이 내 속에도 감상적인 요소와 싸구려의 경향이 있다고 볼 수 있는 거야. 우리는 자기가 쓴 글과 똑같은 거야. 그걸 분리시킬 수는 없어. 언니가 만약 날카롭게 주의해서 본다면 온갖 가장을 꿰뚫고 볼 수 있을 거야. 슈타인의 말은 아주 옳아. 나도 그와 꼭 같이 생각하고 있어. 아무것도 할 수 없는 사람을 사랑하는 것은 나에게는 불가능해. 내 말은 냉혹하고 너무 이지적으로 들리지?

그래, 하고 나는 말했다. 거의 잔인하게 들린다. 여자가 남자에 대해서 그렇게 말하는 것은 어쨌든 이해가 안 가. 우리는 남자로부터는 활동과 성공을 둘 다 기대할 수 있는 거니까. 그렇지만 여자는 일을 할 필요가 없어. 여자는 그저 존재하면 되는 거야. 일을 해서 그것을 증명하지 않고도 여자는 자기의 본분을 다하고 있는 거야.

니나는 깊이 생각하는 얼굴로 나를 바라보았다. 응, 언니의 말은 옳아, 라고 니나는 말했다. 물론 옳지만, 만약 여자가 무슨 일을 하기 시작하면, 그때 그 여자에게는 그것을 한 것이 남자든 여자든 간에 우리가 한 개의 일을 평가할 때 쓰는 기준 이외의 다른 기준이 적용되지 않아.

우울한 열정을 가지고 니나는 말을 계속했다. 정말이지 나는 나의 재능을 종종 저주했어. 나는 결혼해서 애를 낳고 가구의 먼지를 닦고 마당에 빨래를 널고…… 하는 여자들하고 나를 백번이나 바꾸고 싶었어. 왜 웃어, 언니?

네가 먼지를 닦고 빨래를 너는 걸 그처럼 부러워하니 말이다.

아, 내 말을 언니는 알 거야, 라고 니나는 말했다. 나는 완전히 명확하게 정돈된, 일정하고 뚜렷한 경계가 있고 큰 위험이 없는 단순한 생활이 갖고 싶은 거야. 언니는 이제는 나를 조소하는군?

그래 조소한다, 라고 나는 말했다. 네가 정말은 그런 생활을 조금도 원하지 않고 있는 걸 아니까.

그래, 라고 니나는 적의에 차서 말했다. 그걸 그렇게 잘 알고 있어? 내가 늘 마치 토끼처럼 밤낮 사는 것에 넌더리가 나리라고는 언니는 생각하지 않아?

내가 뭐라고 대답하기 전에 니나는 낮은 목소리로 말했다. 그렇지만 언니 말이 맞았어. 나는 다르게 살고 싶지 않아. 그리고 아무와도 나를 바꾸고 싶지 않아.

니나는 잠깐 동안 손을 내 팔 위에 얹었다. 그것은 내가 니나한테서 이미 몇 번이나 발견했던 수줍은, 다정스러운 동작이었다.

미친 소리 같지만 사실이야, 라고 니나는 말했다. 고통의 한복판에 아무리 심한 고통도 와 닿지 않는 피안 지대가 있어. 그리고 그곳에는 일종의 기쁨이, 아니, 승리에 넘친 긍정이 도사리고 있어.

그래 — 그건 나도 안다, 라고 나는 말했다.

니나는 나를 놀란 듯이 바라보았다. 어떻게 언니가 그걸 안단 말이야? 언니는 나를 모르지 않아.

아니, 나는 알 수 있다. 느낄 수가 있어. 네 속에 있는 무엇에 의해서도 상처받을 수 없는 본질을.

아, 정말이야? 하고 니나는 빠른 어조로 말했다. 최근에는 그 감정이 나를 떠났었어.

이 고백이 왜 니나를 그처럼 무안하게 만들어서 얼굴을 붉히게 할 정도였는지 나도 모른다. 니나는 일기장에 고개를 푹 파묻었기 때문에 나는 거의 같이 읽지를 못했다. 한참 후에야 니나는 일기장을 나에게로 밀었다.

— 나는 실망하지 않았다. 그것은 완성된 시는 아니었다. 또한 니나는 아직도 완전한 자기 자신의 리듬을 발견하지는 못하고 있었다. 그러나 순수한 시였다. 나는 지금은 처음 구절과 마지막 구절밖에 기억 못한다. 내 기억이 정확하지 않을는지도 모른다. 교정은 나에게는 불가능하다. 니나는 나에게 그 종이쪽지를 절대로 주지 않으려고 했다.

이건 썩 좋지 못해요, 라고 니나는 한마디 하더니 그 종이를 조금도 아까워하지 않고 단순한, 결정적인 동작으로 찢어버렸다. 내 기억에 남아 있는 전부는 이렇다.

오, 이 한 번만은 나를 방해하지 말라
오늘 숲에서 나를 따라온 수줍은 본질을
내가 잠자코 어둠 속을 갈 때
태고의 지식을 성스럽게 무언으로 말하면서
눈을 크게 뜨고 기다리면서 수풀에서 뛰어나온
수줍은 본질을 방해하지 말아다오.

마지막 줄은 처음의 구절을 반복하고 있었다.

그러나 너희들, 너희들 타인이여, 방해하지 말라
이 한 번만은, 아, 방해하지 말라
너희가 나한테서 짐작하는 수줍은 본질을—

그 밖에 나는 연결성이 없이 한 줄이 생각났다. '오 너희들, 커다란 죽음으로 유혹하는 자들이여.'

아름다운 시입니다, 라고 나는 말했다. 찢어서 아깝군요. 암기하실 수 있습니까?

아니요, 라고 니나는 말했다. 벌써 잊어버렸어요. 한번 쓴 것은 잊어버려요. 그건 벌써 나와는 상관없는 것이니까요. 그건 벌써 지나버린 무엇을 말하고 있을 뿐이에요. 나는 그동안에 또 나이를 먹었는데.

그렇지만 당신은 그 시를 겨우 사흘 전에 쓰셨더군요. 날짜를 보았습니다, 라고 내가 말했다.

사흘 전이라고? 니나는 말했다. 사흘이란 긴 시간이에요. 니나는 종잇조각을 뭉쳐서 핸드백에 집어넣었다. 그런데 이제는 이해하셨어요? 내가 왜 혼자 있고 싶어 하는지를? 사람은 그처럼 많은 고독을 필요로 하고 있어요.

니나는 나를 어린아이처럼 솔직하게, 사실적인 흥미를 가지고 바라보았다. 선생님은 그렇지 않으세요? 혼자 있는 것이 많이 필요하지 않으세요?

니나는 맑은 시선과 질문으로 나를 완전히 무장해제해버렸다.

왜요? 라고 나는 대답했다. 나도 고독이 필요합니다, 니나. 그러나 나는 그걸 너무 많이 갖고 있어요. 지나치게 많이. 그리고 벌써 너무 오랫동안.

니나는 눈을 내리떴다. 나는 니나가 내 말의 뜻을 알아들은 것을 확신했다. 그러나 니나가 마치 대답에 막힌 여학생처럼 입술을 깨물면서 긴장한 얼굴로 생각하고 있는 것을 보자 나는 깊은 불안에 빠졌다. 니나는 생각하고 있다, 느끼는 것이 아니다, 니나는 나를 이해 못한 것이다, 라고 나는 실망해서 생각했다. 나는 패배를 자인하고 무기를 내던졌다. 큰 환멸이 나를 춥게 만들었다.

니나를 손에 넣는다는 것은 불가능하다. 아니, 가까이 가는 것조차 불가능하다고 나는 분격해서 생각했다. 니나는 화산과 같은 여자다. 유혹적이고 천진난만하면서도 도덕가연하지 않고, 본능적으로 모든 걸 알고 있으면서도 멀고 생소하고 붙잡을 수 없는 여자다.

그러나 나는 니나가 여자가 되고 나면 가지게 될 얼굴을 이미 보았다. 니나가 자기의 인간적인 영혼을 인식할 때까지는 무슨 일이 더 일어나야 할 것인가? 이것을 생각하고 있을 때에 나는 갑자기 니나의 시선이 나에게 향하고 있음을 느꼈다.

미안해요, 하고 니나는 낮은 목소리로 말했다.

뭐가 미안합니까? 나의 생각의 쓴맛이 내 말에 아이러니컬한 날카로움을 주었다.

모든 것이 다, 라고 니나는 슬프게, 신비스럽게 말했다. 나는 뭐라고 대답할지 몰랐다.

좀 더 낮은 목소리로 니나는 말을 이었다. 선생님이 그처럼 혼자인 것이.

니나의 눈에 덮여 있는 우수의 그늘은 니나가 내 말을 바로 이해했으나 자기가 나를 도와줄 수 없다는 것을 알고 있음을 말하고 있었다. 우리는 잠시 동안 동정과 비애와 애정을 가지고 잠자코 서로 바라보았다. 그러고는 그 순간도 지나가버렸다.

이제는 가야겠어요, 라고 니나는 말했다.

나는 니나를 어머니가 사는 집 앞에까지 데려다 주었다. 우리는 아무 말도 더 하지 않았다.

작별할 때 니나는 말했다. 고맙습니다. 만약 괜찮다면 내일 잠깐 선생님 댁에 들르겠어요. 결과를 보고하러……괜찮아요?

나는 안 된다고 말하려고 했다. 아니요, 다시는 오지 마십시오. 참을 수 없습니다, 라고. 그러나 나는 말했다. 좋습니다. 오십시오.

니나는 나에게 의심과 불안한 긴장과 우월감이 뒤섞인 시선을 던졌다. 그 시선은 나를 또다시 불안과 초조 속에 밀어 넣었다.

그날 밤 나는 한잠도 못 잤다. 새로운 패배의 고통은 나를 완전히 억누를 수가 없었다. 왜냐하면 다음날 니나를 만난다는 생각은 강하게 보호하며 행복감을 주는 요소를 품고 있었기 때문이다. 그래서 나는 한 시간 한 시간을 견딜 수 있을 만한 괴로움이 부드럽게 떠 있는 듯한 상태 속에 보냈다. 이 상태는 오전 동안도 죽 계속되더니 오후 강의가 시작될 때부터 기다림의 광폭한 고통으로 옮겨졌다. 나는 여태까지의 모든 습관을 위반해서 강의를 시간 전에 끝마치고 빨리 집으로 갔다.

니나는 내가 오고 조금 있다가 왔다. 니나는 15분밖에 시간이 없다고 말했다. 그날의 마지막 기차를 타야 한다는 것이었다. 나는 니나에게 자동차로 웬하임에 데려다 줄 것을 제안했다.

아니요, 라고 니나는 단호하게 말했다. 이 눈 속을 갈 수는 없어요. 눈이 자꾸 더 오고 있어요. 아마 도중에서 못 가게 될 거예요.

나는 니나에게 내가 아직까지 눈 속에서 자동차를 운전해본 일이 없다고 생각하느냐고 물었다. 그러나 니나는 고집을 부렸다. 벌써 달아날 준비를 하고 의자의 모퉁이에 앉아서 니나는 브라운 박사가 폐에 아무 이상을 발견하지 않았다고 빠른 어조로 보고했다. 니나는 별로 행복해하지는 않았으나 안심한 것같이 보였다. 니나에게는 앓는다는 것이 다른 사람들에게보다는 훨씬 덜 끔찍한 일인 것같이 보였다.

그렇지만 앞으로는 전염될 온갖 가능성을 멀리하실 것을 빕니다, 라고 나는 말했다.

니나는 나에게 비스듬한 시선을 재빨리 던졌다. 그럴 수 있을 것을 바라겠어요, 라고 니나는 말했다. 그것이 내가 들은 전부였다.

니나는 정거장에까지 바래다주는 것을 나에게 허락했다. 불투명하게 짙은 눈보라 속을 운전하는 것은 나의 주의력 전부를 요하는 까닭에 정거장에 가는 도중에 우리는 말을 안 했다. 헤어질 때 니나는 말했다. 편지 해드리겠어요. 그러고는 니나는 내 시야 밖으로 사라져버렸다. 나는 니나를 위해서 샀던 털장갑을 주는 것도 잊어버렸다.

나는 크나큰 혼란 상태 속에, 조금도 가망 없는 불확실한 기다림 속에 남겨졌다. 니나는 나를 사랑하고 있지 않다는 것을 의심의 여지없이 나에게 알렸기 때문이다. 그렇지만 그 여자가 어떻게 알 것인가? 나를 사랑하지 않는다는 것을, 이라고 내 이성은 말했다. 그 여자는 자기 자신도 아직 모르고 있고 사랑에 흥미를 갖고 있지 않다. 그 여자는 사랑이 무엇인지도 모른다. 어쩌면 니나는 그걸 배우게 될지도 모른다. 어쩌면 언젠가는 나를 사랑할지도 모른다.

1933년 1월 18일

—이 바보 같은 생각을 정말로 믿을 정도로 나의 절망적인 어리석음은 진전되었다. 나는 정말로 심각하게 니나와 결혼할 것을 희망한다. 소년의 맹목적인 고집처럼 나는 생각한다. 그 여자를 갖고 싶다고. 내가 어찌된 셈일까? 내가 어떤 수준에 내려간 것일까? 이 얼마나 기막힌 원시에의 추락인 것일까? 내가 그처럼 확고하다고 믿은 나의 수정 같은 정신성은 그럼 생의 기만 이외에 아무것도 아니었던가? 참을 수 없는 생각이다. 그러나 왜 그런 생각을 해야 하는가? 나는 니나를 사랑한다. 나는 그 여자의 편지를 기다린다. 나는 전보다 훨씬 더 완전한 의식을 가지고 내가 젊었을 때부터 싸워

온 저 어두운 힘에 나를 맡긴다. 그러면서 나는 안다. 온갖 예리함을 다 가지고 안다. 내가 나의 법칙을 넘어가고 있다는 것을.

왜 나는 니나와의 아름다운 우정으로만 만족할 수 없는 것일까? 우정이라면 우리에게 성립될 수 있을 것이다. 그러나 나는 그럴 수 없다. 벌써 나는 나 자신을 마음대로 하지 못한다. 파괴는 승리에 넘쳐서 진척되어가고 있다. 나는 지금 무엇을 쓰고 있는 것일까? 누가 이런 이상한 문장을 나에게 구술시키는 것일까? 왜 나는 도대체 이 모든 하잘것없고 어리석고 미숙한 생각을 적고 있는 것일까? 수치스럽다고 생각한다.

1933년 1월 25일

―마침내 니나의 편지가 왔다―

그 편지는 녹슨 핀으로 다음 페이지에 붙어 있었다.

1933년 1월 23일

슈타인 박사님께. 몇 달이나 안부편지만 써왔기 때문에 선생님께 이렇게 다른, 아주 다른 편지를 쓰는 것이 힘이 듭니다. 나는 편지 쓸 것을 약속했고 또 안 했다 해도 쓰고 싶었을 것입니다.

당신은 나에게 매우 고독하다고 말하셨고 그 말에 이어서 나는 미안하다고 말했습니다. 그 말은 진부하게 들렸을 것입니다. 그러나 그건 진심이었습니다. 나는 오래전부터 사람은 누구나 다 외로운 것이고 그것은 다르게 바꿀 수 없는 것이고 무서운 것이라는 것을 알고 있습니다. 얼마 전에 댁에 찾아갔을 때 나는 얘기할 것이 많았습니다. 그러나 갑자기 그것은 무의미한 일이라고 느껴졌습니다. 사람은 자기 자신에 관해서 얘기해서는 안 됩니다. 순전한 이기주의로 보더라도 안 됩니다. 왜냐하면 마음을 털어버리고 나면 우리는 더 가난하고 더 고독하게 있게 되는 까닭입니다. 사람이 속을 털면 털수록 그 사람과 가까워진다고 믿는 것은 환상입니다. 사람과 사람이 가까워지는 데는 침묵 속의 공감이라는 방법밖에는 다른 방법이 없는 것 같습니다.

당신과 나는 이 공감을 완전히, 또 순수하게 갖지 못하고 있고 또 언제나 가질 수도 없습니다. 당신은 나보다 훨씬 나이가 많고 현명하십니다. 나는 당신의 업적에 대한 커다란 존경심을 가지고 있으며 당신의 우정에 감사하고 있습니다. 그러나 당신 곁에 있는 것은 나를 부자연스럽게 만듭니다. 당신은 나를 내가 원하지 않는 방향으로 몰아갑니다. 당신은 나를 수줍은 소녀로 만들며 동시에 성숙한 여자만이 할 수 있는 결단을 나로부터 요구하십니다. 내가 그 중의 하나도 아니라는 것을 부디 알아주십시오.

나는 자유롭게 있어야만 한다는 것밖에는 아무것도 분명히 알고 있지 않습니다. 나는 몇백 개의 가능성이 내 속에 들어 있는 것을 느낍니다. 모든 것은 나에게 있어서 아직 미정이고 아주 시초에 놓여 있습니다. 그런데 어떻게 내가 무엇에 나를 고정시킬 수가 있겠습니까. 나는 나를 아직 모릅니다. 이상한 말로 들릴지도 모릅니다. 그러나 나는 정말로 모릅니다. 나는 당신이 나에게 제공하신 것을 이해하지 못했을 만큼 어리지는 않습니다. 그렇지만 그것은 다만 당신을 불행하게 했을 뿐일 것입니다. 나는 아무 경험도 없지만 그것을 알 수 있어요.

또한 나는 이런 종류의 경험은 겪고 싶지 않습니다. 아주 정직하게 말한다면, 나는 글을 쓰겠다는 욕망 이외에는 아무 욕망도 갖고 있지 않습니다. 내가 어떻게 이 작은 죽은 도시에서 끊임없이 죽어가는 노파 옆에서 소금 포대와 식초통 가운데서의 생활을 견디어나간다고 생각하십니까? 만약 내가 이 모든 외적인 것에 완전히 무관심하지 않았던들?

나는 외부로부터의 입구가 없는 세계에 살고 있습니다. 내가 어떤 사람이든지 이 세계에 들어올 것을 허락하는 일이 있다면 그것은 당신일 것입니다. 그러나 나는 허락하지 않겠습니다. 내가 때로는 변절해서 고독을 짐으로 느끼는 날이 없다고는 생각하지 마십시오. 매우 견디기 힘든 날들도 있습니다.

그런데, 나는 얘기를 해야 할 일이 한 가지 있습니다. 나는 당신에게 감염된 것 같다고 말했습니다. 그런데 나는 지금 옮지 않았으나 앞으로 옮을 가능성은 있습니다. 나는 매일 어떤 폐결핵 환자와 함께 지냅니다. 그는 신학과 학생이며 벌써 서품식까지 받았으나 발병해서 요양소에 빈자리가 날 때까지 집에서 기다리고 있습니다.(그는 매우 가난합니다.) 그 자신도 벌써 병세가 너무 진전되었다고 생각하고 죽음을 예측하고 있습니다. 나로서는 함께 얘기할 사람을 가진 것이 좋은 일입니다. 그는 나에게 가톨릭 교리를 가르쳐주었습니다. 나는 모든 교리학자들의 거만한 안정감을 싫어하고 있고 이 신학도에게는 내가 한낱 이교도에 불과했으나, 매우 흥미있는 공부였습니다.

때때로 그는 나에게 키스를 했습니다. 나는 그것을 어떤 날 갑자기 그의 붕괴해가는 육체에 구토를 느꼈을 때까지 그냥 받아들였습니다. 그는 나의 저항을 느끼고 말았습니다. 죽음의 냄새를 맡으니까 나를 포기하려는 것이다. 내가 어떻게 할 수 있었겠습니까? 그에게 구역질이 난다고 말할 수는 없었습니다. 그래서 나는 그가 하는 대로 내버려두었습니다.

그래서 나는 지금 묻고 싶습니다. 그렇게 하면서도 감염되지 않도록 하려면 어떻게 해야 하는가를. 나의 자연스러운 감정을 따른다면 나는 그에게 나의 집을 방문하는 것을 금지했어야 합니다. 그러나 그는 나를 방문하는 것으로 살고 있습니다. 나에 대한 희망이 문자 그대로 그의 목숨을 유지하고 있습니다. 어떻게 내가 그의 환상을 빼앗을 수가 있을까요? 부드러운, 구원에 넘친 거짓과 가혹한 진실 중에서 어느 편이 더 나은 것일까요? 때때로 나는 인간은 다만 타협 속에서만 살 수 있는 것이 아닌가 하는 무서운 예감을 느낍니다. 그러나 나는 그것을 원하지 않습니다. 그렇게 할 수는 없습니다. 언젠가는 이 문제에 관해서도 진실을 말하지 않을 수 없을 것입니다. 그러면 그는 당연한 권리를 가지고 나에게 물을 것입니다. 그럼 너는 왜 이렇게 되도록 나를 내버려두었느냐? 그러면 나는 대답해야 할 것입니다. 마음이 약해서, 그리고 어리석은 동정심에서. 어쩌면 인간은 비밀 없이는 살 수 없는 것인지도 모릅니다. 이 모든 것에 관해서 나는 당신과 이야기하고 싶습니다. 그런데 나는 이런 말을 다만 편지에만 쓸 수 있어요.

굉장히 긴 편지가 되어버렸군요. 그리고 나는 너무 많은 말을 했고 나에 관해서만 자꾸 말을 했습니다. 바로 내가 가장 싫어하는 짓을 한 셈입니다. 이 종이를 찢어버리고 싶습니다. 그러나 그러면 약속을 이행 못하게 될 것 같아서 못합니다. 두 번째 편지를 쓰는 것은 불가능하니까요.

—N. B. 올림

이 편지의 뒷장은 니나가 쓰지 않았다. 슈타인의 필적으로 짧은 주석이 붙어 있었다.

—니나는 몇 년 후에 나에게 말해주었다. 그 신학도를 다시 만났다고. 그는 완치되었으며 성당에서 설교를 하는 신부가 되어 있었다. 그들은 과거에 관해서 조금도 암시를 하지 않고 그냥 인사를 교환했다 한다. '틀림없이' 라고 니나는 말했다. 성당에서 그의 말을 듣고 있는 사람 중 아무도 그가 이미 더 상기하고 싶지 않은 투쟁을 과거에 겪었다는 것을 알지 못할 것입니다. 니나는 이 말을 아이러니와 악의가 없이 말했으나 그 여자 말의 무뚝뚝한 객관성은 어떤 조롱보다도 날카롭고 가혹하게 들렸다—

니나는 하품을 했다. 그건 까맣게 잊고 있었어, 라고 니나는 말했다. 이상도 하지. 종종 우리는 많은 일을 아주 잊고 마니까. 그런데 나는 고단해.

그러면 가서 자자, 라고 나는 말했다.

아, 잔다고? 나는 잘 수 없어. 그렇지만 나는 너무 이기주의자인데. 언니는 자고 싶을 것이고 또 자야 해. 언니는 여기 긴 의자에 누워. 나는 옆집에 사는 베르트람 부인한테 가서 의자를 또 하나 빌려올게. 이불도 빌려줄 거야.

나는 니나와 함께 베르트람 부인에게 갔다. 베르트람 부인은 친절하게 생긴 부인이었다. 그 여자는 우리를 보자마자 한탄을 시작했다. 아, 부슈만 부인이 가신다니 정말로 너무 서운합니다. 내가 아팠을 때 그렇게 일이 많은데도 나를 혼자서 돌봐주셨다니까요! 한밤중 폭풍우 속에 약방으로 달려가셨던 일을 나는 언제까지나 기억할 거예요.

아, 그런 말은 마세요, 라고 니나는 피곤한 듯이 말했다. 그 대신 나를 얼마나 위로해주셨습니까?

내가 위로했다고? 언제 말입니까? 아니, 위로가 필요하신 일이 있었단 말입니까?

때때로 필요했어요. 내가 저녁때 댁에 와서 저 뒤로 난롯가에 앉아서 아주머니가 끓여주시는 들장미 차를 마셨을 때는.

그렇지만 그럴 때는 언제든 매우 유쾌하시지 않으셨어요? 재미있는 이야기를 여러 가지 해주셨고—

그러니까 말이에요, 라고 니나는 말하면서 긴 의자를 잡아당겼다. 노부인은 자기의 객실을 나에게 제공하려고 했으나, 니나는 말했다. 아니요, 오늘 밤은 나하고 같이 지내야 해요. 처음이자 마지막으로.

노부인은 고개를 흔들었다. 또 슬프게 말하는군요, 라고 나한테 소곤거렸다. 부슈만 부인은 근심이 있어요. 그래도 아무 말도 안 하거든요.

내가 목욕탕에 들어가 있는 동안 니나는 우리의 잠자리를 꾸몄다. 니나는 나하고 마주 보게 의자를 놓았다.

나는 수면제를 먹겠어. 언니도 줄까? 라고 니나가 물었다.

나에게 다음을 관찰하게 한 것은 순전한 우연이었다. 니나는 두

잔의 냉홍차를 만들어놓고 한 잔에는 수면제 가루를 넣고 또 한 잔에는 넣지 않았다. 그러고는 수면제가 들어 있지 않은 편을 그 애가 갖고, 든 편을 나에게 가져왔다.

나는 니나의 과오를 알려주려고 했다. 그러나 갑자기 나는 그것이 고의로, 이유를 알 수 없는 고의로 생각되었다. 그래서 나는 그 잔을 받고 마치 먹는 것처럼 하고 치워버렸다.

니나는 전등을 껐다. 우리는 어둠 속에 가만히 누워서 밤중을 달려가는 급행열차와 이 도시 위로 부는 봄바람 소리를 들었다.

잠시 후에 니나는 물었다. 언니, 자?

아니, 아직 안 자.

니나는 갑자기 얘기를 시작했다. 언니, 대부분의 사람들에게는 운명이 없어. 그리고 그것은 그들의 잘못이야. 그들은 운명을 가지려고 하지 않아. 커다란 단 한 번의 충격을 피하고 그 대신 몇백 개의 작은 충격을 받아들이고 있어. 그러나 커다란 충격만이 우리들 앞으로 나아가게 하는 거야. 작은 충격은 우리를 점점 비참 속에 몰아넣고. 그러나 그건 아프지 않거든. 타락은 편한 일이니까. 내 생각으로는 그건 마치 파탄 직전에 있는 상인이 파산을 감추기 위해서 여기저기서 돈을 빌리고 일생 동안 이자를 갚아가는 공포에 싸인 소상인으로 그치는 것과 같다고 생각돼. 나는 언제나 파산을 선언하고는 다시 처음부터 개시하는 편을 택하고 싶어.

졸린 목소리로 나는, 그래, 라고 말했다. 나는 니나의 말을 더 따라갈 수가 없었다.

아, 라고 니나는 실망해서 말했다. 언니는 내 말을 이해 못했군. 내가 말하는 뜻은 우리는 한 길에서 막혀버리면 그걸 자인해야 한다는 거야.

그것이 내가 들을 수 있었던 마지막 말이었다. 나는 잠들었다. 한밤중에 나는 잠에서 깼다. 약한 불빛이 방 안에 있었다. 니나의 작은 스탠드에 불이 켜져 있었고 헝겊으로 가려져 있었다. 니나의 소파 앞에는 의자가 있었고 그 의자 위에는 한 장의 사진이 깡통에 기대어 세워져 있었다. 그것은 초상화였다. 처음에 나는 그것이 니나의 사진인 줄 알았다. 그러나 니나가 몸을 움직였을 때 나는 내가 본 것이 다만 유리에 비친 니나의 그림자였음을 알았다. 아마 내가 소리를 좀 내었던 모양이다. 왜냐하면 니나가 몸을 홱 돌리더니 눈살을 찌푸리고 나를 바라보았기 때문이다. 그러나 나는 마치 잠든 것처럼 깊게 규칙적으로 호흡했고 내 눈은 아주 가늘게 열렸을 뿐이었다. 바로 그 가늘게 뜬 틈 사이로 나는 이번에는 그 그림을 보았다. 그것은 넓적하고 독특하게 생긴 남자의 얼굴이었다.

내가 자고 있다는 것을 확신하고 나서 니나는 다시 그 그림 앞에 몸을 굽혔다. 나는 이번에는 니나가 무엇을 하고 있는지 볼 수가 있었다. 니나는 자기 자신의 얼굴을, 거울에 비친 자기 얼굴의 그림자를 그림의 얼굴에 가져가서 둘이 서로 겹치게 했다. 그들은 완전히 덮였다. 눈이 눈을 덮었고 입이 입을 덮었고 모든 부분이 서로의 것에 들어가서 구별할 수가 없어졌다.

그 순간에는 나에게는 그것이 조금도 이상스럽거나 무시무시하게 생각되지 않았다. 그러나 며칠 후에 내가 남편과 또 다른 사람들의 사진으로 그것을 시험해보았더니 절대로 일치하지 않았다. 매번 어딘지가 맞지 않았지만 나는 사실은 그것에 놀라지 않았다. 그날 밤에도 나는 놀라지 않았다. 다만 나는 니나가 유리창이 조금 열린 추운 방에서 이 도시 특유의 추운 3월의 밤공기가 흘러들어오는데 잠옷 하나만 입은 채 반시간 동안이나 꼼짝도 안 하고 그러고 앉아 있는 것이 근심스러웠다. 마침내는 니나는 그처럼 몰두했기 때문에 내가 잘못해서 벽을 친 것조차 듣지 못했을 정도였다.

갑자기 니나는 사진틀에서 손을 뗐다. 사진틀을 떨어뜨리는 니나의 동작은 너무나 절망적이어서 내 가슴은 에이는 것같이 아팠다. 그러고 나서 니나는 그 사진을 털 헝겊에 아주 조심스럽게 싸더니 가방에 집어넣었다. 그러고는 곧 불을 껐으나 거의 들리지 않는, 몇백 개의 작은 소리가 몇 시간 동안이나 니나가 자고 있지 않다는 걸 알려주었다.

나는 무슨 말을 할까 생각해보았다. 니나는 그렇게 혼자서 괴로워하고 있었으니까 어쩌면 나하고 얘기를 하고 싶어 할지도 몰랐다. 그렇지만 그렇다면 니나는 왜 나에게 수면제를 준 것일까? 니나는 이 밤이 자기 혼자에 속해 있기를 원한 것이다. 이 시각이 니나가 그 남자와 단둘이, 아무의 방해도 받지 않고 있을 수 있는 시간인 것이다. 그래서 나는 꼼짝도 안 하고 있었다. 얼마 뒤에 2시를 치고 조금 있다가 방 안이 또다시 밝아졌다. 그리고 나는 니나가 나를 깨우지 않으려고 아주 조심하면서 가방에서 노트를 꺼내더니 반쯤 누운 자세로 글을 쓰기 시작하는 것을 보았다. 나는 니나가 보내지 않을 편지를 그 남자에게 쓰는 것이라고 생각했다. 니나는 감정이 걷잡을 수 없이 자기를 정복하는 이런 밤에 쓴 편지를 상대방에게 보낼 여자가 아니었다.

내가 잠에서 깬 것은 아침 8시였다. 가벼운 하늘빛 안개를 통해서 햇빛이 비쳤으나 니나의 스탠드에는 여전히 불이 켜져 있었다.

스탠드 불빛은 희미해서 니나의 얼굴은 거의 초록색으로 보였다. 노트는 방바닥에 떨어져 있고 연필은 아직 손가락 사이에 끼운 채로 니나는 마치 송장같이 긴 의자 위에 비스듬히 누워 있었다. 니나는 마치 극도로 피곤한 사람이 잠자듯이 깨울 수 없이 깊고 돌같이 무감각한 잠에 빠져서 도달할 수 없이 먼 세계에 있었다.

나는 조용히 일어나서 불을 끄고 욕실로 갔다. 내가 돌아왔을 때 니나는 그 자세로 그대로 누워 있었다. 다만 연필만이 그동안에 손가락에서 빠져나와서 아래에 떨어진 노트 위에 굴러 떨어져 있었다.

나는 창가에 앉았다. 내 자리에서는 니나와 길거리가 거의 동시에 보였다. 아침의 창백한 공기 속에서 보는 니나의 방은 못 박은 궤짝과 트렁크 때문인지 임시로 꾸며놓은 쾌적하지 못한, 역의 홀이나 대합실을 연상시켰다. 분명히 전에는 이 집은 따뜻하고 기분 좋게 보였을 것이다. 옷 입는 것을 보면 알 수 있는 것처럼 니나 같은 여자는 어디서든지 개성 있게 자기 집을 꾸밀 줄 알 것이 틀림없었다. 그러나 또한 틀림없는 것은 니나는 그것을 때때로 내키면 할뿐, 갑자기 그것에 흥미를 잃고 모든 것을 내던질 것이었다.

니나는 무슨 일이 있든지 간에 꽉 붙들고 있으려 드는 유의 여자는 아니었다. 니나에게는 집시 같은 데가 있었다. 니나의 생활은 잠정적이다. 니나는 천막을 치고 한동안 살다가 그 토지를 알고 나면 조금도 주저하지 않고 천막을 걷어치우고 다시 떠났다. 니나의 얼굴에는 고향 없는 사람의 슬픔과 자유의 야생적인 행복감이 동시에 있었다. 잠잘 때까지도 그 표정은 니나에게서 떠나지 않았다.

그런 생각을 하면서 니나를 바라보고 있다가 나는 갑자기 생각했다. 가득 살고 있는 생—이 생각을 나는 마치 노래의 후렴처럼 자꾸 되풀이해서 생각했다. 아침의 활기에 넘친, 신선하고 열정에 차 보이는 거리의 움직임을 내려다보고 있던 나는 이유 없는 우울함에 사로잡혔다. 사람들은 저기 저렇게 매일 새 희망을 안고 다시 시작한다, 라고 나는 생각했다. 그러고는 낮이 되고 밤이 온다. 무엇이 그렇게 일어날 수 있었는가? 하루가 또 지나갔다는 것밖에는 아무 일도 일어나지 않는다. 매일매일 바뀌어도 좋을 정도로 꼭 같다.

나는 나 자신의 생활을 생각해보았다. 아무런 소동이나 돈 걱정도 없고 약간의 자기기만과 동정심에 의해서 모두 제거되어버릴 만한 사건들밖에는 없는, 남들이 부러워할 만큼 아름답던 조용한 생활이다. 나는 이제 그것이 싫었다. 나는 니나를 바라보았다. 니나는 아직도 누워서 자고 있었다.

니나는 자기가 원할 수 있었던 모든 것 — 재능과 생기와 정열과 그 남자를 갖고 있었다. 내가 시기하고 있구나, 하고 나는 생각했다. 그 남자의 얼굴을 내 머리에서 내쫓을 수가 없었다. 그러나 그것은 비단 그 남자의 얼굴뿐만이 아니라 밤 동안의 그 장면 전부 — 그 침묵의 격렬한 정열과 무시무시한 극복력과 이별이었다. 니나는 그를 자기의 행복보다 더 사랑하고 있다, 라고 나는 시기심에 차서 생각했다.

나는 니나를 더 보고 있으면 미워할 것만 같았다. 그러나 나는 나 자신이 우스웠다. 어떻게 니나를 미워한단 말인가. 니나는 내 동생인데, 라고 생각했다. 그러나 그것이 니나를 미워할 수 없는 이유는 될 수 없었다. 내가 니나를 미워하지 못하는 이유는 단 하나였다. 즉 나는 도대체 누구를 미워할 수가 없는 성격을 가진 까닭이다. 또 누구를 미워하려고 생각해본 일도 여태까지 없었다.

갑자기 니나는 눈을 떴다. 잠이 깨끗이 달아난 얼굴이었다.

몇 시야? 니나는 물었다.

아직 7시 반이야, 라고 나는 거짓말을 했다. 사실은 9시였다.

니나는 안도의 한숨을 쉬고 방바닥에 있는 노트를 집더니 말했다. 어젯밤에 갑자기 어떤 신문에 단편소설을 써줄 약속을 했던 게 생각났어. 꼭 써주겠다고 약속하고는 잊어버렸어. 그렇지만 영국에 가기 전에는 무슨 일이 있어도 보내주어야 해. 니나는 내게 노트를 던졌다. 쓸 만한지 모르겠어. 한번 읽어봐 주지 않을래? 목욕하고 올 때까지.

그러나 니나는 욕실에 가지 않았다. 다시 베개에 머리를 던지더니 무슨 말을 중얼거리면서 다시 잠들어버렸다.

니나가 밤 동안에 오래 걸려서 쓴 것은 그러면 편지가 아니었던 것이다. 그것은 일이었다. 숙제였고 모든 피로와 절망과 이별에도 불구하고 지켜진 약속이었던 것이다.

나는 읽기 시작했다.

1945년 4월 22일에 한나 B는 그 여자가 체포되기 전에 살고 있었던 지방의 경계선에까지 왔다. 그러나 그곳에서부터 한나의 고향까지는 아직도 30킬로미터가 남아 있었다. 때는 봄이었다. 활짝 핀 꽃 속을 비가 부드럽고 따스하게 내리고 있었다. 온 지방에 꽃이 만개해 있었으나 쓸쓸하게 보였다. 어느 곳을 보아도 한나밖에는 아무도 없었다.

어둠이 다가왔고 비가 심해졌다. 그 여자는 속옷까지 다 젖었다. 하루 종일 외투도 없이 걸어갔던 때문이다. 그 여자는 아주 천천히 걸었다. 죽을 것같이 피곤했고 거의 굶어 지칠 지경으로 배고팠던 그 여자는 더 빨리 걸을 수가 없었던 것이다. 거기다 신은 너무 컸고, 빨강과 파랑 체크무늬가 있는 구멍투성이 감옥소 양말은 그 여자의 뒤꿈치를 방황의 첫 번째 날에 벌써 상처투성이로 만들었다. 이제 그 여자는 닷새째 방황하고 있었다.

4월 17일 새벽, 동이 트기도 전에 모든 감방의 문이 열렸다. 여간수들과 감옥소장과 지휘관과 죄수들과 몇 명의 게슈타포 대원들과 검사가 모두 미친 것같이 바쁘게 서둘고 있었다. 죄수들은 언제나와 마찬가지로 대열을 짓고 마당에 집합해야 했으나 그날 아침은 아무도 줄이 똑바로인가 아닌가에 관심을 갖지 않았다. 죄수들은 조용히 서 있었다. 잠에서 아직 깨지 않았고 절망하고 있었으니까. 감옥문 좌우에 한 개씩 전등이 켜져 있었다. 불빛은 눈부시게 강렬했다. 그것은 죄수복을 입고 나막신을 신은 400명의 여자를 날카롭게 비추고 있었다.

"누가 또 도망쳤어?"라고 누가 낮은 목소리로 물었다. 아무도 대답하지 않았다. 한나는 그날 밤에 멀리서 총소리를 들었다. 어쩌면 일선의 총성의 울림인지도 몰랐으나 늘 들려오는 폭격의 둔한 소리인지도 몰랐다. 그러나 지금, 새벽의 어둠 속에서 한나는 그 소리를 또 들었다. 누구나 다 그 소리를 들었으나 모두 잠자코 있었다. 그들은 이미 두 번이나 그렇게 불려 나와 서 있었던 적이 있었다. 전진하기 위해선지도 모르고 어쩌면 석방시키기 위해서인지도 모르나 그들은 아무것도 알 수가 없었다. 아무도 그들과 이야기를 하지 않는 까닭이다. 그래서 이제는 그들은 아무것도 믿지를 않았다.

갑자기 지휘관이 밖으로 나왔다. 그의 바지 멜빵은 한쪽이 늘어져 있었고 한쪽 구두끈은 풀려 있었다. "적은 50킬로미터 밖에 와 있습니다"라고 그는 말했다. "나는 여러분을 석방합니다." 그는 여러분이라는 말을 썼다. 여태까지는 '이놈들' 또는 '이 천한 것들'이라고밖에는 부르지 않았었는데.

"여러분에게 여러분의 물건을 다시 내주도록 하겠습니다. 여기서서 물건을 나눠 받을 때까지 기다리십시오. 그리고 그 외에도 일인당 한 개의 밀가루 빵과 네 개의 감자를 드리겠습니다. 그것이 우리가 갖고 있는 전부입니다. 그걸 받고 나면 가능한 한 여기서 빨리 사라지도록 노력하십시오."

아무도 꼼짝하지 않았다. 그것은 너무 뜻밖의 일이었다. 그리고 그것은 아무 마음의 준비도 안 돼 있는 새벽에, 빈속에 닥쳐왔고 그들은 이미 구원을 믿고 있지 않았다. 그들은 각자가 석방증명서를 손에 쥐었을 때까지도 마비된 것같이 대열을 지은 채 움직이지 않고 서 있었다. 여간수들이 옷과 빵이 든 광주리를 가지고 왔을 때야 비로소 그들은 일제히 입을 벌리기 시작했다.

"이젠 우리를 내보내는구나"라고 누가 소리 질렀다. "집에 갈 수도 없어지고 나니까. 어느 방향으로도 기차가 가지 않게 되고 나니까 우리를 내보내는군. 서쪽에는 미군, 동쪽에는 소련군이 득실거리는데."

"그리고 그 사이에는"이라고 또 한 명이 소리 질렀다. "나치 친위대와 비밀경찰 대원을 포함한 독일 사람들이 있고."

"그리고 늑대들은?"

"아, 늑대는 이제는 더 물 수가 없어." 누가 또 외쳤다. "그들 자신도 공포에 떨고 있는걸." 그러고는 잠시 동안 잠잠했다. 그 순간에 그들은 그들의 운명의 거대한 전환을 이해한 것이다. 나치는 겁을 내고 있다. 이 생각이 그들의 둔해진 뇌 속에 마치 벼락같이 떠올랐다.

그러고는 소음이 새로 일어났다. 몇 명의 형사범 소녀들이 큰 소리로 울었다. "어디로 가야 해, 우리는? 우린 집에 갈 수 없어. 여기서는 적어도 우리의 머리 위에 지붕이 있잖아? 들판에서 살 수도 없을 게 아냐."

아무도 그들의 말을 듣지 않았다. 모두 자기 옷을 도로 찾느라 애쓰고 있었다. 모든 옷에 번호가 적혀 있어서 분배는 신속하고 질서 있게 시작되었다. 옷을 받은 사람들은 당장에 황급히 갈아입었다. 그들은 죄수복과 누더기가 된 잿빛 치마와 몇 주일이나 빨지 않은 내의를 벗어던졌다.

담배를 피우면서 층계에 앉아 있던 경관들은 그들에게 일별도 던지지 않았다. 아직도 기다려야 했던 죄수들은 다른 사람들이 냄새나는 회색 죄수복을 산더미같이 던져 내버리는 것을 보았을 때, 갑자기 이성을 잃었다. 아무도 명령하지 않았는데 갑자기 모두가 옷이 든 광주리에 달려들어 스웨터, 구두, 양말 등을 끄집어내고, 뒤적이며, 서로 할퀴고 깨물고 소리 질렀다. 여간수들은 주먹으로 그들을 때렸으나 아무 소용도 없었다.

그들은 경관을 불렀으나 경관은 무관심하게 싱글거리면서 바라보고 있을 뿐이었다. 다만 한 명의 경관만이 천천히 다가왔다. 그는 사나운 무리를 보고 있다가 침을 탁 뱉고 한 명의 젊은 나치 대원을 부르더니 권태롭다는 듯이 말했다. "한 방 쏘아라. 저것들이 겁을 집어먹게."

젊은 녀석은 총을 쏘았다. 일순간 조용해졌으나 곧 다시 소동은 계속되었다. 한나의 바로 옆에 서 있던 한 늙은 여자가 총소리에 쓰러졌다. 공포가 그 여자를 죽인 것이다. 한나는 소리를 질렀으나 아무도 쳐다보지조차 않았다. 나치 대원이 한나를 관찰했다. 그는 한나를 내려다보더니 대수롭지 않게 말했다. "주둥이 닥쳐. 안 그러면 살아서 여기를 나갈 수 없을 거니까. 한 명 더 죽이거나 덜 죽이는 건 문제가 안 되니까." 그리고 그는 죽은 여자 곁에 가서 시체를 팔에 안고 마당을 지나서 지하실 입구로 갔다. 경관은 한 명도 움직이지 않았다. 쳐다보지도 않았다.

한나는 그 이상은 볼 수가 없었다. 왜냐하면 갑자기 지휘관이 다시 나타나서 날카로운 소리로 호각을 불더니 외친 까닭이다. "5분 이내에 전원은 이곳을 떠나야 한다."

한나는 발에 맞지 않는 큰 구두 한 켤레를 받았다. 양말은 이미 한 켤레도 남아 있지 않았기에 한나는 감옥소 양말을 그대로 신어야만 했다. 한나는 놀랍게도 전에 입던 옷을 다시 찾을 수 있었으나 외투는 어디로 달아나고 없었다.

5시가 조금 지나서 무거운 철문이 열렸다. 빵을 팔 밑에 끼고 감자를 외투 주머니에 넣은 여자들은 잠시 동안 망설이고 그저 서 있다가 마치 말 안 듣는 암소 떼같이 쫓겨 나왔다. 그들 위에서 문은 열린 채 다시 닫히지 않았다. 한나는 제일 뒤에 걸어가고 있는 여자들 중에 섞여 있었다. 정치범들은 급히 서둘지 않았다. 그들은 같이 뭉쳐 있었다. 도시는 아직 잠자고 있었다. 빠른 걸음으로 각 방향으로 흩어져가는 400명의 여자들이 걷는 소리밖에는 아무 소리도 나지 않았다. 여덟 명의 정치범도 빠른 걸음으로 말없이 앞으로 걸어갔다. 시외의 언덕 앞에 와서야 비로소 그들은 걸음을 멈추었다.

"별!"이라고 그 중 한 명이 외쳤다. "이렇게 많은 별이!" 하면서 몸을 뒤로 젖히고 그들의 오랫동안 보지 못했던 하늘을 바라보았다.

"어떻게 할까?" 한나가 물었다. "우리는 돈이 없고 기차도 다니지 않아. 나는 걸어서 집에 가겠어. 내 집은 여기서 80킬로미터 떨어진 데 있어. 나하고 같이 갈 사람은 내 집에 머물도록 해줄게."

여덟 명 중 두 명은 도시 근방에 집이 있었다. 다른 두 명은 라인 강변에서 가까운 서쪽에 있었고 나머지는 북쪽에 집이 있었다. 서쪽과 북쪽은 지금 한창 전쟁 중이었다. 그러나 서쪽에서 온 두 명은 전선을 지나서 틀림없이 귀가할 수 있을 것이라고 말했다. 감옥소보다 더 나쁜 것을 체험할 수는 없을 것이니까.

"총에 맞아서 죽을지도 몰라"라고 한 명이 항의했으나 그들은 어깨를 으쓱해 보였을 뿐이다. 그들은 죽음을 계산에 넣지 않고 있었다. 지금은 이미 죽는다는 것은 그들에게는 생각 밖의 일이 되어 있었다. 그들은 빠른 걸음으로 쉬지 않고 포성이 들리는 쪽으로 걸어갔다.

"바보들 같으니라고"라고 남은 사람 중 하나가 말했다.

"집에 무사히 갈 수 있을까?" 또 한 명이 묻더니 갑자기 울기 시작했다.

"그럼 우리는?" 먼젓번 여자가 말하더니 역시 울기 시작했다.

"가자." 한나는 말했다. "우리는 전쟁과 경주하고 있는 거야."

도시가 골짜기 속에 가라앉아버리기 전에 두 명은 증오에 찬 시선으로 돌아다보았다. 그러나 한나는 그들을 데리고 계속해서 갔다.

"그건 지난 일이야." 한나는 말했다. "그리고 우린 살아 있잖아?"

두 명은 새로 울음을 터뜨렸다. 그들은 감옥소에서는 한 번도 안 울었다. 그 여러 달 동안을 여덟 명 중 아무도 울지 않았다.

"그만둬"라고 한나가 망설이듯이 말했다. "빵들이나 먹어. 안 먹으면 끝까지 못 버틸 테니까."

"그렇지만 길가에서는 안 돼." 그들은 눈물을 삼키느라고 애쓰면서 말했다. "나치들이 우리를 찾으면 어떻게 해!"

"우리는 자유야." 한나는 외쳤다. "우리는 석방증명서도 갖고 있잖아?"

그러나 그들은 깊은 나무 수풀 속에 웅크리고 앉아서 먹기를 끝내 고집했고 도로로 가는 대신 봄비에 젖어서 아직 마르지 않은 좁은 들판 길로 갈 것을 주장했다.

그들은 첫 번째 밤을 늪 근처 오막살이의 짚 더미 위에서 보냈고 두 번째 밤은 폭격당한 벽돌 부스러기 속의 끊어진 철로 위 화물 열차에서 보냈다. 다음날 아침에는 비가 왔다. 그들은 각기 마지막 빵을 먹었다. 저녁때 두 명 중 하나가 기절했다. 그 여자는 60세가 넘은 할머니였다.

한나는 용기를 내서 어둠 속의 어떤 외딴 농가에 가서 빵을 구걸하려고 했다. 그러나 그 집은 군인으로 꽉 차 있었다. 그들은 중무장한 나치 전투대의 낙오병들이었다. 농부의 아내는 떨면서 문간에 왔다. 빵은 하나도 없다면서 앞치마 가득 감자와 무를 마구간에서 꺼내주었고 누군가 떨어뜨린 담배꽁초 두 개를 주었다. 그러나 그 여자는 한나를 황급히 마당 밖으로 내몰았다. "저기로 가보세요"라고 그 여자는 조마조마한 목소리로 말했다. "저 꼭대기에 수녀원이 있어요. 어쩌면 거기서는 당신들을 받아들일지도 몰라요." 그 여자는 한나를 내보낸 뒤에 빨리 문을 잠갔다.

할머니는 거의 한 발짝도 걸을 수가 없었다. 자정에야 비로소 그들은 산정에 있는 수녀원에 이르렀다. 아무도 문을 열어주지 않았다. 마치 수녀원은 죽은 것 같았다. 그들은 나뭇광을 발견하고 거기서 밤을 보냈다.

아침에 그들은 또 한번 문에서 벨을 눌렀다. 안에서 작은 유리창으로 날카롭게 관찰하더니 문을 열어주었다. 수녀들은 세 여자를 의심스럽게 바라보았다. 그들의 더럽고 수상스럽고 남루한 외모를 볼 때 수녀들의 의심은 당연했다. 그러나 수녀는 할머니를 받아들였고 또 발가락이 곪은 나머지 여자들도 받아들여주었다.

셋째 날에 한나는 혼자서 도로에 섰다. 그 여자는 이정표를 보고 여태까지 30킬로미터밖에 오지 못한 것을 알았다. 그 여자의 발은 물집투성이였고 빵은 다 떨어졌다. 엿새째 되는 날 한나는 고향 지방의 경계선에 도착했다.

4월 25일 한나는 언덕 위에서 자기 집을 내려다보았다. 그 여자의 집은 마을에서 멀리 떨어진 사람의 내왕이 적은 길가에 있었고 숲 한가운데 잘 감추어져 있었다. 그러고는 한나는 귀가했다.

5월 3일 새벽에 한나는 여러 대의 트럭이 지나가는 소리를 들었다. 그것은 나치의 차였다. 그들은 평소에는 농부의 비료차나 마차만이 지나다니던 좁고 나쁜 길 위를 살인적인 속도를 내고 달려갔다. 그들은 달아나고 있었던 것이다.

수많은 차가 뒤이어 지나갔다. 사흘 동안 끊임없이 차가 지나가더니 5월 6일에는 갑자기 아주 조용해졌다. 총성이 그쳤고 한 대의 폭격기도 숲 위를 날지 않았다. 5월 7일에 전쟁이 끝났다. 한 주일 동안은 패잔병들이 한나의 집 앞을 지나갔다. 매일매일 병정들이 문 앞에 와서 빵과 물을 구걸했다. 그들은 찢긴 옷을 입었고 말랐고 말이 없었다. 그들은 자신들의 패배를 부끄러워하고 있었다. 그 중 많은 사람은 몇백 킬로 밖에서부터 왔다. 발칸 지방, 체코슬로바키아, 이탈리아 등에서. 그들은 큰길을 피하고 숲길을 뚫고 왔다. 그들은 집으로 돌아가는 것밖에는 아무것도 바라고 있지 않았다. 한나는 그들에게 홍차나 수프를 끓여주는 것이 습관이 되었다. 한나도 그것밖에는 가진 것이 없었다.

5월 말 어느 날 밤에 또 문을 두드리는 소리가 났다. 한나는 노크 소리가 날 때마다 매번 놀랐다. 그 여자는 아직도 자유를 실감하지 못했고 공포의 습관은 빨리 잊히지 않았기 때문이다. 그러나 그 여자는 결심을 하고 문을 열었다. 병정 두 명이 밖에 서 있었다. 그 중 한 명은 매우 어렸다. 18살밖에 안 돼 보였다. 또 한 명은 길게 자란 수염 때문에 거의 늙은이같이 보였다. 그는 매우 창백했다.

그는 자기와 소년을 위해서 나뭇광 속에 잠자리를 빌려달라고 사정했다. "우리는 더 걸을 수가 없습니다"라고 그는 낮은 음성으로 말했다. 그는 비틀거렸다. 소년이 그를 부축했다. 한나는 그가 앓고 있다는 것을 알았다.

"들어오세요" 하고 한나는 주저하지 않고 말했다. 거의 자정이 가까운 시각이었다. 그 남자는 부엌 한가운데 쓰러지고 말았다. 한나와 소년은 그를 들어 올릴 만큼 힘이 자라지 못했다. 그래서 그들은 그가 깨어날 때까지 부엌 바닥에 눕혀두었다.

"어디가 아프세요?" 한나가 물었다. 소년은 눈을 내리뜨고 작은 목소리로 말했다. "모릅니다."

"어디가 아프다고 말하지 않았을 리가 없지 않아요?"라고 그 여자는 초조하게 말했다. 소년은 고집스럽게 고개를 흔들었다.

"아마 시장해서 그런지도 모르겠군" 하고 한나는 말했다.

소년은 한마디도 대답하지 않았다. 소년은 갑자기 얼굴을 붉혔다. 그는 외면했으나 그의 귀와 목은 새빨갰다. 한나는 의아하게 생각할 틈도 없었다. 왜냐하면 그 순간에 그 남자의 의식이 되돌아온 까닭이다. 소년은 남자를 당황한 얼굴로 바라보았고 그들의 시선은 일순간 교차했다. 한나는 외면했다. 후에 한나는 자기가 왜 외면했던가를 자문했다. 아마 그 여자는 자기와 관계없는 무언의 대화의 증인이 되고 싶지 않았는지도 모르고, 또는 그 시선을 보았을 때 마음속에 떠오른 어떤 의혹이 고개를 들지 못하게 하고 싶어서였는지도 모른다.

한나는 아무것도 알고 싶지 않았다. 다만 의무를 다하고 싶었다. 그리고 이 시간에 있어서 그 여자의 의무란 다만 병자를 도와준다는 것뿐이었다. 한나는 모든 생각을 자신에게 금하고 필요한 일만 행했다. 한나는 부뚜막으로 가서 불을 피우고 물을 올려놓고 프라이팬에 보리를 볶았다. 한나는 기름도 설탕 가루도 갖고 있지 않았으나, 약간의 우유는 있었다. 우유가 벌써 며칠째나 그 여자의 유일한 식량이었다. 두 남자는 그 여자의 뒤에서 잠자코 식탁에 앉았다.

"이것밖에 없어요." 그 여자는 말했다.

"아!"라고 소년이 생기를 띠고 말했다. "우리는 식료품을 갖고 있습니다."

갑자기 남자가 다시 쓰러졌다.

"이제는 어서 말해주세요. 이 사람이 어디가 아픈지!" 한나는 놀라서 큰 소리로 말했다. 소년은 비스듬한 시선으로 한나의 얼굴에서 눈을 뗐다.

"이건 참, 내!" 한나는 말했다. "나한테 무얼 바라는 겁니까? 이 사람이 어디가 아픈지도 모르고 내가 어떻게 도와줄 수 있단 말이에요?"

소년은 그 여자가 알아들을 수 없게 뭐라고 중얼거렸다. 그 여자가 또 한번 물어보았을 때에야 비로소 그는 속삭였다. "농독증입니다."

"어디에? 늦기 전에 빨리 말하세요!"

그러나 그는 다만 절망적인 시선을 그 여자에게 던졌을 뿐이다.

한나는 점점 화가 났다. "말할 수 없다면 당장에들 나가세요." 그 여자는 참지 못하고 말했다.

그는 속삭였다. "말하지 말랬어요." 그는 마치 매 맞은 어린애처럼 보였다. 그러나 그는 기절한 남자에게 공포에 찬 시선을 던지더니 속삭였다. "여기 왼편 팔에."

"그럼 그렇지"라고 한나는 안도의 마음으로 말했다. "이젠 나를 도와주세요. 그의 웃옷을 벗깁시다."

"안 돼요." 소년은 외치면서 그 남자 앞에 마치 주인을 방어하는 개처럼 막아섰다.

"좋아요." 그 여자는 분노한 나머지 지쳐 말했다. "그러면 그는 죽을 거니까."

그랬더니 그 소년은 비켜 섰다. 한나는 환자의 군복 웃옷을 벗겼다. 한나는 잠시 동안 군복이 고급 옷감인 것을 이상하다고 생각했다. 셔츠가 그의 팔에 달라붙어 있었다. 한나는 셔츠 소매를 자르고 상처 주위에 묶인 손수건을 풀었다. 그것은 거의 사각형의 이상스러운 상처였고 고름이 나오고 있었다. 상처에서 겨드랑이 밑으로는 한 줄의 붉의 피가 흐르고 있었다.

"어찌된 일이에요?" 한나는 경악해서 물었다. 소년은 말없이 장화 끝을 내려다보다가 갑자기 울음을 터뜨렸다. 눈물이 그의 어린애 같고 비통에 찌든 얼굴 위로 흘렀다.

"어쩔 수 없었어요." 그는 흐느끼며, 속삭여 말했다. "그는 나보고 그렇게 하라고 요구했어요. 해야 해, 만약 안 하면 당장에 쏘아 죽인다고, 그는 말했어요. 나는 칼을 불에 지지고 매우 조심했지만 지금은 농독증이 생기고 말았어요. 내 탓은 아니에요."

한나는 그의 말을 이해하려고 애썼다. "무얼 한 거죠?" 한나는 놀라서 물었다.

"낙인입니다." 그는 속삭이듯 말했다. "그들은 모두 팔에 표지를 갖고 있습니다. 나치 당원은 전부 팔에 혈액형 낙인을 갖고 있어요. 그래서 적이 그것을 발견하면 당장에 죽인답니다." 그는 울음소리를 죽이려고 애썼으나 끊임없이 계속해 눈물을 흘렀다.

"그럼 너는?" 하고 한나는 물었다. 그 여자에게 그가 갑자기 어린애로 느껴졌다.

"나는 없어요." 그는 말했다. "나는 종전 몇 주 전에 입대했어요. 우리는 그걸 갖고 있지 않아요."

한나는 기절해 있는 남자 옆에 무릎을 꿇고 주의 깊게 그의 얼굴을 바라보았다.

"의사한테 가세요." 한나는 말했다. "성당 옆에 살고 있습니다."

소년은 절망적으로 고개를 흔들었다. "그러느니 차라리 미군한테 가겠습니다." 그는 중얼거렸다. "차라리 죽겠습니다."

한나는 일각도 더 지체할 수 없는 것을 알았다. "좋아요." 그 여자는 말했다. "그렇지만 나는 의사가 아닙니다. 만일 이 사람이 죽는다면 그건 내가 상관할 일이 아닙니다."

소년은 그 여자를 애원하듯이 바라보았다. 한나는 끓인 물과 솜과 불에 달군 작고 예리한 칼을 가지고 왔다.

"그를 꼭 붙잡고 있어요." 그 여자는 말했다. 그러나 소년은 그 여자가 고름 주머니를 찔렀을 때 구역질이 나서 쓰러지려고 했다. 그 여자는 소년을 밖으로 내보냈다. 그 여자가 상처를 치료하는 것은 그것이 처음이 아니었다. 그 여자는 그것을 감옥에서 배웠고 익숙했다. 남자는 한나가 한창 처치하고 있는데 정신이 들어 의아하다는 듯이 사납게 주위를 둘러보았다.

"가만히 있어요." 그 여자는 말했다. "꼼짝도 마세요." 그는 놀라서 복종했다.

"부상을 입었습니다." 그는 속삭였다.

"잔말 마세요." 그 여자가 말했다. "나한테는 거짓말할 필요가 없어요. 나는 내 눈에 보이는 것만 보니까요. 입을 다물고 계세요."

소년이 회벽같이 흰 얼굴을 하고 돌아왔을 때 남자는 긴 의자 위에 누워 있었고 베개를 베고 이불을 덮고 있었다. 그들은 마주 보았다. 한나는 밖으로 나갔다. 그 여자는 몹시 정신이 혼란했으나 다르게 행동할 수도 없었다는 것을 알고 있었다. 그 여자가 다시 부엌으로 들어갔을 때 두 남자의 말다툼 소리가 들렸다.

"네가 말했지?" 남자가 외쳤다.

"그 여자가 혼자서 알았어요." 소년이 호소하듯이 대답했다.

"그건 지금에 와서는 아무 상관 없는 문제입니다." 한나는 말했다. "당신네들은 조금도 걱정할 필요가 없습니다. 내 앞에서는 적어도."

"그럼 당신은 우리 편이었군요?" 그 남자가 작은 희망을 가지고 물었다.

"아니요." 한나는 큰 소리로 말했다. "나는 6주 전에야 감옥소에서 나올 수 있었습니다. 반대편이었으니까."

"오!" 소년은 말하고 입을 크게 벌리고 그 여자를 응시했다.

"그게 정말입니까?" 그 남자는 낮은 음성으로 물었다. 그 여자는 아무 대답도 하지 않았다. "이제는 나뭇광으로 가요."

그 여자는 소년에게 말했다. "이불은 가졌으니까. 그리고 당신은 여기 누워 계세요. 나는 당신의 열을 살펴봐야 하니까요."

소년은 잠자코 밖으로 빠져나갔다. 한나는 남자와 단둘이 남았다.

한나는 식탁 앞에 앉아서 책을 읽었다. 때때로 그 여자는 주의 깊은 시선을 그에게 던졌고 그는 매번 그 시선에 무언으로 대답했다. 새벽녘에야 그는 비로소 잠이 들었다. 몇 시간 후에 그 여자는 상처를 보기 위해서 그를 깨웠다. 피가 흐르는 것이 좀 약해졌다.

"자, 이젠 나뭇광으로 가세요." 그 여자는 말했다. "아무도 당신을 거기까지 찾으러 오지는 않을 거니까요. 그리고 걸을 수 있게 되면 곧 여기를 떠나주십시오."

그는 나갈 때 그 여자를 쳐다보지 않았다. 그 여자는 그가 톱밥이 깔린 어두운 구석에서 베개와 이불을 가지고 잠자리를 마련하는 것을 도와주었다. 그들은 사흘 동안 머물러 있었다. 아무도 그것을 몰랐다. 한나는 밤에 먹을 것과 마실 것을 그들에게 날라다 주었다.

그들은 한마디도 말을 주고받지 않았다. 나흘째 되던 날 한나가 나무를 가지러 가보니 광은 비어 있었다. 구석에 그들의 식료품의 나머지가 놓여 있었고 그 위에 종이쪽지가 얹혀 있었다. 그 쪽지에는 "감사합니다. 나치 소대장 한스 메르크"라고만 씌어 있었다.

그 여자는 생각에 잠겨서 그 쪽지를 읽었다. 그 여자는 그가 무엇 때문에 그의 이름과 계급을 쓸 생각을 했을까를 이해하려고 애썼다. 그 여자는 그것이 조롱이라고는 생각할 수가 없었다. 마침내 그 여자는 어깨를 으쓱하고 종이쪽지를 구겨서 그들이 누워 있던 톱밥 위에 던졌다. 그러고는 종이와 톱밥을 부삽으로 광주리에 담아서 부엌으로 가져가서 불살랐다.

이틀 후에 몇 명의 미국 육군 헌병(MP)이 무기와 숨어 있는 나치 지도자들을 찾기 위해 가택 수사했으나 그들은 아무것도 발견하지 못했다. 한나가 자신의 석방증명서를 보이자 그들은 더 묻지 않고 사과하고 가버렸다.

나는 이 소설을 단숨에 읽어버렸다. 다 읽고 니나를 보았을 때 나는 니나가 깨어 나를 관찰하고 있는 것을 발견했다.

내 생각에 이건 실패작인 것 같아, 라고 니나는 말했다. 피곤할 때는 아무것도 쓰지 말아야 해.

아니야. 나는 말했다. 나쁘지 않아. 긴장감 있고 흥분시키는 이야기야.

그것 봐, 하고 니나가 외쳤다. 이 이야기는 긴장미가 있지? 왜 그런 줄 알아? 전적으로 스토리에 치중해서 씌어졌기 때문이야. 그런 얘기같이 못 견디게 싫은 건 없어. 누구나 다 그렇게 쓰고 있어. 이런 이야기는 내 머릿속에 한 다스가 들어 있어. 그렇지만 아무 가치도 없어. 나에게는 소재가 중요하지 않아.

너에게는 중요하지 않을지 모르지만 독자에게는 중요해. 나는 말했다.

독자들! 이라고 니나는 내던지듯이 말했다. 독자는 오락을 요구하고 있어. 작가는 따라가기 쉬운 안이한 이야기를 그들에게 제공해야 하는 거야. 처음에는 이것이 일어나고 다음에는 저것, 그러고는 그것. 그렇게 해서 맨 끝에는 행복하건 불행하건 관계없이 하여간 둥근 결말이 있어야 해.

마치 극장에서처럼 모든 것이 질서정연하게 진행되어가야 돼. 그러면서도 사람들은 자기가 리얼리스트라고 생각하고 있어. 인생에서는 어떤 계산도 들어맞는 법이 없고 아무런 결말을 갖고 있지 않는데도. 결혼도 아니고 죽음도 다만 외관상 결말에 불과해.

생은 계속해서 흘러가는 거야. 모든 것은 그렇게도 혼란하고 무질서하고 아무 논리도 없고 모든 게 즉흥적으로 생성되고 있어. 그런데 사람은 거기서 작은 조각을 끌어내서 현실에는 있을 수 없고 모든 생의 복잡성에 비하면 우스울 정도인 조그마한 알뜰스러운 설계도에 따라서 건축하고 있어. 모두가 다 꾸며진 사진에 불과해. 내 소설도 마찬가지야.

그렇지만 니나야, 네 말은 너무 과장적이다. 너의 소설은 나를 감동시켰어. 나도 판단력이 그렇게 없는 사람은 아닌데.

니나는 내 말에 귀를 기울이지 않았다. 생각에 잠겨서 머리카락을 만지면서 니나는 말했다. 고쳐야겠어. 나는 내 소설을 전부 세 번이나 네 번 다시 써. 나는 소재가 자기 자신을 알아볼 수 없게 될 때까지 맷돌에 갈고 또 갈아. 그렇지만 난 지금은 시간이 없어. 아니면 마음의 안정이. 시간은 누구에게나 언제나 있는 거야. 시간은 아무것도 의미하지 않아.

어디를 바꾸려고 하니? 이 소설에서?

우선 짧게 줄여야지. 마지막 몇 줄은 언니가 조금 지워줘도 괜찮아.

니나는 나에게 연필을 던졌다.

한나는 톱밥을 태웠다, 로 끝내겠어. 그게 옳아. 한나는 마치 나병환자가 그 위에 누워 있었던 것처럼 그 물건을 태워버린 거야. 그게 맞아. 그 이하의 문장은 우리 같은 사람들 머리에 곧잘 떠오르는 예의 결말에 불과해. 결말을 짓는 커다란 제스처, 독자 앞에서의 우아한 인사야. 자, 인제는 박수하거라, 끝났으니까. 우리는 모두 허영심이 있어. 그렇지만 난 허영심을 갖고 싶지 않아. 우리는 자기 자신에 대해서 무섭게 조심해야 돼. 이런 값싼 효과를 자신에 허용할 때 우리는 빨리 타락해버리는 거야. 노트를 줘, 내가 봐야겠어.

니나는 소설을 빨리 통독했다. 아, 이건 보낼 수가 없어, 라고 니나는 말했다. 다시 한번 생각해봐야겠어. 혈액형 낙인을 보았을 때 한나의 마음속에 정말로 무슨 생각이 떠올랐는지를 또 한번 생각해봐야겠어. 나는 너무 쉽게 그걸 썼어.

한나는 성을 냈어. 그리고는 잠자코 성난 채 영웅적으로 그 여자의 인간으로서의 의무를 행한 거야. 그리고 독자한테 감탄을 받고. 그건 너무 값싼 이야기야. 그 여자를 덜 영웅적으로 만드는 편이 나을걸 그랬어. 다르게 써야겠어.

그 두 남자는 와서 긴 이야기를 해. 그들은 탈주한 까닭에 나치로부터 숨어야 한다고, 또 나치가 그들에게 총을 쏴서 팔에 맞았다고. 그래서 한나는 물론 감동해서 자기가 감옥에 들어가 있었다는 얘기와 나치가 어떻게 대우했는가를 얘기해. 그러면 두 명 중 하나는 나치에게 욕을 막 퍼붓는 거야. 다만 소년은 외면하더니 얼굴을 붉혀. 그리고 나중에 상처를 치료할 때 비로소 한나는 자기가 속았다는 걸 알게 돼. 그게 어떨까? 훨씬 덜 아름답고 효과도 적어. 독자는 쉽게 남을 믿고 또 곧 자기 자신의 고통에 관해서 말을 꺼낸 한나를 부끄럽게 생각할 거야. 그러나 그 대신 아까 것보다 진실성이 있어.

우리는 영웅이 아니야. 다만 때때로 영웅 노릇을 해볼 뿐이지. 우리는 모두 약간 비겁하고 계산 빠르고 이기적이고 위대함에서는 먼 존재야. 그리고 나는 바로 그걸 그리고 싶었어. 우리가 동시에 선량하고 또 악하고 영웅적이고도 비겁하고 인색하고도 관대하다는 것, 모든 것이 밀접하게 서로 붙어 있어서 구분할 수 없다는 것, 그리고 한 사람에게 나쁜 짓이건 좋은 짓이건 어떤 행동을 하도록 한 것이 무엇인가를 아는 것은 불가능하다는 것을 그리고 싶었어. 모든 것이 그렇게 무섭고 복잡하게 혼란한데 모든 것을 다 간단하게 만들려는 인간이 나는 싫어.

니나는 일어나 앉아서 창밖을 내다보았다. 태양이 높이 떠 있었다. 어머나, 니나는 소리 질렀다. 언니는 나를 너무 오래 자게 했어.

그게 뭐가 나쁘니? 오늘 무슨 중요한 볼일이라도 있니?

아니, 아무 일도 없어.

잘 자더라.

응, 오랫동안 그렇게 깊이 자본 일이 없어. 그렇지만 오늘 내로

이 소설을 바꾸어 써야 해.

이렇게 짐을 다 치워버린 엉성한 방에서는 나라면 아무 일도 못 하겠다, 라고 나는 말했다.

그래. 니나는 말했다. 전에는 나도 내 책상 앞에 놓고 앉아 있지 않으면, 그리고 저녁때 커튼을 다 치고 난 뒤가 아니면 일할 수가 없었어. 그러나 얼마 전부터는 달라졌어. 나는 아무데나, 대개는 창 앞에 있는 저 작은 책상 앞에 앉고 밖이 어두울 때도 커튼을 열어놓은 채 쓸 수가 있어. 나는 폐쇄돼 있는 게 이제는 싫어. 나는 밤을 보고 싶어. 또는 지붕이나 전차의 고가선이나 화재용 사다리를 보고 싶어.

니나는 무안한 듯이 나를 보았다. 때로는 저기 검은 납으로 된 굴뚝을 볼 때 얼마나 기분 나빠지는지 언니는 모를 거야. 그리고 광고 포스터가 너덜너덜 붙어 있는 벽을 볼 때, 특히 비가 올 때는.

점심을 겸한 조반을 먹으면서 — 그럭저럭 12시가 되었다 — 나는 니나에게 물었다.

네가 한나였지? 실제로는 어떻게 되었니?

내가 두 번째 얘기한 대로야.

나는 오랫동안 네가 갇혔던 것을 몰랐다. 그런데 왜 붙잡혔니?

아, 이제 그만해. 니나는 말했다. 그건 지나간 일이야. 나는 지나간 시간을 생각하고 싶지 않아. 그런데 말해봐. 언니라면 그 녀석을 도와주지 않았을 것 같아? 나는 후에 자주 나 자신에게 물어 보았어. 그게 옳았는가를. 그때 나는 일순간 동안은 자신이 없었어. 그저 죽어라, 하고 나는 생각했어. 내 눈앞에서 죽어라, 내가 즐겁도록. 나는 그가 죽도록 내버려두거나 그를 즉시 죽여버린다면 어떤 기분일까를 알고 싶었다.

니나! 나는 끔찍해서 소리 질렀다. 니나가 말한 내용이 나에게 공포를 일으킨 것이 아니라 그걸 말하는 니나의 침착하고 냉정하게 흥미를 띤 태도가 나에게 공포심을 일으켰다. 니나는 놀란 얼굴로 나를 쳐다보았다.

그걸 알아야 해, 라고 니나는 조용히 말했다. 그렇지만 겁내지 마. 나는 오래전부터 악한 일을 해서는 안 된다는 걸 알고 있으니까. 형법 때문도 아니고 십계 때문도 아니라 다만 악한 일을 하는 건 수지가 안 맞는다는 것을 알기 때문이야. 악은 그렇게도 비생산적이야.

니나는 나를 살피듯이 바라보았다. 니나는 내가 자기의 말을 알아들었는지 못했는지 모르고 있는 것이 분명했다. 그러나 또는 내가 이해하는 것이 니나의 관심사가 아니었는지 모른다. 나는 니나를 몰랐다. 아직도 모르고 있다.

니나는 그릇을 씻고 내가 방청소를 하는 동안 우리는 대화를 계속했다.

너는 그럼 믿지 않는단 말이지? 인간이 선악의 얽힌 혼돈에서 풀려날 수 있다는 것을? 나는 물었다.

나는 그걸 주장한 게 아니야.

주장했고말고.

니나는 설거지물이 담긴 통을 들고 나가면서 중얼거렸다. 아, 내가 무얼 알아? 그러나 다시 들어오면서 니나는 말했다. 성자들은 할 수 있을 거야.

그래 성자는 할 수 있을 테지. 그렇지만 우리 보통 인간은? 우리에게는 우리 자신과 남을 불신하는 것밖에는 안 남겨진 게 아니야? 그럼.

어머나! 니나는 말하면서 약간 웃었다. 과장은 언니보다는 나의 특허물인 줄 알았더니! 내가 말한 뜻은, 우리는 조심스럽게 살고 아무데서도 안전하다고 믿어서는 안 된다는 거야. 모든 짐승들이 그렇게 살고 있어. 고양이도, 또 소학생과 겨울의 추위가 뒤를 따라다니는 족제비도. 그 한가운데 살면서 그들은 새끼를 키우고 있어. 일순간도 나뭇가지에서 쉬지 않고 있어. 새를 봐, 달아날 준비를 갖추고 정신을 바짝 차리고 공포에 차서 나뭇가지에 앉아 있는 새를. 전세계가 적의를 띠고 그를 보는데 그 새는 노래 부르는 거야.

갑자기 니나는 무안하게 웃었다. 언니는 나에게 말을 시키는 나쁜 재주가 있어. 거기다가 보통 때라면 내가 안 했을 말을 시키는 재주를.

그러나 니나는 곧 또다시 엄숙해졌다. 이걸로 언니의 질문에 대답이 되었어?

그래, 라고 나는 말했다. 그러나 그건 너하고 똑같은 용기를 가진 사람만이 알 수 있는 대답이다.

아, 그게 무슨 말이야. 니나는 화가 난 듯이 말했다. 누구나 용기를 내어보기만 한다면 누구에게나 용기는 있을 수 있는 거야.

이번에는 내가 미소를 금할 수 없었다. 그래, 바로 그게 문제야. 아무나가 용기를 내볼 능력을 갖지 않은 것이.

그러나 나는 니나가 내 말을 이해하지 못한 것을 알았다. 그리고 나는 니나의 본질이 어떤 딱딱함이, 천성적으로 더 약한 인간이 있을 수 있다는 것을 이해할 수 없는 니나의 성품에서 기인한다는 것을 알았다. 니나는 자기 자신으로부터 극단을 요구했고 그것을 타인으로부터도 요구했다. 니나하고 살기는 쉽지가 않다는 것을 나는 느꼈다.

그렇지만, 하고 나는 내 질문을 고집하면서 물었다. 그렇다면 너는 우정도 믿지 않는 게로구나. 나는 조심스럽게 덧붙여 말했다. 그리고 사랑도.

니나는 나를 의외라는 얼굴로 바라보았다. 방금 언니한테 말하지 않았어. 우리는 위험과 위험 사이를 조심스럽게 소리 없이 살고 있다고. 거의 들리지 않을 만큼, 마치 나한테 말하려는 것이 아닌 것 같은 어조로 재빠르게 니나는 덧붙여서 말했다. 특히 사랑에 있어서, 사랑에 있어서는 아주 특별히 더.

나는 내가 생각하고 있는 것을 말하지 않았다. 니나는 그를 신뢰하고 있지 않다고.

그러나 니나는 벌써 말했다. 그래 언니는 내가 그 남자가 완전하다고 생각했다고 믿어?

니나의 눈은 강하고 열렬한 광채를 띠었으나 그건 일순 후에는 사라져버렸다. 아니, 니나는 광채를 다시 거두어들였다.

그 순간에 나는 갑자기 몇십 년 전에, 우리의 어린 시절의 한 광경이 생각났다. 우리는 한방에서 같이 잤다. 어떤 날 문득 잠에서 깬 나는 니나가 맨바닥에 무릎을 꿇고 있는 것을 보았다. 겨울이었고 방 안은 추웠으나 우리는 1년 내 창을 열고 자야만 했었다. 니나는 그때 아홉 살보다 얼마 더 크지 않았던 것 같다. 왜냐하면 그 후 곧 나는 결혼을 했으니까.

니나는 거기에 무릎을 꿇고 있었다. 거리에서 아마 불빛이 새어

들어왔던 것 같다. 나는 니나의 얼굴을 볼 수 있었다. 그것은 지금과 꼭 같은 얼굴이었다. 완전히 정신이 집중된 얼굴이었다. 거센 광채를 지녔고 어떤 상상에의 완전히 긴장된 정열적인 헌신에 차 있었다.

감기 들겠다, 라고 나는 말했었다. 침대에 다시 가거라, 무얼 하고 있니? 기도 드리니? 니나는 나를 아주 침착하게 바라보더니 바로 지금처럼 광채를 다시 얼굴에서 거두어들였다. 내버려둬, 라고 니나는 말했다. 나는 이걸 할 수 있게 되어야 하니까—무얼 할 수 있게 되어야 한단 말이니? 라고 나는 물었다. 전부 다, 내가 원하는 것을 모두 다, 라고 니나는 대답했다. 언제든지 따뜻한 침대에서 나와서 찬 마루에 무릎을 꿇고, 가시 돋힌 나무를 손으로 쥐고, 나쁜 개한테 가고, 매질을 견디고, 소금을 먹고, 뭐든지 다 할 수 있어야 해. 나는 니나가 더 늘어놓은 말을 잊어버렸다.

나는 그 광경을 정확하게 상기한다. 나는 의지를 굳게 만들려는 노력에 꽉 차 있는 니나의 반은 금욕하는 성자 같고 반은 인도 여인 같은 모습을 본다. 아마 때로는 니나가 너무 강한 의지를 가진 것이 자신에게 해가 됐는지도 모른다. 니나는 자기 자신과 운명에 대해서 좀 더 참을성과 동정을 가졌다면 좋았을 것이고 지금도 그편이 좋을는지 모른다.

영국으로 가고 그 남자를 버리는 것은 니나에게 있어서는 명확하고 뚜렷한 결단이었다. 너무나 명확하고 뚜렷해서 나에게 공포심을 일으킬 정도였다. 그 결단 속에는 위험스러운 종류의 폭력성이 들어 있었다. 니나는 운명을 앞질러서 손에 잡았다. 인생에 관해서 그처럼 이해가 깊고 방금 나에게 말한 것처럼 '조심스럽고 고요한 방법으로 사는 것'을 알고 있는 니나가 그런 과오를 범한다는 것은 나에게는 모순처럼 생각되었다. 그러나 나는 아무 말도 하지 않았다.

니나는 창가에 갔다. 밖이 너무 시끄러워, 라고 니나는 말했다. 그러나 조금도 사실은 시끄럽지 않았다. 한 대의 자동차가 지나갔고 개가 한편 모퉁이에서 짖었고 참새가 마당의 어느 나무 밑에서인지 울었을 뿐이었다. 그것은 조용한 거리였다.

나는 이 부근과 이 도시를 더 참을 수가 없어, 라고 니나는 중얼거렸다. 이런 감정을 가져본 일이 없어, 언니는? 여태까지 애착하고 있던 무엇이 갑자기 지긋지긋해진 일이? 하루도 참을 수 없다고 생각되는 거야. 모든 것이 전과 꼭 같아. 방도, 집과 거리도. 그런데 갑자기 우리에게 그것이 변한 것같이 보이고 밉고 참을 수 없이 쓸쓸하고 적의에 찬 것으로 보여. 그러면 우리는 떠나야 하는 거야. 그럼 일각도 지체 없이 떠날 때가 온 거야. 자기도 모르게 우리는 벌써 이 모든 물건으로부터 자기 자신을 끌어내어 간 거야. 물건들은 스스로 살고 있는 것이 아니라 우리가 그들을 보니까 사는 거야.

유리창을 닫고 나서 니나는 말했다. 이 모든 것이 벌써 나를 버렸어. 내가 떠나기도 전에.

니나는 이제는 반밖에 남지 않은 위스키 병을 구석에서 꺼내왔다. 말없이 니나는 나에게 한 잔을 권했다. 내가 고개를 흔들었더니 니나는 자기가 그것을 마셔버렸다.

나는 아무렇지도 않아, 라고 니나는 병을 다시 닫고 구석에 갖다 놓으면서 말했다. 오히려 강한 만족감을 느껴. 누가 나를 떠날 때에, 폭탄이 우리 집에 맞아서 집이 불탔을 때 나는 길가에 서서 바라보고 있었어. 사람들은 소리 지르고 울부짖고 있었는데 나는 거기 서서 엄청난 감정을 맛보고 있었어. 그것은 특별한 종류의 기쁨이었어. 파괴에 대한 광적인, 도착적인 환희는 아니었어.

맙소사, 그러기엔 너무나 끔찍했어. 또 교수대에 오르는 죄수들의 억지 너털웃음도 아니었다. 나의 이웃에 살던 여자와 그 여자의 남편은 단 하나 꺼낸 트렁크 위에 앉아서 술을 마시면서 우스갯소리를 했어. 나는 그런 기분이 아니었어. 그건 또 냉담이나 영웅주의도 아니었어. 전연 다른 기분이었어, 그건. 나는 내 생활에서 한 짐이 또 덜어진 것이 단순히 기뻤던 거야.

니나는 나를 갑자기 의심하듯이 바라보았다. 언니는 나를 거세거나 미쳤다고 생각하지? 그렇지만 언니는 그걸 이해해야 돼, 알겠어? 바로 이걸 언니가 이해해주는 것이 나에게는 중요해. 어떤 아는 사람이나 친구가 나를 버리거나 죽거나 할 때 나는 언제나 이런 종류의 기쁨을 느껴. 나는 이별을 위해서 만들어진 인간인 것 같아. 이별과 단순화 — 언니가 이 뜻을 이해한다면 — 를 위해서, 나는 아무것도 없는 빈방과 역 대합실과 아무튼 사람을 붙들어두지 않는 것이면 다 좋아.

니나는 자기 자신이 무안한 듯이 웃었다. 나는 저지당한 청교도야.

또는 집시야. 정반대로 주장할 수 있어, 라고 나는 말했다.

응. 니나가 대답했다. 그건 정말이야. 특히 반대가 맞을 거야. 내가 말하는 것을 하나도 심각하게 듣지 말아줘. 일기는 어디까지 읽었지?

니나가 그것을 찾는 동안 나에게는 어렸을 때의 기억이 떠올랐다. 어린애 때 나는 벌로 장난감을 빼앗기곤 했다. 나는 매번 무섭게 소리 질렀다. 몇 년 후에 니나는 꼭 같은 벌을 잠자코 무관심하게 일종의 완강한 기쁨의 표정을 띠고 받아들였다.

그리고 갑자기 나는 니나가 친척 전부를 적으로 만들고 만 묘지에서의 한 장면이 생각났다. 니나는 일곱 살이었고 할머니가 돌아가셨다. 니나는 그 할머니를 누구보다도 사랑했다. 장례식 때 니나는 꼼짝도 안 하고 무덤 옆에 서 있었다. 모두가 다 울었으나 니나만은 울지 않았다. 식이 끝난 후에 어머니가 니나의 손을 잡고 아직 덮지 않은 무덤 앞에 데리고 갔다. 여기에 저 착한 할머니가 누워 계시고 너와 다시 못 만난다. 슬프지 않니?

아니, 라고 니나는 담담하게 큰 목소리로 말했다. 조금도 슬프지 않아. 모두 다가 끔찍하다는 시선으로 니나를 보았다. 어머니는 몹시 창피해하면서 아이를 무덤에서 좀 떨어진 데로 데려가서 따귀를 몇 대 갈겼다. 모든 친척들이 니나가 악하고 잔인한 인간이 될 것이라고 예언했다.

그동안에 니나는 일기장에서 우리가 읽던 자리를 찾아냈다.

1933년 3월 16일

—니나는 여기에 왔었는데도 나를 찾아오지 않았다. 니나가 왔었다는 것을 나는 오늘 만난 브라운을 통해서 들었다. 니나는 그에게 두 번째 진찰을 받았다 한다. 결과는 음성. 나는 별로 흥미 없다는 듯이 그의 말을 들었다.

브라운은 니나에 관해서 무슨 말이든지 듣고 싶어서 몹시 열중해 있었기에 나는 그가 오늘 나와 만난 게 우연이 아니지 않을까 하는 의심을 느꼈을 정도였다. 그는 나에게 니나를 오래전부터 그리고 썩 잘 알고 있는가, 또 니나가 정말로 물건 파는 점원인가, 등등을 물었다. 나는 매우 신중한 태도를 보이면서 대답했다. 나를 꽤 잘 알고 있는 브라운은 이런 신중성에 의심을 품었을 것이다. 그는 나를 조사하는 것 같은 시선으로 바라보았다. 그는 내가 그에게 무엇을 감추고 있다는 것을 느끼는 것 같았다.

결론적으로 그는 니나가 그가 생각하기에 주목할 만큼 총명해 보이며 교육의 가능성을 열어주어야 한다고 말했다. 나도 모르게 나는 좀 날카롭게 물었다. 예를 들면 어떤 가능성을 생각하십니까? 브라운은 서투르게 가장된 무관심을 가지고 말했다. 니나는 어쩌면 의사의 조수로서 적합하지 않을까 생각한다고. 나는 화제를 돌렸고 우리는 얼마 안 있다가 우리 사이의 현저한 긴장감을 느끼면서 헤어졌다.

세상에 나를 이 광기에서부터 고쳐줄 약이 있을까? 나는 니나를 사랑하는 것일까? 아마 나는 니나에게 있어서, 나에게 없고 그 여자에게는 특히 강하고 순수하게 있는 저 특성만을 사랑하는 것이 아닐까? 그 여자의 용기와 패배하지 않는 생에 대한 호기심, 결단성 같은.

나는 내 사랑을 의심한다. 그러나 나의 자기 유지 본능의 이 교묘한 수단조차도 나를 구제할 수 없다. 그러면 나는 퇴짜 맞은, 남몰래 끊임없이 구애하고 있는 기사로서 일생을 마칠 것이다. 나는 이 사건의 낭만성에 하등의 매력을 느낄 수가 없다. 나는 나 스스로를 모욕하고 있다. 구토란 한 남자에게 일어날 수 있는 생의 방해가 되는 죄악 중에서 가장 나쁜 것이다. 구토는 싸구려 호텔 부엌의 코를 찌르는 악취를 가지고 매 순간 생에 뚫고 들어온다. 모든 사고와 모든 감각이 그것을 통해서 맛없고 무가치한 것이 된다. 쓰레기 통에 넣기 알맞도록—

이 기록에 이어서 마치 매우 신경이 흥분되었을 때처럼 커다랗게 막 갈겨쓴 글자로 몇 자 적혀 있었다. 앞의 것은 읽을 수 없게 줄이 그어져 있고 마지막 구절은 다음과 같았다.

—나는 니나를 영원히 잃어버렸다—

다음 기록엔 훨씬 뒤의 날짜가 적혀 있었으나 글씨는 여전히 매우 흘림으로 씌어졌고 많이 고친 자국이 보였다.

1933년 6월 15일

나의 생을 지배하고 있는 혐오할 만한 원칙은 정확하게 일하는 조직을 사용하고 있고 '우연'이 그의 신뢰할 만한 원조자인 것 같다. 성령강림제 전야인 토요일 밤 3시 좀 넘어서 나는 나우하임에서 장거리 전화를 받았다. 요양하러 그곳에 가 있던 나의 어머니는 심한 심장발작을 일으켜 다음날을 넘기지 못할 것 같다는 것이다. 나는 헬레네를 깨웠다. 우리는 당장에 그곳으로 가기로 결정했다. 3시 반에 우리는 자동차로 시내를 달려갔다.

매우 맑은 새벽이었다. 만약에 안개 낀 11월의 아침이었거나 우리가 5분만 늦게 그뤼발트 호텔 앞의 광장에 왔던들, 또 나의 시선이 무엇인가에 의해서, 자전거 탄 사람이거나 비둘기에 의해서 주의를 빼앗겼던들 나는 호텔 현관을 보지 않았을 거고 새벽의 밝음과 가로등 불빛이 섞인 구역질나게 희미한 박명 속에서 니나가 그 호텔로 들어가는 계단 위에 있는 것을 보지 않았을 것이다. 니나는 어떤 남자의 팔을 잡고 있었다. 그들은 호텔로 들어갔다. 의심의 여지가 없었다. 그것은 니나였다.

그 순간에 헬레네가 외쳤다. 조심해요! 나는 하마터면 개를 치어 죽일 뻔했다. 헬레네를 보았을 때 나는 그녀도 니나를 보았다는 것을 알았다. 헬레네는 거만 속에 굳어진 표정으로 똑바로 앞을 내다보고 있었다. 헬레네의 입은 혐오 때문에 한 줄로 다물어지고 코는 보통 때보다 더 날카로웠다. 헬레네가 니나의 욕이라도 해주었다면 나는 니나의 변호라도 할 수 있었을 텐데 (어떻게 변호했을지는 나도 의문이었으나) 헬레네는 아무 말도 하지 않았다. 헬레네의 이러한 특별한 종류의 조심성은 치명적이었다. 다시 고칠 수 없고 극도로 냉혹한 판결이었다.

시내를 달리고 있는 동안은 헬레네에 대한 나의 분노가 고통을 마비시키는 데 도움이 되었다. 나는 말없이 악의에 차서 헬레네를 비난하고 있었다. 나는 마음속에서 헬레네 자신의 연애 사건을 상기했다. 나는 심지어는 헬레네의 도덕이 퇴짜 맞은 소녀의 고집에 불과하다고 비난하기에까지 이르렀다. (사실은 그렇지는 않았다. 그렇다고만은 볼 수 없었다. 그러나 나에게는 이 사건을 그런 측면으로만 보는 것이 지금은 적합하게 생각되었다.) 자기의 힘이 어디까지 미칠 수 있으며, 한계에 부딪히는 것이 얼마나 빠른가. 자기 자신을 한 번도 시험해보지 않은 사람에게는 엄격한 척도를 내놓기 용이하다. 나는 헬레네의 나무같이 딱딱하고 형벌적인 자기 혼자 옳은 체하는 정의감을 비난했고 헬레네 자신에게 곧 그런 일이 생겨서 자신을 웃음거리로 만들 것을 바랐다.

그러나 그 순간에는 매우 약한 정의감이 내부에서 일어나서 헬레네가 단지 나 때문에 니나를 비판하고 있는 게 아닌가 생각했다. 헬레네는 나를 말없이 거만한 태도로 몰래 사랑하고 있었다. 헬레네는 나를 정말로 그리고 유일한 사람으로서 사랑했고 나를 괴롭힌 것에 대해 니나를 용서하지 않았던 것이다. 또한 헬레네는 내가 그런 탈선이 가능한 여자를 사랑하는 것도 용서하지 않았던 것이다. 탈선이라고 나는 말했다.

그러나 그것이 무엇이었을까? 호텔 앞의 광경은 어떤 우연적이고 대수롭지 않은 막연한 맛을 지니고 있었다. 나는 그것을 심각하게 생각할 수가 없었다. 니나는 그 남자를 사랑하지 않는 것 같았다. 니나는 그 여자의 소도시와 비참한 구멍가게에 녹초가 되었던 것이다. 그래서 그 여자는 그렇게 길었던 추방 끝에 '생'을 찾았고 그 여자에게 제공되는 대로 그것을 받아들인 것이다. 그러나 폐병 환자인 신학도와의 그 여자의 체험도 이 선에 놓여 있는 일이 아닐까? 그것도 또한 서서히 진행된 탈선이 아니었을까?

도시가 우리의 등 뒤에 놓이고 넓은 전원이 우리 앞에 전개되었을 때 견딜 수 없는 고통 때문에 온갖 사려가 밀려가버렸다. 몹시 아름다운 아침이었고 내가 보통 때라면 무엇보다도 사랑하는 시간이었다. 인간에게 호의를 갖고 있지 않은 쌀쌀하고 유리와도 같고 차고 엄격한 시간, 해뜨기 직전의 휴식 시간이었다. 그것은 자연이 호흡을 중지한 것 같은 무시무시한 시간이었고 아무 소리도 생기를 전하고 있지 않은, 시간보다는 영원에 속해 있는 시간이었다.

그날 아침에 나는 비로소 처음으로 그 시간에 적의를 느꼈다. 성령강림제였고 전원은 아름다움에 넘쳐 있었다. 나는 헬레네가 있다는 것을 증오하기 시작했다. 그러나 마침내는 나의 새벽의 피로와 해가 뜬 후 갑자기 거리에 많아진 자전거와 자동차와 걸어가는 사람에 주의해야 되는 피곤이 나를 마비시킬 수가 있었다.

얼마 있다가 헬레네는 나에게 샌드위치를 내밀었다. 내가 말없이 그것을 물리치자 한 조각의 초콜릿을 내밀고 그것도 물리쳤더니 보온병에서 한 잔의 뜨거운 커피를 따라 주었다. 나는 자기 자신이나 타인에게 완전히 모든 것을 밝힐 필요가 없는 저 생각이 없고 무거운 피곤 속에 나를 더욱더 가라앉히고 싶은 욕망이 컸음에도 깨어 있기 위해서 커피를 받아 마셨다.

한번은 헬레네는 또 나에게 차를 멈추고 무얼 좀 먹지 않겠느냐고 물었으나 나는 고개를 흔들었다. 헬레네는 다시 묻지 않았다. 다만 때때로 너무 빨리 달린다고 나에게 주의를 했다. 나는 헬레네의 목소리에 공포가 들어 있는가를 알아내려고 했으나 헬레네는 조금도 두려워하고 있지 않았다. 적어도 자기 자신을 위해서는 두려워하고 있지 않았다. 갑자기 나는 헬레네가 두려움 없는 절대적인 성격에 있어서 니나와 비슷하다고 생각했다.

지금, 몇 주일 후에 나는 상기한다. 헬레네가 한 번도 앞에 있을 어머니의 죽음에 관해서 이야기하지 않았던 것을, 헬레네는 어머니의 죽음이 나에게 매우 고통스럽기는 하나 니나의 상실보다는—그런 방법으로 상실하는 것보다는, 훨씬 덜 괴롭다는 것을 알고 있었다.

이 성령강림제 아침의 밝음과 빛남은 그 이상 강할 수가 없었고 견딜 수가 없을 정도였다. 모든 사람이 나와서 돌아다니고 자연에의 한없는 환희와 즐거움에 빠져 있는 것같이 보였다.

우리가 나우하임에 왔을 때 어머니는 이미 돌아가셨다. 나는 어머니의 장례 날까지 마취된 것 같은 상태에서 보냈다. 죽음에 따르는 방문객과 상담과 물건을 사들이는 것 등이 나에게 니나를 잊게 했다. 관이 무덤 속에 들어갔을 때 내 생각은 혼란스러웠고 죽은 것이 니나라고 생각되었다.

귀로에 섰을 때는 날씨가 나빴다. 축축한 회색 베일이 전원에 덮였다. 묘지와 늪에 괴인 흐린 물속에 누런 꽃잎이 떠 있었고 도로는 잿빛 속에서 검은 금속처럼 빛나고 있었다. 검은 상복을 입은 헬레네는 완전히 슬픔 속에 잠겨 있었다. 헬레네는 다른 얘기로 내 기분을 환기시켜보려고 애쓰지 않았고 나를 나의 악질적인 우울 속에 내버려두었다. 나의 우울은 몇 주일이 지난 지금도 조금도 맑아지지 않았다.

그때 썼던 것과 꼭 같다. 나는 니나를 영원히 잃어버렸다.

1933년 8월 7일

—이해할 수 없는 상황의 변화가 있었다. 이 변화에 나는 숨 막히게 당황하고 있다. 이틀 전에 나는 니나의 편지를 받았다. 니나는 그 속에서 내가 보낸 책에 감사하고 있었다. (나는 출판사를 시켜서 열대 지방에서의 나의 의학적 활동에 관해서 쓴 책을 보냈던 것이다.) 니나는 그 편지에서 왜 내가 자기한테 전에는 한마디도 그때 일을 말하지 않고 '위대한 업적'에 관해서 잠자코 있었는가를 물었다. 업적이라는 말이 그 편지 속에 세 번이나 등장했다. 니나가 내 '업적'에 감탄하고 있고 그 때문에 니나에 대한 내 주가가 올라가는 것은 명확했다.

나는 마침 새로 재판이 나왔기에 니나에게 그것을 보냈던 것이다. 이 말을 쓰면서도 나는 니나를 다시 만나지 않겠다는 나의 굳은 결심에 비할 때 이 변명이 얼마나 불충분한가는 잘 알고 있다. 더는 변명은 안 하겠다. 아무튼 나는 그 책을 보냈다. 그리고 나는 그걸 후회하지 않는다.

니나의 편지는 짧았다. 그러나 한번 자기를 찾아와주지 않겠느냐는 질문으로 끝맺고 있었다. 프랑스로 여행 떠나기 직전에 있으며 그 준비로 매우 바쁘다고 답장을 쓰는 것이 나에게는 적합했을 것이다. 아니, 여태까지 있었던 모든 일을 생각할 때 그 편지를 찢어버리는 것이 훨씬 더 적당하고 당연했을 것이다. 그러나 '여태까지 있었던 모든 일'에도 불구하고 나는 책을 이미 보냈던 것이다. 그리고 정당하게 본다면 무슨 일이었단 말인가? 그 여자는 모험을 겪은 것뿐이다. 그 여자의 연령에 맞는……그 이상 아무것도 아닌 것이다. 이 모든 사고는 순 이론적인 것이었다.

그 편지는 토요일 아침에 내 손에 들어왔다. 헬레네는 물건을 사러 시내에 나가고 없었다. 나는 몰래 달아나버리고 싶은 욕망을 겨우 눌렀다. 초조하게 헬레네의 귀가를 기다려서 드라이브하고 싶다고 말하고 같이 가지 않겠느냐고 묻기까지 했다. 나는 헬레네가 그날 밤에 손님을 초대한 것을 빤히 알고도 그랬던 것이다.

그래서 나는 반쯤은 용기에 넘친, 또 반쯤은 불안한 기분으로 출발한 것이다. 아침부터 벌써 더웠다. 너무나 날카로운 의식을 가지고 나는 내가 다른 어떤 남자라도 모욕이라고 느낄 행동을 하고 있다고 생각했다. 나는 니나의 부름을 마치 개가 여주인의 휘파람 소리를 따르듯이 따른 것이니까. (나는 일부러 지나친 비유를 쓴다.)

정오 가까이 되어서 나는 웬하임에 닿았다. 도시는 마치 죽은 것 같았다. 유리창의 덧문은 모두 닫혀 있었다. 나는 길모퉁이에서 경적을 울릴 필요가 없었다. 아무도 걸어오는 사람이 없었기 때문이다. 분수는 물이 말라버렸거나 물이 없어서 폐쇄되어 있었다. 나는 내 자동차를 작은 성당 뒤의 손바닥만 한 응달에 세워놓았다. 니나의 집 앞 광장의 아스팔트는 열에 끓고 있었다. 돌층계 한가운데에는 뙤약볕 속에 노란 고양이 한 마리가 돌처럼 꼼짝 않고 앉아서 나를 보고 있었다.

나는 니나에게 무슨 얘기를 해야 할지 생각해볼 시간이 없었다. 더위가 나를 가게 안으로 몰아넣었고 눈이 부셔서 마치 지하실 속처럼 그 속을 비틀거리면서 들어갔다. 니나를 볼 수 있기 전에 나는 그 여자의 목소리부터 들었다.

정말 오셨어요? 이 삼복더위 속을! 눈이 어둠 속에 익고 나서 나는 니나가 책을 읽고 있었던 것을 알았다. 그것은 내 책이었다. 니나가 펴들고 있는 페이지의 가장자리에 연필로 잔뜩 노트를 해놓은 것이 보였다. 내 시선이 거기에 떨어진 것을 보자 니나는 빨리 책을 닫아버렸다.

반 시간만 더 있으면 가게를 닫을 수 있어요. 별로 올 사람이 많지 않을 거예요. 사람들은 오전 중에 벌써 다 사갔으니까요. 그러나 벽돌공장에서 일하는 노동자들이 매일 이맘때면 담배를 사러 와요. 잠깐 옆방에 가서 기다리지 않으시겠어요?

부엌 겸 안방인 그 옆방은 내가 전번에 왔을 때와 조금도 달라지지 않았다. 할머니는 그때부터 한 번도 일어나지 않았던 것처럼 기대는 의자에 앉아 있었다. 파리가 할머니의 얼굴과 손, 심지어는 감고 있는 눈과 입술 위에도 기어 다니고 있었으나 할머니는 꼼짝도 안 하고 있었다. 전에 보았을 때보다 더 살이 쪘고, 의자를 누렇고 기름진 몸으로 꽉 채우고 있었다. 전에는 별로 눈에 띄지 않았던 수종증이 병세를 빨리 악화시킨 것 같았다. 얼마 더 살지 못할 것같이 보였다. 니나가 소다수를 한 병 들고 들어왔을 때 나는 낮은 목소리로 니나에게 그 말을 했다. 그래요? 라고 니나는 말했다. 그렇게 생각하세요? 니나의 목소리에는 조금도 안도감이 들어 있지 않았고 니나가 할머니에게 던지는 시선에도 전과 같은 혐오가 섞여 있지 않았다.

나는 고무적으로 말했다. 얼마 안 있어 해방되겠습니다, 니나.

이상하게 무감동한 목소리로 니나는, 네, 라고밖에 대답하지 않았다. 소다수를 컵에 따르면서 니나는 말했다. 이제는 습관이 되었어요. 여러 점으로 보아서 이로운 좋은 장소예요.

이렇게 말하고 니나는 빨리 밖으로 나갔다. 나는 니나가 어떤 점을 말한 것일까를 혼자서 생각해보지 않을 수 없었다. 할머니는 내가 있는 것에 조금도 주의하지 않았다. 때때로 쉰 목소리로 기침을 하지 않았다면, 누구든 그 할머니를 송장으로 알았을 것이다.

할머니가 앉아 있는 의자 가까이에 파리 잡는 끈끈이 종이가 천장에서부터 내려와 있었다. 그것은 풀칠한 종이로서 파리가 그곳에 붙으면 얼마 동안 절망적인 해방운동을 하다가 점점 더 가망 없이 풀의 질긴 실에 엉키어 비참한 죽음을 당하게 되어 있었다. 파리 잡는 종이는 벌써 파리 시체로 새까맸다. 나는 파리의 달콤한 풀에 대한 탐욕이 본능적 경계보다도 강한 것을 이상하게 생각했다. 죽어가는 파리들이 절망적인 소리를 내면서 펄럭거리는 것이 그들에게 경고가 되지 않았을까? 그들은 시체 냄새를 맡지 못하는 것일까?

나는 파리의 사투를 보고 있는 것이 구역질나서 일어섰다. 그리고 커튼 친 작은 창을 통해서 니나의 가게를 관찰했다. 니나는 마침 몇 명의 노동자들에게 담배를 주고 있었다. 그들이 가고 나자 니나는 가게 계산대에 몸을 굽히고 무엇을 쓰고 있었다. 왜 니나는 나에게 오지 않는 것일까? 왜 나를 여기에 앉아 있게 하는 것일까? 니나는 자기가 이곳에서 어떤 생활 속에 몸을 맡기고 있는 가를 나에게 알리려고 한 것일까?

나는 텅 빈 방과, 천천히 죽어가는, 수종으로 부은 할머니와 작은 가게와 파리를 바라보았다. 니나는 여기에서 거의 1년을 보냈다. 도대체 왜 그랬을까? 아버지의 빚을 갚기 위해서, 나의 도움을 받지 않기 위해서, 그러나 사실은 '생'이 자기에게 과하는 온갖 과제를 자기가 수행할 수 있다는 것을 스스로 증명하기 위해서였다.

이 유형지에서 니나는 불행하지 않았을까? 그러나 한 난관을 극복했을 때 우리는 불행한 것일까? 니나는 나에게 얼굴을 향했지만 나를 보지 않았다. 이 얼굴은 그동안에 굳어지지 않았을까? 그러나 이 얼굴에는 헬레네처럼 어떤 진실한 또는 가장적인 의무를 다하기 위해서 생에서 도피한 사람들이 갖게 되는 저 날카로운 선이 보이지 않았다.

마침내 나는 덧문을 내리는 소리를 들었고 그에 이어서 곧 니나는 들어왔다. 니나가 손을 씻고 깨끗한 앞치마를 두르고, 식탁을 차리는 것을 보는 것은 나에게는 고통스러운 즐거움이었다. 니나는 하는 일 모두가 매우 재빠르고 익숙해서 나는 나도 모르게 헬레네와 비교해보았다. 헬레네는 정확하고 측정된 동작으로 기계와 같은 정확성을 가지고 일했다. 니나는 그보다 훨씬 가볍고 아무렇게나 움직였다. 니나는, 생각은 끊임없이 먼 딴 일에 가 있고 몸만이 즉흥적으로 움직이는 것같이 보였다.

끝없는 인내심을 가지고 니나는 할머니에게 밥을 먹였다. 할머니는 식욕도 없고 반쯤 마비되어 있어서 입에 넣어준 것의 태반을 다시 밖으로 내보냈다. 니나는 작은 숟갈로 그걸 받아서 다시 퍼런 입술 사이에 밀어 넣었다. 니나는 그것에 훈련이 돼 있었고 매우 익숙했다.

그걸 보고 있으면서, 나는 니나에게 저녁때 자동차로 산에 가자고 제안했다. 아이프 호반이나 아네트 아주머니 집에 가서 일요일을 보내자고.

못 가요, 라고 니나는 간단하게 대답했다. 나는 용기를 내서 니나가 전에도 한 번 여기를 떠날 수 있는 방법을 구할 수 있지 않았느냐고 물었다. 네, 그때는, 하고 니나는 말했다. 니나의 어조와 시선은 마치 그것이 다른 세기에 있었던 일이라는 듯 보였다. 나는 내 말을 곧 후회했다. 아마 니나는 저 불길했던 밤의 반복을 두려워한 것인지도 모른다. 그러나 니나는 나의 근심을 쫓아버렸다.

할머니를 이제는 혼자 놔둘 수가 없어요. 내가 먹이지 않으면 아무것도 드시지를 않아요. 할머니는 나를 보지도 듣지도 못하시지만 나 이외의 사람이 가까이 가면 곧 알아차려요. 어디 한번 시험해보세요.

나는 니나와 같은 방법으로 할머니에게 먹이기 시작했다. 할머니는 곧 입술을 꽉 다물었고 누렇게 퉁퉁 부은, 눈을 감은 얼굴은 반감으로 일그러졌다.

그것 보세요, 라고 니나가 말했다. 참 이상도 하지요. 사람이 그렇게 긴 생애 끝에 이렇게 어린애같이 고집을 피울 수 있게 된다는 것은? 나는 늙은 사람이 싫어요. 아니, 아주 소수를 제외하고는. 나는 종종 시내에 나가서 아주 늙은 사람들을 방문해요. 그래서 나는 노인들을 알고 있어요.

무안한 것같이 니나는 덧붙여서 말했다. 그것에 관해서 무얼 쓰고 있어요. 두 가지를. 하나는 심리학적 연구논문이고 또 하나는 소설이에요. 내가 뭐라고 대답할 수 있기도 전에 니나는 말을 이었다. 이런 노인들과의 교제는 우리에게 자기가 인간이라는 데 완전히 염증이 나게 만들어요. 80세가 되어가지고 악의에 넘치고, 고집불통이고, 시기심에 넘쳐 이기적이고, 파렴치할 정도로 탐욕스러워진다면 도대체 인생이란 무엇이에요? 그렇지 않은 사람들은 또 너무나 피로해서, 살아온 값이 없다고 말하고 있고, 나는 언제나 늙으면 선량해지리라고 생각했어요. 그래서 늙는 것이 두렵지 않았어요. 그렇지만 나도 그렇게 된다면? 그렇다면 나는 도대체 무엇 때문에 사는 것일까요?

아니요, 라고 나는 대답했다. 당신은 그렇게 되지 않을 것입니다. 니나, 당신은 그렇지 않습니다.

아, 하고 니나가 말했다. 그걸 누가 알 수 있어요? 그렇지만 하여간 내가 여기서 떠날 수 없다는 것을 이젠 아셨지요?

니나가 그 말을 할 때 나는 그 여자가 진짜 이유는 숨기고 있다는 것을 느꼈으나 캐묻지 않고 그대로 두었다. 유감스럽게도 가게 청소를 해야겠어요. 나는 청소부를 두지 않고 있어요, 라고 니나가 말했다. 나는 니나가 그 돈까지 아껴야 될 정도로 극도로 절약해야 하는가 속으로 생각했으나 니나에게 상처를 주지 않기 위해서 그것을 묻지는 않았다.

니나가 손을 더러운 물에 담그고 회색 걸레를 짜서 자루걸레에 다는 것을 보는 것은 나에게는 고통이었다. 그리고 니나가 선반 밑 구석을 닦기 위해서 무릎을 꿇는 것을 보는 것은 더욱 고통스러웠다. 니나가 그것을 내 앞에서 해 보이는 데는 조금도 도전적인 점이 보이지 않았다. 니나는 자기의 유능함을 자랑하거나 동정을 요구하고 있지 않았다. 니나는 그런 일로써 누군가의 동정심을 일으킨다는 생각은 꿈에도 하지 않는 것같이 보였다. 니나는 다만 자기에게 필요하다고 생각되는 일을 했고 그것에 습관이 되어 있었다. 그러나 니나와 같은 인간이 그런 일에 익숙할 수가 있단 말인가?

밖이 응달 밑까지도 견딜 수 없이 더웠기 때문에 부엌에서 같이 보냈던 그날 오후는 나에게 니나가 그런 고독 속에서도 적응해나갈 수 있다는 것을 증명해주었다. 니나는 자기가 그동안에 공부한 여러 권의 심리학 서적과 여러 종류의 책을 보여주었다. 그 중에는 지드와 콘래드와 스탕달의 소설이 몇 권 있었고 파스칼 한 권과 히틀러의 《나의 투쟁》도 있었다. 《나의 투쟁》에 관해서 니나는 매우 감동적인 책이라고 말했다. 우리는 한순간 마주 보았다. 그리고 그 순간은 나에게 내가 오래전부터 느끼고 있던 것을 증명해주었다. 즉 니나는 아무도 속일 수 없게 분명한 인간이었고 모든 인간에 대한 불신에 꽉 차 있었다. 니나는 나도 예외로 보지 않았다. 그것으로 나는 만족할 수밖에 없었다.

저녁때가 되어도 시원해지지는 않았으나 우리는 산책을 나가기로 했다. 니나는 유일하게 시원한 장소는 공동묘지가 있는 언덕뿐이라고 말했다. 그래서 우리는 공동묘지로 올라갔다. 언덕 위에서 느낄 수 있었던 바람은 더위와 먼지만을 갖다 주었을 뿐이었으나 약간의 서늘함의 환상을 주었다. 우리는 낮은 공동묘지의 담장 위에 앉아 있었다. 우리 뒤에는 십자가와 석상 무리가 있었고, 우리 앞에는 끝없는 평원이 전개되어 있었다. 메마르고 먼지에 덮인 평원은 퇴색한 황혼의 빛 속에서 마치 사막같이 보였다. 무덤 위에 시든 장미의 냄새는 기분 나쁘게 마취시키는 것 같은 맛과 자극적인 맛을 동시에 풍기고 있었다.

우리는 완전히 단둘만이었다. 우리의 근처에서 무엇이 소리를 내거나 바스락거렸다면 그것은 쥐새끼나 또는 눈에 안 보이는 짐승이었을 것이다. 갑자기 귀뚜라미가 울기 시작하더니 멎을 줄을 몰랐다. 돈 받고 연주하는 카페 악사의 기계적인 인내를 가지고 귀뚜라미들은 마치 나의 의식을 완전히 뺏는 것이 목적이라는 듯이 날개를 비비댔다.

나는 담에서 돌을 긁어내서 마른 들판에 내던졌다. 무의미한 행동이었고 아무 효과도 없었다. 니나가 낮은 소리로 웃었다. 이런 웃음을 니나에게서 보는 것은 처음이었다. 갑자기 나는 니나가 내 팔을 꽉 붙잡는 것을 느꼈다. 무섭게 세게 붙잡고 내 얼굴을 똑바로 보면서 니나는 말했다.

당신이 나를 사랑하는 것은 잘 알고 있어요. 나도 지금 당신에게 사랑한다고 말할 수 있을지 모르지만, 만약 그렇게 말한다면 거짓말입니다. 어쨌든 당신은 내가 증오하고 있는 유일한 인간이에요. 그러니까 나는 당신을 어떤 방법으로든지 간에 사랑하고 있는 것에 틀림없을 거예요.

그러고 나서 니나는 마치 지친 것처럼 내 팔을 놓더니 큰 소리로 말했다. 키스해주셨으면 좋겠어요, 지금. 나는 당황해서 빨리 짧게 키스했다. 고백하건대 나는 놀라고 있었다. 아니에요, 그렇게 말고요, 라고 니나는 외쳤다. 그 소리와 함께 나는 입술에 부르튼 니나의 입과 이를 느꼈다. 니나는 뜨겁고 먼지에 덮여 있었다. 나는 맨 처음 니나를 만난 날을 문득 상기했다. 그때 니나는 중병을 앓고 있었고 기절했었다.

그러나 니나의 사나움이 나에게 두려움을 주었다. 과장적이고 너무 돌발적인 것으로 생각되었다. 그것은 사랑이 아니었다. 욕망조차도 아니었다. 그것이 무엇이든지 간에 나는 받아들일 수 없었다. 그러나 그것을 물리칠 수도 없었다. 나는 니나를 내 팔 속에 안고 있었다. 니나의 전신은 떨렸고 얼굴은 땀에 젖어 있었다.

나는 니나의 키스에 답했으나 나 자신을 완전히 억제하고 있었다. 니나는 내가 자기의 도취를 악용한다면 결코 나를 용서하지 않을 것이다, 라고 나는 생각했으나 또한 내가 자기를 지금 버석거리는 풀밭에 눕히지 않았다는 것도 결코 용서하지 않으리라고 생각했다. 번갯불이 가까이 와서 나는 니나의 얼굴을 볼 수가 있었다. 그것은 야성적이고 어둡고 악의에 넘쳐 있었다. 니나는 나를 사랑하지 않는다. 다만 나를 시험해보고 있을 뿐이다. 나와 자기를 시험해보고 있는 것이다. 나에게서 자기 자신을 재어보고 있는 것이다.

이윽고 니나는 내 품속을 빠져나가 마치 아무 일도 없었다는 듯이 무감동하게 말했다. 곧 비가 올 거예요. 니나는 돌아가는 길에 아무렇지도 않은 일상 회화를 열심히 해치우기까지 했다. 소낙비가 오기 직전에 우리가 집에 닿았을 때, 니나는 그처럼 조용한 얼굴을 하고 있었기에 나는 공동묘지에서의 장면은 내가 꿈을 꾼 게 아니었던가 스스로 의심했을 정도였다.

그러고는 니나는 옆집에서 한 아낙네를 불러왔다. 그 여자는 매일 밤 그렇게 무거워진 할머니를 침대에 눕히는 것을 거들어준다는 것이다. 이웃집 여자가 돌아간 뒤에 니나는 문을 잠갔다.

곧 비가 올 거니까 지금은 못 떠나세요, 라고 니나는 말했다. 나는 내 자동차는 방수가 된다고 말했으나 니나는 내가 더 머물러 있을 것을 주장했다. 니나는 나에게 홍차를 끓여주고 매우 조용하고 친절하게 대했는데 그것이 매우 자연스럽게 보였으므로 나는 완전히 혼란 상태에 빠지고 말았다. 번개는 요란하게 강했으나 비는 잠깐밖에 오지 않았다.

우리는 집 앞에 나갔다. 땅은 거의 젖지도 않았다. 나는 니나에게 내가 이제는 얼마든지 차를 몰 수 있을 것이라고 말했다.

니나는 나를 생각에 잠긴 얼굴로 바라보더니 갑자기 재빨리 말했다. 내 부탁을 들어주시겠어요?

무언데요? 라고 나는 말하고 나서 내가 당장에, 그리고 간단히, 네, 라고 대답하지 않은 것에 속으로 화를 냈다. 그러나 니나는 자기 자신의 일에 너무 골몰하고 있어서 그것을 눈치 채지 못했다.

니나는 나를 집 안으로 끌고 가서 아무도 듣지 않는데도 속삭이듯이 작은 목소리로 말했다. 오늘 밤에 누구를 좀 데려다 주실 수 있으세요?

좋습니다, 라고 나는 말하면서 그 질문이 대수롭지 않음에 실망했고 동시에 그 질문을 말하는 니나의 심각한 태도에 놀랐다.

당신 동료 가운데 한 사람이에요. 국경으로 가려고 하는데 당신의 차로 가면 훨씬 빠를 거예요.

나는 이해했다. 맙소사, 라고 나는 말했다. 니나, 당신이 어떤 위험 속에 있는지 아십니까?

니나는 놀란 얼굴로 나를 보았다. 그렇지만 그 이외에 내가 어떻게 할 수 있어요? 이게 처음이 아니에요. 첫 번째 여기에 온 사람은 브라운 박사였어요. 6주일 전에.

그렇지만 브라운은 탐험대를 따라서 티베트에 가지 않았습니까? 라고 나는 소리 질렀다.

니나는 잠깐 웃었다. 그렇게 생각하세요? 나는 그가 스위스에 도착해서 안전할 것을 바라고 있어요. 그리고 오늘은 페에타센이 옵니다. 그는 경고를 받았어요. 벌써 오래전부터 의심을 받아왔는데, 이제는 달아날 때가 온 거예요. 당신도 기억하실 내 친구가 당에서 비서를 하고 있어요. 그가 유감스럽게도 언제나는 아니지만, 종종 다음 차례는 누군가를 알아낼 수 있어요. 다 잘 조직되어 있어요. 나는 의심을 받지 않고 있어요. 이제는 아시겠어요? 내가 왜 여기를 떠나려고 서둘지 않는가를? 또 내가 식모도 청소부도 두지 않는 이유를?

나는 니나를 보았다. 마녀의 방종한 얼굴은 어디로 간 것일까? 이 여자는 얼마나 많은 얼굴을 갖고 있는 것일까? 니나는 나를 공범으로 만듦으로써 완전히 안전하게 하려고 나를 자기의 연인으로 하려고 했던 것일까? 니나는 그래서 나에게 편지를 썼던 것일까? 그리고 니나의 발작은 순수한 것이 아니었을까? 나는 여자와의 경험이 매우 적은 자신이 몹시도 후회스러웠다. 니나는 어쩌면 목적을 위해서는 배우가 될 수 있는 부류의 여자인지도 몰랐다. 아마 내 얼굴은 내 생각을 그대로 반영하고 있었던 모양이다. 왜냐하면 니나는 나에게 왜 그렇게 의심스럽게 쳐다보세요? 라고 말하면서 조소를 띤 목소리로 덧붙였다.

당신은 이 놀음에 끼어들지 않으셔도 좋아요. 나는 이 일을 꺼리는 사람의 기분을 잘 알아요. 그러나 내가 대답할 수 있기 전에 니나는 자연스럽게 다정하게 내 손을 잡았다. 미안해요, 라고 니나는 말했다. 당신은 겁내시는 게 아니에요. 당신은 생을 과대평가하시지 않으시니까요. 그러고는 니나는 공동묘지에서의 마녀 같은 사나움보다도 더 나를 당황시키는 일을 했다. 니나는 팔을 내 몸에 감고 쌀쌀한, 주저하는 듯한 부드러움을 가지고 안으면서 말했다. 당신의 책은 아주 내 마음에 들었어요. 당신은 그 당시 그렇게 사정이 어려운 가운데서 그렇게 많은 업적을 이루셨어요.

나는, 또 업적이라는 말을 쓰는군요, 라는 말이 나오는 것을 참을 수가 없었다. 당신에게는 그 업적이 그렇게 중요해 보입니까?

니나는 나를 의아한 얼굴로 말없이 바라보았다. 나는 니나로부터 나의 '업적'이나 또는 어떠한 '업적'으로부터도 존경의 염을 없애고 싶은 욕망에 사로잡혀서 말을 이었다. 내가 무슨 업적인지를 이뤘단 말이지요? 좋습니다. 나는 2주 동안 열대지방에 있었고 몇백 명의 원주민을 치료해주고 연구를 했습니다. 나는 내 책에 씌어진 것보다 더 많이 했습니다. 무료로 일했고 이 책과 다른 몇 개 책의 인세를 그 식민지에 기부했습니다.

그러나 내가 왜 거기에 갔으며 왜 그 모든 일을 한 줄 아십니까? 다만 야심, 호기심과 권태 때문이었고 유럽이 제공하고 있는 것에 대한 단순한 염증 때문이었습니다. 남아프리카에서도 권태를 느끼게 되었을 때 나는 아버지가 남긴 재산의 일부를 가지고 세계 여행을 했습니다. 그것이 당신이 '업적'이라고 부르는 것의 정체입니다.

니나는 나의 말을 잠자코 듣고 있었다. 그러고 나서 조용하게 따스함을 가지고 나에게 키스를 했다. 나는 니나를 부드럽게 옆으로 밀어놓았다.

니나, 라고 나는 말했다. 당신은 여태까지 나를 너무 나쁘게 보셨습니다. 이제는 또 정반대의 극단에 빠지지 마십시오. 나를 이번에는 또 과대평가하지 마십시오.

니나는 손을 내 입 위에 얹으려고 했으나 나는 그것을 못하게 꼭 붙들었다. 왜냐하면 나는 끝까지 말해버릴 결심이었던 까닭이다.

당신은 나를 사실 그대로 보셔야 합니다. 2년 동안을 열대지방에서 보내고 나니까 지겨워졌습니다. 나의 계약은 3년으로 되어 있었으나 나는 곧 떠나고 싶었습니다. 무슨 일이 있어도. 그때 나는 병에 걸리는 데 성공했습니다. 그래서 사람들이 날 떠나보냈습니다. 그게 사실의 전부입니다. 니나, 나는 여태까지 이 말을 아무에게도 하지 않았습니다. 나는 그런 인간입니다. 당신은 나를 그렇게 보셔야만 합니다. 나는 아무 곳에서도 끝까지 견디어내지를 못합니다. 나는 게으르고 회의에 넘쳐서 살고 있습니다. 그리고 극단적인 것을 요구하는 결단에 있어서 비겁합니다. 전에도 말했지만, 나 같은 인간은 태어나서는 안 되었던 것입니다.

내가 끝까지 말하기도 전에 니나는 나에게 또 아까보다 더 강하게 키스를 했다. 이번에는 일종의 분노가 애정 속에 섞여 있는 것 같았다. 아마 니나는 자기가 내 책을 읽음으로써 또 나의 정치적 협력을 앎으로써 또는 기타의 나에게는 알 수 없는 신비한 체험을 통해서 자기의 내부에 새로 세워놓은 나의 모습을 내가 폭력적으로 파괴해버리려는 것에 화가 났는지도 모른다. 아마 니나는 나를 사랑할 것을 원하는지도 몰랐다.

그러나 그 여자는 자기가 내 속에서 보기를 원한 모습을 사랑하는 것이지 있는 그대로의 나를 사랑하는 것이 아니었다. 그러나 나는 니나가 나 때문에 그 여자의 안이하고 위안적인 환상을 멸시하는 높은 습관에서 벗어나는 것을 원하지 않았던 것이다. 니나는 달콤한 동물적인 따스함을 가지고 나에게 파고들었다. 그리고 나는 모든 저항을 없애버리고 마는 저 실신 상태를 느꼈다. 그러나 나는 나에게 향해진 것이 아닌 애정이나 감정을 받아들이고 싶지가 않았다. 거기에다 또 브라운이 니나한테 왔었다는 것이 내 마음에 들지 않았다. 그것은 매우 대수롭지 않은 생각에 불과했으나 하여간 나에게는 방해가 되었다.

나는 니나를 또 한번 내 곁에서 밀쳐버렸다. 니나는 잠자코 있었다. 니나는 냉담이나 애정에 넘친 인내라고 볼 수 있는 조용한 태도로 나의 물리침을 받아들였다.

한순간 후에 니나는 꽤 흥미롭게 바람에 섞여서 불분명하게 들려오는 밤기차의 기적 소리에 귀를 기울이고 있었다. 다음 15분 동안 니나는 나의 존재를 완전히 잊고 있었다. 니나는 위층으로 가는 계단으로 소리 없이 올라가서 미리 준비해놓았던 음식이 든 주머니를 가지고 왔다. 그러고는 물을 알코올 램프에 올려놓고 커피콩을 갈았다. 물이 끓는 동안 니나는 급히 저녁 식탁을 차렸다. 니나는 말없이, 재빠르게, 침착하게 몸을 움직였다. 그 여자는 종종 시험해본 확고부동한 계획에 따라서 행동하는 것같이 보였다.

잠시 후에 니나는 뒷문으로 뛰어갔다. 나는 집으로 가까이 오는 발소리나 대문이 열리는 소리를 듣지 못했다. 모든 일이 소리 없이 행해졌다.

나는 페에타센을 거의 알아볼 수가 없었다. 그는 익숙하고 믿음직한 방법으로 변장해 있었다. 그는 사냥꾼 복장을 하고 있었고, 그 복장을 완성하기 위해서 평생 총을 쏘아보지 않았음에도 엽총을 메고 있었다. 니나는 그에게 밀렵자로 알고 붙들리면 어떻게 하느냐고 근심을 말했다. 그는 웃으면서 그의 수렵증명서를 보였다. 그는 내가 여기 있는 것에 조금도 놀라지 않았고 국경까지 데려다 주겠다는 나의 제안을 당연하다는 듯이 수락했다. 니나는 우리에게 진한 뜨거운 커피를 마시고 무얼 좀 먹을 것을 강요했다. 그러고 나서는 어서 떠날 것을 재촉했다.

반 시간 후에 나는 페에타센을 국경 근방에서 내려주었다. 작별할 때 그는 말했다. 당신은? 당신은 그냥 머무르실 작정입니까?

자갈 위를 걷는 발소리 같은 수상한 소리가 멀리서 들려와서 우리의 대화는 급히 끊어졌다. 페에타센은 어둠 속으로 사라졌고 나는 몸에 차가운 공포를 느끼면서 차를 운전했다. 일생에 처음으로 나는 이 동물적인 공포를 느꼈다. 그 공포는 나에게라기보다는 페에타센에 해당되는 것이었으나 나에게도 전혀 해당되지 않는 바는 아니었다. 그것이 나를 놀라게 했다. 나는 내가 생명을 아무렇게도 생각하고 있지 않아서 그것의 유지에 하등의 관심이 없는 줄만 알았다. 그런데 지금 나는 공포를 느낀다. 이 관찰이 나를 생각에 잠기게 했다. 그러나 내가 더 깊이 생각해본 것은 페에타센의 예기하지 않았던, 그리고 원치 않게 마지막 말이 되고 만, 당신은? 당신은 그냥 머무르실 작정입니까? 라는 한마디였다.

나는 머물렀다. 나는 달아날 의향이 없었다. 나는 '비정치적'이었고, '무해한 학자'였다. 내가 머물겠다는 의도는 전보다 더 뚜렷해졌다. 니나가 나를 필요로 했다. 이것이 내가 니나를 도와줄 마지막 기회는 아닐 것이다. 니나와 같이 어떤 과제—비밀의, 위험한 과제를 수행한다는 생각은 나를 거의 행복하게 만들었고 나의 삶에 임시적인 의의를 부여해주었다.

나는 앞으로 어떤 일이 나에게 요구되며, 어떤 방법으로 부탁이 전달될지, 또 내가 니나를 다시 만날 수 있을지, 그리고 니나의 태도의 변화가 일시적인 기분이나 나의 '업적'에 대한 곧 식어버릴 열광이나 현명한 타산 이상의 무엇인지를 몹시도 알고 싶어서 못 견디겠다.

1933년 8월 14일 새벽 4시

—국경으로의 두 번째 여행을 마치고 돌아왔다.

어제 오후에 배달부가 니나의 엽서를 배달해왔다. 거기에는 약간 다른 필적으로 쓴 니나의 글씨로, 당신을 또 한번 우리의 모임에서 맞을 수 있게 됨을 기쁘게 생각합니다, 라고 씌어 있었다. 나는 당장에 W로 갔다. (내가 계획하고 있었던 프랑스 여행을 나는 헬레네에게 이유를 밝히지 않고 포기해서 헬레네를 몹시 놀라게 했다. 그때부터 헬레네는 나를 좀 거북한 태도로 관찰하고 있다. 어떻게 생각했으면 좋을지 모르겠는 모양이다. 나는 헬레네에게 사실을 말할까 생각해보다 우선 니나와 그 문제를 의논해보기로 했다.)

엽서를 받은 후 곧 초인종 소리가 나더니 낯모르는 청년이 한마디 말도 없이 두꺼운 편지 봉투를 전하고 가버렸다. 봉투 속에는 두 개의 여권이 들어 있었다. 나는 그것을 내가 가져가야 한다는 것은 알 수 있었으나 일이 너무 신속하게 행해지는 데 놀라지 않을 수 없었다. 어떤 쇠사슬의 한 고리의 역할밖에 하지 않는다는 것은 나에게 커다란 기쁨을 맛보게 해주었다. 그래서 나는 좋은 기분으로 거의 강한 기쁨을 안고 어둠이 다가오기 시작했을 때 낯익은 W로 가는 도로를 달리고 있었다.

니나는 다정하게, 그러나 따스함은 없고 초조의 빛을 보이면서 나를 맞았다. 그리고 당장에 나는 생면부지의 남자 곁에서 국경으로 가는 길로 차를 몰았다. 미지의 남자는 두 개 여권 중 한 개를 니나에게 받았다. 또 한 개는 '만일의 경우를 위해서' 나를 위해서 만들어놓은 것이라고 한다.

나는 3시에 집에 돌아왔다. 놓친 잠을 자려고 했으나 잠이 오지 않았다. 그래서 나는 깨어 앉아서 글을 몇 줄 쓰고 아침까지 독서를 하기로 작정했다. 나는 당연하게도 니나의 그처럼 쌀쌀하게 표변하는 태도에 관해서 생각해보았다. 나는 아무 결론에도 도달하지 못했고 이해할 것을 포기했다.

그러나 그 여자를 나에게 가까이 한 것이 타산이라는, 숭고한, 아마 무의식의 타산이라는 생각도 나를 정말로 절망시킬 수는 없다. 다만 나에게 불안을 주는 것은 보통 때는 늘 믿을 수 있는 나의 인간을 볼 줄 아는 힘이 그 여자의 경우에만은 작용 못한다는 사실이다. 그 여자의 본질 속에 있는 마녀적인 것, 아니, 화산적인 것은 사람을 당황시킨다. 아마 나는 니나를 통찰할 수 없기 때문에 니나를 사랑하는 것인지도 모른다.

날이 새었다. 나는 열어놓은 창가에 가서 아침이슬 냄새를 맡았다. 나는 밤을 새웠다. 그러나 보통 때보다도 기분이 더 상쾌하고 거의 행복하다고 말할 수 있다. 나에게는 행복이란 한순간 동안, 또는 한 시간, 또는 아주 길어서 하루 동안 나에게 나의 생이 완전히 무의미하지 않다는 믿음을 가질 수 있는 것을 뜻한다. 몇천 개의 체념이 나에게 경고하지만 어두운 배후가 나에게 무슨 아랑곳이 있으랴?—

1933년 10월 2일

—약 7주 동안에 우리는 10명의 피난민을 국경으로 데려갔다. 나는 '우리'라고 썼지만 누가 '우리'인지를 모른다. 언제나 그 말없는 청년이 나에게 전갈을 했고 나는 W로 가서 거기서 내가 아는, 또는 생소한 사람을 맞아서 국경에 가까운 여러 장소에서 내려주었다. 니나하고는 한 번도 단둘이 있지 못했다. 니나는 개인적 생활을 갖고 있지 않은 것 같았고 그것을 섭섭하게 생각조차 하지 않는 것 같았다.

나흘 전에 니나는 이것이 나의 마지막 여행이라고 말했다. 니나가 경고를 받았기 때문에 나와 니나를 사건 밖으로 내보내기로 결정되었다는 것이다. 그 말을 할 때 니나는 약간 창백했으나 조용했다.

얼마 동안 저에게 오지 마세요, 라고 니나는 말했다. 우리가 위험에서 멀어졌을 때 내가 당신에게 가겠어요. 전번에 국경에 데려가셨던 두 명은 집단수용소에서 탈주해 나온 사람들이었어요. 그래서 그들과 우리를 탐색 중에 있는 거예요. 학기가 시작할 때까지 여행 떠나서 부재증명을 만들어놓으세요. 그리고 나를 아느냐고 묻거든 모른다고 대답하세요. 아셨지요?

네. 그러나 당신은?

내가 모든 것을 다 부정할 때 놈들이 내 말을 믿어줄 것을 희망할 뿐이에요.

만약 안 믿으면?

니나는 약간 어깨를 추켰다. 그럼 할 수 없지요. 그럼 그럴 뿐이지요.

나는 당장에 나와 같이 달아나자고 졸랐다. 니나는 놀란 듯이 나를 바라보았다. 그러면 여기 있는 모든 것은 어떡하고요? 라고 니나는 물었다. 안 돼요, 나는 못 떠나요.

나는 놈들이 니나를 강제로 끌고 가더라도 마찬가지로 모든 것을 버리고 여기를 떠나게 될 게 아니냐고 말했다.

그건 좀 다르지요, 라고 니나는 대답하고 나를 조용한 얼굴로 바라보았다. 내가 자기를 당장에 이해하지 못한 것은 아니다. 그러나 나는 그럼에도 나만 안전한 곳으로 가고 니나를 위험 속에 놓아두는 것이 나에게는 불가능한 일이라는 것을 니나에게 설득시키려고 애썼다.

그럼 당신도 머물러 계세요, 라고 니나는 말했다. 니나는 그 말을 완전히 냉정한 태도로 말했다.

좋습니다, 라고 나는 말했다. 나도 시내에 머물러 있겠습니다.

네, 라고 니나는 말했다. 그렇지만 나를 찾아오시거나 편지하거나 아는 척하지 마십시오. 그럼 안녕히 가세요.

—그것이 이별이었다. 나는 어쩌면 니나와 다시는 만나지 못할지도 모른다. 반역자는 즉결처분을 받는 것이 보통이기 때문이다. 나는 마지막에 본 니나의 얼굴을 기억에 남길 것이다. 매우 창백하

고 눈에는 생과 사가 똑같이 센세이션을 뜻하는 청춘의 도전적인 대담성을 담고 있었고 조금도 공포나 불안의 빛이 없었다.

그래서 나는 이 도시에 머물러 있다. 때때로 밤중이나 새벽에 나는 공포를 느낀다. 어둠 속의 발소리, 내가 사는 거리에서 삐걱 소리를 내면서 멎는 자동차, 경관차의 경적 소리—이러한 것들은 내 이마에서 땀을 짜내는 소리들이다. 나는 죽음을 두려워하지는 않는다. 그러나 국가 경찰과의 만남, 정신의 적과의 접촉은 두렵다. 그럼 니나는? 니나는 완전히 혼자 있다. 위험 속에 오로지 혼자 있는 소녀. 니나는 두려움을 얘기할 누구도 갖고 있지 않다. 새벽의 이 견디기 어려운 시간에 공포에 대해서 공동방위 조약을 맺을 수 있는 아무도 갖고 있지 않은 것이다. 니나는 온갖 피난에서 끊긴 채 고독 속에 내맡겨져 있는 것이다. 그 여자와 멀리 떨어져 있다는 것은 나에게 견디기 어려운 일이다. 그러나 내가 그 여자에게 간다면 그 여자를 더 위험에 몰아넣게 되는 것이다.

하루에도 몇백 번이나 나는 웬하임 근방에 가서 차를 멈추고 아무렇지도 않게 지나가는 사람처럼 가장하고 걸어가고 니나의 가게에서 담배를 살 것을 결심해보았다. 그러나 아마 나의 여행이나 걸음걸이는 전부 조사되고 감시되고 있는지도 몰랐다. 그래서 나는 그 계획을 포기하고는 또 한 시간 후에는 다시 집어 들고 생각해보았다.

내가 갑자기 여행을 중지한 것에, 여행을 시작했을 때보다 더 당황해 있는 헬레네는 오늘 나에게 내가 나흘째 밥을 안 먹고 있다고 말했다. 나는 그것도 모르고 있었다. 헬레네에게 모든 것을 다 말해버리고 싶은 생각이 강렬하게 치밀어올랐다. 그렇게 하면 내 마음이 가벼워질 것 같았다. 그러나 니나는 나에게 그것을 금했었다. 그리고 그 여자의 이해할 수 있는 금지가 없었더라도 나는 침묵하는 편을 택했을 것이다.

니나 또한 혼자서 공포 속에 있는 것을 아는 까닭에 요새는 낮에도 밤에도 종종 공포가 인간에게 적합한 상태라고 생각할 때가 있다. 그것은 특별한 생각은 아니었으나 지금 내가 직접 닥치고 보니까 나의 생과 인간의 존재 전반에 새로운 시야를 열어주는 매우 중요한 인식이었다. 인간이 공포를 사랑하게 된다는 것이 나에게는 얼마든지 가능한 일로 생각되었다.

나는 젊은 시절 병이 난 친구를 불시에 방문했던 일을 기억한다. 그의 방은 담배 연기에 꽉 차 있었으나 그것에 섞여서 다른, 낯선 냄새를 맡고 나는 불안해졌다. 마침내 나는 그것이 거의 눈치 챌 수 없을 정도로 약한 분량의 가스 냄새라는 것을 알아냈다. 내 친구는 빠른 어조로 말했다. 오, 그건 아무렇지도 않아. 조금도 대수로운 게 아니야. 내가 가스관의 새는 곳을 발견해서 곧 수선할 것을 주장하자 그는 이상하게 초조한 태도로 나에게 그러지 말아달라고 빌었다. 그러고는 그가 이 가벼운 위독성 냄새와, 이 언제나 그의 곁을 떠나지 않는 위험을 사랑한다고 고백했다. 마치 마약처럼, 또는 심연에서부터 올라오는 향기처럼. 그리고 그는 새는 곳을 발견할 수 없을 것이라고 덧붙여 말했다. 그리고 그때의 나에게는 이상하게도 사실은 새는 곳은 없을지도 모른다고 말했다. 그는 한 번도 가스에 중독된 일이 없었다. 그의 신체 기관이 그것에 익어간 것이다.

1933년 10월 3일

—니나와 이처럼 끊기어 사는 것은 견딜 수 없다. 나는 니나가 집에 왔을 때 내가 없을까봐 두려워서 한 걸음도 밖에 나가지 않았다. 그건 어리석은 짓이다. 니나는 오지 않을 것이다. 적어도 지금은. 그러나 나는 끊임없이 그 여자가 오는 것과 그 여자의 소식을 들을 것을 기다리고 있다. 그 여자에 대한 나의 공포는 점점 강해진다.

1933년 10월 5일

—나는 니나에게 갔었다. 그러나 니나는 그것을 모른다. 나는 기차를 타고 두 정거장 앞에서 내렸다. 그리고 들판 속의 길을 걸어서 W로 갔다. 비가 왔고 지나가는 사람이 한 명도 없었다. 나는 언제나와 마찬가지로 니나가 가게에 있는 것을 보았다. 나는 사탕이 들어 있는 유리병과 커피 깡통과 피라미드형으로 쌓아 올린 구두약 뒤에 니나의 얼굴이 있는 것을 보았다. 나는 비에 젖은 유리창 앞에 몇 분 동안밖에 서 있지 않았다. 니나와 한마디 말도 주고받지 않고 떠나기는 매우 힘들었다. 그러나 나는 지체하지 않고 걷다가 길을 잃었고 그러다가 마침내 큰 도로를 발견했는데 어떤 트럭이 나를 태워 집에까지 데려다 주었다.

나는 어떤 점으로 보아도 헬레네에게 의아한 마음을 일으키기에 충분한 상태로 돌아왔다. 흠뻑 젖었고 들판의 흙이 묻은 신발을 하고 흙탕물이 튀어 있고 기진맥진해서, 그러면서도 명랑하게 돌아왔으니까. 헬레네의 시선이 나에게 말하고 있듯이 그것은 매우 점잖지 못한 상태였다. 그러나 니나는 살아 있다. 니나는 아직 거기에 있고 사탕과 담배를 팔고 있다. 나는 위험이 지나가버리기를 감히 희망했다—

1933년 10월 16일

—니나가 내일 올 예정이다. 할머니는 죽었고, 집은 팔렸다고 한다. W는 악몽처럼, 또는 외인부대에서의 1년의 근무처럼 나쁜 시절이면서도 좋은 학교로서 니나의 뒤에 남겨지게 될 것이다. 니나가 전화로 나에게 말한 것처럼. 니나는 올 것이다. 그리고 공부를 다시 시작하고 이 도시에서 살 것이다. 나는 대학에서 니나를 만날 것이다. 나는 니나를 볼 수 있게 되었다. 위험은 또 한번 지나간 것 같다. 니나는 나에게 전화를 걸었다. 나는 니나의 기분 좋게 가라앉은 목소리를 들었다. 나는 역에 니나를 마중 나갈 것이고 여기서 같이 차를 마실 것이다.

나는 헬레네한테 그 말을 했다. 헬레네는 속을 알 수 없게, 다 준비하겠어요, 라고 말했다. 어떤 과자를 구울까요? 무얼 제일 잘 먹는지요? 나에게 이 질문을 하고 니나를 맞는 것이 헬레네에게 얼마나 큰 자기 극복을 요구했는지는 아무도 모르는 일일 것이다. 그러나 나는 어쩔 수 없다. 나는, 헬레네, 니나가 전에 무슨 짓을 했더라도 그것을 다 보상할 만한 일을 했다, 라고 말하고 싶은 것을 누르기가 힘이 들었다. 그러나 나는 잠자코 있었다. 니나가 어떤 인간인가는 헬레네 스스로가 알아야 할 것이다. 그리고 헬레네가 그것을 인식하지 못한다 해도 나에게는 아무 상관이 없다.

1933년 10월 18일

—니나가 왔었다. 차를 마시러 와서 저녁때까지 있었다. 니나는

혈색이 좋지 않았다. 창백하고 전보다 말랐고 피로한 흔적이 보였다. 헬레네는 완전히 자기를 누르고 니나에게 인사를 하고 우리와 함께 차를 한 잔 마시며 소도시에서의 생활에 관한 예의 있는 대화를 주고받고는 정당하게 보이는 이유를 빙자하여 우리를 단둘이 있게 하고 물러갔다.

니나는 잠자코 있었다. 니나는 피로해 있었고 매우 차분했다. 후에 니나는 W에서 보낸 최후의 일주일에 관해서 이야기했다. 단지 내가 열심히 묻는 것에 대한 대답으로서 담담하게 니나가 말해준 이 보고는 나에게 몹시 큰 충격을 주었다.

10월 6일에 할머니가 돌아가셨다. 나는 니나가 언젠가 나에게 누가 죽는 것을 한번 보고 싶다고 말한 일이 있었던 것을 상기시켰다.

네, 라고 니나는 말했다. 이제는 누가 죽는 것을 본 셈이지요. 그것은 아름답지도 추악하지도 않았고 그저 피리어드에 불과했어요. 할머니한테서는 그것은 단순한 종말이었어요. 내가 만약 죽는다면 그것은 아마 종말이 아닐 거예요. 나는 아직 완성도 되어 있지 않고 너무 동요에 넘쳐 있으니까요. 기껏해야 죽음은 하이픈이 될 수 있었을 거예요. 그러나 할머니는 정말로 끝났어요. 2년이나 걸려서 죽었어요. 처음에는 늙은 나무처럼 메말라 죽을 것같이 보이더니 갑자기 부어오르기 시작했어요. 수종증이 할머니를 맥주통같이 뚱뚱하게 붓게 했어요. 암만 물을 빼도 주사를 놓아도 낫지를 않았어요. 그때 8월에도 보셨지만 점점 더 악화되었어요. 그리고 또 절반쯤 마비되어 있었고 맑은 정신이 아니어서 아무리 내가 주의를 해도 늘 할머니는 대소변 위에 앉아 있거나 누워 있곤 했어요. 이웃집 아주머니를 불러올 수 없을 때는 그저 눕혀두어야 했는데 나는 그 냄새를 참을 수가 없었고 더는 보고 있을 수도 없었어요.

그러나 내가 어느 날 병원에 입원시키려고 했더니 할머니는 눈치를 채고 소리를 지르기 시작했어요. 어린애처럼 그저 소리를 지르는 거예요. 그래서 나는 그냥 집에 놓아두는 수밖에는 없었어요. 그리고 언젠가는 내가 간호사를 두려고 했더니 음식을 거부했어요. 그리고 혼수상태에서 소리 지르는 것이었어요. '네가 내 시중을 들지 않으면 나는 유언장을 바꾸어 쓰겠다.' 할머니가 한 그 말은 마지막 몇 주일 동안 내가 거기 있는 것을 몹시 힘들게 했지요. 내가 할머니한테 간 것은 돈 때문이었지만 내가 그렇게 오랫동안 있었던 것은, 마지막까지 있었던 것은 돈 때문은 아니었으니까요.

내가 더 이야기하라는 시선으로 니나를 쳐다보았더니 니나는 주저하면서 말했다. 이해하실지 모르겠어요. 사람이 처음에는 몹시 큰 혐오를 가지고 시작한 일에 마침내 익숙해져버린다는, 아니에요, 한 번도 거기에 익숙해지지는 않았어요. 그렇지만 나는 그것을 받아들였어요. 내 말 아시겠어요? 우리가 그 속에서 잘 적응해나갈 수만 있다면 인간이 견디지 못할 생활 상태란 없다고 생각해요.

예를 들면 가게는 처음에는 싸구려 상품 냄새와 고형 비누 냄새 때문에 소름이 끼쳤어요. 특히 고형 비누는 그 코를 찌르는 냄새 때문에 아마 앞으로 평생 쓰지 않을 것 같아요. 그러나 나중에 나는 이 가게의 어두어둑한 서늘함과 작은 질서 속에 일종의 매력이 있는 것을 발견했어요. 그리고 할머니에게도 나를 끄는 무엇이 없지 않았어요. 서서히 이루어지는 죽음, 부어오르는 누런 살덩어리, 이 섬뜩한 붕괴, 그리고 아무도 아무렇게도 여기지 않는 이 거의 해체된 육체의 고집과 자기주장은 나를 끌었어요.

또는 내가 처음에는 미워했던 그 소도시도 나중에는 흥미가 있었어요. 그 많은 이상스러운 사람들과 나쁜 사람, 또 그 하잘것없는 일을 중대시하는 꼴들, 아무 생각도 없이 그저 스쳐 지나가고 있는 모습…… 이런 것에 흥미를 갖게 되었고 결국에는 그것은 정말 현실로 여겨지지 않았고 이상하고 악의 있는 작은 꿈의 소도시로 보였어요. 나는 이 도시에 관해서 소설을 썼지만 좋지 않아요. 나는 아직도 아무것도 못해요.

나는 그 소설을 보여달라고 말했으나 니나는 다만, 찢었어요, 나중에 또 한번 쓰겠어요, 라고 말했을 뿐이었다.

그러고는 죽음이 빠른 걸음으로 왔어요. 나는 부엌에 앉아서 책을 읽었고 할머니는 기대는 의자에 앉아 있었어요. 저녁때였어요. 나는 할머니를 보고 생각했어요. 생이란 얼마나 끔찍한 것인가 하고. 나는 아주 옛날 사진을 발견하고 할머니가 언젠가 한때는 예쁜 소녀였고 아름다운 신부였다는 것을 알았어요. 그런데 지금은 늙고 무섭게 추악해지고 냄새를 피우면서 앉아 있었어요. 할머니는 거의 살아 있지 않았고, 완전히 고독했어요. 나밖에 아무도 없었고 나도 돈을 상속할 목적으로 또 끝까지 버티어볼 목적으로 있는 것에 불과했어요. 그것이 종말이었어요.

나는 할머니를 오랫동안 바라보고 생전 처음으로 느꼈어요. 우리가 정신 속에서 우리를 구제하지 않는다면 삶이란 끔찍한 것에 불과하다고. 왜냐하면 할머니는 여기 앉아 있었으나 그것은 예외적인 케이스가 아니었고 할머니의 파멸은 할머니 혼자의 파멸이 아니었어요.

니나는 불안한 듯 나를 바라보았다. 그 말을 하면서 내게 이해를 구하려는 것 같았다. 내가 그렇게 앉아서 할머니를 보고 있을 때 나는 갑자기 나 자신이 그렇게 앉아 있는 것을 보았어요. 늙고 부어서 반쯤 죽은 상태로, 그것은 결코 유쾌한 광경은 아니었어요. 갑자기 공포가 솟아올라서 빨리 밖으로 뛰어나가서 집 뒤 마당으로 갔어요. 거기에는 내가 달리아와 국화를 심었는데 그게 피어 있었어요. 그러고는 생각했어요. 이걸 좀 봐, 너는 이렇게 해서 중요한 인식과 적나라한 진실을 회피하고 있는 것이다. 어서 다시 들어가서 늙은 여인과 너 자신을 바라보아라. 소름이 끼치는 것도 너에게 해는 안 될 것이다. 그것도 다 생의 일부분이니까. 우리는 추악한 것을 보지 않으면 중요한 것도 보지 못하는 것이다.

그래서 나는 또다시 집에 들어가서 마침 할머니의 임종을 볼 수 있었어요. 나는 할머니가 죽는 것을 보았다기보다는 느꼈어요. 할머니는 갑자기 몸을 높게 일으키며 두 손을 의자 양옆 손잡이에 얹고 마치 일어서려는 것 같았고 고개를 쳐들고 눈을 크게 뜨고 있었어요. 할머니는 무엇을 보고 있는 것 같았어요. 틀림없이 무엇을 보고 있었어요. 그게 무엇인지를 내가 알 수만 있다면! 할머니는 심각하고 주의 깊게 올려다보고 있다가 미소했어요. 또는 다만 얼굴을 찡그린 것인지도 몰라요. 그러나 하여간 무엇인지 기쁨을 주는 것을 보는 것 같은 얼굴의 움직임을 했어요. 그러더니 마치 천식증 발작같이 숨이 막히기 시작하고 할머니는 몸을 쭈그렸고 죽음이 곧 달려들어 작업을 개시했어요. 할머니의 몸은 그대로 썩기 시작했기 때문에 보통의 경우처럼 사흘 후가 아니라 이틀 후에 매장을 해야 했어요.

그러나 죽기 직전의 그 몇 분은 중요했어요. 그것을 나는 알 수 있어요. 할머니는 그때 무엇인지를 보았는데, 그 무엇이 할머니의 생에 뒤늦게 끝에 가서야 의미를 주었어요. 나는 인간이 이 순간에까지도 기만당하리라고는 생각할 수가 없어요. 무언지 할머니에게 만족감을 주는 것이 보여진 거예요. 그런데 왜 우리는 그것을 그렇게 늦게야 알게 되는 것인가요? 나는 그것을 이해할 수가 없어요.

갑자기 화제를 바꾸고 니나는 말했다. 당신이 마지막으로 국경에 데려다 준 두 명 중 하나는 총살되었어요. 살아남은 한 사람이 우리에게 알려주었어요.

그러고는 또 갑자기 일어서서 팔을 내 몸에 두르고 말했다. 여태까지 해주신 모든 일에 감사합니다.

그러고는 니나는 머리를 내 어깨에 기대고 울기 시작했다. 나는 처음에는 니나가 총살당한 사람을 생각해서 우는 것으로 생각했으나 이윽고 니나가 피로의 극치에서 우는 것임을 알았다. 2년 동안을 니나는 유형지에서 보냈고 극단적인 용감성을 가지고 참고 견디었으나 자기도 모르게 그것은 자기의 힘에 넘쳤던 것이다. 그래서 지금 니나는 내 어깨에 기대고 울고 있다. 잠깐 주저하다가 — 몇백 가지 생각이 내 손을 마비시키려고 했다 — 나는 니나를 무릎 위에 앉혔다. 니나는 가만히 내가 하는 대로 있었다. 그렇게 앉아서 니나는 오래오래 울었다. 그러나 갑자기 울음을 그치더니 마치 어린애처럼 소매와 손잔등으로 눈물을 닦고 수줍은 듯이 웃었다.

나의 바보 같은 꼴을 보셨군요, 라고 니나는 말했다. 여기 앉아서 통곡을 하다니.

행복합니다, 라고 나는 대답했다. 당신이 내 앞에서 운다는 것이.

아, 하고 니나는 말했다. 조금도 이유가 없이 그저 히스테리로 우는 여자를 보는 것은 별로 유쾌한 일은 아닙니다. 그리고 계속해서 니나는 말을 이었다. 당신은 우리를 많이 도와주셨어요. 나는 전에는 당신이 그런 일을 하시리라고 생각하지 않았어요. 니나는 내 눈을 가득 들여다보았다. 당신은 나를 위해서는 많은 일을 해주실 것 같아요.

그래요, 라고 나는 말했다. 당신을 위해서라면 많은 일을 하지요. 무슨 일이든지 다 합니다, 니나. 그때 무섭게 강한 사랑의 힘이 나를 억눌러서 현기증이 날 것 같았다. 나도 모르게 나는 묻고 있었다. 당신은 아직도 나하고 사는 것이 불가능하다고 생각합니까? 나의 아내로서?

그랬더니 니나는, 그 한마디 때문에 내가 이렇게 상세하게 기록한—또 한번 이 질문에 앞선 달콤하고 흥분되는 괴로운 긴장의 몇 시간을 음미하기 위해서 기록한—한마디를 말했다. 아녜요, 이제는 불가능하게 생각되지 않아요.

일생에 처음으로 나는 사고가 동반되지 않은 행위를, 내 입장에서 어떤 남자든지 했을 행위를 했다. 나는 오랫동안 니나에게 키스했다. 내 속에도 니나의 속에도 하등의 저항을 느끼지 않았다. 그러고는 헬레네가 와서 저녁 식탁을 차렸다. 헬레네는 우리가 명랑한 기분인 것을 보았다. 나는 헬레네가 강하게 솟구치는 의혹을 감추려 하는 것을 알았다. 식사가 끝나자 헬레네는 자신의 인내력의 한계를 깨닫고 자리를 물러나버렸다.

그날 밤으로 나는 니나에게 학기가 시작하기 전에 한 주일 동안을 아네트 아주머니 집에서 보내자고 제안했다. 니나는 곧 승낙했다. 니나의 기쁜 승낙이 나에게 감동을 주었다. 그것은 니나에게는 몹시도 드문 일이었다. 나는 니나를 집에 데려다 주었다. 니나는 우선은 자기 어머니하고 같이 있을 것이다. 그러나 곧 집을 팔 것이고—이미 세를 주어서 돈을 벌 필요가 없으니까—어머니는 양로원에 들어가고 니나는 대학 근처에 방을 빌릴 작정이었다.

니나는 마침내 자유의 몸이 될 것이다. 지금의 나에게는 더 기다린다는 것은 무의미한 일로 생각되었으나 니나에게 강요하지는 않을 것이다. 니나는 공부하고, 나에게 오고 싶을 때는 언제나 오고, 나와 여행하고 싶으면 여행하고, 내가 줄 수 있는 것은 받고, 시기가 왔다고 생각하면 내 아내가 되면 되는 것이다. 당분간 나는 헬레네에게는 그 말을 하지 않겠다. 내일 모레 니나와 나는 아네트 아주머니한테 갈 예정이다.

자정이다. 나는 굉장히 부드러운 피곤이 엄습해 오는 것을 느낀다. 그것은 내가 여태까지 몰랐던 놀라운 긴장의 회복이고, 내 사지와 감각의 달콤한 해체와도 같은 피곤이다. 그럼 인간이 '행복'하다는 것이 가능한 일이란 말인가? 나는 앞으로는 절대로 말하지 않을 것이다. 나 같은 인간은 태어나지 않았어야 했다고. 나는 내 생명을 니나의 손에서 받아들인다.

1933년 10월 28일

—우리의 짧은 여행의 마지막 날이다. 나는 너무나 아름다운, 완전한 날들을 겪었기 때문에 숨을 쉴 수도 없을 정도다. 나는 이러한 날들에 반복이나 지속이 있을 수 있다는 것은 모든 경험과 생의 원칙에 위반되는 생각이라는 것을 생각하면 전율을 느낀다. 나는 감히 미래는 생각할 수가 없다. 그러나 무슨 일이 일어나든지 간에 이

것만은 확실하다. 이날들이 존재했다는 것만은. 어떤 것도 이날들을 내 기억에서 지우지는 못할 것이다.

나는 새로운 니나를 발견했다. 그것은 거의 성숙한 여자와 같은 니나였다. 니나의 동작은 조용하고 부드러웠고 내가 말하는 것을 주의 깊게 듣고 말이 없었다. 니나는 종종 늙은 여자들에게서 볼 수 있는, '듣고 있고 흥미는 갖고 있으나, 그 모든 것이 나에게는 중요하지 않다. 나는 너희들이 모르는 더 중요한 나라를 방황하고 있는 것이다'라는 표정을 하고 내 말을 들었다.

니나는 건강을 많이 회복했다. 날씨도 우리와 동맹을 맺었다. 높은 산엔 첫눈이 덮여 있었으나 골짜기는 낮에는 따뜻해서 뜰에서 식사를 할 수가 있었다. 우리는 너무 익은 마지막 산딸기를 따기 위해서 산허리를 종종 돌아다녔다. 이것은 내가 얼마나 오랫동안 하지 않은 일이었던가? 어렸을 때의 기억이 떠오른다. 전나무 숲 밑의 젖은 이끼 냄새, 버섯 냄새, 움푹 파인 길의 진흙 냄새, 맑은 공기 속 높은 데서 우는 새소리, 수평으로 펼쳐진 거미줄과 그 위에 똑바로 대열 짓고 있는 이슬 방울, 늪 위의 연기 냄새가 나는 파란 안개, 그리고 점심때는 낙엽의 부드럽고 고르게 떨어지는 소리, 우리를 꼼짝도 안 하고 보고 있는 다람쥐 새끼의 반짝거리는 눈, 숲 속 길을 재빨리 굴러가는 고슴도치—나의 정신은 용해되고 응고의 낙인은 나에게서 떨어져나갔다. 나는 산다. 나는 산다. 백 배나 더.

나는 고향에 돌아왔고 땅은 나를 다시 받아들였다. 니나도 손을 얼음같이 찬 시냇물 속에 담그고 물을 퍼서 마시기를 즐겨 했다. 나도 니나의 흉내를 냈다. 이 물에서는 무슨 냄새가 나는 것일까? 아, 이것에서는 생의 냄새가, 오랫동안 내가 맛보지 못했던 생의 냄새가 나는 것이다. 나는 니나가 좁은 길을 나보다 앞장서서 가는 것을 바라보기를 즐겼다. 나는 니나의 가벼운 걸음걸이와, 나에게 버섯이나 들고양이를 가리키려고 고개를 빨리 돌리는 모습을 사랑했고, 니나의 검은 머리에 얹힌 바늘 같은 전나무 잎들과, 니나의 치마에 감긴 거미줄을 사랑했다.

아네트 아주머니는 오랫동안 앓고 있었다. 아네트 아주머니는 대개 누워 있었고 저녁때만 우리를 보았다. 니나는 말없이 기쁨에 싸여 있었다. 때때로 니나는 팔을 나에게 감고 말했다.

이제는 빚도 없어지고 작은 자본까지 은행에 넣고 있다는 것을 생각할 때 얼마나 기쁜지 아마 상상 못하실 거예요. 3천 마르크나 있어요. 그걸 가지고 나는 몇 년 동안이나 살 수 있어요. 정말 신나는 일이에요. 그리고 또 한번은 이렇게 말했다. 3년 내에는 끝낼 수 있어요. 3년은 길까요? 니나는 묻는 것같이 나를 쳐다보았다.

네, 라고 나는 말했다. 당신이 묻는다면 대답하지요, 니나. 3년은 무섭게 깁니다. 예측할 수 없게 깁니다.

니나는 대답하지 않았다. 오늘 밤에야 나는 내가 니나에게 내 아내가 되어주겠느냐고 묻지 않았던 것을 상기했다.

내 자신감의 근거는 도대체 어디에 있는 것일까? 니나의 막연한 말과 나의 열렬한 소원에 있을 뿐인 것이다. 그 이외의 아무것도 없다. 그러나 이날들만은 악령도 나에게 힘을 못 미쳤다. 니나의 힘은 넓게 미쳤다. 니나의 힘은 밤에도 미쳤다. 나는 벽을 사이에 두고 니나 곁에 누워서 니나를 생각하기 위해서 뜬눈으로 밤을 새웠다.

날이 새는 놀랍게 황홀한 시간! 나의 침대는 창가에 놓여 있었다. 나는 정원 너머로 멀리멀리 차갑게 솟아 있는 눈 덮인 산을 바라보고, 어둠 속에 떠오르는 마당의 나무숲을 보고, 가을의 빛깔이 깨어나는 것을 보고, 우유가 배달될 때 정원 문이 열리고 닫히는 것을 보았다. 나는 잘 교육받은 하인들이 조심스럽게 열심히 하루를 시작하는 몇백 개의 작은 소리들을 집 안에서 들었다. 부엌에서 달그락거리는 소리, 주전자를 올려놓는 소리, 층계를 가볍게 달려가는 소리, 옆의 욕실에서 물을 받는 소리.

니나는 깬 모양이다. 곧 목욕을 할 것이다. 이제는 나도 일어날 때다. 목욕하고 면도하고 옷 입는 것이 나에게는 즐겁다. 지난날 슬픔과 권태에 잠겨 사정없이 회전하는 쳇바퀴와도 같이 시작되던 하루의 시작이 나에게 얼마나 고통스러웠는가를 이제는 이해할 수조차 없다. 그런 날들이 얼마나 먼 옛날이 되고 말았는가. 전에는 내 생에 무슨 의미가 있느냐고 물었던가? 이제는 더 묻지 않는다. 내가 만약 기도 드릴 수가 있다면 지금 그것을 하고 싶다. 나는 신과 모든 성자에게 빌고 싶다. 지상에는 완전한 것은 없고 무상함과 눈물이 인간의 나날의 양식이라는 잔인한 법칙을 버려달라고. 나의 행복은 나를 전율시킨다.

여기에 몇 시간만 더 있다가는 집으로 돌아가야 한다. 이슬과 안개에 젖어 있는 마당을 한번 더 돌고, 아네트 아주머니의 침대 옆에서 몇 분 있다가 테라스에서 니나와 점심을 먹고, 올해 아직 서리에 덮이지 않은 들국화와 작은 나무숲 사이에 있는 마지막 장미 앞에서 마지막으로 깊은 호흡을 하고는 돌아가는 것이다.

1933년 11월 30일

학기 초의 일이 나를 완전히 점령하고 있다. 나는 일하기를 즐긴다. 내가 손에 잡는 일은 다 잘되어 간다. 모든 것이 성공할 것 같다. 열대지방에서의 나의 일에 관한 책은 최근에 영어와 이탈리아어와 스웨덴어로 번역이 되었다. 나는 스톡홀름에서 열리는 의학 회의에서 매우 명예로운 초대를 받았다. 니나는 나하고 같이 갈 것이다.

니나는 나의 성공을 기뻐하고 있다. 나는 니나를 거의 매일같이 본다. 니나는 한 주일 전부터 영국 공원이 내다보이는 만들 가에 작은 방을 얻었다. 우리는 대개 오후에 느지막이 강의와 강의 사이의 휴식 시간에 레오폴드 다방에서 만났다. 니나는 매우 열심이었다. 공부에 대한 예전의 정열은 꺾이지 않은 것같이 보였다. 그러나 오늘은 니나에게서 어떤 불안을 느낄 수가 있었다.

니나는 동급생과 정치적인 충돌이 있었다고 말했다. B교수는 정신병학 강의에서 안락사 문제를 취급했고 이어서 학생들 간에 맹렬한 논쟁이 벌어졌다고 한다. 니나는 기진맥진해서 그 일에 관해서 얘기하고 싶어 하지 않았다.

B교수는 조심스럽게 표현해서 말하기를 인간의 생명에서 법적으로 허용된 파괴가 있을 수 있다는 것이었다. 그러면서 형법은 사형을 허용하고 국제법은 전쟁을 허용하고 있으므로 불치병자의 살해도 허용될 수 있는 법칙이 발견되어야 되는데, 아직은 그것이 되어 있지 않다고 말했다. 이 말은 강의 도중에는 잠잠히 받아들여졌으나 나중에는 그만큼 더 맹렬하게 토론되었다는 것이다. 학생 중 한 명이 독일 민족이 휴머니스트들의 나약한 견해에 반대하고 강자의 지배를 택한 날부터 벌써 그 법칙은 존재한 것이라고 말하는 것을 들었을 때 니나는 분격해서 소리 질렀다.

나도 이 민족에 속해 있지만 그 의견에는 반대합니다. 그리고 많은 사람들도 나와 함께 반대하고 있어요. 국민의 일부에 의해서만 찬성된 법칙이 어떻게 실시될 수 있단 말입니까?

그랬더니 학생들은 그것에 찬성한 것은 국민의 일부가 아니라, 대다수라고 말했다는 것이다. 그래서 니나는, 그것은 더 나쁜 부분이라고 말했는데, 다른 여학생이 발언을 한 까닭에 그 말은 다행히도 묵살되고 말았다는 것이다. 그 여학생은 한 무리의 짐승을 전염병에서 구제하려면 한 마리의 병든 짐승을 죽여도 무방하다고 말했다.

그에 이어서 의견이 여러 갈래 갈라져서 인간도 짐승과 마찬가지 대상으로 볼 수 있는가, 또 불치의 정신병자가 아직도 인간인가, 또 병자의 격리가 살해와 마찬가지로 사회를 구제할 수 있을 때도 사회가 한 인간의 살해를 요구할 수 있는 것인가 등을 논쟁했다.

니나의 편이 되어서 싸운 두세 명의 학생들은 완치될 수 없는 정신병자가 인간인가 비인간인가를 확인하기는 힘들고 불치라는 개념이 막연하며 진단의 과오도 있을 수 있고 치료법의 진보도 있을 수 있으므로, 여태까지 불치로 생각되었던 병을 고친 예도 많다고 말했다. 니나는 정신병과 비정상 사이에는 거의 경계선을 그을 수가 없으며 불치의 병자도 그들의 일을 통해서 사회에 봉사하고 있는 경우도 있으며, 그와 반대로 건강하지만 사회에 해로운 사람도 있다고 말했다. 그에 이어서 누군가 말했다. 그렇다면 그 건강하지만 사회에 해로운 인간도 살해되어야 합니다. 그들과 정신병자를 만족을 위해서 희생시켜야 합니다. 그래서 니나는 소리 질렀다고 한다. 그럼 당신은 휠덜린도 죽였겠군요? 그러고 나서는 이성을 잃고 복도에 울릴 만큼 소리를 질렀다고 한다.

누가 그럼 생과 사를 결정하는 권위자가 된단 말입니까? 어떤 경우에도, 언제나 살인은 살인이라는 것을 이해할 능력이 없는 당신 같은 양심 없는 사람들일 테지요! 그리고 당신 같은 사람들은 법으로 가장하고 죽이기를 한번 시작하면 다음에는 합법이든 불법이든 죽이고 또 죽일 것입니다. 그리고 나중에는 살인자들만 남게 되겠지요. 그렇지만 나는 그것에 반대하기를 그치지 않겠어요. 나는 끝까지 반대하겠어요. 그리고 살인을 허용할 뿐 아니라, 그것에 필연성과 선의의 가장까지 붙여주는 국가를 절대로 시인하지 않겠어요.

그랬더니 여러 학생들은 소리를 질러서 말을 못하게 하고 그 중 한 명은 당신 같은 인간은 대학에 맞지 않고 생각을 전향하지 않는다면 어떻게 처치해야 할 것인가는 누구나 알고 있다고 말했다.

니나의 보고는 나를 극도로 흥분시켰으나 나는 니나가 더 근심하지 않게 하기 위해서 억제했다. 나는 니나에게 조심하라는 것과 그런 충돌은 피하라고 충고했다. 그리고 나는 이 어려운 문제에 관해서 언젠가 조용히 같이 토론해볼 것을 약속했으나 침묵을 지키라고 말했다.

니나는 놀란 것처럼 나를 보았다. 그렇지만 나쁜 일이 일어나는데 어떻게 가만히 있으란 말이에요? 그러고는 니나에게만 가능한 결단성을 띠고 말했다. 내가 이 헛소리를, 정신병학과 의학의 악질적인 새 형식을 배우고 그것에 따라 행동할 것을 요구당한다면 나는 공부를 중단하겠어요. 그렇다면 차라리 웬하임의 계산대 뒤에 그냥 있을 걸 그랬어요.

대학에서의 사건은 나에게 몹시 근심을 주었으나 니나의 용기는 몹시도 내 마음에 들었다. 그러나 나는 그것이 광기와 비슷한 용기가 아닐까 근심이 된다. 니나에 대한 근심이 나의 행복을 흐리게 했으나 또한 달콤한 맛을 더 강하게 했다. 앞으로 일어날 일들에 니나는 침묵을 지킬 수가 없을 것이다. 니나에게 약게 굴라고 가르쳐줘도 소용이 없을 것이다. 니나가 대학을 떠난다면! 나의 아내가 된다면 니나에게는 몇백 개의 위험 가능성이 적어질 것이 아닌가! 그러나 내가 두려워하는 것은, 니나는 위험을 무릅쓰기 위해서 태어난 인간이며, 나는 그런 니나의 용기 때문에 그녀를 사랑한다는 것이다.

밤이다. 내가 나의 행복이라고 부르는 것에 약간 두려움이 섞인다. 니나는 나의 아내로서만 만족할 것인가? 그 여자의 용기와 본질 전체는 넓은 무대를 위해서 만들어져 있다. 그 여자의 눈이 얼마나 방황하는가를 나는 이제는 볼 수 없는 것일까? 그 여자는 결혼을 위해서 만들어진 여자일까? 그리고 나 자신은 그 여자와 나를 지탱하는 것에 성공하지 못할 것인가?

나는 여태까지는 아네트 아주머니의 경고를 무시하는 데 성공했다. 아주머니는 마지막 방문 때 말했다. 너희들은 아직도 같이 지내니?—네, 라고 나는 대답했다. 우리는 3년 후인 이제야 비로소 같이 지냅니다. 그랬더니 아주머니가 천천히 말했다. 그래? 너희는 같이 지내는구나. 나는 아주머니에게 물었다. 그게 그렇게 이상합니까? 아주머니는 무뚝뚝하게 말했다. 그래, 이상하다. 나는 네 성질을 아니까. 나의 행동을 확신하고 있던 나는 용기 있게 말했다. 아주머니는 우리가 같이 있지 않으리라고 꼭 믿으셨지요? 아주머니는 애매한 미소를 보이더니 말했다. 같이 있도록 해봐. 걔는 아무리 그 때문에 애를 써도 아깝지 않은 여자니까.

그렇다. 나는 지금 그러기 위해서 애쓰고 있다. 그러나 내가 그렇게 할 능력이 있을까? 그리고 니나는? 니나는 내가 자기를 붙잡는 것을 원할 것인가? 그리고 내가 니나를 지킬 수 있을 것인가? 우리 사이에는 무엇이 있었는가? 우리는 키스를 했고, 정치적인 공범이 되었고, 우리는 매일 만난다 — 그것이 끊을 수 없는 끈이란 말인가? 나는 행복하다고 믿었다. 그러나 지금 보니 행복은 한 시간 동안의 밝은 빛에 불과한 것이었다. 그러나 나는 감사를 모르는 인간이다. 한 달 전이라면 이 짧은 공명을 위해서 무엇이든지 내던질 수 있었던 것이 아닌가? 그런데 나는 지금은 벌써 그것의 지속을 요구하고 있다.

그러나 내일 오후에는 니나를 다시 만난다. 니나는 처음으로 그 여자의 만들 가의 방에 차를 마시러 오라고 초대한 것이다. 유령들은 사라지거라! 나는 살고 싶다. 니나를 느끼고, 니나의 눈을 보고 목소리를 듣고 싶다. 나는 회의하고 싶지 않다. 공포를 느끼고 싶지 않다.

1933년 12월 1일

— 나는 니나의 집에 갔었다. 그리고 나는 지금 몇백 번째로 나 자신에게 묻고 있다. 오늘이 나의 행복에 안정을 준 것일까? 또는 깊은 불안에 빠지게 한 것일까? 나는 모르겠다. 니나는 나를 보자마자 간접적으로 브라운의 소식을 들었는데 그는 스위스에 있으며, 그의 구제는 성공했다고 말했다. 그 말을 하는 니나의 기쁨에 넘친 빛나는 얼굴은 이 소식과 그의 구제에 니나가 말할 수 없이 큰 관심을 갖고 있는 것을 말하고 있었다. 나의 옛날부터의 의심은 다시 떠올랐고 뜬눈으로 밤을 새고 난 후였던지라 더욱 신경이 날카로웠다.

나 자신을 억제 못하면서 난 물었다. 만약 브라운이 돌아온다면?

니나는 놀라서 나를 보았다. 그가 온다면? 여기가 위험한 동안은 돌아오지 않을 거예요. 그리고 위험 기간은 오래 걸릴지도 모르고 안 그럴지도 모르지요. 누가 알아요? 라고 니나는 우울하게 말했다.

맹목적인 완강함을 가지고 나는 내 질문을 고집했다. 하여간 오래 걸리든 빨리 오든 그가 돌아온다면?

니나는 아직도 내 말을 이해하지 못했다. 그러면 다시 개업할 것이고 모든 악몽은 지난 일이 되고 말겠지요.

어리석음에 지배당한 나는 참지 못하고 말했다. 그는 당신을 사랑합니다.

니나는 마치 바쁜 어머니가 세 살짜리 아이의 질문에 한숨짓듯, 참을성 있게 그러나 좀 화를 내듯 한숨을 쉬었다.

니나, 라고 나는 말했다. 우리는 이 문제에 관해서 한 번도 말하지 않았습니다. 명백하게는 한 번도……

니나는 나를 영국 공원을 향해 있는 창가로 끌고 갔다. 눈이 왔다가 다시 녹아서 나무는 파란 물속에 금속적인 회색을 띠고 서 있었으며 앙상한 가지의 그림자를 던지고 있었다. 늦게 떠오른 태양이 비스듬히 공원 위에 걸려 피곤하고 싸늘한 빛을 공원에 던지고 있었다.

아니요, 라고 나는 악의에 차고, 한 가지 일에만 몰두해서 말했다. 나에게는 흥미 없는 광경입니다.

그랬더니 니나는 나에게 행복의 눈물을 흘릴 만큼 감동을 주고 나를 지금은 그처럼 불안하게 만들고 있는 한마디를 외쳤다. 아이참, 언젠가 내가 결혼을 한다면 그것은 당신과라는 것을 잘 아시지 않아요?

그 순간에는 나는 그것을 다만 긍정의 대답으로 만들었다. 그것은 몹시 아름다운 시간이었다. 나는 우리의 화제가 무엇이었는지를 기억하지 않는다. 어쩌면 우리는 얘기를 안 했었는지도 모른다. 방은 어두웠던 것으로 기억한다. 그 방은 흔히 있는 보통 정도의 학생 방 하나였다. 나는 비로드 의자 위에 앉아 있었고 커튼도 무거운 천이었다. 그러나 니나의 생기가 그 싸구려 방에 꽉 차 있었다. 니나 때문에 사람들은 그 방에서 싸구려 분위기를 느낄 수 없었다.

나는 지금 여기 앉아서 회의에 잠겨 있다. 그리고 불안정성의 고통만으로도 부족하다는 듯이 갑자기 새로운 종류의 불안이 나를 엄습한다. 나는 니나가 여기에 살지 않는다는 이유로 세심하게 장식된 나의 아름다운 집을 미워하기 시작한 것 같다. 왜 니나는 내 집의 객실로 옮겨오려고 하지 않는 것일까? 그리고 니나와의 결혼의 가능성은 얼마나 막연한 것일까? 언젠가 내가 결혼을 한다면, 이라고 그 여자는 말했다. 언젠가, 라고. 그러나 니나는 계속해서 말했다. 그러면 그것은 당신과입니다.

그러면 니나는 나를 사랑하는 것일까? 다만 나를 존경하는 것일까? 나를 사랑하는지 아닌지를 니나 자신은 알고 있는 것일까? 니나는 사랑과 우정을 구별할 수 있을까? 나는 니나를 나에게 묶어둘 수가 있을까? 만약 니나가 아기를 갖는다면? 그러나 그것은 정당하지 못한 방법이다. 안 된다. 그리고 그것도 안정을 줄 수는 없는 것이다. 참아라. 참기는 어떻게 참으란 말인가? 그러나 다른 아무런 방법도 없다. 그래서 나는 니나의 말에 매달린다. '그러면 그것은 당신입니다.' 그것은 많은 것을 뜻할 수도 있고 아무 것도 뜻하지 않을 수도 있는 것이다. 정확하게 본다면 그것은 아무 말도 아니다.

1934년 새해의 아침

—나의 생애에서 어떤 새해의 아침도 올해처럼 아름답지는 못했다. 지금은 아침이다. 태양이 비추고 있다. 나는 열어놓은 창 앞에 서서 맑고 찬 공기를 깊게 호흡한다. 그리고 니나의 방이 있는 방향을 본다. 니나는 자정 너머까지 나한테 와 있었다. 우리는 성당의 종이 새해의 시작으로 울리는 소리를 들었다.

나는 니나의 손을 쥐고 말했다. 오늘이 내 생일이다. 니나, 나는 오늘까지는 살고 있지 않았어. 오늘 네가 나에게 오겠다고 대답했던 순간까지는 나는 살고 있지 않았어. 니나는 내가 그것을 묻지도 않았는데 자발적으로 매우 심각하고도 단순하게 말했던 것이다. 나는 니나의 말을 약속으로 받아들이지는 않겠다. 나는 어젯밤에 니나에게도 말했다. 너와 같이 전 생애를 보내고 싶다는 소망 이외는 아무 소망도 나에게 없다는 것은 너도 알고 있다. 그러나 너의 말이 네 자신에 앞섰는지도 모르고, 그러면 너는 언젠가 후회할는지도 몰라. 네가 나에게 묶여 있지 않다는 것을 잊지 말아다오.

네, 그러겠어요, 라고 니나는 말했다. 그걸 기억하겠어요. 고마워요.

그리고 지금은 아침이다. 나는 조용하고 안정된 손이 내 생애에 질서를 가져다주는 것을 느낀다.

나를 정돈하기에는 정말로 이 소녀만이 필요했던 것일까. 사람이 이미 고독하지 않을 때에는 사는 것이 의미가 있고 아름다운 일이라는 것을 믿는 것이 이처럼 쉬운 것일까? 구제는 자기를 누구하고 결합시키는 데 있는 것일까? 이 결합이 몰락으로부터 보호해주는 것일까?

바람이 새를, 강물이 보트를 떠받들 듯이 나를 들고 앞으로 보내는 말할 수 없이 강한 행복감이 나에게 대답을 주고 있다. 실패했다고 생각한 내 생을 구멍 뚫린 장화처럼 내던질 용의가 있던 내가 이 새해를 생의 찬가로 시작하는 것이다—

여기까지 읽었을 때 나는 니나가 나하고 같이 읽고 있지 않다는 것을 보았다. 니나의 얼굴은 주의 깊게 긴장한 모습을 띠고 있었다. 얼마 후에야 비로소 나는 층계를 올라오는 발소리를 들었다. 니나는 비상하게 예민한 귀를 가지고 있는 것에 틀림없었다. 영원한 기다림과 귀를 기울이는 것이 니나의 감각을 날카롭게 했다. 니나는 벨소리가 나기도 전에 궤짝에서 뛰어 일어났다. 미리부터 실망하고 동시에 안도를 느끼는 것처럼, 우편물이야, 라고 니나는 말했다. 그것은 정말로 배달부였다. 니나는 편지를 손에 가득 쥐고 들어와서 그 전날 우편물들 위에 던졌다.

니나야, 그래도 누구한테서 온 것인지 보고 싶지 않니, 라고 나는 물었다.

아, 중요한 게 있을 리가 없어. 독자들한테서나 또는 다른 사람들한테서나, 견본안내서나, 은행에서 온 것들이겠지 뭐. 언제나 마찬가지야. 산책 가지 않을래?

그러나 하늘은 흐려졌고 태양은 없어졌다. 그래서 우리는 집에 머물렀다. 회색 궤짝이 놓여 있는 빈방이 갑자기 나에게는 매우 쾌적하게 느껴졌다. 니나는 흔들리는 의자에 앉아서 터키산 제분기로 커피를 갈았다. 물은 끓기 시작했고 커피 냄새가 강하게 퍼졌다. 스팀관에서 약한 소리가 났다. 방은 따뜻했고 나는 동생이 있는 것이 행복했다.

니나는 다 간 커피를 주전자에 넣고 펄펄 끓는 물을 부으면서 아무렇지도 않은 어조로 덧붙여 말했다. 나는 최근 10년 동안 한 번도 기분이 좋았던 적이 없었어. 그리고 전에도 그렇게 자주 있었던 건 아냐. 기분 좋은 일을 더 많이 겪고 싶었지만 내 운수에는 없나 봐. 언니는 며칠 동안 죽 기분이 좋을 수 있어?

나는 며칠 동안, 몇 주일 동안, 아니, 언제나 그럴 수가 있었다. 나는 나의 아름다운 집과 개와 친절한 남편을 생각해보았다. 그는 나를 아마 닥치는 대로 속이고 있을 것이었다. 그러나 그것을 조심스럽게 감추고 그 대신 온갖 종류의 호강을 맘대로 시켜줌으로써 그것을 보상하고 있었다. 나는 나의 생활이 얼마나 기분 좋게 매일 매일이 똑같이 흘러갔던가를 생각해보았다. 나의 나날은 아무 장애도 없이 질서 있게 과거로 미끄러져 들어갔고, 과거는 미래와 마찬가지로 평화스럽게 나를 바라보았다. 나는 내가 원하는 것을 가졌고 내가 가질 수 없는 것은 원하지도 않았다. 그런데 내가 어떻게 불쾌함을 느낄 수 있단 말인가. 니나가 나에게 물었을 때 나는 이러한 것을 생각했고, 나도 앞으로는 기분 좋게 느끼는 것이 몹시 힘들어지리라고 생각했다. 그래서 나는 니나의 질문에 내 생각 그대로, 모르겠어, 라고 대답했다.

모르겠어? 라고 니나는 묻고 계속해 말했다. 나는 벌써 오래전에 단념했어. 언제나 나를 재촉하는 무엇이 있었어. 밤새워 다 써야 될 글이 있거나 다른 일이 언제나 나로부터 요구되고 내가 언제 이 모든 것을 끝낼 것인지는 막막했어. 그러면서도 결코 한 번도 완전한 것을 행할 수 없고 언제나 뛰어오르려는 자세뿐이라는 생각—마치 담벼락에 올라가려고 애쓰다가는 미끄러져 발톱이 꺾이고 발에 상처를 입은 가엾은 개와 같다는 생각이 들곤 해. 그리고 또 언제나 내가 충분히 최선을 다하고 있지 않으며 내가 해야 할 일을 다 하지 못하고 죽을 것이라는 생각이 잠시도 나를 떠나지 않아. 그리고 성공에 대한 불만감! 한순간 손안에 쥐고 좀 기뻐했는가 하면 곧 해체되어버리고 아무것도 아닌 것이 되고 마는 거야. 의문스럽고 무상한 것을 놓고 기뻐할 수가 없는 데다 또 새로운 착상이 나를 괴롭히는 까닭에!

그러고는 몇백 개의 불안들! 애들이 기침을 하거나 또는 그 중 하나가 거짓말을 했을 때는 나쁜 성격을 갖게 될까봐 겁이 나고, 또 아무 일도 없을 때는 여태까지 뒤로 물러서 있던 더 큰 유령이 등장하게 돼—여태까지 이 세상에 나와 있는 그렇게도 많은 책 때문에, 그리고 이 세상에 있는 그렇게도 많은 사람들 때문에 질식할 것 같은 생각 말이야. 그리고 온갖 아름다운 것이 삽시간에 지나가 버리고 만다는 생각. 그리고 완전한 것은 하나도 없다는 생각—이 세상에는 아무것도 완전한 것은 없어. 심지어는 완전히 순수한 절망조차도 없고 모든 것은 혼합물, 싸구려 혼합물뿐이야. 인간은 행복할 수는 없고 또 그렇다고 해서 행복을 포기함으로써 평화를 얻을 수도 없는 거야.

이런 모든 생각이 언제나 내 뒤에 있어. 그 생각은 언제나 나의 생활에 어떤 완전한 것이 등장했을 때 굳이 떠오르곤 해. 그리고 나에게 말하는 거야. 이건 너에게 맞지 않는다. 너의 법칙은 그저 계속해서 가는 것임을 잊었는가……라고. 그러면 울고 반항해보아도 소용이 없어. 그대로 그 생에 끌려가고 말게 되니까.

니나는 커피에 물을 벌써 한참 전에 부었으나 아직도 주전자를 손에 들고 커피포트에 몸을 굽힌 채 마치 그 속에서 자기가 말하는 것을 전부 들여다보는 것처럼 서 있었다. 그러고는 말했다.

나 자신에게 무엇이 그렇게 나를 쫓는가를 묻는다면 나도 대답을 몰라. 그리고 그건 내 자신이 아니냐, 라고 말한다면 그것은 말에 불과하고 아무 설명도 되지 못해. 왜냐하면 나 자신이 행복을 원하면서 나를 행복으로부터 쫓아낼 수는 없지 않아? 그리고 만약 그것이 운명이라고 말한다면 그것도 한낱 언어에 불과해. 왜냐하면 이 운명을 만드는 것은 나 자신 이외에 아무도 아니기 때문이야. 그렇다면 왜—이렇게 해서 의문의 수레바퀴는 새로 또 돌게 될 뿐이야. 만약에 신이 나를 현명하게 만들기 위해서 그렇게 하시는 거라고 생각한다면, 나는 행복 속에서도 선량할 수 있는 데 무엇 때문에 현명해야 하는가 하는 의문이 솟아 온다. 그리고 도대체 현명이 행복이나 선보다 나은가 하는……

니나는 마치 내가 반드시 자기의 의문에 대답을 해야 한다는 듯이 나에게 절망에 찬 시선을 던졌다.

그리고 왜 도대체 인간은 고뇌를 통해서만 현명해질 수 있도록 만들어져 있는 것일까? 그리고 나는 왜 도대체 원하지도 않는데 현명해져야 하는 것일까? 아, 언니는 내가 미쳤다고 생각할 거야. 또 사실 그런지도 모르고……

그렇지만, 하고 나는 조심스럽게 물었다. 네가 만약 행복했다면 글을 쓸 수 있었을까? 나를 봐. 나는 비교적 행복한데 내가 글을 쓸 수 있니? 신문기사는 쓸 수 있어. 그러나 그것뿐이야. 만약 내가 다른 것을 쓰려고 해보면 그 의도만이 눈에 띌 뿐이지 아무도 그 글에 감동하지 않아. 너는 글을 쓸 수 있으니까 그 대가를 현금으로 지불하고 있는 셈이야. 그건 너도 알고 있지 않니? 너는 많은 대가를 지불하고 그 대신 많이 받는데, 나는 거의 아무것도 지불하지 않고 또 아무것도 받지 않아.

그래, 하고 니나는 말했다. 계산은 들어맞는 것 같군. 그렇지만 때로는 너무 많이 지불하고 별로 받지 못하는 수도 있는 것이 아닐까? 그렇지만 아무 소용도 없어. 모든 것을 다 끝장을 내고 성인이 되거나 티베트에 가서 수녀가 되지 않을 바엔 계속해서 살면서 바퀴가 돌아가고 또 돌아가는 것을 느끼는 수밖에는 없는 거야.

내가 전에 바덴바일러에서 언니와 만났을 때 내가 얼마나 절망에 빠져 있었는지는 언니도 아직 기억할 거야. 나는 밤에 공원을 이리저리 걸어 다니다 새벽에 어떤 제지공장 옆을 지났어. 내가 왜 이런 말을 하는지 언니가 이해해줄지 모르겠어. 거기에는 물레방아가 있어서 위에서부터 내려다볼 수가 있었어. 나무로 된 하수관에서부터 물이 물레방아 위로 흘러가고 있었는데 물이 많지 않아서 바퀴가 아주 천천히 돌아갔어. 아주 낡은 물레방아였어. 오래되었고 또 물에 젖어서 아주 검게 되어 있었고 새벽 빛 속에서 마치 금속처럼 검푸르게 빛났어. 물도 검게 보였어. 방아는 물을 천천히 퍼 담고 있었어. 마치 모든 것에 지친 것처럼. 다만 태고 때부터의 습관인 것처럼. 마치 지금 시대에 있는 것 같지 않게. 도대체 시간 속에 있는 것이 아닌 것같이 보였어. 그리고 그것이 돌 때 낮은 소리가 났어. 마치 음악과 소음 사이의 소리가. 그 모든 것이 몹시도 고독하고, 어둡고, 위대하고, 태연하게 보였어. 그때 나는 많은 것을 이해했어. 그런데 왜 나를 그렇게 쳐다봐. 언니?

네가 한 말이 매우 시적이라서. 너는 시를 쓸걸 그랬어, 라고 나는 말했다.

아니야, 라고 니나는 쌀쌀하게 말했다. 나는 시를 쓸 수 없어. 그리고 내가 이 이야기를 시적이기 때문에 했다고 생각했다면 언니는 내가 말한 것을 조금도 이해하지 못한 거야. 나는 시적이지 않아. 만약 언니가 내가 쓴 글을 읽고 그 속에서 시를 발견한다면 그것은 언니 자신 속에 있는 시적인 경향 때문이지 나와는 무관한 거야. 또 내 의도도 아니고. 시적 묘사는 정신만으로는 부족해진 모든 작가의 피신처야.

니나는 이상스럽게 흥분해 있었다. 그러나 나는 소리 질러 말했다. 그렇다면 더 좋지 않아? 너의 글이 네가 효과를 노리지 않고도 시적인 효과를 나타내고 있다면!

그랬더니 니나는 마치 모든 것이 다 귀찮다는 듯이 다시 조용하고 피곤한 음성으로 말했다. 그래 그럼 시적이라고 해둬도 좋아.

그리고 니나는 일어서서 창가에 있는 작은 책상으로 가서 깡통을 밀치고 가방 속에서 종이를 꺼냈다. 한 시간 동안만 실례하겠어. 어젯밤에 쓴 것을 고쳐 써야겠으니까.

만년필 뚜껑을 열면서 니나는 말했다. 나는 내 생각에 더 잘 쓸 수는 없다고 확신한 글이 아니면 도저히 갖다 줄 수 없어. 언니는 그동안 내 우편물을 뒤져보든지 슈타인의 일기를 보든지 해 줘.

나는 일기를 보기로 했다. 그리고 니나는 책상 위에 몸을 굽혔다. 그러나 내가 몇 분 후에 니나를 보았을 때 니나는 그저 거기에 앉아서 창밖을 내다보고 있었다. 그 후에 몇 번 보아도 마찬가지였다. 마치 추워하는 것처럼 움츠린 어깨만 보아도 나는 니나가 무엇을 생각하고 있는지 알 수가 있었다. 그리고 왜 니나가 일을 못하고 있는지도.

1934년 2월 20일

—거의 두 달 동안은 겨우 맑은 조화의 기간이었다고 볼 수 있다. 그런데 오늘은 처음으로 그것이 흐려졌다. 즉 니나하고 말다툼이 있었던 것이다. 니나가 나를 찾아왔다. 그리고 우리는 내가 한번 토론하기로 약속했던 저 불길한 테마에 관해서 이야기하게 되었다.

니나는 나에게 독특하고 직접적인 태도로 내가 환자들에게 동정을 느끼는가를 물었다. 나는 니나에게 감정이 있는 인간으로서 매우 아프고 괴로움을 당하는 인간에 대해서 종종 동정을 느끼고 또 생각하는 인간으로서 괴로운 인류 전체에 동정을 느끼기는 하지만, 의사로서는 동정을 느끼지 않는다고 말했다. 나는 환자에게 나의 동정을 표시하는 것을 극히 조심하고 있다. 왜냐하면 그것은 환자나 의사에게 병의 진상을 기만시켜서 기분 좋게 감정을 만들어내는 까닭에 의사의 의무에 위반되는 경우가 종종 있는 까닭이다. 그것은 나에게 몹시 관심이 있는 테마로서 나는 좀 더 그것에 관해서 이야기하고 싶었다.

그러나 니나는 다른 생각을 하고 있었다. 그렇다면 당신은 환자를 동정심에서 죽이는 일은 결코 없으시겠지요?

그것은 한마디로 간단히 대답할 수 없는 문제지, 라고 나는 대답했다. 그러나 병자가 불치병인 것을 알고 있고 자기의 생이 그 자체로서 아무 가치가 없으며 죽음에 의해서 그에게 부여되는 영원한 생명이 생물학적인 시간적 생보다 높은 가치를 가졌다는 것을 자신의 사고의 결정점으로 확신하고 있다면, 안락사는 정당하다고 볼 수 있겠지. 또는 무가치한 생명이 있다고 가정한다면, 예를 들어 사실상 고칠 수 없는 정신병의 경우, 그것을 희생함으로써 커다란 단체가 구제되는 경우는 정당하다고 볼 수 있을 테지.

내가 얘기를 끝맺기도 전에 니나는 성급하게 말했다. 당신도 희생이니, 단체니 하는 말을 쓰시는군요. 참 정당하게 들리는 말이기는 해요. 국민 전체를 구하기 위해서 아픈 사람들을 소멸시켜버린다는 것은. 인간을 다른 인간을 위해서 희생시키고, 어떤 인간은 가치 있다고 부르고 또 한 인간은 무가치하다고 부르는데, 도대체 그 기준이 어디에 있습니까? 단체에 대한 유용성은 나에게는 아무런 기준도 못 돼요, 결코. 사람은 각기 가치를 내면에 지니고 있는 거예요. 다른 사람의 희생을 받는 사람들은 그럼 가치가 있을까요? 아마 생물학적으로 보아서 건강하긴 할 것입니다. 그러나 그렇다고 해서 가치가 있을까요? 건강한 육체에 운운……은 나도 압니다. 그렇지만 나는 그 말을 믿지 않아요. 그리고 가치와 무가치에 관해서 절대적인 확실함을 가지고 판단할 수 있는 사람은 누구예요? 그리고 또 병을 아주 근절할 수 있다고 생각하는 것은 무슨 미친 사고의 착오예요! 언제나 병은 있을 거예요. 건강과 병은 균형이 잡혀 있을 거예요. 그리고 도대체 의학의 이 생물학적 관점이 잘못이에요, 근본적으로.

니나는 불꽃 같은 분노를 품고 이야기를 했다. 나는 몇 번이나 니나의 말을 막고 설명하려고 했다. 의학도 모든 다른 과학과 마찬가지로 변천을 면치 못할 운명에 있으며, 여태까지도 이미 의학적인 살해 수단이 있었다는 것 — 예를 들면, 모체를 살리기 위한 태아의 살해와 같은—이런 생각은 객관적으로 해야 하며, 이런 살해를 허용하는 법률도 개정이나, 개혁이나, 혁명을 요하는 것이라고 설명했다.

아니에요. 뒤집혀서는 안 되는 선입견도 이 세상에는 있는 거예요. 그리고 이 문제에 관해서는 객관적이어서는 안 돼요. 당신은 나보다 훨씬 현명하고 경험이 많으니까 법으로 가장하기가 쉬울 것이고 또 정당하신지도 몰라요. 당신은 객관적인 과학자시니까요. 그러나 나는 이 모든 것이 거짓이고 우리가 무서운 잘못을 범하게 되리라는 것을……

갑자기 니나는 말을 뚝 끊더니 우울하게 낮은 목소리로 말했다. 미안합니다. 이렇게 흥분해서. 그렇지만 나는 이 모든 것이 아주 지긋지긋해요. 강의 시간에도 끊임없이 그 말만 들으니까요. 더는 참을 수가 없어요. 공부를 중단하겠어요.

니나, 하고 나는 말했다. 그건 너무 지나친 결론인데. 이런 세월도 또 지나갈 게 아닌가.

아, 누구나가 그렇게 말하고 있어요, 라고 니나는 말했다. 지나갈 거라고. 그렇지만 정말로 지나갈까요? 당신 같은 분까지도……

니나는 말을 끝맺지 않고 분노에 잠겨 침묵 속에 창밖을 내다보았다.

니나, 라고 나는 말했다. 니나가 오해하는 것 같군. 나도 니나의 인도주의적인 견해에 찬성하고 있다는 건 알 텐데.

아, 그렇다면 어떻게 윤리적인 견해와 전혀 다른 의학적인 견해를 말씀하실 수가 있었어요? 라고 니나는 중얼거렸다.

니나는 의심에 찬 얼굴로 나를 보았다. 그 문제를 연구하고 계시지요? 니나의 목소리 속에 들어 있는 적의가 나를 놀라게 했다.

갑자기 니나가 싸움을 걸고 있는 것이라는 것을, 아니, 무엇에 관한 것이든지 우리의 토론은 싸움으로 끝나리라는 것을 알았다. 니나는 무슨 까닭인지 몰라도 나도 모르는 사이에, 아니, 아마 자기 자신도 모르게 내면적으로 나로부터 멀어져간 것이었다. 그리고 그 사실을 자신에게 인식시키기 위해서 이 언쟁이 필요했던 것이다. 니나는 나를 쳐다보았다. 보는 태도는 매우 서먹서먹하고 낯설었다. 잠시 후에 니나가 나의 목에 팔을 감고 다음과 같은 말을 한 것이 무슨 소용이 있었으랴?

용서해주세요, 신경질을 부려서. 그렇지만 거짓임을 알면서 그것을 배운다는 것이 견딜 수가 없어요. 나는 내가 초월할 수 없고 또 하고 싶지도 않은 감정, 또는 내면적인 한계나 법칙을 갖고 있어요. 다른 직업을 찾아보는 게 나을 것 같아요.

나는 잠깐 주저하다가 말을 했다. 무엇 때문에 다른 직업을 찾아? 언제든지 나에게 올 수 있다는 것을 알고 있으면서도?

니나는 고개를 흔들었다. 아녜요. 그것은 너무 쉬워요. 결단으로부터 그저 도피하라는 거지요? 고개를 모래 속에 파묻으란 말이지요? 내가 그런 짓을 하는 것을 원하실 리가 없어요. 어떻게 하면 좋을까요? 내가 거짓말을 하거나 다른 사람과 보조를 같이 하지 않아도 될 직업이 없을까요.

나는 생각해보겠다고 약속했다.

날이 저물었기 때문에 니나는 가려고 일어섰다. 나는 니나가 왔을 때면 언제나 그러듯이 차로 집에 데려다주려고 둘이서 같이 차고로 걸어갔다. 그러나 갑자기 니나는 혼자서 걸어가는 편이 좋겠다고 말했다. 이 모든 것을 끝까지 혼자서 생각해보아야겠다고.

니나는 이 모든 것이라고 말했고, 나는 그것이 무엇을 뜻하는지 알 수 있었다. 나는 니나가 자신도 아직 모르게 이미 나로부터 떠나가버린 것을 느꼈다. 니나는 나에게 빨리, 이상스러운 열기를 띠고 키스를 하더니 나가버렸다. 니나는 뛰어갔다. 나는 인기척이 없는 거리에 니나의 걸음 소리가 울리는 것을 들었다. 니나는 가버렸다. 영원히. 만약 내일 다시 오더라도 니나는 나를 떠난 것이다. 그러나 그 여자는 왜 그러는 것일까?

1934년 2월 28일

—나는 한 주일 동안 니나를 보지 못했다. 할 일이 많았다고 니나는 말했다. 그랬을는지도 모른다. 어제 나는 니나한테 갔다. 니나가 나를 초대한 것이다. 니나도 나도 우리의 언쟁에 관해서는 얘기를 하지 않았다. 그 테마는 다시는 거론되지 않았고, 우리는 다만 일반적인 이야기만 했다.

그런데 니나가 갑자기 말했다. 일자리를 찾았어요. 4월부터 나가기로 했어요. 아주 좋은 자리예요. 거기는 안전하고 또 필요한 일을 할 수도 있을지 몰라요. 대학 책방에 직원으로 채용되었어요.

그렇지만 거기도 마찬가지로 위험에 가깝다고 생각하지 않아? 동급생들이 니나를 알고 있으니까 거기서도 관찰할 게 아냐? 그리고 니나의 의견에 반대되는 책을 팔지 않으면 안 되지 않아?

니나는 미소하면서 나를 보았다. 그래요? 라고 니나는 신비스럽게 말했다. 그때에 공포와 불안이 엄습해 와서 나는 나를 잊고 소리 질렀다.

니나, 나에게 오는 것보다 책방 직원이 되는 편을 택하겠다는 거지? 나를 사랑하지 않는군.

사랑해요, 라고 니나는 낮은 목소리로 대답했다.

아니야, 그렇다면 나를 이렇게 괴롭힐 리가 없어.

사랑해요, 라고 니나는 아무 억양이 없는 목소리로 되풀이했다.

니나의 눈에는 눈물이 가득 괴었으나 울지는 않았다. 당신밖에는 아무도 없어요, 라고 니나는 말했다. 내가 누구를 사랑할 수 있다면 그것은 당신이에요.

아니야, 라고 나는 모든 이성을 잃고 완고하게 말했다. 너는 다만 위험을 사랑하는 거야. 모험과 생을 사랑할 뿐이지 나를 사랑하는 것은 아니야.

니나는 나를 바라보았다. 생을 사랑한다고요? 라고 니나는 조용히 말했다. 그러나 당신을 통해서 생을 사랑하는 거예요.

맹목적인 고통과 정열에 찢겨 있던 나는 외쳤다. 그러나 나는 생을 너의 안에서 사랑한다. 다만 너의 안에서만. 너를 사랑함으로써 나는 생을 사랑한다. 그것이 우리들 사이의 차이야, 무서운 차이야. 그러니까 너는 나로부터 떠나가도 좋아.

무슨 말씀이세요? 라고 니나는 물었다. 그리고 니나의 눈 속에 엄청난 공포의 빛이 떠 있었기 때문에 나는 갑자기 불안해졌다. 어쩌면 내가 잘못 본 것인지도 모르겠으나, 나는 부딪쳐서 구르고 또 굴러서 점점 빨리 아래로 굴러 떨어져 막을 수 없는 마지의 곳으로 가는 차와도 같았다.

그래, 하고 나는 방 안을 왔다 갔다 하면서 소리 질렀다. 다시 나로부터 떠나고 말 거야. 너는 충실이 무엇인지를 모른다. 마치 씨가 과일 속에 담겨 있듯이 나에게는 충실은 사랑 속에 담겨 있다. 그러나 너는 사랑하고는 떠나가고 다시 사랑하고 또다시 떠나갈 수 있는 인간이야. 나를 통해서, 다른 사람을 통해서, 모든 것을 통해서.

니나의 시선은 방을 거니는 나를 죽 따라왔다. 그 여자의 눈은 공포 때문에 크게 떠져 있었다. 나는 무슨 말을 하고 있는 것일까? 내가 한 말을 나는 어떻게 알 수 있었을까? 어떻게 나는 그 여자의 미래를 안 것일까? 어째서 돌연, 벼락과도 같이 그 여자의 본질을 인식한 것일까? 내가 잘못 생각하는 것이나 아닐까?

니나는 천천히 일어섰다. 그 여자는 매우 창백했다. 그게 무슨 말이세요? 라고 니나는 낮은 목소리로 물었다. 내가 만약에 결혼을 한다면 당신과 하겠다고 약속한 것을 잊으셨어요?

그래 그래, 하고 나는 파괴욕에 사로잡혀서 소리 질렀다. 그러나 너는 그 약속 때문에 고민하고 있어. 너는 다시 자유로워지고 싶은 거야. 너의 말을 다시 돌려주겠어.

아, 하고 니나는 거의 안 들리는 목소리로 말했다. 그것이었군요. 당신은 더는 원하지 않는 거예요, 좋아요.

나는 그런 순간에 서투른 또는 익숙한 배우가 무대에서 했을 것 같은 짓을 하지 않았다. 즉 나는 니나의 발밑에 몸을 던지지는 않았다. 그 대신 고통으로 딱딱해진 채로 창가로 가서 밖을 내다보았다.

나를 무섭게 오해하지 말아줘, 라고 나는 돌아보지 않고 말했다.

당신은 끔찍해요, 하고 니나는 대답했다.

내가? 라고 나는 외쳤다. 삶이 끔찍해.

네, 하고 니나는 낮게 말했다. 당신이 그렇게 만드니까.

나는 서서히 이성을 다시 찾고 니나에게 말할 수 있었다. 니나,

너는 알 거야. 아니, 모르고 있어. 내가 얼마나 사랑하는가를. 그렇지만 나는 네가 스스로 나에게 오기를 원하고 있어. 나는 네가 고민하는 것을 느껴. 너는 그것을 숨길 수가 없어. 네 스스로, 이제 때가 됐어요, 이제 가겠어요, 라고 나에게 말할 때까지 기다리겠어. 너의 말은 다시 돌려주지, 그러나 내 말은 그대로 지키겠어. 내가 원하는 것은 너를 도와주는 것 이외에 아무것도 없으니까.

도와준다고요! 라고 니나는 참지 못하고 소리 질렀다. 아무도 나를 도와줄 필요는 없어요!

누구나가 다 도움을 필요로 하고 있지만, 그 말이 싫다면 다른 말을 쓰겠어. 나는 너에게 기회를 주고 싶은 거야. 나와 함께 살 수 있는 기회를. 내 말을 알아듣겠지?

나는 내가 새로운 과오를 범했다는 것을 알았다. 나는 입을 다물었다.

니나는 화가 난 얼굴로, 그러나 적의는 없이 바라보았다. 좋아요, 라고 니나는 말했다. 자유를 다시 돌려받겠어요. 필요할지도 모르니까. 필요하지 않을지도 모르고.

집으로 돌아갈 때는 이미 밤이 되어 있었다. 나는 내가 늘 다니던 길을 벗어나 아주 딴 길로 차를 몰았다는 것을 알았다. 나는 그것을 넓은 들판에 나와서야 비로소 알았다. 그래서 나는 차를 세우고 핸들에 몸을 기댄 채 아무것도 느끼거나 생각하지 않고 자정까지 있었다. 그리고 집으로 돌아왔다.

1934년 4월 2일

—니나는 학교를 떠났다. 나는 오늘 처음으로 니나의 책방을 방

문했다. 니나는 나를 금방 보지 못했다. 나는 그 여자를 한동안 관찰해보았다. 니나는 좀 늙은 것같이 보였다. 지나치게 성숙한 심각함과 무거운 사고의 표정이 내 눈에 띄었다. 니나가 나를 보더니 잠깐 낯선 미소를 띠어 보였다. 나는 니나가 나와 얘기할 시간이 없는 것을 알고 가게문을 닫을 때까지 기다려도 괜찮겠냐고 물었다. 원하신다면, 이라고 니나는 다정하게, 그러나 건성으로 대답했다. 나는 니나를 기다리기 위해서 그 근방 골목에 있는 작은 카페로 갔다.

한 시간을 기다리면 되었으나 이 한 시간이 나에게는 길게 느껴졌다. 내가 아무것도 모르고 아무것도 손에 쥐고 있지 않다는 것은 유쾌한 느낌이 아니다. 나는 벌써 며칠 동안이나 이런 느낌을 갖고 있다. 종종 나는 일어서서 문을 연다. 아무도 밖에 서 있지 않다. 또 나는 우편물을 받아서 본다. 그러나 아무것도 씌어 있지 않다. 또는 전화 수화기를 든다. 그러나 아무도 얘기하지 않는다. 거리에 나간다. 그러나 아무도 만나지 않는다. 자동차에서 내린다. 나는 이 도시에서 혼자다.

그러나 무언가가 나를 기다리고 있고 나는 그것을 기대하고 있다. 왜 나는 그것이 '행복'이어야 한다고 생각하는 것일까? 그것은 행복이 아닐 것이다. 아무도 행복하지 않다. 그런데 내가 왜 행복해야 하는가? 무슨 권리로 나는 내가 이 세계에서 예외일 것을 기대하는 것일까? 아무런 소망도 이루어지지 않는다. 왜 내 소망은 이루어져야 하는가? 내가 이처럼 끈기 있는 인내력을 가지고 그것을 쫓기 때문에? 아무도 공적에 따라서 보상받지 않는다. 그리고 아무도 다른 사람의 노력을 존중하지 않는다.

니나가 왔다. 니나는 피로에 긴장해 있고 조용하고 서먹서먹했다. 나를 좀 바래다주시겠어요? 라고 니나가 말했다.

우리는 영국 공원 속을 걸어갔다. 나는 니나가 전에 뚱뚱한 교수와 같이 걸어간 길로 니나를 안내했다. 니나는 그것을 조금도 기억못하는 것 같았다. 나는 그 장면을 다시 상기했다. 생명에 넘친 몽상적인 헌신에 넘친 니나의 모습. 니나는 그것을 잊은 것이다. 2, 3년 후에 니나는 이 길을 다시 갈 것이다. 그리고 나하고 같이 이 길을 걸었던 것도 잊을 것이다. 잊는다. 그러나 나는 결코 잊을 수가 없다. 이것이 차이다. 차이의 전부다.

니나의 낯선 태도가 나를 괴롭혔다는 사실을 제외하고는 그것은 예사로운 산책이었다. 니나는 말했다. 당신은 몹시도 말이 없으셔서 내가 무슨 말이든지 하는 것을 힘들게 만들어요.

나는 내가 생각했던 것보다 날카롭게 대답했다. 굳이 '무슨 말이든지' 할 필요는 없어.

니나는 나를 잠깐 옆에서 보더니 낮은 목소리로 신비스럽게 말했다. 미안해요. 그러고 나서는 곧이어 말했다. 나는 10분 안에 집에 가야해요. 학생 한 명이 집에 오기로 되어 있어요. 그 학생과 나는 종종 같이 공부해요.

나는 무슨 공부를 하는가 묻지 않았다. 도대체 아무것도 묻지를 않았다. 아마 할 말도 없었을 것이다. 니나는 나에게 '불성실'하지 않았다. 아마 니나는 정치적인 활동을 다시 시작한 건지도 몰랐다. 그것은 얼마든지 가능한 일이었다.

나는 내 곁을 걸어가는 니나를 바라보았다. 언제나 반걸음쯤 나보다 앞서서 언제나 나보다 좀 빠르게 걸으면서 얼굴을 앞으로 향하고 있는 니나. 이 방황하는 눈, 고향이 없는 사람의 눈, 이 부드러운 그러나 진정되지 않는 불안감, 그것은 육체적인 신경과민이 아니라 정신적인 성질의 것이었다. 니나가 쫓고 있는 것은 무엇일까? 니나가 보지는 않고 다만 감지하고 있는 목표는 무엇일까? 어떤 남자든지 니나를 붙드는 것에 성공할 수 있을까? 만약 가능하다면 그는 어떤 유의 남자일까? 그리고 한 남자에게 붙들리기 위해서는 그 전에 니나는 얼마나 많은 경험을 가져야 할 것인가?

니나는 나의 니나다. 다른 누구의 것도 아니다. 니나 자신이 그렇게 말하고 있다. 그러나 나는 니나가 나를 버리기 전에 이미 단념했다. 아, 나도 니나를 내 생명같이 붙들고 싶으나 나는 그것을 못할 것이다.

1934년 4월 22일

—오늘은 내가 오래전부터 예감했던 날이다. 즉 이별이다. 어제 니나가 나에게 왔었다. 니나가 와서 이야기한 것은 좋았다. 니나는 솔직히 말해버린다는 불편한 방법을 택했다. 또는 그것은 니나에게는 편리한 방법인 것일까? 니나에게는 무언으로 서서히 전개되는 발전을 기다리는 것보다 냉혹한, 지나치게 빠른 종결선을 긋는 것이 쉬운 것 같다. 어쨌든 니나는 왔다. 니나가 들어왔을 때, 나는 무슨 일이 있으리라는 것을, 또는 무슨 일이 있었으리라는 것을 느꼈으나 나는 그것을 알고 싶지가 않았다.

우리는 함께 차를 마시고 나는 나 자신도 놀랄 만큼 말이 많았고 다정스러웠다. 내가 일생 동안 한 번이라도 기지가 있고 재미있었던 적이 있다면 그것은 어제였다. 니나는 내가 말하도록 내버려두었다. 니나는 예의 있게 주의를 기울이는 것처럼 듣고 있었으나 관심이 없었다. 니나는 차가운 태도는 아니었다. 니나는 차가울 수가 없는 여자다. 왜냐하면 니나의 본질에는 따뜻함이, 생명의 따뜻함이 있기 때문이다. 그러나 그것은 냉기에 에워싸여 있다. 니나의 동물적인 따뜻함은 정신적인 싸늘함에 뒤덮여 있다. 나는 지금 니나의 말을 정확히 기억하고 있는지. 니나는 갑자기 우리의 대화를 중단하고 나를 쳐다보았다. 한순간 니나의 시선에는 슬픔이 어려 있었다. 말씀드릴 게 있어요, 라고 니나는 말했다.

해봐, 라고 나는 태연히 말했다.

당신은 내 말을 한 번도 옳게 받아들이신 적이 없어요. 그리고 내 말을 다시 돌려주셨지요? 지금 나는 그 자유를 받아들이고 싶어요.

한 번도 자유를 뺏긴 일이 없어, 라고 나는 말했다.

아니에요, 라고 니나는 말했다. 나는 당신에게 나를 묶고 싶었던 거예요. 나는 그걸 바라고 있었어요. 그러고는 또다시 니나의 눈은 슬픔으로 가득 찼다. 나는 그러고 싶었어요, 라고 니나는 되풀이했다.

그러나 너는 그럴 수 없다.

할 수 없어요, 라고 니나는 대답했다. 그러고는 나에게는 무척 길게 생각되었던 간격을 두고 말했다. 그것을 내가 원하지 않는 것이 아니에요.

그럼 내가 원하지 않는단 말이야? 라고 나는 악의에 차서 물었다.

지금은 일부러 나를 오해하셔서는 안 돼요, 라고 니나는 태연히 말했다. 그러나 나는 니나의 입술이 떨리는 것을 보고 만족했다.

어떻게 이해하란 말이야, 도대체? 라고 나는 완고하게 물었다.

나를 데려가는 것이 다른 어떤 남자가 아니라는 것을 이해해주셨으면 해요, 라고 니나는 말했다.

데려간다고? 라고 나는 속으로 생각했다. 자유스러운 결단으로 나를 버리는 것을 그렇게 표현하다니! 나는 화가 나서 어깨를 추켜 보이고 그렇게 하는 나를 속으로 경멸했다. 니나는 그것을 보지 못한 것처럼 말을 이었다. 아마 당신처럼 나를 사랑해줄 사람은 아무도 없을 거예요.

그러나, 라고 나는 니나의 말을 가로채서 말했다. 너는 나를 사랑하지 않는 거지. 왜 그것을 똑바로 말하지 못해?

당신은 감당하기가 힘들어요, 라고 니나는 대답했다. 그러나 나도 마찬가지예요, 라고 니나는 자기의 나이보다 훨씬 노숙하게 자조적인 미소를 띠면서 말을 계속했다. 나는 사랑이 무엇인지는 몰라요. 그러나 다만 한 가지는 알고 있어요. 내가 결코 속박당하지 않겠다는 것만은요. 나는 자유로워야 해요. 무언가가 자꾸만 내 의사와 반대되게 나를 앞으로 몰고 있어요. 나는 그것을 더 전에 알았어야 했어요. 아니, 알고 있어요. 내가 처음부터 그것을 당신한테 뚜렷이 말하지 않은 것은 나의 죄니까 보상해야 하겠지요. 그러나 나는 당신 곁에 머물 수 있게 되기를 희망했어요.

머물 수 있게 되기를, 이라고 니나는 말했다. 그 말은 나에게 감동을 주었다. 완강히 굳은 나의 마음을 움직였다. 그러나 나는 그것을 보이지 않았다.

뭐가 그렇게 니나를 몰고 있는 거지? 라고 나는 부자연스럽게 조소를 띤 목소리로 물었다.

나도 모르겠어요, 라고 니나는 말했다. 아니, 알고 있기는 하나, 뭐라고 이름을 붙여야 옳을지 모르겠어요.

자유의 갈망? 하고 나는 냉정하게 물었다.

아마 그럴지도 몰라요. 그렇지만 그건 아무것도 뜻하지 않는 말이에요. 인간은 결코 자유로울 수 없으니까요. 사람들로부터 자유롭고 싶은 욕망이라는 말이 더 가까울 거예요. 나는 어떤 기분을, 통과의 기분 같은 것을 내 맘 속에 아주 날카롭게 느끼고 있어요. 아시겠어요? 남자, 인간, 그런 것은 나에게는 큰 의미가 없어요.

너의 일은? 하고 나는 냉담하게 물었다.

내 일은 중요해요. 그렇지만 그것도 아니에요. 그것도 일부에 불과해요.

갑자기 니나는 일어서서 내 곁에 오더니 마치 흔들려는 듯이 내 어깨를 붙잡았다. 왜 그렇게 꾸미고 계셔요? 라고 니나는 성이 나서 소리 질렀다. 나보다도 훨씬 더 잘 아시면서.

아니야, 라고 나는 말했다.

니나는 내 어깨를 놓더니 내 앞에 섰다. 왜 당신은 내게 하고 싶지 않은 말을 하도록 강요하세요? 몇 주일 전에 나는 꿈을 꾸었어요.

꿈을 꾸었다고? 꿈이 우리들 사이와 무슨 관련이 있단 말이야?

나는 꿈에 어떤 껍질 속에 갇혀 있었어요. 유리나 면사포같이 아주 엷고 투명한 껍질이었어요. 나는 그 속에 몸을 약간 굽히고 서 있었고 거기서 나오려고 했어요. 맹렬히 나오려고 한 것은 아니고 오히려 동경에 차서 나오려고 했어요. 그런데 누가 말을 했어요. 이 엷은 껍질이 너를 갈라놓고 있는 것이다. ……그 목소리는 무엇으로부터 나를 갈라놓고 있는 것인가는 말하지 않았어요. 그러나 나도 그것을 알고 있었어요. 밖에는 무언가가 있었어요. 그러나 나도 그것을 알고 있었어요. 밖에는 무언가가 있었어요. 자유 또는 평화 또는 예지…… 또는 뭐라고 이름 붙일 수 없는 것이. 어쨌든 그것은 내가 찾던 것이고 내가 필요로 했던 것이고, 내가 그리로 가야 하는 것이었어요. 그리고 이 꿈을 꾼 이래 많은 것이 분명해졌어요. 아마 당신은 그게 분명한 것인가? 그렇게 생각하실 겁니다. 내가 자신을 정당화하기 위한 헛소리고 망상이라고 생각하실 거예요. 그러나 그건 옳지 않아요, 그렇지만 당신이 나를 믿지 않으신다면 나도 당신을 설득시킬 방법은 없어요. 그러면 나도 당신의 경멸을 등에 지닌 채 떠나야만 하지요.

아니야, 라고 나는 말했다. 말하기가 몹시 어려웠다. 나는 내 위에 덮쳐오는 고통에 무장하기 위해서 마음을 일부러 굳게 먹고 있음을 느꼈다.

나는 너를 경멸하지 않을 것이다. 그게 무슨 말이냐? 네가 옳다고 생각하는 것을 너는 해야 한다. 너는 자유로우니까. 네가 발전해야 한다는 것을 나는 이해한다. 다만, 그러기 위해서 우리 관계에 완전한 절교가 필요하다는 것은 알 수가 없군.

아, 당신은 몹시 상처를 입고 계시는군요. 그렇지만 어쩔 수 없어요.

좋아, 거기에 대해선 더 얘기 말자.

어머나, 라고 니나는 낮게 말했다. 그러고는 갑자기 냉혹한 결심의 빛을 보이면서 일어나 말했다. 그런 일에 관해 길게 이야기하는 것은 분명히 잘못일 것입니다. 당신은 나를 이해하고 계시면서도 그걸 긍정하지 않으시는 거예요. 당신은 정신이 어떤 것인가를 잘 아실 겁니다. 정신이 배고픔이나 비나 더위와 마찬가지로 현실적이라는 것을! 정신에 쫓기는 것이 얼마나 불편한 일인가를 자신의 경험에서 아실 것입니다. 왜 일부러 장님이고 귀머거리인 척하세요.

그래, 하고 나는 말했다. 좋아, 나는 너를 이해한다. 이렇게 될 줄은 옛날부터 알고 있었어. 다만 한 가지만 부탁하는데, 너도 나를 이해해줘. 네가 나를 떠나면 내 생명을 가지고 떠나는 것이 된다는 사실을.

니나는 고개를 흔들었다. 당신은 지금 당신이 생각하시는 것보다 강하세요, 라고 니나는 조용히 말했다. 그리고 나한테서 무엇을 얻을 수 있으셨겠어요? 나는 당신이 상상하고 계신 것의 절반도 가치가 없어요.

니나는 미소했다. 그래서 나는 다시 자신을 억제할 수가 있었다.

아니야, 라고 말하고 나도 미소했다. 나는 니나의 가치를 과대평가하고 있지 않아. 그렇지만 나는 살쾡이나 요정은 길들일 수 없다는 것을 알았어야 했어. 다만 바라는 것은 그 요정이 인간의 영혼을 갖게 되는 것뿐이야.

니나는 당황해서 나를 바라보았으나 아무 대답도 하지는 않았다. 나는 조용하게 우월한 태도를 취하고 있는 나 자신을 저주했다.

저하고 아주 안 만나실 작정이세요? 라고 니나가 물었다.

나한테 오든지 오지 않든지 완전히 니나의 자유의사에 맡기겠어, 라고 말하면서 나는 어리석은 희망이 가슴에서 뛰는 것을 느꼈다.

고마워요, 라고 니나는 낮은 목소리로 대답했다. 그럼 안녕히 계세요.

잘 가, 라고 나는 말했다. 그렇지만 집까지 바래다주는 건 괜찮겠지.

니나는 나에게 시선을 던졌다. 그 시선을 나는 평생 잊을 수 없을 것이다. 그것은 자기가 내리려 했던 섬을 그냥 지나치는 사람의 시선이었다. 배가 멎지 않고 그냥 지나가버릴 때 그 선객은 슬픔에 가득 찬 얼굴로 섬을 바라보면서도 선장에게 항로를 섬 쪽으로 돌려달라고 하기 위해서 종을 흔들지 않는다. 눈에 안 보이는 팔이 그를 붙들고 있고 그는 그것에 복종하는 것이다. 그리고 그에게도 그렇게 하는 것이 옳다고 생각되는 것이다. 배는 계속해서 가고 섬은 대해의 한가운데에 그냥 떠 있다. 그 섬에는 다시는 어떤 배도 가까이 가지 않을 것이다.

니나는 갔다. 나는 니나를 길가까지도 바래다주지 않았다.

이제 나는 혼자다. 더 할 말이 무엇인가? 나는 이렇게 될 것을 처음부터 알고 있었다. 실망을 느낄 하등의 이유가 없다. 깨끗하고 똑바른 결단이다. 끝났다.

나는 창으로 니나의 뒷모습을 내다보았다. 니나는 빠른 걸음으로 고개를 들고 걸어가고 있었다. 니나는 나에게 모든 것을 고백해버린다는 불쾌한 의무를 끝마친 것이다. 모든 것은 정돈되고 해명된 것이다. 니나는 불가피했던 일을 한 것이다. 니나는—짐이 하나 가벼워진 마음으로—계속해서 살 것이다. 그런데 나는? 나는?—

이 기록에 있어서 한 페이지의 공백이 있었다. 그리고 몇 장의 흰 종이가 있었다. 나는 고개를 들고 니나가 나를 보고 있는 것을 알았다.

참 열중하네, 라고 니나는 말했다. 나는 꽤 오랫동안 언니를 보고 있었어.

아까 쓰던 것은 끝마쳤니?

아, 라고 외치면서 니나는 일어섰다. 일할 수가 없어. 도대체 더 일할 수가 없을 거야. 글을 쓸 수가 없는 거야.

니나는 종이를 뭉치더니 쓰레기통에 던졌다. 나중에 니나는 그것을 다시 꺼내서 보관해두었다.

곧 여기를 떠나야 해, 라고 니나는 말했다. 왜 아직 나는 여기에 있는 건지 모르겠어. 여권과 비자는 받아놓았고 수속은 다 끝났어. 내일 떠날까?

나에게 묻는다면 가지 말라고 대답하겠다. 너를 찾자마자 또 잃는다는 게 나에게 기분 좋은 일일 것 같아?

아, 라고 니나는 중얼거렸다. 언니에게 있어서 내가 뭐야? 그러고는 니나는 내 팔을 강하게 잠깐 붙들었다. 그럼 언니는? 언제 떠나야 해?

오늘 밤차로 갈 예정이었어.

안 돼, 라고 니나는 말했다. 그러지 마.

내일 남편이 돌아올 예정이야, 나를 기다릴 거야.

언니 남편, 남편, 하고 니나는 외쳤다. 언제나 그는 있어. 한 번쯤 혼자 있었다고 해서 그는 죽지 않을 거야. 전보를 보내.

그래 좋다. 뭐라고 전보를 보낼까? 내일 간다고?

아니, 확정하지 말고 곧 돌아가겠다고 해둬.

그렇지만 넌 내일 떠나잖아?

모르겠어, 라고 니나는 중얼거렸다. 정말로 모르겠어.

나는 전화로 전보를 보냈다. 다 걸고 나서 돌아보았더니 니나는 또 술을 마시고 있었다. 니나가 그러고 있는 것에 나는 화가 났다. 그것이 니나에게 어울리지 않기 때문이다. 그러나 니나의 얼굴을 보았을 때 나는 그 말을 할 수가 없었다. 니나는 마개를 뽑은 술병을 손에 쥐고 꼼짝도 안 하고 서서 허공을 응시하고 있었다. 니나의 얼굴은 마치 가면과도 같이 완전히 폐쇄되어 있었고 절망적이었다. 니나는 술병을 닫고 옆으로 밀었다.

일기를 다시 읽었어? 뭐라고 씌어 있어?

이별의 장면이었어.

아, 아주 감동적이었겠군? 우리가 고상한 연기를 했어?

니나, 라고 나는 말했다. 냉소주의는 너에게 어울리지 않아.

나도 알아, 라고 니나는 말했다. 나에게는 절망도 안 어울리고 호소도, 술 마시는 것도 안 어울릴 거야.

씁쓸한 어조로 니나는 덧붙여 말했다. 사람들은 언제나 나로부터 내가 태연하고 남을 위안할 것을 기다리고 있어. 마치 나도 너무나 감당하기 어려운 공포를 지닌 한 인간이라는 것을 알지 못하는 것처럼. 니나는 쓴웃음을 지으면서 말을 중지했다. 자, 나는 또다시 남들이 생각하는 용감한 여자야. 이리 와서 같이 우편물을 봐, 우리.

니나는 이틀 동안에 모인 우편물 뭉치를 뒤적이더니 뭐라고 혼잣말을 중얼거렸다. 갑자기 니나의 눈은 빛났다. 아이들한테서야, 하면서 니나는 페이퍼나이프가 옆에 있는데도 엄지손가락으로 봉투를 뜯었다. 편지가 두 장이야, 라고 니나는 말했다. 니나의 목소리는 보통 때와 다르게 따스하고 감동스러웠다. 니나는 행복하게 보였다. 나는 니나가 이렇게 빛나고 부드러운 얼굴을 할 수 있다는 데 놀랐다.

루트한테서 온 거야, 라고 니나는 말했다. 루트는 지금 열네 살이야, 뭐라고 썼을까?

사랑하는 엄마, 엄마가 영국에 가는 게 나는 몹시 슬퍼. 그렇지만 마르틴은 엄마가 그렇게 하는 것이 엄마에게 좋을 거래. 그리고 엄마는 무엇이 엄마에게 좋은가를 잘 알 거니까. 그렇지만 엄마를 매주 일요일마다 볼 수 없어서 섭섭해. 그리고 오페라에도 우리끼리만 가야 하잖아? 그렇지만 엄마는 다시 오겠지? 우리는 여기서 아주 잘 지내고 있어. 나는 음악에 수를 받았어. 노래, 피아노, 이론의 세 과목 전부.

나는 지금 바스티엔 역을 배우고 있는데 선생님이 아주 칭찬해주셔. 5월 1일에 공연이 있을 예정이야. 엄마가 여기에 없는 게 유감이야. 나도 피아니스트보다는 가수가 되고 싶어. 그렇지만 나는 너무 어리고 너무 말랐어. 내가 열일곱이 되면 꼭 음악대학에 보내 줄 거지, 엄마? 새 음악 선생님은 기막히게 좋아. 나는 그 선생님한테 말할 수 없이 반해 있어. 그렇지만 선생님은 그걸 모르고 계셔. 그리고 나는 그걸 선생님이 눈치 채지 않게 하느라 몹시 애쓰고 있어. 그렇지만 선생님도 나를 귀여워해주셔. 선생님이 나를 볼 때면 심장이 마구 뛰어서 목소리가 막혀버리곤 해. 엄마, 난 엄마한테 이런 걸 다 말할 수 있어서 말할 수 없이 좋아. 엄마는 이 세상에서 내가 생각할 수 있는 가장 멋있는 엄마야. 엄마 언제 가? 영국에서 모든 일이 잘 되기를 빌게. 키스를 보내면서 엄마의 루트가.

애도 참, 하면서 니나는 행복한 얼굴을 했다. 애는 마음이 좋아. 그리고 알렉산더의 감수성과 재능을 갖고 있어. 이건 마르틴의 편지야. 애는 열세 살이고 누나와는 아주 달라. 퍼시의 아이야.

엄마! 나는 돈을 모으고 있어. 내년에 소년단을 따라서 영국에 가기 위해서야. 그럼 엄마한테도 갈게. 루트는 엄마가 어떤 영국 남자와 결혼할 거래. 그래서 그 말을 우리에게 하지 않으려고 하는 거라고. 그렇지만 나는 루트의 말을 안 믿어. 엄마는 언제나 모든 말을 다 우리한테 했으니까. 우리들에 관해서는 조금도 걱정 마. 난 수학과 물리에 만점을 받았어. 이 두 과목만은 나를 따를 아이가 없어. 그러고 보니 잘난 척했다고 엄마에게 야단맞을 것 같아. 화났어, 엄마? 나는 엄마가 화를 안 내리라고 생각해. 그럼 안녕, 엄마의 마르틴. (그리고 새 스웨터가 필요하대, 루트가. 갈색에 노랑이 섞인 게 좋대.)

니나는 두 편지를 가방에 넣었다. 필요 이상 오래 걸려서.

나도 애가 있었으면 해, 라고 나는 말했다.

사람은 뭐든 다 가질 수는 없는 거야, 라고 니나는 조용히 말했다.

왜 없니? 라고 나는 큰 소리로 말했다. 너는 다 갖고 있지 않니?

맙소사. 언니는 왜 그렇게 과장해서 생각해. 예를 들면 나에게는 남편도 없어.

너는 그 이상의 것을 갖고 있어.

니나는 거기에는 대답을 하지 않고 손을 내 팔 위에 얹고 말했다. 그렇지만 생각해봐. 언니의 아이가, 어쩌면 아들이 전쟁에 나갔을 만한 나이였다고. 어쩌면 전사했을지도 모르잖아? 그러면 도대체 아이를 처음부터 안 가진 것만 못했을 게 아냐?

그렇지 않아, 라고 나는 말했다. 네 말은 옳지 않아. 너 자신도 그걸 알고 있을 거야.

니나는 놀란 얼굴로 나를 보았다. 그리고 나 자신도 내 말에 놀라고 있었다. 왜냐하면 나는 전에는 한 번도 그렇게 생각한 일이 없었기 때문이다. 나도 니나의 말처럼 나쁜 시대에 아이를 갖지 않은 것은 다행이라고만 생각해왔다. 그런데 지금 나는 잃어버린 무엇을 한탄하는 편이 한 번도 갖지 않았던 것보다 낫다고 생각한 것이다. 처음으로 나는 고통도 또한 재산임을 알았다. 그러나 나는 지금 마흔여덟 살인 것이다.

니나는 우편물의 절반을 나에게 주었다. 한번 훑어봐줘. 그리고 중요하다고 생각되는 것이 있거든 나에게 말해줘. 나는 이걸 다 읽을 힘이 없어.

첫 번째 편지는 출판사에서 온 계산서였다. 니나는 그것을 읽지 않은 채 가방에 넣었다. 다음 편지는 니나가 100마르크의 돈을 선사한 어떤 대학생에게서 온 넘쳐흐르는 감사의 편지였다. 그 다음 것은 봉투 속에 한 장의 스케치가 들어 있었다. 몇 개의 선에 불과했다. 축 늘어진 돛을 단 보트, 한 여자와 한 남자가 보트 속에 서로 등을 대고 앉아 있는데 남자는 날아가는 새를 보고 있었다. 그 그림의 스타일이 나에게는 낯익게 여겨졌다. 그리고 나는 사인을 보고 확인했다. 그것은 나와 나의 남편이 자주 만나는 도안가 N씨였다. 나는 그와 그의 젊고 예쁜 부인을 잘 알고 있었다. 그러나 나는 그것을 말하지 않았다. 스케치의 뒷면에는 편지가 씌어 있었다. 나는 니나에게 그 말을 했다. 니나는 신문에서 오려낸 기사를 보고 있다가, 읽어줘, 라고 중얼거렸다. 읽고 난 후 나는 차라리 읽지 말걸 그랬다고 후회했다.

이게 나의 생활이다. 나는 너 없이 일할 수가 없어. 낮이나 밤이나 너를 생각한다. 그걸 알아줘. 너의 다음 책에 삽화를 그릴까?

그러고는 읽을 수 없게 흘려 쓴 사인이 있었다. 그러나 나는 그를 알고 있었다. 의심할 여지가 없었다.

아, 매주 그로부터 그런 편지를 받아, 라고 니나는 건성으로 반쯤 듣고 있다가 말했다. 그렇지만 나는 그를 도와줄 수가 없어.

나는 대답을 하지 않았다. 속고 있다는 걸 알게 될 때 우리는 언제나 당황하게 된다. 이 화가와 그의 아내는 그처럼 행복하게 보였다. 온 세상이 그들을 가장 행복한 부부라고 보고 있었다. 그런데 현실은 어떤가? 그는 니나를 사랑하고 그의 결혼을 비참하다고 생각하고 있고 몇백 번이나 그의 아내를—적어도 생각 속에서는—속이고 있는 것이다. 그리고 그의 아내도 그를 속이고 있을지 누가 알랴?

나는 오래전부터 성실이란 있을 수 없고 다만 공동생활의 깨어지지 않는 습관만이 있을 수 있다는 것에 체념해왔다. 그러나 인간이 어디를 밟든지 추락할 수 있고, 어떤 난간도 안전하지 않고, 어떤 계단도 견고하지 않고, 어떤 다리도 거리도 영속적이 아니며, 모든 것은 안개 또는 썩은 나무로 만들어진 것이라는 것을 알게 되는 것은 유쾌한 일이 아닌 것이다. 내 자신의 남편은 잘츠부르크에서 무얼 하고 있는 것일까? 그는 그렇게도 자주 그곳에 간다. 그는 그곳에 볼일이 있다. 그것은 나도 잘 알고 있다. 그렇지만 일을 끝마치고 나서 그는, 무엇을 할 것인가?

이 생각이 나를 아프게 하지는 않는다. 나는 어깨를 추킨다. 나는 성실한가? 분명히 그렇다. 그러나 그렇다고 해서 내가 낫단 말인가? 나는 오래전에 벌써 내 남편과 떨어졌다. 나는 나 혼자의 생활을 산다. 그가 조금도 관여하지 않는. 니나가 나보고 그를 사랑하느냐고 물었지. 나는 그를 나의 집과 나의 기분 좋은 여러 습관을 사랑하듯이 사랑하고 있다. 그는 하나의 습관에 불과하다. 그러나 이 생각조차도 나에게 아픔을 주지 못한다. 나는 늙었다는 생각이 든다.

그러나 니나와 그 남자는 어찌 될 것인가? 두 개의 불덩이 같은 별이 서로 부딪칠 때 어떤 일이 일어날 것인가? 그들은 그들의 불을 약하게 하고 식혀야 할 것이다. 또는 그렇잖으면 서로를 파멸시킬 것이다. 내가 이 며칠 동안 니나를 알고 난 후가 아니었다면 나는 그들이 서로를 파괴하고 몰락하고 말 것이라고 말했을 것이다. 그러나 누를 수 없는 힘을 가진 니나는 그와 자기 자신을 구제할 것이다.

우리가 읽지 않았던 편지가 더 있었다. 그러나 니나는 갑자기 외쳤다. 저걸 좀 봐! 저 햇빛을!

우리 둘 다 모르고 있는 사이에 비가 왔다. 그리고 지금은 햇빛이 또 한번 구름을 뚫고 나와서 온갖 지붕과 처마가 빛나고 있었다. 공중의 전선과 나무의 봉우리와 쓰레기통이 빛났다. 공중에 있는 모든 것이 빛과 광명 속에 용해된 것같이 보였다. 니나는 창문을 열어젖혔다. 향기가 파도같이 밀려들어왔다.

나갈까, 라고 니나가 말했다. 나가야 해. 니나는 자기의 결심을 당장에 실행하려는, 독특하게 서두르는 태도로 말했다. 니나는 내가 외투를 입는 것을 문간에 서서 초조하게 기다리고 있었다. 어서 가, 라고 니나는 마치 우리가 무사히 중대한 일을 놓칠까봐 두려워하듯이 재촉했다. 내가 장갑을 찾고 있으니까 니나는 참을 수가 없어서 한숨을 다 쉬었다.

우리는 별로 말도 없이 여기저기 걸으면서 강렬한 봄의 향기를 들이마셨다. 그리곤 아무 데서나 급하게 저녁을 먹었다. 니나는 언제나와 마찬가지로 다만 몇 숟갈만 먹었을 뿐이었다. 그러고 나서 우리는 영국 공원에 가기로 했다. 니나는 갑자기 어떤 광고탑 앞에 멎었다. 또는 더 정확히 말하면 마치 번개를 맞고 마비된 것처럼 걸음을 멈췄다.

오르페우스, 라고 니나는 중얼거렸다.

그래서?

오늘 밤에 글루크의 오르페우스가 상연돼. 〈오르페우스와 에우리디케〉가.

나는 그것이 그처럼 큰 흥분의 원인이라는 것을 이해할 수가 없었다. 가겠어? 라고 나는 물었다. 벌써 시간이 퍽 늦었지만.

니나는 고개를 흔들고 계속해서 걸어갔다. 그러나 얼마 동안 니나는 말이 없었고 정신이 딴 데 가 있어서 땅에 괴인 빗물에 빠지거나 물이 떨어지는 젖은 나뭇가지에 부딪쳐도 의식하지 못했다. 나는 그동안 여러 가지 상상을 해보았다. 어쩌면 그 남자는 가수인지도 모른다. 그래서 오르페우스를 노래할지도 모른다. 그러나 그것은 남자의 역할이 아니지 않을까? 그럼 그는 지휘자일까? 또는 무대감독? 또는 그가 이 상연을 보려고 뮌헨에 와 있는 것을 니나가 아는 것일까? 맙소사, 니나는 나에게까지 전염시킨 것이다. 나도 모든 흥분적인 일을 '그 남자'와 연결하게끔 되었으니.

우리는 영국 공원의 북쪽에까지 갈 예정이었으나 크라인헤셀로 호반까지 왔을 때 벌써 니나는, 돌아가고 싶어, 라고 말했다. 돌아가야 해. 그러면서 나를 바라본 니나의 시선은 그처럼 우울한 초조에 가득 차 있어서 나는 하려던 말을 다 삼켜버렸다. 그래서 우리는 돌아서서 갔다. 귀로는 나에게는 산책이라기보다는 쫓기는 것 같은 기분이었다.

무엇이 니나를 집으로 몰고 있는 것일까? 니나는 방문을 기다리고 있지는 않을 것이고 우편물도 다 보았고 '그 남자'의 전화를 니나는 안 받지 않았는가. 그래서 나는 니나 곁을 따라가면서 니나의 말을 이해하려고 했다. 그렇게 빨리 걸어가면서도 니나는 말할 시간을 가졌고 호흡을 유지했다. 너무 빨리 말해서 알아들을 수가 없었고 또 니나의 말의 대부분은 삐거덕거리면서 멎는 자동차 소리에 지워지거나 바람에 끊겼으나 하여간 나는 다음과 같은 이야기를 종합해서 알아들을 수가 있었다.

니나는 언젠가 '그 남자'하고 오페라에 갔었다. 그것이 그들이 같이 들은 최초의 음악이었고 그것은 〈오르페우스〉였다. 그들은 둘 다 일에 치여서 신경이 예민해져 있었고 전날 밤에는 한잠도 자지 못했다. 그래서 그들은 피부도 없고, 막 끊어질 듯이 팽팽하게 긴장된 거미줄보다도 가는 신경만을 가진 상태에 있었다. 그것은 위험한 상태였다. 그들은 그렇게 나란히 앉아 있었고 둘이 다 음악에 재능이 있었다. 그들은 그 말할 수 없이 아름다운 음악을 듣고 넋을 잃었다. 내 생각으로는 그들은 사랑과 음악으로 된 일종의 도취를 맛본 것같이 생각된다.

그러나 오페라는 끝났고 밖에는 비가 내리고 있었다. 택시는 한 대도 오지 않았다. 그래서 그들은 비가 떨어지는 구석에 서 있었다. 그때 그가, '그 남자'가 니나에게 싸움을 걸었다. 그것은 아무것도 아닌 바보 같은 싸움이었으나 니나를 몹시 불행하게 만들었다. 니나는 행복이 다만 두 시간 만에 끝났다는 것을 이해할 수가 없었다. 니나는 그에게 안 보이도록 고개를 돌리고 비를 맞으면서 울었다. 그러나 그는 그것을 보고 사람들이 다 있는 앞에서 큰 소리로 화를 내면서 외쳤다. 다시는 너하고는 음악을 안 듣겠다. 훨씬 뒤에야 니나는 그를 이해하게 되었고, 그것이 그가 니나에게 자기의 사랑을 표현한 것에 대한 후회와 수치에 불과하다는 것을 알았다.

그 남자하고 지내는 것은 꽤 힘들 것 같았다. 아마 그는 니나에게 자꾸 수수께끼를 주는 것 같았다. 그리고 그를 통찰할 수 없는 것이 바로 니나를 그에게 붙들어놓고 있음에 틀림이 없는 것 같았다. 니나가 그를 통찰하기를 원하지 않고 있을 것이라는 의심이 나에게는 떠올랐다. 니나는 그의 신비성을 지킨 것이다. 왜냐하면 그것은 그녀의 비밀이었고 그들의 사랑의 비밀인 까닭이다.

이런 인식에 도달한 나는 아마 큰 소리로 한숨을 쉰 것 같다. 왜냐하면 니나가 갑자기 돌아서서 나를 보고 물었기 때문이다. 뭐라고 말했지? 나는 아무 말도 하지 않았었다. 그리고 내가 생각한 것을 말하는 것을 회피했다.

대문을 닫았을 때 니나는 중얼거렸다. 벌써 집에 와야 하다니 유감이로군.

니나는 동경하는 것 같은 시선을 이제는 마지막 햇빛에 젖어 녹색과 분홍빛 속에 떠 있는 거리에 던졌으나 빨리 문을 닫고 계단을 뛰어올랐다. 우리가 없는 동안에 누가 왔으리라는 것을 기대할 수 없었을 것임에도 니나는 아무도 없는 것에 몹시 실망한 것같이 보였다. 빠르고 수줍은 시선으로 니나는 몇 번이나 자기 주위를 돌아다보더니 마침내는 포기했다. 니나는 자기를 억제했다. 니나는 뻣뻣한 동작으로 우리의 외투를 걸고 유리창을 닫고 여기저기를 정돈하더니 갑자기 느닷없이 그리고 아무 연결성도 없이 말했다. 나는 지옥이 어떤 곳인가에 관한 뚜렷한 상상을 해봤어. 언니는 그렇지 않아?

나는 내가 한 번도 그런 생각을 안 했고 그것에 관해 아무런 상상도 안 해봤다는 것을 고백하지 않을 수 없었다.

그렇지만 나는, 하고 니나는 낮은 목소리로 말했다. 나는 그게 어떤 것인지 알고 있어. 사람이 완전히 고독하게 앉아서 결코 다시는 사랑할 수 없다는 것. 영원히 다시는 한 사람과 만날 수 없으리라는 것을 느끼는 것이 지옥일 거야.

그리고 다시는 사랑을 받지 않으리라는 것도, 라고 나는 덧붙여 말했다.

니나는 고개를 흔들었다. 그건 중요하지 않아. 우리가 다시는 사랑할 수가 없어지는 것, 그것이 문제야.

나는 갑자기 이런 종류의 대화에 반감을 느끼고 니나를 농담 속에 끌어들이려고 했다. 그래, 그렇다면 천국은 한 걸음 걸을 때마다 사랑하는 사람을, 많이가 아니라 약간만 사랑하는 사람을 만나는 곳이야. 우리에게 달콤하고 편리한 만큼만 사랑하고 그 이상은 사랑하지 않는 거야. 한 사람만을 아주 몹시 사랑하면 우리는 의외의 불더미 속에서 시련을 받게 되니까.

아니야, 라고 니나는 나의 농담을 무시하고 말했다. 천국은 절반쯤 행복한 상태야……

왜 절반만이라는 거지? 나는 니나의 말을 막았다.

니나는 나를 거의 동정하듯이 바라보고는 애써 웃듯이 좀 웃었다.

그러나 나는 아까는 그렇게도 놀려주고 싶었는데 지금은 니나의 체념이 나를 슬프게 만들었다. 그것은 니나의 본질을 흐리게 하는 것이기 때문이다. 니나는 정열적으로 절망하거나 초조와 고통에 시달릴 수는 있으나, 체념해서는 안 되는 것이다. 나는 니나가 술을 마시거나 얘기를 하거나 아무튼 무엇인지를 해줬으면 싶었다. 그렇게 피곤한, 절망에 넘친 얼굴을 하고 팔을 축 늘어뜨리고 앉아 있지 말고…… 니나는 내가 일기를 다시 열고 1934년 4월 22일의 마지막 일기에 이어진 공백 란을 찾고 있는 것을 흥미 없이 바라보고 있었다.

그 공백을 보더니 니나는 생각에 잠겨서 말했다. 1934년, 도대체 그해에는 무슨 일이 있었을까? 조금도 모르겠어…… 아니, 기다려봐. 생각해볼게. 도대체 아무 일도 없었어. 아무 일도 일어나지 않은 때였어. 나는 책방에서 일하고 있었고 정치적인 활동도 별로 안 하고 슈타인도 만나지 않고 아주 혼자 있었어. 아니야, 참, 나는 퍼시를 사귀었어. 퍼시 할. 내가 어째서 그걸 잊었는지 모르겠어. 나는 어느 날 기차를 타고 슈타른베르크에서 뮌헨으로 돌아왔어. 그때 나는 유리창에 비치는 한 얼굴을 보았어. 그게 퍼시였어.

그러고는 니나는 한참 동안 말을 하지 않고 불쾌한 듯이 또는 애써서 상기하려는 듯이 앞을 바라보고만 있기에 내가 물었다. 그래서 그 얼굴은 어땠니?

무슨 얼굴? 하고 니나는 물었다.

퍼시의 얼굴 말이야. 네가 방금 얘기하려고 하지 않았니.

아, 그렇지, 라고 니나는 주의가 산만하게 대답했다. 어떻더냐고? 그게 무슨 의미야? 니나는 퍼시와는 아무 관련이 없는 생각이나 상상에 골똘해 있었다. 니나의 얼굴은 맞지 않는 계산을 하고 앉아 있는 사람처럼 괴롭고 귀찮은 표정을 하고 있었다.

내가 묻는 건 그 유리에 비친 얼굴이 어떻더냐는 거야.

남자다웠어, 라고 니나는 흥미 없게 대답했다. 그러고는 분노를 띤 목소리로 덧붙여 말했다. 그는 내가 그를 알기 전에는, 그리고 알고 난 후에는 진짜로 더 참을 수 없어진 타입이야. 키가 크고, 금발이고, 파란 눈을 가졌고, 건강하고, 스포츠맨 형이야. 왜 웃어?

내 남편이 꼭 그렇게 생겨서 그래.

우리는 서로를 살짝 곁눈질해 보고 웃다가 흠칫해서 웃음을 멈추었다. 우린 둘 다 우리의 웃음에 약간의 쓴맛이 포함되어 있는 것을 느낀 것이다.

그렇지만, 하고 니나는 빨리 말했다. 그는 여러 가지 점에서 완벽하다고 볼 수 있었어. 그리고 죽을 때는 아주 멋있게 죽었어.

내가 묻는 얼굴로 니나를 보자, 니나는 나지막이 말했다.

나는 그에게 독약을 주었어. 아니야, 그렇게 끔찍하게 보지 말아. 나는 독살하지 않았어. 다만 교수대로부터 구해준 것뿐이야.

사람들이 그를 가두었니?

응, 그렇지만 나는 그걸 모르고 있었어, 라고 니나는 말했다. 우리는 벌써 오래전에 이혼했으니까. 그리고 그는 다른 여자와 살고 있었어. 1944년 어느 밤에 그의 아내가—클레레라는 이름이야—

나한테 왔어. 우리는 4년 동안 만나지 않았고 나는 그 여자를 싫어하고 있었다는 걸 언니는 미리 알아야 해. 얘기를 듣기 전에.

알아, 하고 나는 나도 모르게 대답했다.

왜 그렇게 대답하지? 언니는 그걸 알고 있었어?

네 목소리에서 들었어. 너는 그 여자를 증오하기까지 했지. 그 여자의 이름을 부르는 것도 아주 힘이 들 정도로.

그건 정말이야, 라고 니나는 말했다. 나도 이상해. 그렇게도 오래전 일인데. 그런데도 이 끔찍한 감정의 한 부분이 내 속에 그냥 남아 있는 것 같아. 나는 그 여자가 싫어. 그 여자는 배고픈 개 같은 눈을 갖고 있었어. 나는 퍼시가 그 여자의 어디가 마음에 들었는지를 알 수가 없어. 언니는 웃는군. 아마 언니는 여자들은 남편이 다른 여자의 어디를 좋아하는지를 모르는 법이라고 생각하고 있을 거야. 그건 잘못된 생각이야. 퍼시는 그전에도 애인을 갖고 있었는데 그 여자는 아주 예쁘고 게다가 사랑스러운 성격이어서 나는 퍼시가 그 여자와 자러 가는 것을 이해할 수가 있었어.

그러나 클레레는 예쁘지도 않았어. 어찌나 커다란 이를 가졌는지, 그리고 그걸 어찌나 자주 드러내놓는지 나는 그걸 볼 때마다 그 여자가 그 이로 시뻘건 양고기를 날로 깨물 수 있을 것이라는 생각이 났었어. 그 여자는 화가였는데 그림을 못 그렸어. 그게 그 여자의 가장 나쁜 점이야. 나는 그걸 퍼시에게 제일 용서할 수 없었던 거야. 그렇지만 그 여자 얘기를 하는 건 추악한 짓이야. 그리고 그 여자도 무척 슬픈 일을 많이 당했어.

퍼시는 그 여자와 결혼하지 않았어?

안 했어. 아마 하려고 했는데 하지 못하고 만 것 같아. 잘 모르겠어. 아무튼 그 여자가 나를 찾아왔을 때는 임신 중이었어. 일곱 달째였어. 그 여자는 밤늦게 어둠 속을 왔어. 넓은 외투를 쓰고 거기에 달린 모자를 뒤집어써서 나는 누군지 알지 못했을 정도였어. 그 여자는 계단을 올라와서, 그리고 또 공포 때문에 헐레벌떡거리고 있었고 벌써 꽤 뚱뚱해졌음에도 마치 뱀장어같이 문틈을 미끄러져 들어오더니 곧 문을 닫아버렸어. 그 여자가 임신 중인 것을 보고 나는 퍼시가 그 여자를 버렸다고, 그래서 나한테 온 것이라고 생각했어. 그런 일에는 나는 관심도 없다, 빨리 다시 가버리기나 해라, 나는 도와주지 않겠다, 라고. 그 여자는 얼굴이 움푹 파이고 창백해서 노파같이 보였어. 그것은 물론 나에게는 통쾌한 일이었어. 나도 다른 여자와 다를 게 없어. 나는 내 라이벌이 잘못되면 기쁘거든.

니나는 이 말을 일부러 강조했기 때문에 나는 니나가 자기의 소신에 반대되는 말을 하고 있음을 알았다.

나는 그날 밤 마침 조금 전에 초대받아 나갔다 왔기 때문에 옷을 차려입고 있었어. 나는 그 여자와 마주 앉아서 담배를 한 대 붙여 물고, 그 여자와 같은 상태에 있을 때 여자가 담배를 피워서는 안 된다는 사실을 잘 알면서도 담배를 그 여자에게 내밀었어. 그러나 그 여자는 아주 낮은 목소리로 말했어. 고마워요, 안 피우겠어요. 그렇지만 그 대신 커피를 한 잔 준다면 아주 고맙겠어요. 그 여자가 나한테 찾아와서 게다가 무얼 달라고까지 할 때는 얼마나 자기 극복이 필요했겠어? 나는 그래서 그 여자에게 커피를 끓여주었어. 커피콩을 좀 가지고 있었는데 전쟁 중에는 드문 일이었지. 그러니까 그 여자는 말했어. 오, 진짜 커피군요. 그래, 라고 나는 생각했어. 자, 보아라. 나는 잘산단다. 사실은 나도 잘살지 못했고 그것은 나의 마지막 커피였어.

그러나 나는 모든 것에도 불구하고 내가 잘 지내고 있고 어떤 의미로든지 퍼시를 아쉬워하지 않고 있다는 것을 그 여자에게 알리고 싶었어. 그 여자는 아직도 나에게 무엇 때문에 왔는지를 이야기하지 않고 있었고 나도 묻지 않았어. 그 여자가 말을 꺼내는 것을 어렵게 하기 위해서 일부러 묻지 않은 것이야. 그래, 하고 나는 생각했다. 너희들이 나를 밖으로 내던지던 날 밤을 생각해봐. 그건 밤 10시였어. 너희는 나보고 어디로 가느냐고도 묻지 않았어. 그날 밤 너희는 같이 잤고 나는 어디에 있었지? 선술집 의자에 앉아 있었어. 나가기에는 너무 피곤했던 나를 동정해서 사람들이 아침까지 있게 해주었던 거야. 그런데 너는 물었지? 여기서 무얼 하려는 거지요? 당신은 내가 벌써 옛날부터 퍼시의 아내가 된 것을 모르세요? 라고. 나는 지난 일을 생각하고 있었어. 그런 일은 잊을 수 없는 것이야.

나는 일어서서 라디오를 켰어. 댄스 음악이 흘러나왔고 그것은 그 여자를 불쾌하게 했어. 나는 그것을 느끼고 망측스럽게도 행복했어. 그것은 악마와도 같은 유쾌함이었어. 갑자기 그 여자는 낮게 말했어. 퍼시는 죽게 돼요. 그러나 나는 그 말을 알아듣지 못했어. 그래요, 라고 나는 아주 태연히 말했어. 병이 났어요? 아, 아뇨, 라고 그 여자는 말했어. 잡혀갔어요. 게슈타포한테. 그는 사형선고를 받는대요. 아주 확실하대요. 벌써 그에게 알렸대요. 다음 주일에 그는 교수형에 처해지거나 머리가 잘릴 거예요.

내가 그 말에 뭐라고 대답했는지는 이미 기억할 수가 없어. 나는 나의 유쾌감을 부끄러워할 시간조차도 없었어. 어머나, 어떻게 그를 살릴 수 있을까요? 라고 나는 말했어. 전혀 없어요, 전혀. 이젠 끝장이야, 라고 그 여자는 말했어. 나는 그 말을 믿지 않았어. 나는 언제나 어떻게 해서든지 구제를 생각해. 그가 어디 있죠? 라고 나는 물었어. 트라운슈타인에 있어요. 그렇지만 그는 슈타델하임으로 가서 거기서 처형된대요.

그 여자는 자기가 그의 가족이 아니기 때문에 면회를 안 시켜준다는 말을 했어. 다만 그의 아내만이 만날 수 있다는 거야. 그렇지만 나는 이혼했어요, 라고 나는 대답했다. 그건 상관없어요, 라고 그 여자는 말했어. 그것에 관해서는 벌써 문의해보았어요. 그의 아이들을 데리고 있으니까 그를 만날 수 있대요. 한 아이를, 이라고 그 여자는 고쳐 말했어. 그리고 흥분해 있었음에도 우리는 그 점을 깨닫고 잠시 동안 서로를 쳐다보았어. 별로 다정하지 않게. 그렇지만 내가 그에게 가서 무얼 하죠? 라고 나는 물었어. 나는 그의 안중에도 없을 텐데. 그는 클레레를 보고 싶어 하는 거지, 내가 아니지 않아요? 아, 그건 지금은 아무 상관도 없는 일이에요, 라고 그 여자는 말했어. 그는 다만 누구하고든 면회만 할 수 있으면 되는 거예요. 그에게도 정리할 일이 있을 거예요. 우리는 그를 그처럼 무섭게 혼자 내버려두어서는 안 돼요. 좋아요, 가겠어요, 라고 나는 말했어. 내일 첫차로 가죠. 그렇지만 곧 면회 허락을 받을지는 나도 모르겠어요. 아마 같이 가는 게 좋을 거예요. 어쩌면 만날 수 있을지도 모르니까.

다음날 나는 클레레와 같이 갔어. 그 여자는 마치 매 맞은 짐승같이 보였어. 그리고 나를 쳐다보는 그 여자의 눈이 이 사건 전체에서 가장 참을 수 없었어. 그리고 내가 의사와는 반대로 관대한 자의 역할을 연기해야 했던 것이. 그것은 관용이 아니었어. 다른 어떤 사람이든지 같은 경우에 처해 있다면 그 여자를 도와주었을 거야. 나는 그것이 하필 퍼시였던 것이 저주스러웠을 뿐이야.

그러나 그게 무슨 소용이 있겠어. 나는 해야만 했던 거야. 2월이었어. 춥고 땅은 젖어 있었고 하늘은 회색이었어. 도처에 물이 괴어 있었고 물을 튀게 하는 자동차가 있었어. 이 도시 전체가 회색으로, 세계 밖의 걸로 생각되었어. 호텔에서 우리는 두 사람용 침실 한 개밖에 얻을 수가 없었어. 빈 방이 없었어. 그래서 나는 클레레와 같이 자야만 했어. 방은 추웠고 스팀은 고장 났어. 아니면 석탄이 없었든지. 그래서 클레레를 침대에 눕게 하고 나는 나갔어.

첫날에 곧 면회허가서를 얻었어. 아주 쉬웠어. 다음날 오후 감옥으로 갔어. 감옥에 가본 일이 있어? 언니?

아니, 다행히도 없어, 라고 나는 대답했다.

다행히도, 라고 말하지 마라. 그것을 체험하는 것은 쉬운 일이 아니야. 내가 말하는 것은 자기 자신이 갇혀 있는 상황을 말하려는 것이 아니야. 갇혀 있다는 것은 어떤 의미로는 나쁜 상황이겠지만 어떤 의미로는 오히려 편한 거야. 자기 자신은 자유 속으로 나가면서 남을 창살 뒤에 남겨둔다는 것은 끔찍한 일이야. 이야기를 계속할게. 나는 면회증을 보였어. 소장이 이름을 불렀어. 퍼시 할, 하고 그는 큰 소리로 부르더니 좀 낮게 또 한 번 읽고는 간수를 바라보면서 세 번째로 이름을 불렀어. 간수는 마치 안 들린다는 태도를 취했어. 나는 퍼시가 이미 죽은 것이라고 생각했어. 그러나 그때 그 사람이, 앉으세요, 그를 데려오게 하겠습니다, 라고 말했어. 그의 어조로 나는 퍼시가 벌써 죽은 사람 취급을 받고 있음을 알았어. 나는 소장에게 물었어. 내 남편은 벌써 선고를 받았나요? 그는, 모릅니다, 라고 대답하면서 외면했어. 언제 여기서 나오게 되느냐고 물었더니 그는 어깨를 추켰어. 아마 월요일에. 하지만 아직 모릅니다. 그러고는 창가에 가서 밖을 내다보는 척하면서 작은 목소리로 말했어. 그때까지 매일 보실 수 있습니다. 그러나 그날은 벌써 수요일이었어.

다음 순간 퍼시가 들어왔어. 나는 그를 알아보지 못했어. 그는 그렇게도 변해 있었어. 머리는 빡빡 밀었고 수염이 길게 자랐고 몸이 무서울 만큼 말랐기 때문에. 누가 방문 왔는지를 그에게 알려주지 않았던 것 같았어. 아니면 그는 클레레가 왔다고 생각했는지도 몰라. 나를 보았을 때 그는 아주 당황했어. 처음에는 우리는 물론 아무 말도 할 수가 없었어. 그건 언제나 마찬가지야. 사람들은 감옥에 갇힌 사람에게 어떤 태도를 취해야 할지 모르는 거야. 그가 전연 다른 세계에 산다는 것을 느끼고 그가 우리와는 아무 관계가 없음을 느끼기 때문이지. 그래서 우리는 아주 바보 같은 말이나 하게 되곤 해. 어떻게 지내요? 또는 부탁할 것 없어요? 그러면 그는 아니 필요없어, 하거나 그냥 미소 짓는 거야. 그러고는 나는 말했어. 클레레가 여기 와 있어요. 그렇지만 들어올 수는 없어요. 전할 말이 있으면 나한테 하세요. 클레레, 라고 그는 마치 그게 누군지 생각해 봐야겠다는 듯이 말했어. 클레레는 임신 7개월이에요. 안부를 전해 달래요. 고마워. 내 안부도 전해줘, 라고 그는 말했어. 그러고는 나를 바라보았어. 부디 이 어려운 시기에 그 여자를 내버려두지 말아줘.

나는 그 순간에는 그를 돕기 위해서 무슨 일이든지 다 약속할 수 있었어. 그러고는 그는 말했어. 내가 어떻게 될지는 알지? 그때 우리 곁에서 말을 듣고 서 있던 간수가—언제나 감옥에서는 간수가 지켜 서서 들어—형벌에 관련된 말을 하는 것을 금지되어 있습니다, 라고 말했어. 그러나 우리는 더 깊게 말할 필요조차 없었어. 우리는 의사가 통했으니까. 잠시 후에 간수가 전화를 받으러 가야 했어. 그래서 나는 퍼시와 단둘이 남았어.

나에게 독약을 갖다 줄 수 있어? 라고 그는 아주 태연하게 말했어. 나는 이 인간들 손에 죽고 싶지 않아. 부디 내일 가져오도록 해줘. 나는 대답을 할 수가 없었어. 그 순간에 간수가 돌아왔고 5분간의 면회 시간이 끝났으니까.

나는 클레레에게 어떻게 말할 것인가를 생각해보았어. 그녀를 돌보아주어야 했지만, 그 여자는 지금 내 옆에 있을 모든 것을 알게 되는 것이 나을지도 몰랐어. 나라면 아무튼 진실을 아는 편을 택할 것 같았어. 그렇지만 어쩌면 다른 방도가 있을지도 몰랐고, 오후 내내 걸어 다니다가 나는 그 방도를 발견했어. 그 도시 동쪽 언덕 위의 그 길…… 사람이 그런 시간을 겪고도 살아났다니! 나는 퍼시에게 독약을 갖다 주어야 했던 거야. 그리고 나 혼자만, 완전히 혼자서만 그것에 책임을 져야 하는 거야. 그러나 나는 생각했어. 퍼시는 가망이 없다고…… 그리고 그는 처형당해서는 안 된다고 생각했어. 이 끝없이 긴 마지막 날들을 그에게 체험시킬 수는 없다고 생각했어.

그러다가는 또 갑자기 전쟁이 끝나거나 퍼시가 사면되거나 달아날 수 있을지도 모른다는 생각이 떠올랐어. 우연이라는 게 있는 거니까. 이 모든 것을 나는 생각해보아야 했어. 그러나 마침내는 생각했어. 그는 아주 확실히 처형된다는 것을 알았을 때만 독약을 먹을 것이라고. 그렇지만 어디서 독약을 가져올 수 있단 말이야? 변호사에게 얘기할 수도 없었고 도대체 아무와도 이 이야기는 해서는 안 되는 거야. 그때 나는 슈타인이 생각났어.

나는 호텔로 돌아가서 클레레에게 그가 잘 지내고 있으며 다만 심장에 좀 장애가 있을 뿐이라고 말해주고, 변호사가 상고를 했는데, 우리가 생각한 것처럼 일이 나쁜 상태에 있지는 않다고 말했어. 아, 괜히 나한테 그렇게 말하는 거지요? 진실을 말해줘요, 라고 그 여자는 말했어. 그게 진실이에요, 라고 나는 말했어. 그 증거로는 오늘 빨리 뮌헨에 가서 그의 내의와 비누, 기타 물건을 가져와야 한다는 걸 보아도 알 거예요.

정말이에요? 라고 그 여자는 물었어. 정말이에요? 그 여자는 그걸 믿고 싶었기 때문에 믿었어.

그날 밤에 나는 뮌헨에 가서 곧장 슈타인에게로 갔어. 자정이 넘었으나 그는 깨어 있었어. 그는 언제나 이렇게 늦게까지 깨어 있었어. 그는 누구냐고 묻지도 않고 문을 열어주었어. 그는 마치 나를 기다리고 있기나 했던 것 같았어. 그러나 지금 나는 알아. 그가 전연 다른 것을 기다리고 있었고 그것에 응할 용의가 충분히 있었다는 것을. 그는 체포될 것을 기다렸던 거야. 나는 무슨 일이 있었는지 몰랐어. 그도 역시 근심이나 흥분된 상태가 있을 수 있다는 걸 전혀 염두에 두지 않았어. 나는 그처럼 이기적이었어. 그렇지 않다면 나는 그가 몹시 창백한 것을 보았어야 했는데. 나는 그가 면도하지 않은 것을 처음 보았어. 긴 회색 수염을 가진 그는 거의 거칠게 보였으나 나는 그것에는 주의하지 않았어.

나는 그에게 곧 내가 온 의도를 말했어. 나는 물론 그가 퍼시를 싫어한 것을 알고 있었고 내가 그에게 요구하는 것이 너무 지나친 요구인 것을 알았으나, 이 문제에 관해서 그를 제외하고 내가 누구한테 갈 수 있었겠어? 그는 오랫동안 아무 말도 안 했어. 아무 말도 안 하고 방 안을 왔다 갔다 했어. 그러고는 말했어. 운명을 앞질러서는 안 돼. 그러나 나는 그냥 서서 그를 바라보았어. 나는 가지 않고 기다렸어. 그는 세 번이나 안 된다고 말했어. 자기는 그럴 수도 없고, 그래서도 안 된다고. 그는 나에게 여러 가지를 신중히 생각해보라고 했어. 퍼시가 누구한테 독약을 받았는지 발각될지 모르고, 그러면 나는 체포되리라는 것, 퍼시가 구제될지도 모르는 일이라는 것, 죽음을 앞둔 최후의 며칠간 사형수가 어떤 깨달음에 이를지 모르는데 우리가 그에게서 이런 마지막 날을 뺏을 권리가 없다는 얘기였어.

그러나 나는 그냥 기다렸어. 아침이 다 되어서야 마침내 그는 카페인을 나에게 주고 그것을 버터에 섞어서 빵에 바르면 된다고 설명해주었었어. 그가 준 분량은 치사량이었고 독은 빨리 작용했어. 거리에 나가서야 비로소 나는 문간에 서서 작별하면서 그가 나에게 던진 시선이 생각났어. 그래서 나는 뒤돌아보았어. 무슨 일이 있으세요? 라고 나는 물었다. 아, 별일 아니야. 또 의심받고 있는 것뿐이야. 정치적으로 믿을 수 없다고. 나는 그에게 어떻게 할 작정이냐고 물었어. 아무렇게도 안 해. 여기 앉아서 그저 일하는 것뿐이지. 그 이외에 무엇을 할 수 있겠어. 나는 그에게 베를린에 가서 숨는 것이 낫지 않겠느냐고 물었어. 그렇지만 그는 고개를 흔들었을 뿐이었어. 이렇게 될 것을 오래전부터 기다렸어. 아무렇지도 않아, 라고 그는 말했어.

그렇지만 그것은 진실이 아니었어. 그는 그의 연구와 학생들에 매우 집착하고 있어서, 그것을 잃을까봐 두려워하고 있었어. 그 당시에 나는 그에게 매우 감탄했어. 만약 내가 도대체 그를 사랑할 수 있었다면 그날 아침부터였을 거야. 내가 돌아다보았을 때 그는 그저 거기에 서 있었어. 마치 바위처럼 회색이고 굳은 모습으로 말없이 서 있는 그는 무섭게 고독하게 보였고, 사람에게 아픔을 주는 위대함을 지니고 있었어. 만약 그가 그때 나와 결혼해다오, 라고 말했다면 나는 했을 거야.

동정에서? 라고 나는 물었다.

아니, 존경해서. 아니, 아마…… 그래 아마 우정에서. 그렇지만 그는 그 말을 하지 않았어, 다행히도. 나는 빨리 집으로 가서 루트와 마르틴을 들여다보았어. 그들은 아직 깊이 잠자고 있었어. 아이들에게는 그 당시 좋은 가정부가 있었기 때문에 아무 걱정 없이 다시 트라운슈타인으로 갈 수 있었어. 그렇지만 가는 도중—언니, 그날 아침! 비가 창에 퍼붓고 기차에는 난방이 들어오지 않았고 찻간에는 나 혼자였어. 완행열차라 역마다 멎고 때로는 도중에도 웬일인지 멎곤 했어. 비가 차의 지붕 위에 언제나 같은 리듬으로 떨어졌어. 거기에다 나의 생각의 유령들. 나는 그러니까 독약을 주머니에 갖고 있는 것이다, 그것을 내가 퍼시에게 주면 그는 죽을 것이다, 틀림없이 죽는 것이다, 다시는 살아나게 할 수 없는 것이다, 전신이 얼어붙은 채 밤을 새고 이런 생각에 지치고 시달린 몸으로 트라운슈타인에 마침내 닿았을 때 나는 어떻게 할 것인가를 알았어. 우선 나는 변호사를 만나서 구제 가망을 물어보려고 했어. 만약 그가 퍼시를 포기하면 나는 선고의 날까지 여기에 머물려고 했어. 감옥소장은 나에게 동정 또는 호의를 갖고 있었으니까 소식을 알려줄 테고 그 후 나는 퍼시에게 약을 줄 작정이었어.

변호사는 마침 조반을 먹고 있었어. 나는 그가 거기에 그렇게 앉아서 조반을 먹을 수 있다는 것을 도저히 이해할 수가 없었어. 그는 사형선고가 이미 내려졌다는 정보를 들었다는 거야. '교수형'이라고 그는 말했어. 그때 나는 구역질이 나서 빨리 밖으로 나가야만 했어. 밖에서 나는 토하고 호텔로 갔어.

클레레는 몹시 흥분 상태에 있었어. 내의는 어디 있어요? 라고 그 여자는 곧 물었어. 벌써 감옥에 갖다 주었어요, 라고 나는 말했어. 거짓말을 하는 것은 아주 쉬운 일이었어. 그런데 왜 그렇게 창백하죠? 아침 4시 반에서 8시 반까지 난방 없는 기차를 타고 오면 누구나 창백할 거예요, 라고 나는 말하고는 나갔어. 그리고 아무 음식점에나 들어가서 빵과 버터를 주문했어. 그 중 한 개는 내가 먹었어. 그걸 어떻게 먹을 수 있었는지는 나도 모르겠어. 음식점에는 사람이 한 명도 없었어. 그래서 나는 태연히 카페인을 버터에 섞고 그걸 빵에 바를 수가 있었어. 나는 빵을 종이에 쌌어. 그걸 먹고 싶은 유혹이 생기더군.

내가 감옥에 갔을 때 소장은 마치 눈치를 챈 것처럼 나를 바라보았어. 그렇지만 누가 벌써 그에게 그 말을 했을 리는 없었어. 우리는 물론 단둘이 아니었어. 그렇지만 나는 내가 할 말을 정확하게 생각해 두었어. 클레레가 안부를 전해달래요, 라고 나는 말했어. 그리고 클레레는 내가 몇 달 데리고 있을 테니까, 조금도 염려하지 말아요. 고마워, 라고 그는 말했어. 그뿐이었어.

그러고는 내가 물었어. 배고프지 않아요? 무얼 좀 가져왔어요. 사과 몇 개와 빵과 버터빵 한 개를 가져왔는데 먹지 않겠어요? 간

수가 곧 음식을 빼앗아 빵을 한 개 한 개 썰어보았어. 편지나 날카로운 면도날 같은 게 들어 있을까 해서지. 그는 버터빵도 썰었어. 썰어보아라 실컷, 이라고 나는 생각하면서 퍼시에게 눈짓을 해 보였어. 나는 그가 당장에 이해했음을 알았어.

면회 시간이 끝난 것이 나에게는 기뻤어. 더는 나를 감당할 수 없었으니까……. 고마워, 라고 퍼시는 다시 말했어. 그리고 우리는 악수를 했어. 우리는 서로를 바라보았어. 우리의 아이에게 내 키스를 보내 줘, 라고 그는 말했어. 나는 조금도 두려워하고 있지 않아. 아무것도. 이것을 잊지 마. 모든 것은 다 잘된 거야. 그리고 감사해. 그들은 그를 데려가버렸어. 그는 뒤돌아보지 않았어. 한 번도, 그 후로 우리는 다시는 그를 보지 못했어.

그런데 너는 어떻게 했지? 너는 클레레를 어떻게 했니? 그리고 그는 정말로 그 독으로 죽었니?

응, 그것으로 죽었어, 라고 니나는 말했다. 형 집행이 너무 늦게 온 셈이 되었어. 나는 이틀 후에 그 말을 들었고 경관이 두 명 와서 나를 신문했어. 나는 태연히 말했어. 내가 어떻게 그에게 독을 주었겠어요? 두 번밖에 그를 면회하지 않았고 매번 간수가 옆에서 내가 가져온 것을 다 조사했는데? 내 남편은 벌써 옛날부터 만일의 경우를 위해서 독약을 늘 몸에 지니고 있었어요.

그들은 아무것도 나에게서 찾아낼 수가 없었어. 클레레는 퍼시의 아주머니한테 데려다 주었어. 거기서 그 여자는 아들을 낳았어. 나는 매주 그 여자를 방문했어.

너는 어쩌면 그럴 수가 있었니? 라고 나는 말했다. 너의 적인 그 여자를 자꾸 만날 수가 있었다니.

처음에는 과히 힘든 일이 아니었어. 나는 퍼시의 죽음에 몹시 흥분되어 있었어. 사람은 흥분해 있을 때는, 어떤 특이한 상황 속에 있을 때는 자기 자신을 초월한 일을, 선이나 악에 있어서 평소에 못하던 일을 할 수 있게 되는 법이니까. 나중에는 점점 힘이 들었어. 그리고 그 여자가 아들을 낳고 다시 직장에 나가게 되었을 때 나는 절대로 그 여자를 찾아가지 않았어. 퍼시의 죽음에 관해서는 반 년 뒤에야 얘기해주었어. 그전에는 늘 그 여자를 안심시키기 위해서 이야기를 지어서 들려주었고.

맙소사, 니나야, 라고 나는 말했다.

니나는 나를 놀란 얼굴로 쳐다보았다.

그러나 나는 내가 무얼 느끼고 있는지를 말할 수가 없었다. 나의 감탄에는 끔찍하다는 생각이 섞여 있었고 이 지나친 의무감, 확고부동한 신뢰성, 객관적으로 불가피한 것에 대한 감각 같은 것이 약간 비인간적이고 겁나게 하는 무엇이 있지 않을까 생각되었다. 니나는 차거나 건조한 인간이 아니고 냉혹하지도 않았다. 니나는 열정적이고 예민했다. 이렇게 다양한 자세를 유지하기 위해서 니나는 얼마나 많은 것을 희생해야 했을까? 이제야 나는 니나가 왜 다른 사람으로부터 그처럼 강인함과 용기를 요구하는지 알 수 있었다. 니나 옆에서 나 자신을 지탱한다는 것은 쉬운 일이 아니었다. 니나의 얼굴을 보았을 때 나는 니나의 이야기로 받은 충격을 내보일 수가 없었다. 니나의 얼굴은 무표정했고 거의 엄숙했다.

내 생각으로는, 하고 나는 무슨 말이든 안 할 수가 없어서 입을 열었다. 그래도 너는 퍼시를 사랑한 것 같다.

모르겠어, 라고 니나는 말했다. 한 번도 알 수가 없었어.

그렇지만 그와 결혼하지 않았니.

거의 내 의사와는 반대로, 라고 니나는 말했다. 시작부터가 내 의사에 반대되었어. 마치 사람이 그물을 가지고 짐승을 잡는 것과 같았어. 너무 모든 일이 빨리 되기 때문에 짐승이 그것으로부터 자기를 막지 못하고 다만 의아하게 여기면서 끌려가고 제정신으로 돌아오지 못하고 마는 것과 같이.

그런 일이 너에게 있을 수 있었단 말이니, 니나야?

그래, 라고 니나는 말했다. 방법을 잘 아는 사람은 나를 용이하게 기습할 수 있어. 내가 기차에서 퍼시를 발견했을 때 나는 외면했어. 그러나 그는 나와 같은 데서 내리고, 나와 같이 개찰구로 가고, 나하고 같은 전차를 타서 그저 나를 자꾸만 쳐다보았어. 마치 가장 자연스럽게, 반대 같은 건 생각도 못하는 태도로 벌써 손을 내 몸에 얹는 것 같은 얼굴로 나를 바라보는 것이었어. 그는 나와 같은 데서 내리더니 퀘니힌 가에서 나한테 말을 붙였어. 5분 뒤에 그는 내 팔을 끼고 걸었고 한 시간 후에는 나에게 키스를 했고 또 한 시간 뒤에 나는 그가 건축가이며 제3제국에서는 그의 특이한 건축양식을 좋게 보지 않고 있다는 것과 그가 돈이 많지는 않지만 결혼해서 아내를 먹일 만큼은 갖고 있다는 것을 알고 마침내는 서로의 주소까지 알게 되었어.

우리는 주말에 산에 가기로 약속했고 그것을 실행했어. 무섭게 아름다운 여행이었어. 가을이었고 모든 것이 노란빛에 잠겨 있었어. 그리고 나는 퍼시만이 이 아름다운 날씨와 즐거운 나날의 원인이라고 믿고 싶었어. 그래서 우리가 뮌헨으로 돌아왔을 때는 우리는 거의 약혼한 거나 같았어.

그렇지만 그가 네 맘에 들었니? 라고 나는 물었다.

모른다니까, 라고 니나는 말했다. 그는 탄력과 힘을 가지고 인생을 잡는 폭풍 같은 성격을 가졌고 생각이 많지 않은 사람이었어. 마침내 약간의 안정을 가질 수 있다는 것은 기분 좋은 일이었어. 그것은 진짜 안정은 아니었어, 물론. 그렇지만 그 당시의 나에게는 그것이라도 괜찮았어. 아주 아름다운 가을이었고 나는 좋은 아내가 될 마음의 준비가 되어 있었어.

나는 내 청춘에 종지부를 찍고 퍼시와의 생활에 나를 맞추어나갔어. 우리는 새 집을 위해서 가구를 사기 시작했어. 저기에는 화분을, 여기에는 커튼을, 이렇게 사는 것은 재미있었고 신부 노릇을 하는 것은 즐거웠어. 나는 나 자신을 몹시 정상적으로, 중요하게, 그리고 아주 달라진 것으로 느꼈어. 퍼시는 젊고, 좀 경박했고, 박력이 있었어. 그가 종종 나를 좀 비웃는 것도 나에게 방해가 되지 않았어. 반대로 나는 그것을 좋아했어. 왜냐하면 그것이 그의 우월의 표시 같았거든.

그런데 그게 네 마음에 들다니? 난 상상이 안 돼서 물었다.

아, 언니는 모를 거야. 내가 얼마나 복종하기를 좋아하는지를! 나는 아주 부드럽게 있고 싶고 명령받는 것을 얼마나 좋아하는지 몰라.

니나, 그거 거짓말이야, 라고 나는 큰 소리로 말했다. 그런 것은 네가 상상하는 것에 불과해. 너는 그처럼 고집이 세고 독립적이지 않니……

그래야 하니까. 그러지 않을 수 없기 때문이야. 다만 필연에서야. 사람들은 다 니나 부슈만은 현대적인 여자라고, 해방된 여자의 모범적 예라고 생각하고 있어. 자기와 자기 아이들의 생계를 혼자서 맡고 있고, 남편을 필요로 하지 않고, 남자처럼 사고가 명료하고 남자처럼 대담하게 생을—아, 모르겠어. 그러나 그건 모두 나의 일부분에 불과해. 나는 불가피한 것에 대한 강한 감각이 있어. 그렇지만 다른 것은…… 니나는 좀 웃었다. 내 말을 믿어줘. 나도 결혼할 수만 있다면 하고 싶어 하는 보통 여자의 하나에 불과해.

너는 열두 번이라도 하려면 할 수 있었지 않니, 라고 나는 좀 화난 목소리로 말했다.

그러나 니나는 잠깐 어두운 시선을 나에게 던지더니 말을 이었다. 나는 구식 여자야. 나는 결혼을 믿고 있어. 그리고 정상적인 여자는 누구나 다 좋은 결혼 생활을 하고 싶어 하고 여자라면 누구나 약간 폭군적인 데가 있는 남편을 좋아한다고 생각해. 언니는 그렇지 않아?

아니, 라고 나는 말했다. 그렇게 말한 이유는 나는 언제나 여성의 자유를 지지하고 있기 때문이다. 나 자신은 착실한 가정주부였음에도. 나도 모르겠어. 내 남편이 폭군 같다면 그를 사랑했을지. 그는 그렇지 않아. 언제나 똑같이 세심하게 보살펴주고 내가 원하는 대로 내 마음대로 내버려두고 있어.

그래? 하고 니나는 말하고 창밖을 내다보았다. 내가 무슨 말을 하다 말았지?

내 생각으로는 네가 퍼시와 결혼하게 된 사연을 얘기하려던 것 같다.

아니야. 그렇게까지는 얘기가 진행되지 않았어. 어느 날……11월 말이나 12월이었어. 내가 퍼시를 슈타인한테 데리고 갔던 일을 얘기하려고 했어. 무엇 때문에 그렇게 했는지 모르겠는데, 아무튼 그것은 실패로 끝났어. 나는 퍼시에게 말했어. 슈타인은 오래된 내 친구예요. 그를 방문하려는데 같이 갈래요? 퍼시는 같이 갔어. 나는 물론 슈타인에게 나의 약혼을 편지로 알리고 퍼시를 소개해도 좋으냐고 물었어. 그는 매우 예의 바른 답장을 보냈어. 그럴 수밖에 없었겠지. 거기 간다는 것은 아주 어리석고 또 무의미한 것이었어. 그런데도 나는 그 짓을 하고 말았어.

두 남자는 처음 순간부터 적이었어. 그들은 화해할 수 없을 정도로 달랐으니까. 그들이 반감에 넘쳐 악수를 하는 광경은 마치 공공연한 전쟁 선포와도 같았어. 퍼시는 슈타인이 나를 사랑했다는 것을 모르는데도 그랬어. 우리는 차를 대접받았어. 다행히도 헬레네가 함께 있었는데 그 여자는 전에는 한 번도 볼 수 없었을 만큼 다정스럽고 예절 바른 태도를 보여주었어. 당분간은 슈타인을 위해서 염려해야 할 일이 없음에 깊은 만족감을 느끼고 있는 것 같았어. 그 여자와 난, 단둘이서만 대화를 완전히 맡아야 했어. 두 남자는 잠자코 있었고, 담배를 피웠고, 적의 때문에 굳어져 있었어. 그것은 별로 유쾌한 시간은 아니었어.

우리가 다시 거리로 나왔을 때 퍼시는 말했어. 저놈은 재수 없다. 그리곤 갑자기 물었어. 너희들 사이에 뭐가 있었지? 아무것도, 우정밖에는 없었어요. 그는 내가 사람을 국경 밖으로 보내는 것을 도와주었을 뿐이에요 — 그는 의심에 찬 얼굴로 나를 보더니 웃었어. 바보야, 그가 너를 사랑하는 것을 네가 몰랐다는 걸 믿어주지. 그놈은 내가 너를 빼앗았다고 화를 내고 있는 거야—이 말은 나를 몹시도 화나게 했으나 나는 잠자코 있었어. 그가 당신을 미워하는 것은 당신에게 정신과 감수성이 결핍되어 있기 때문이에요, 라고 그에게 말했다.

그 순간 나는 아주 뚜렷하게 퍼시와 결혼해서는 안 된다는 것을 느꼈어. 그러나 나는 그 생각에 매달리고 싶지 않았어. 나는 무슨 일이 있어도 그에게 충실하고 싶었어. 나는 신의 경고를 듣지 않았고 그 때문에 보복을 받아야 했어. 뒤이어 두 번째 경고가 왔으나 그것도 헛일이 되고 말았어. 그것은 크리스마스 때였어.

퍼시는 내가 성탄절을 그와 함께 그의 집에서 보내기를 바랐어. 그래서 우리는 같이 갔어. 나는 퍼시의 가정에 관해서 별로 알지 못했어. 그는 자기 집안사람들을 별로 사랑하지는 않았으나 매우 애착을 가지고 있었어. 나는 그의 아버지가 영국 사람을 아버지로—호적상에는 오르지 못했지만—태어났고 그 영국인 아버지는 행방불명이 되었다는 것과, 퍼시에게 화가인 여동생이 있고 그 여자의 이름이 키티라는 것을 알고 있을 뿐이었어. 퍼시의 아버지는 영국 이름을 붙이기를 좋아하는 것 같았어. 그것이 내가 아는 전부였어.

우리가 초인종을 눌렀을 때 뚱뚱한 여자가 앞치마를 두르고 손에는 밀가루 반죽을 잔뜩 묻힌 채 뛰어나와서 우리를 꽤 힘차게 껴안았어. 그러고는 2층으로 가는 계단을 향해 고함을 질렀어. 키티, 내려와, 손님이 왔어. 퍼시와 그의 신부야! 나는 생략해줘, 라고 키티는 소리 질렀어. 큰 소리로, 분명한 어조로 정말로 그렇게 소리 질렀어. 그랬더니 어머니는 다시 고함을 쳤어. 그래 좋아, 우리는 너 없이도 즐겁게 커피를 마실 수 있으니까.

그것이 첫인사였어. 퍼시는 나에게 마음의 준비를 시킬 수 있지 않았을까? 라고 나는 생각했어. 그렇게 청천벽력 같은 놀라움을 금할 수가 없었고 그 당시의 나는 지금보다 유머 감각이 없었거든. 지금이라면 웃었을 거야. 그 당시 나는 상처를 받은 느낌이었어. 그래서 나는 말없이, 불행하게 부엌에 앉아 있었어. 어머니는 과자를 굽느라고 열중해 있었어. 벌써 케이크와 크리스마스 과자가 몇 광주리나 만들어져 있었기 때문에 나는 도대체 누가 저걸 다 먹을까 싶었어. 나는 부엌의 연기와 수증기 속에 마치 안개 속처럼 앉아서 어머니가 끊임없이 지껄이는 소리를 아주 멀리 들었어. 퍼시는 어딘가 나가버리고 없었어. 그는 나를 그냥 내버려둔 거야.

한번은 키티가 들어왔어. 그 여자는 열아홉 살가량 되었고 예쁘게 생겼었어. 어머니처럼 검은 머리를 가졌고 새빨간 머플러를 매고 담배를 피우면서 재를 아무 데나 막 털었어. 그 여자는 말했어. 그래 당신이 니나로군. 이 집에 시집올 용기를 가진. 축하해요. 아마 기적을 겪을 거예요. 많은…… 미리 공개는 안 하겠어요. 키티는 담배꽁초를 멀리 호를 그리며 부엌 속에 던지더니 사라져버렸어. 미친년, 이라고 어머니는 근심스럽게 말했어. 그렇지만 아무렇게도 생각하지 말라. 지껄이게 내버려둬. 그러고는 어머니는 키티가 나간 쪽을 향해서 소리 질렀어. 선물 교환할 때까지는 집에 와 있거라! 그랬더니 키티가 다시 외쳤어. 내가 그런 고리타분한 축하놀이를 같이 할 것 같아? 12시 이전에는 집에 오지 않겠어. 그러고는 키티는 없어졌어.

밖은 어두웠고 퍼시는 오지 않았어. 나는 이제는 선물 교환 시간이 됐다고 생각했어. 그러자 나는 갑자기 슈타인이 생각났어. 그의 곁에서라면 이런 모든 일은 상상도 할 수 없었을 거야. 마침내 퍼시가 왔고 크리스마스 트리에 촛불을 켤 차례가 되었는데 그제야 갑자기 어머니는 자기 남편이 없는 것을 발견했어. 벌써 8시였고 밖은 캄캄했어. 우리는 부엌에 앉아서 기다리고 또 기다리다 트럼프 놀이를 하고 저녁을 먹었어. 나는 거의 구역질이 날 정도로 잔뜩 먹어야 했어. 어머니를 화나게 하지 않기 위해서는 안 먹을 수가 없었어. 어머니는 무섭게도 많이 먹었고 사람들의 접시에 묻지도 않고 잔뜩 담아주었어.

마침내 10시가 되었는데 아버지는 그때까지도 오지 않았어. 그러자 퍼시가 말했어. 나가서 아버지를 찾아볼게, 라고. 나도 그와 같이 가려고 했더니, 그는 여기 있어, 네가 할 일이 아니야, 라고 말했어. 그래서 나는 어머니 곁에 남았고 어머니는 아무 할 일이 없어지니까 불행한 얼굴로 서성댔어. 이 늙은이는 또 어디에 가 있는 거야? 일생 동안 나는 고생밖에 한 것이 없다니까! 나돌아다니면서 자기가 좀 더 나은 인간으로 태어났는데 인정을 못 받는다고 생각하고 있잖아 글쎄! 그러면서도 왜 일생 동안 말단 관리로 만족하고 더 노력하지 않았느냐 말이야. 그는 모든 핑계를 나한테 미루고 있어. 그의 날개를 내가 잘랐다느니, 내가 자기의 발에 납 덩어리처럼 매달려 있다느니, 그의 일생의 불행이 나라느니, 못하는 말이 없잖아? 사실은 그는 내가 없었다면 옛날에 죽었을 거야. 이 집도—하면서 그 여자는 두 주먹으로 벽과 자기 가슴을 두들겼어—이 집도 내 돈으로 지은 거야. 이 가구, 이 그릇, 전부 다 내 돈으로 산 거야. 그런데도 내가 그의 불행이래, 이 늙은 수다쟁이는—

퍼시는 어때요? 라고 나는 물었다. 퍼시는 내 성질을 닮았어, 라고 그 여자는 말했어. 그래도 그를 잘 감시해야 한다. 그는 열다섯 살 때 첫 계집을 가졌고 그렇게 죽 계속되었어. 아주 솔직히 말하겠는데 그건 아버지를 닮은 거야. 아버지도 아직 그 버릇을 못 고치니까. 그렇지만 그 이외에는 퍼시는 똑똑해. 네가 만약 그를 붙들어둘 수만 있다면 일은 다 잘될 거야. 네, 라고 나는 작게 말하고는 외투를 입고 뛰어나왔어.

나는 영원히 안 돌아가려고 나온 것이었어. 나는 퍼시와 퍼시의 가족에 진저리가 난 거야. 나는 얼어붙은 들판을 걸어갔어. 안개가 걷힌 후라 별이 하늘에 가득 박혀 있는 것이 보였어. 그때 나는 누가 땅바닥에 누워 있는 것을 보았어. 남자였어. 나는 그를 흔들었어. 추위에 꽁꽁 얼어서 그는 마치 죽은 것같이 보였어. 술 냄새가 몹시 났어. 나는 문득 그것이 퍼시의 아버지라는 것을 알았어. 그는 술에 만취되어서 거기 누워 있었어. 어쩌면 그는 동사했는지도 모르고, 지금 죽어가고 있는 중인지도 몰랐고, 게다가 넓은 천지에 나 혼자였어.

나는 큰 소리로 퍼시를 불렀어. 그리고 노인을 들판 위로 끌고 가려고 했어. 그러나 그는 너무 무거웠어. 그때 나는 처음으로 울음이 터져 나왔어. 그렇지만 그를 돌보아야 했어. 나는 집으로 뛰어갔어. 그런데 다행히도 도중에 퍼시를 만났어. 그는 노인을 일으켰고 마침내 우리는 그를 집에 데려갔어. 그는 반쯤은 죽어 있었고 자꾸만 이렇게 말했어. 나를 죽게 내버려다오, 이런 생활은 지긋지긋하다, 나는 이렇게 살기에는 아까운 사람이야. 그러나 그의 아내는 다만, 쓸데없는 소리 집어치워요, 라고 말하고는 그를 더운물로 씻어주고 뜨거운 차를 끓여서 마시게 했어. 그는 그저 혼자서 중얼중얼 한탄하고 있어서 보기에 딱할 정도였어.

안방으로 가 있어, 라고 퍼시가 말했어. 그래서 나는 크리스마스

트리 곁에 앉아서 아무도 거들떠보지 않는 선물을 보면서 퍼시에 대해서 화를 내고 있었어. 마침내 그가 들어왔을 때 나는 물어보았어. 도대체 왜 나와 결혼하려고 하죠? 나는 아직까지도 뚜렷이 그의 대답을 기억하고 있어. 그 대답은 나를 만족시키지는 않았으나 이상하게 위안을 주었어. 너하고라면 무슨 일이든지 할 수 있으니까, 라고 그는 말했어. 오늘 저녁의 이런 장면도 너에게는 보일 수 있으니까. 이 말로써 그는 바로 나의 허점을 정확히 찌른 것이야. 나는 비겁하고 싶지 않았어. 버텨나가고 싶었어. 그래서 나는 용감하게 성탄절을 축하했어. 사람은 뭐든지 다 체험을 해둘 필요가 있다, 라고 나는 생각했어. 내가 알지 못한 많은 것을 나는 그날 배웠어. 나는 그때까지 그런 성탄절을 그런 가족과 함께 보낸 일이 없었어. 내가 모르는 일이 있어서는 안 된다고 나는 생각했지. 그리고 마음속 깊이 언젠가 이 이야기를 소설로 쓰리라고 결심했어.

갑자기 니나가 나지막한 웃음을 터뜨렸다.

그 늙은이, 퍼시의 아버지는 괴짜였어. 나는 그가 싫지 않았어. 그는 자기 자신을 무섭게 동정하고 있었어. 그가 성탄절 아침에 식탁에 나타났을 때 그는 자기 자신을 무섭게 부끄러워하고 있었어. 그는 나에게 잠깐 악수를 하더니 그의 자리로 살며시 가서 그의 아내를 곁눈질했어. 그의 아내는 경멸에 찬 얼굴로 그에게 과자를 담은 접시를 밀어주었어. 그는 잘생겼었어. 은빛 머리털에다 마르고 영국 사람같이 신사답게 생겼었어. 외모로 볼 때 그는 학자 타입이었어. 그는 식욕 없이 먹었어. 마치, 내가 이런 너절한 일상사를 얼마나 증오하고 있는지! 라고 말하려는 것처럼. 그러나 그의 아내는 용서 없이 접시에 과자를 올려놓고 또 올려놓곤 하는 거야. 그는 먹지 않을 수 없었어. 말없는 복종이 그에게는 습관이 되어 있는 것 같았어. 어머니와 키티와 또 퍼시도 무섭게 많은 분량을 무섭게 빠른 속도로 먹었어. 마치 먹기 경주같이 보일 정도였어.

아침 식사가 끝난 후 나는 부엌에서 어머니를 거들려고 했어. 그런데 노인이 나에게 손짓을 하고 나를 자기 방으로 데려갔어. 그는 누추한 다락방을 자기 거처로 삼고 있었어. 쇠난로가 있었는데 그는 재를 퍼내고 불을 때고 굴뚝 소제까지도 혼자서 하면서 아무도 그 방에 들여보내지 않았다. 퍼시는 아직까지 한 번도 거기에 가본 일이 없었고, 키티는 그의 호주머니에서 열쇠를 훔쳐서 꼭 한 번 가보았을 뿐이고, 그의 아내는 그 방을 청소하거나 유리창을 닦아도 안 되었이. 그는 아주 좁고 낡은 소파에서 잠자고 사무실에서 가져온 흔들거리는 작은 책상에서 일을 했어. 그는 아주 점잖은 몸가짐을 갖고 있었는데 그의 지나치게 우아한 태도는 그 환경에는 희극적으로 보였어. 나는 그 방에 있는 단 한 개의 의자에 앉았고 그는 침대 소파에 앉는 것은 예의에 벗어나는 일로 생각해서인지 난로 곁의 벽에 기대서 있었어. 그는 아직도 어제의 만취 때문에 속이 좋지 않은 것에 틀림없었으나 그것이 그가 매우 엄숙하게 일장 연설을 하는 것을 막지는 못했어.

친애하는 며느리여, 라고 말하고는 그는 손깍지를 끼었어. 미래의 며느리여, 이 집에 온 것을 마음속에서부터 환영한다. 가장 모순에 넘치는 요소로 구성된 가정의 한 사람으로서 나는 환영한다. 그는 그 말을 문을 바라보면서 작은 목소리로 말하더니, 그 다음 말은 속삭여서 말했어. 이 가정의 인간들은 서로의 불행을 위해서 태어났고 저마다 가치 있는 인간이기는 하지만 상호 간에 방해물이나 쇠사슬에 불과하다. 나의 생의 반려자는 매우 유능하며 주부의 모범이기는 하나 높은 목적을 향한 노력을 전연 이해하지 못하고, 모든 정신적인 것을 의심하며, 나를 의심하고, 내가 돈을 충분히 벌지 못한다고 해서 나를 경멸한다. 돈이 나한테 얼마나 무가치한 것인가도 모르고! 그리고 내 딸 키티는 생명력이 왕성하고 방약무인하고도 재능이 있으나 감수성이 없고 나를 무시하고 있다. 네가 남편으로 택한 퍼시는 모친의 생활력과 영국인인 할아버지의 예술적 재능과 고집을 물려받았는데……

그러고는 그는 짧게 잘라 말했어. 그와 행복하게 살기를 빈다. 그는 그 말을 몹시 격렬한 어조로 말했기 때문에 나는 깜짝 놀랐어. 퍼시에 관해서 더 얘기해주세요, 라고 나는 말했어. 아무것도 얘기할 게 없어, 라고 그는 속삭여 말했어. 생은 힘든 거야. 함정과 어둠에 가득 차 있고 행복한 사람은 한 명도 없어. 모든 것이 거짓이야. 환상이야. 아무도 다른 사람을 이해하지 못해. 그는 나에게 고통에 넘친 시선을 던졌어. 자기를 마비시키는 방법 외에 우리에게 뭐가 있단 말이야? 나도 보다시피 술을 마신다. 나의 비참한 꼴을 너도 보았지. 그렇지만 나는 네가 나를 이해해준다는 것을 느껴. 너는 이 괴물들 사이에서 단 하나의 느낄 줄 아는 가슴의 소유자야. 너는 내가 얼마나 여기서 괴로워하는지를 알고 있겠지. 너는 이 세 사람들과는 다르게 만들어진 인간이니까.

그러고는 그는 나에게 왔어. 문을 향해 귀를 모은 채 발끝으로 걸어와서 속삭여 말했어. 그와 결혼하지 마라. 나는 한순간 매우 놀랐어. 그의 말이 옳다는 것을 알고 있었으나 그걸 듣고 싶지가 않았기 때문에 꽤 성난 것같이 일어나서 말했어. 그것은 나 혼자서 처리할 문제예요. 제삼자가 개입할 수 없는—나는 이 말을 꽤 단정적으로 또 거부하는 태도로 말한 것 같아. 왜냐하면 그는 아주 놀라고 절망에 빠져서 말했어. 아, 나는 언제나 이렇게 당하고 만다. 최선을 원해서 말하면, 남들은 그걸 듣지 않고 멸시하고 욕한단 말야. 내가 무슨 말을 하거나 행동해도 그것은 잘못이고 틀렸대. 나는 경멸받기 위해서 이 세상에 태어난 거야.

그러면서 그는 정말로 눈물을 흘렸어. 몹시 안 되었으나 뭐라고 위안해야 좋을지 몰랐어. 나는 그가 좋았어. 무엇인지 그에게 끌리는 점이 있었어. 나는 퍼시보다 그가 더 가깝게 느껴졌어. 그러나 나의 호감에는 경멸이 섞여 있었어. 그의 말이 맞아. 누구나 다 그를 경멸했고 나도 내 의사와는 달리 그를 경멸했어. 어쩌면 이 남자는 다른 환경에서 태어났다면 그의 외모대로의 인간이 되었을지도 몰라. 그러나 지금은 그는 약하고 상심해 있었고 그의 자기 연민은 내 비위에 거슬렸어. 그래서 나는 마침내 퍼시가 나를 불렀을 때 기뻤어.

그런데 노인은 내가 그 집에 있었던 일주일 동안은 한 번도, 그믐날 밤에조차도 술을 마시지 않았어. 그런데도 매일같이 험한 장면이 벌어졌어. 대개는 어머니와 키티의 싸움이었고 어떤 때는 노 부부 사이의, 또 어떤 때는 키티와 퍼시의 싸움이었어. 언제나 갑자기 문을 쾅 닫는 소리가 나고 중얼중얼 욕지거리를 하는 소리가 났으나 모두 그것에 태연했고 아무렇게도 생각하지 않았어. 그런 것은 이 가족의 속성이었고 그럼에도 그들은 서로 묶여 있었어.

지금 그들은 다 죽어서 없어. 노부부는 폭격으로 죽었고 키티는 독약을 잘못 먹어서 죽었어. 키티는 전쟁 중에 화학실험실의 조수

노릇을 했어. 잘못 알고 먹은 게 아니었는지도 모르지만. 그리고 퍼시가 어떻게 되었는지는 언니도 알잖아. 도대체 그들에게는 친척이 하나도 안 남았어. 마르틴이 단 하나의 계승자야. 종종 나는 마르틴이 이 집안의 성질을 너무 많이 받은 것 같아서 걱정이 되곤 해. 그러나 우리는 그 점에 관해서 너무 걱정할 필요가 없는 것 같아. 만약 부모대로 된다면 언니와 나는 어떻게 되었겠어? 저 냉혹하고 융통성 없는 어머니와 마음이 좁고 의심 많은 아버지 사이에서 나온? 그렇지만 어쩌면 우리는 우리 부모를 잘 몰랐는지 몰라. 그들이 정말로 어떠했는지는 우리는 모르지 않아? 종종 나는 내가 늙은 후의 일을 생각해봐. 침울하고 의심이 많고 투덜대고 귀가 먼 고독한 노파가 될 거야. 어쩌면 가난해서 양로원에 들어가 있을지도 모르고.

아니야, 라고 나는 소리 질렀다. 그만둬, 너는 절대로 그렇게 되지 않아. 너는 그렇게 안 돼. 고독해 있기에는 너무 생기에 넘쳐 있어.

아, 언니는 사람을 아주 다른 사람으로 변질시키는 고통이 이 세상에 있다는 걸 잊고 있어.

나는 니나가 갑자기 또다시 고통 속에 빠져 들어간 것을 느꼈다.

밤이 되었다. 우리는 오랫동안 어둠 속에 앉아서 잠자코 있었다. 나는 생각했다. 이 며칠 동안은 내가 겪은 가장 이상스러운 날들이다. 나는 동생을 만나서 좀 얘기를 하고 또 도와주려고 왔다. 그런데 지금 나는 여기 앉아서 한 남자로 인해 괴로워하는 니나를 바라보는 도리밖에 없는 것이다. 니나는 사랑하기 때문에 그 남자로 하여금 냉혹한 결단을 내리게 하는 것을 피하게 해주고 싶어 했었다. 나 자신의 발밑에서도 방바닥이 무너져버리는 것 같고 모든 것이 나와 관계있는 것처럼 생각된다. 나는 갑자기 이 드라마의 한복판에 들어와 있는 것이다. 그것은 유쾌한 드라마가 아니다. 나는 갑자기 나 자신의 참모습을 보았다. 막이 열리고 무대에서는 찬바람이 불어온다.

니나, 하고 나는 불렀다. 내 말은 한마디도 니나 속에 들어가지 못한다는 것을 알면서도 절망적으로 말을 계속했다. 니나야, 너는 네 자신에 대해서 너무 잔인하지 않니? 생과 행복을 강제로 너로부터 쫓고 있는 게 아니야? 언젠가 후회할지도 모르지 않아? 모든 것을 다 포기했던 것을. ……나는 네가 행복하게 사는 것을 보고 싶단다.

니나는 작은 손짓으로 나에게 침묵을 명했다. 행복하게? 그게 무슨 뜻이지? 라고 니나는 말했다. 그러고는 몸을 나에게 돌리고 마치 나와 또 많은 사람 앞에서 자기를 변호하려는 듯이 격렬한 어조로 말했다. 언니는 내가 절망에 빠져 있다고 생각하지? 사실이 그래. 그렇지만 그런데도 나는 행복해. 언니는 내 말을 이해 못하지? 이해할 수 없지?

나는 생각했다. 너는 언제나 극단적인 경우에만 행복을 느끼는 것 같다. 너의 힘의 가장 극단의 한계에 접했을 때만.

그러나 나는 그 말을 하지 않았다. 뭐라고 형언할 수 없는 슬픔이 나를 엄습했고 지금 위안을 필요로 하고 있는 것은 사실은 나라는 것을 깨달았다. 다시 집에 돌아가서 여태까지의 습관대로 사는 것이 갑자기 불가능한 일로 생각되었다. 갑자기 니나는 뛰어 일어났다.

밖에 나가야겠어, 라고 니나는 말했다. 같이 가겠어?

니나의 목소리는 어딘지 모르게 혼자 나가고 싶다고 말하고 있었다. 어쩌면 니나는 나와 계속 같이 있는 것에 지쳤는지도 모른다.

그래 나가봐, 라고 나는 말했다. 나는 고단해서 같이 못 가겠어.

나는 유리창으로 니나의 뒷모습을 바라보았다. 니나는 매우 빨리 걸었다. 거의 달려가다시피 했다. 그러나 한 모퉁이에서 발을 멈추더니 뒤를 돌아보고 돌아서서 걷다가 다시 멈춰 섰다. 니나는 밤거리에서 완전히 혼자였다. 나는 니나가 얼마나 고독한가를, 철저하게 고독한가를 그전에도 그 후에도 이렇게 정확하게 이해한 일이 없다. 니나는 어두운, 비에 젖은 거리에서 마치 무엇을 하려던 것이었는지를 잊어버린 것처럼 한참 동안이나 서 있었다. 그러고는 천천히 걸어서 공원 속으로 사라졌다.

나는 빈방에서 몹시 기분이 언짢아서 니나의 위스키 병을 찾아내어 한 잔 가득 따라서 한 모금에 마셨다. 마시고 나니까 갑자기 시장기를 느꼈다. 나는 배고픔과 흥분 때문에 속이 텅 비어 있었다. 그래서 나는 니나가 절망에 잠겨서 밤중에 방황하고 있는데 식욕을 느낀다는 것을 부끄럽게 생각하면서도 밥을 잔뜩 먹었다. 일종의 반항으로 먹었다. 왜 내가 계속 혼란 속에 빠져들어야 하는가? 사실은 나도 이젠 집에 가야 한다. 그리고 그 며칠을 잊어버려야 한다고 생각했다. 나는 이렇게도 큰 결단과 포기와 처절한 감정은 견딜 수가 없다. 나는 니나가 아니다. 나에게는 나 자신의 삶이 있다.

다 먹고 난 후에 나는 창밖을 내다보았다. 나는 니나가 돌아오기를 기다렸다. 니나가 밤중에 그렇게 혼자서 돌아다니는 것을 나는 원하지 않았고 또 나를 이렇게 빈방에 혼자 놓아두는 것도 원하지 않았다. 그러나 니나는 오지 않았다.

그래서 나는 그것이 내 기분을 바꿔놓지 못하리라는 것을 잘 알면서도 슈타인의 일기를 꺼내 왔다. 그리고 1943년 4월 23일의 수기에 이은 공백의 페이지를 찾을 때까지 뒤적거렸다. '니나는 가벼워진 마음으로 계속해서 살 것이다'라고 그는 썼었다. '그런데 나는? 나는?'

마치 말로는 못할 내면적인 사건으로 넘치는, 긴장으로 넘치는 불안한 공간같이 보이는 긴 공백의 페이지에 이어서 같은 해 12월의 일기가 씌어 있었다.

1934년 12월 2일

—오늘 아침 일찍이 니나의 약혼 통지서가 나에게 도달되었다. 나를 몇 달 동안 피하고 있었던 니나가 나에게 다시 돌아오리라고 생각했던 것인가? 나는 내 일생의 이 장(章)을 끝마치지 않았던 것인가? 왜 이 소식이 나를 그렇게 흥분시키는 것일까? 지금은 깊은 밤이다. 나는 하루 종일 다흐아우어의 늪 속을 헤맸다. 내가 어디에 있는지도 몰랐다. 비가 오는 것도 내 외투가 비에 젖어서 무거워진 다음에야 알았다. 밤에 내가 낯모를 작은 역에 와 있는 것을 발견했다. (나는 억지로라도 내 생각을 정돈하기 위해서 이것을 상세하게 쓰는 것이다. 그러기가 매우 힘들다.)

니나는 그러니까 약혼을 한 것이다. 니나는 결혼할 것이다. 니나는 사랑하고 있다. 니나는 마침내 결정을 내린 것이다.

몇 시간이 지났다. 나는 이해할 수 없다. 결코 나는 이해하지 못할 것이다. 나의 생을 여태까지 에워싸고 있던 벽이 이상하게 밀려나간 듯한 느낌. 마지막 희망이 파괴된 느낌. 이 무서운 절망. 다시는 밝아지지 않는 그리고 다시는 걷힐 수 없는, 그리고 아주 흔해빠진 절망. 지나갔다. 끝났다. 나의 생은 끝났다. 나는 이 손으로 무엇을 더 잡을 것인가? 무엇이 이 손에 그냥 있을 것인가? 먼지가 되지 않는 것이 무엇이랴? 나는 먼지 냄새를 맡는다. 어디나 다 먼지투성이다. 먼지가 질식시킬 것처럼 두텁게 내 위에 덮여 있다. 입속에까지 들어와 있다.

나는 니나에게 축하의 편지를 보내야 한다. 니나는 그것을 기다릴 것이다. 관례니까. 답장을 쓰지 않는다는 것은 예의에 벗어난 일일 것이다—

그 페이지에는 세 개의 편지 초안이 첨부되어 있었다. 그 중 두 장은 반으로 찢기고 구겨지고 다시 펴져서 거기 붙어 있었다.

친애하는 부슈만 양, 약혼을 마음속으로부터 축하합니다. 새로운 과제의 실현에 있어서 행복하실 것을 빕니다. B. St.

두 번째 편지

니나, 이렇게 해서 너는 나를 결국 버렸구나. 너는 행복하다. 아니, 행복하다고 믿고 있다. 그렇지만 너는 나에게 무슨 짓을 하는 것이냐? 너는 그걸 모를 것이다. 또 그게 당연하다. 너는 이런 종류의 절망을 아직 모른다. 너에게 있어서는 온갖 괴로움에서부터 다시 희망이 솟지만 나에게는 파괴밖에는 생겨나지 않는다. 지금부터 나는 방향 없이 방황하고 목적 없이 기계적으로 한 걸음 한 걸음 옮길 것이나, 날이 갈수록 더 생에 대해서 무감각해질 것이다. 마비는 점점 척추로 기어 올라온다. 곧 중추신경에 도달할 것이고 나는 응고할 것이다. 너에게 비난의 말을 하는 것은 어리석은 일일 것이다.

너는 불가피한 일, 또는 네가 불가피하게 생각하던 일을 하는 것이니까. 너는 가는구나. 도달할 수 없이 먼 곳으로 너는 가버린다. 이것이 침묵에 빠지기 전의 나의 마지막 말이다.

이 편지는 펜으로 대각선까지 그어져서 지워져 있었다. 그러나 슈타인이 잉크 자국을 지우려고 애쓴 흔적이 보였다. 왜 그는 그렇게 한 것일까? 그리고 왜 그는 이 편지를 보관한 것일까? 그는 그때 벌써 이 편지를 니나에게 줄 의도가 있었던 것일까? 제3의 편지가 아마 결정적인 초안인 것 같았다. 그것엔 며칠 뒤의 날짜가 씌어 있었다.

친애하는 부슈만
틀림없이 숙고의 결과일 것인 당신의 생의 변화를 알려주신 데 감사를 드립니다.

(이 글의 절반은 선으로 지워버렸고 그 대신 이렇게 적혀 있었다.)

당신은 분명히 깊은 숙고 끝에 당신 생의 이 새로운 계기에 들어가셨을 것이며, 당신 특유의 용기와 결단성으로 그것을 지켜나갈 것을 믿습니다. 나는 당신이 만족하실 것과 당신의 새 환경이 당신의 발전에 도움이 될 것을 빕니다.

다음 페이지에는 숙기가 씌어 있었다.

1935년 12월 8일

—왜 니나는 나에게 이 할이라는 자를 데려온 것일까? 니나는 짧은 편지에서 자기와 그를 만나는 것이 싫지 않겠느냐고 물었다. 그리고 그들은 왔다. 이 할이라는 자는 금발과 파란 눈만으로 빛나는 영웅이 되고 마는 종류의 청년이다. 자기 자신에 대한 회의가 전연 없는 자연아이고 대담스레 굴고 건강하고 성공하기에 필요할 만한 지성을 가진 남자다. 그러면서도 사람들이 '좋은 놈'이라고 부르는 그런 종류의 인간이다. 틀림없이 자기 또래의 청년들한테는 좋은 동료일 것이다. 아무것도 감출 것이 없으니까 솔직하고, 아무 어려운 문제가 없으니까 명랑하고, 요새 여자들이 좋아하는 뚜렷한 남성미의 소유자다. 한마디로 통찰력이 없고 신비함이 없고 사고력이 없는 평범한 인간이다.

그것이 바로 니나가 찾아낸 것의 정체인 것이다. 나는 니나를 이해하려고 애써보겠다. 어쩌면 이 부조리하게 생각되는 선택은 위험을 안고 있는 니나의 본질이 가벼운 대상을 필요로 하는 데서 기인한 것이 아닐까? 나와 니나의 결합을 불가능하게 한 것은 바로 나 자신의 무거움이 아닐까? 어쩌면 니나는 니나를 비밀히 인도하고 있는 모순의 정신에서 나와 정반대의 남자를 선택한 것이 아닐까? 그는 어떤 방법으로든지 간에 니나를 압도한 것 같다. 니나는 나에게 이런 종류의 남자들이 갖는, 대담하고 뻔뻔스러운 관능이 없는 것에 불만을 가졌던 것이 아닐까?

나는 니나를 소유할 수 있었던 기회를 전부 놓친 것이 아니었던가? 여자란, 니나와 같은 종류의 여자까지도 내가 생각했던 것보다 원시적인 것일까? 여자는 숨이 막힐 만큼 포옹받을 수만 있으면 정신적 이해 같은 것은 거들떠볼 생각도 안 하는 것인지도 모른다. 나는 침대가 여자에 있어서는 정신보다 큰 역할을 하고 있다고 생각하기 시작한다. 그렇다면 니나는 이 할이라는 자와 같이 가서 그와 같이 자고 그의 아이를 낳고 행복하게 지내면 되는 것이다. 오늘 오후는 이별을 용이하게 만들어주었다. 진부한 맛이 내 혀 위에 얼마 동안 남아 있다가는 없어질 것이다—

1936년 새해 아침

—나는 크리스마스를 작년과 마찬가지로 헬레네와 함께 아네트 아주머니 집에서 지냈다. 나는 2년 전에 니나가 마지막으로 잠잤던 방을 썼다. 그때는 가을이었다. 말할 수 없이 완벽한 나날이었다. 너무나 아름다운 운명에의 공포, 파괴에의 공포로 가득 찬 나날이었다.

나는 일기장을 열었다. 충격을 받으면서 나는 다음 문구를 읽는다. '전에는 내 생에 무슨 의미가 있느냐고 물었던가? 이제는 더 묻지 않는다.' 지금도 나는 그것을 묻지 않는다. 나는 어떻게 된 것인가? 나는 잤다. 죽은 사람처럼 고단한 잠을 푹 잤다. 니나가 나를 버렸을 때 나는 얼음 같은 동결 상태에 빠져버렸다. 이 상태로 나는 나 자신을 의심하지도 않으면서 2년을 보냈다. 그러나 나는 지금은 깨어났다. 눈을 뜨고 내 주위를 보면서 느낀다. 나는 산다, 나는 산다. 무엇이 일어난 것인가?

헬레네가 이 여행을 하자고 나에게 제안했고 나는 흥미 없이 따라왔다. 나는 아네트 아주머니의 서재에서 매일을 보냈다. 밖으로는 나갈 용기가 없었다. 날씨가 나쁘다고 나는 자신에게 타일렀다.

그러나 나를 붙든 것은 공포에 불과했다. 추억에의 공포, 각성의 공포, 고통의 공포에 불과했다. 어제는 아네트 아주머니가 나를 불렀다. 아네트 아주머니는 매우 늙고 쇠약해서 침대에 누워서 살고 있었다. 그러나 아네트 아주머니의 눈은 새의 날카로움을 지니고 있었고 정신은 어느 때보다도 맑았다. 눈에 보이게 가까이 온 죽음이 (내 생각으로는 앞으로 1, 2개월 내에 올 것 같다) 아주머니에게 고도의 투시력과 총명을 주고 있다.

너는 고집쟁이가 되어버렸구나, 라고 아주머니는 다짜고짜로 말했다. 왜 그러니? 그 애 때문이지?

나는 마음의 문을 당장에 꽉 닫아버렸다. 대답을 기다리지 않고 아주머니는 말을 계속했다. 무슨 일이 있었는지 얘기하지 않아도 돼. 내가 벌써 예언했던 일이니까. 너는 내 말을 믿지 않았지. 좋아, 이 모든 것은 네 생각만큼 중요한 것이 못 돼. 그보다 중요한 것은 네가 지금 옳지 않은 태도를 취하고 있다는 거야. 왜 너는 반항심으로 뻣뻣해져가지고 구석에 앉아 있는 거니? 네 소원이 하나 이루어지지 않았다고? 그게 그렇게 중대한 것인 것처럼! 그뿐 아니라 네가 그 여자와 결혼했다면 불행이 일어났을 거야. 틀림없이. 그건 너 자신도 알지?

나는 분노가 치밀어오르는 것을 느꼈다. 그것은 참으로 오랜만에 내 속에서 일어난 생기의 첫 움직임이었다. 그것은 아직도 너무나 약해서 한마디 반대의 말로도 표현되지는 않았으나…… 사정없이 아주머니는 말을 이었다. 얼마나 더 너는 모욕감을 느끼고 있을 테냐? 꾸미지 마라. 너는 모욕당했다고 느끼고 있는 거야. 딴 남자가 너 대신 선택되었다고 해서. 너는 그걸 이해 못하는 거야. 어떤 남자도 그걸 이해할 수는 없는 법이다.

이번에는 내가 말을 중단시켰다. 그것만이 아니라는 것은 아주머니도 아실 겁니다.

그래, 나는 안다, 라고 말하면서 아주머니는 손을 내 팔 위에 얹었다. 잘 안다. 그것이 너의 생에 대한 마지막 희망이었지. 너를 보니 눈물이 나는구나. 아주머니는 이 말을 조롱도 섞지 않고 전에 없이 부드럽게 말했다. 이제는 가거라, 고단하다.

나는 나갔다. 그리고 나도 모르게 뜰로 나와서 니나와 같이 걸었던 길로 나와버렸다. 나는 갑자기 격렬한 고통을 느꼈다. 고통은 곧 지나가버리고 나를 거의 마취 상태에 빠지게 했다. 나는 고개를 들었다. 푸른 하늘이 나를 바라보았다. 나는 주위를 두리번거렸다. 눈이 내리지 않은 마당은 겨울답게 나뭇잎도 꽃도 없었으나 죽은 모습은 아니었고 부드러운 빛을 지니고 있었다. 약간 서리를 맞은 잎이 떨어진 관목도, 빳빳하게 얼어서 굳어진 관목 담 울타리도, 나무도, 모두 다 나를 바라보았다. 땅이 나를 바라보았다. 그 밖에는 다르게 표현할 수가 없다.

나는 니나가 즐겨 앉던 돌로 에워싸인 풀장 곁에 어느덧 와 있었다. 그 순간에 나의 동결이 용해되었다. 그것은 부드럽게 녹은 것이 아니라 폭력적이었다. 나는 뛰었다. 마당을 지나서 잔디밭으로 들어가는 문을 지나서 맹목적으로 그저 뛰어갔다. 어둠이 덮여 올 무렵에 나는 높은 산 위 숲속에 가 있었다. 길이 없는 숲과 돌 덤불이 나를 에워싸고 있었다. 낯선 경치였다. 그러나 나는 두렵지 않았다. 나는 일어서서 주위를 돌아다보면서 숨을 쉬었다. 나는 마치 평생 동안 숨쉬어보지 않았던 것처럼 심호흡을 했다. 공기는 차고 맑았다. 내 과거에 어떤 일이 있었는가? 나는 이미 그것을 알 수 없었다. 나는 호흡했다. 고통과 기쁨을 느끼면서.

산에서 내려오면서 — 매우 힘이 들었고 길을 잘못 들어섰으나 마침내 마을로 내려가는 길을 찾아냈다 — 기억이 나기 시작했다. 아네트 아주머니는 무슨 말을 했던가? 그 여자가 너의 생의 마지막 희망을 뜻한 것이라고 하지 않았던가? 그렇다면 사실은 니나와는 무관한 것이란 말인가? 그렇다면 니나는 하나의 상징에 불과한 것이다. 니나와의 결혼의 욕망은 숙명을 도피하려는 본능에 불과한 것이었다. 그러면 나는 니나를 정말로 사랑한 것이 아니란 말인가. 아직은 그것을 생각해볼 때가 아니다. 아직도 완전히 이해하지 못했다.

밤이 되어서야 나는 이해에 도달했다. 나로부터 요구되었던 것이 무엇인가? 나는 포기의 괴로움에 무기 없이 내 몸을 맡겨야 했다. 나는 그것이 사랑이 아니라 아네트 아주머니가 말한 것처럼 '생에 대한 희망'이었으며, 니나를 잃은 것에 대한 나의 괴로움은 장난감을 뺏긴 고통 외에 아무것도 아니었다는 것을 나 자신에게 고백해야 하는 것인가. 나는 나 자신을 용서하지 않았다. 몇 시간이 지나갔다. 나는 그냥 깨어 있었다. 나는 나 자신에게 진정제를 금했다. 아침이 왔다. 그때 나는 고통이 생의 원천이 놓여 있는 제일 깊은 층에까지 도달한 것을 느꼈다. 나는 고통이 그 층을 뚫는 것을 느끼고 물이 솟아나는 것을, 새로운 물이, 새로운 생명이 솟는 것을 느꼈다.

지금은 아침이다. 새해의 아침이다. 나는 여태까지 느껴보지 못한 종류의 명랑함이 나에게 다가오는 것을 느낀다. 나는 내가 몇 년

간 나도 모르게 살아온 생의 위기를 극복한 것을 알게 된 것 같다. 그러나 나는 지금도 안다. 그리고 다시는 그것을 의심하지 않을 것이다. 나는 니나를 사랑한다. 새로운, 더 밝은 방법으로 다시는 잃을 수 없게 니나를 사랑한다. 나를 해탈시킨 고통에 나는 감사하고 싶다. 간밤의 눈물은 나의 생의 굳어진 괴로움을 씻어 흘려보냈다. 남은 것은 포기의 슬픔이다. 새로운 명랑함의 배경이 되어주는. 니나는 상징일지도 모른다. 내가 갖고 싶고 되고 싶은 모든 것의 비유일지도 모른다. 니나가 언제나 그렇게 있어주었으면! 그러면 니나는 나에게 있어서 생 그 자체의 상징인 것이다. 나는 니나에게 편지를 쓰고 싶다. 니나를 통해서 나에게 일어난 변화에 대해서 감사하고 싶다. 그러나 나는 2년 동안 니나에 관해서 조금도 모른다. 그렇게 오랜 침묵의 기간 후에 보내는 편지는, 게다가 개인적인 내용의 편지는 니나에게 방해가 될는지도 모른다. 나는 니나를 방해하고 싶지 않다. 다만 니나가 살고 있는 방향을 바라보고 감사한다—

1936년 1월 30일

—기막힌 명랑함은 아직 계속되고 있다. 나의 생은 마침내 더 밝은 단계에 들어간 것같이 생각된다. 행복이 나에게 미소를 던져준다. 천진하게. 그리고 나는 모든 것을 알고 있으면서도 두려움 없이 행복하게 다시 미소를 보낸다. 어떤 사정 또는 누구의 변호에 의한 것인지를 알지 못한 채, 나는 '정치적으로 믿을 수 없기' 때문에 빼앗긴 교직을 다시 돌려받았다. 그래서 나는 다시 학생들 앞에 섰다. 학생들의 일부는 기쁨을, 아니, 솔직한 열광을 가지고 나를 환영했기 때문에 내가 그것을 진정시키기가 힘들었을 정도였다.

물론 일부 학생은 나의 복직을 점점 커가는 의심을 품고 바라보고 있다. 나는 달걀 위에서 춤을 추어야 할 것이다. 그리고 그것이 깨지지 않고 성공할지는 자신이 없다. 그렇지만 나는 우선은 강의를 다시 할 수 있는 것이 기쁘다. 나의 개인적인 일도 잘 진행되고 있다.

게다가 또 새해가 된 지 얼마 안 되었을 때 나의 오래된, 유일한 친구 알렉산더가 왔다. 그는 캄마아슈필〔뮌헨에 있는 극장 이름〕에서 오페라 〈에그몬트〉에 에그몬트로 출연할 예정으로 온 것이라고 한다. 그는 오랫동안 빈과 취리히에 있었기 때문에 우리는 서로의 소식을 못 듣고 있었던 것이다. 그러나 우리 사이의 조용하고 자연스러운, 기분 좋게 신뢰할 수 있는 관계를 다시 지속시키기에는 단 한 시간을 요했을 뿐이었다. 이런 기분 좋은 신뢰의 관계를 니나를 제외하고는 아무에게서도 느낄 수 없었다. 이 우정은 알렉산더가 나와 정반대의 사람인만큼 더욱 놀라운 것이다. 그는 특이하게 우수한 배우이며 내가 알고 있는 어떤 사람보다도 활동적인 정신의 소유자다. 온갖 인상을 다 풍기지만 어느 그물에도 걸리지 않는 변화무쌍한 정신의 소유자인 것이다. 함부르크 사람인 그의 조부는 남해 섬의 영사였고 할머니는 식민지 태생의 백인이었다. 거기서 그의 본질인 비유럽적인, 식물적인 매력과 종종 이해할 수 없고 억제할 수 없는 그의 태도가 기인하는 것이다.

나는 그를 바라보는 것을 좋아한다. 그는 비지성적인 사람들의 거침없는 조화에 기인하는 우아한 매력을 지녔고 부드럽게 보이는 탄력적이고 음악적인 비로드 같은 어둠을 지니고 있다. 그의 성질은 불같이 열정적이고 종종 뜻밖의 박력이 있다. 그는 여자와의 다

양한 연애 사건을 과거에 경험했다. 그 중 두 다스쯤은 나도 곁에서 보아왔다. 성실은 그에게는 해당되지 않는 문자다. 그럼에도 나는 그가 갑자기 어떤 변명 없이 피해버린 수많은 여자들이 그 후에도 몇 년 동안이나 열정적으로 계속 그를 사랑하고 있는 예를 안다. 그는 오로지 나에게만 애정의 지속과 집착성을 보여준다—

이 글을 쓴 페이지의 난에는 1937년 5월 날짜로 다음과 같은 주가 붙어 있었다—만약 니나가 언젠가 이 페이지를 읽는다면 나도 알렉산더도 우리의 우정에 '불경스러움에의 혐오'(니나가 언젠가 동성연애를 가리켜서 한 말)를 가져올 의도는 조금도 없다는 것을 알리고 싶다. 알렉산더에 대한 나의 사랑이 때로는 보통의 정도를 넘고 있는 것은 사실이지만—

여기까지 읽었을 때 나는 갑자기 니나에 대한 근심을 느꼈다. 이 밤중에 어디를 쏘다니는 것일까. 나는 창가로 가서 어두운 길을 쳐다보았다. 아무것도 안 보인다. 마침내, 니나는 어린애가 아니니까 돌아오겠지, 하고 생각했다. 그러나 계속해서 일기를 읽어도 불안은 사라지지 않았고 내가 읽은 것은 나를 안심시키거나 즐겁게 만들기에 적합한 것은 아니었다.

1936년 2월 16일

—이 무슨 슬픈 날인지! 니나가 나에게 도움을 구했는데 나는 그 여자를 도울 수 없다. 오후에 전화가 왔다. 그 여자의 목소리를 들었을 때 내가 무엇인가를 생각하기에는 너무나도 뜻밖이었다. 그

여자는 나에게 저녁에 시간이 있느냐고 물었다. 그래 나는 애써 옛날처럼 '해라'를 하면서, 나에게로 오지 않겠느냐고 물었다. 그 여자는 곧 거절했다. 아니, 시내로 나오세요. 8시에 카페 — 나는 그 이름을 잊어버렸다 — 에서 기다리겠어요, 라고 그 여자는 대답했다. 나는 쓸데없는 생각을 않도록 나 자신에게 명했다. 8시에 나는 조그맣고 어두컴컴한 집으로 갔다. 그 여자는 벌써 기다리고 있었다.

그 여자는 문을 향하여 앉아 있었고 나를 쳐다보았다. 내 안경은 더운 방의 김에 흐려졌다. 요즈음 갑자기 나는 안경 없이는 잘 볼 수가 없었다. 그래서 나는 아무렇게나 그 여자에게로 비틀거리며 다가갔다. 그 여자는 나를 맞아주었다. 나는 그 여자를 마치 안개 속에서처럼 알아봤다. 그러나 나는 곧 그 여자가 아주 창백하고 또 여윈 것을 인식했다. 그 여자의 손은 찼다. 나는 몇 마디 예의 바른 말을 준비했으나 말할 수 없었다. 그 여자는 웃으려고 하였다. 놀라실 거예요, 라고 그 여자는 말했다. 그 목소리는 쉬었고 낯설었다. 내가 이렇게도 오랜 세월 뒤에 또 나타나서 놀라실 겁니다.

아니, 라고 말하면서 나도 웃었다 — 두 가면이 서로 마주 웃어 보였다 — 이젠 어떤 것도 나를 쉽사리 놀라게 할 수는 없었다.

그 여자는 반쯤 먹은 빵의 부스러기를 신경질적으로 만지작거렸다. 당신밖에는 아무도 없어요. 그 여자는 조용히 말했다. 내가 그것에 관해서 이야기할 수 있는 사람은.

무엇에 관해서? 라고 나는 무심을 가장하면서 물었다. 무엇에 관해서 나와 이야기하려고 하는 거지?

나는 보지도 않고 그 여자는 말했다. 와주신 것을 감사합니다. 나는 그 여자에게 그것이 당연한 것임을 나타냈다.

아니, 그건 당연하지는 않습니다, 라고 그 여자는 대답했다. 당신에게 전화한 것은 몰염치한 것이었어요. 그렇지만—이때 그 여자의 목소리는 아주 딱딱하고 높았기 때문에 여점원이 우리를 보았었다—그렇지만 나는 정말 당신밖엔 아무도 없어요.

나는 연민을 느끼고 그 여자의 팔에 손을 얹었다. 그 여자는 뿌리치지 않았다. 오히려 이 접촉이 그 여자에게는 약간의 위안이 된 것처럼 보였다. 그만큼 그 여자는 인간의 따뜻함을 그리워하고 있었던 것이다.

뭐야, 니나, 이야기해, 라고 나는 말했다. 그 여자가 그때 보낸 시선은 혼란의 심연에서부터 나온 것 같았다. 이 시선은, 당신은 나를 도울 수 없습니다, 아무도 나를 도울 수는 없어요, 라고 말하고 있었다.

그 여자는 매우 이야기하기가 어려운 것 같았고 나도 또 그 여자가 쉽게 이야기하도록 익숙하게 유도하지를 못했다.

잘 지내셨어요? 그 여자는 묻더니 대답도 기다리지 않고 계속 말했다. 당신이 다시 복직하셔서 기뻐요.

잘 있었어, 니나? 결혼했어? 나는 가볍게 물었다. 그러나 나는 내면에서 추억과 공포와 희망이 강력하고도 혼란스럽게 괴롭히는 것을 어찌할 수 없었다.

아니요, 나는 아직 결혼하지 않았어요, 라고 그 여자는 대답했다. 나는 아직도 책방에 있습니다. 나는 슈바벤에 있는 지점을 관리하고 있어요. 좋은 손님들이 책을 사가지요. 어떤 출판사도 우리를 통해서는 별로 이득을 볼 수 없어요.

그 여자는 웃었다. 이 웃음이 계속되는 짧은 시간에 니나는 다정스럽고 청렴하고 무엇에 의해서도 파괴될 수 없는 옛날의 니나로 되돌아갔다. 다른 손님들에게 재빨리 조심스러운 시선을 보낸 뒤에 니나는 말문을 닫았다.

창작은 잘되어가? 아직도 글을 써? 나에게 보여주고 싶은 작품을 가지고 있어? 나는 이야기하기 위하여, 그 여자가 이야기하도록 하기 위하여 물었다.

네, 그 여자는 말했다. 네, 나는 자주 써요. 그러나 쓸 시간이 별로 없어요. 또 내가 쓴 것은 모두 나빠요.

갑자기 그 여자는 쾌활하게, 이야기하기로 결심한 눈매로 나를 쳐다보았다. 나는 여름에 결혼해요, 라고 그 여자는 말했다. 퍼시는 어떤 건축사무소에 일자리를 얻었지요.

목소리도 낮추지 않고 그 여자는 모든 것이 자신과는 무관한 것이라는 듯 계속 이야기했다. 그리고 나는 애기를 가졌어요.

내가 놀라서 이해할 수 없다는 듯이 그 여자를 쳐다보았을 때 그 여자는 급히 덧붙여 말했다. 퍼시의 애기가 아니에요.

나는 대답을 하기에는 너무나도 놀랐다.

당신 외에는 아직 아무도 몰라요, 라고 그 여자는 말했다.

니나, 자, 같이 가자, 라고 나는 말했다. 여기선 그 일에 관해서 이야기할 수 없다.

그 여자는 머리를 흔들었다. 나는 너무나 피곤하고, 몸이 아주 불편해요. 두 달째예요.

그럼 우리 집으로 가자. 내 차가 밖에 있으니까.

아니요, 그 여자는 거의 애원하듯이 말했다. 여기에 그냥 있겠어요.

그곳은 아주 추악한 카페였다. 더러운 갈색의 낡은 벽지와 반점이 있는 대리석 탁자와 천한 손님들이 있었다. 무엇이 나나로 하여금 이 카페에 앉게 한 것인지 모르겠다. 그 여자가 원했기에 우리는 머물렀다.

확실해? 라고 나는 물었다.

아주 확실해요.

아무도 몰라?

내 질문의 어조에 놀라서 그 여자는 나를 쳐다보았다. 아무도 모를 거예요, 라고 그 여자는 주저하면서 말했다. 그리고 곧 강력히 덧붙였다. 그렇지만 물론 퍼시에게는 이야기하겠어요.

물론, 이라고 그 여자는 말했다. 그 여자가 그렇게 하는 것은 그 여자에게는 당연한 일이었다.

그럼 어떻게 되지? 라고 나는 물었다.

그 여자는 어깨를 추켜들었다. 이젠 나에겐 아무 상관도 없어요.

그리고 애기 아버지도 그걸 모르고 있나? 라고 나는 주저하면서 물었다.

아직은, 이라고 그 여자는 말했다. 그 말을 할 때 그 여자의 눈에는 광채가 생겼다. 이 관찰이 나로 하여금 깊이 생각하게 만들었다. 자세히 생각해보면 할이라는 자를 상실하고 대신에 그 사람을, 생각만 해도 그 여자의 눈에 광채를 띄워 주는 사람을 얻는다는 것이 과연 니나에게 불행할 것인지? 또는 그녀가 완전히 혼자가 된다는 것이. 나는 그렇게 된다면 그 여자는 아이와 함께 나에게 오면 된다고 생각한 것을 고백한다. 그러나 이 소원은 시기상조였다. 나는 이 소원에 집착하게 되기 전에 그것을 세차게 털어버렸다. 도대체 무엇 때문에 니나가 나를 불렀을 것인가? 하고 나는 나 자신에게 물었다. 그 여자는 뭣 때문에 내 충고를 필요로 한 것인지? 그 여자는 그처럼 명백하고 확정적인 것 같았다.

나는 계속해 탐지했다. 애기 아버지와 결혼할 수 있어?

모르겠어요—그것이 그 여자가 대답한 전부였다.

니나, 나는 조심스럽게 타진해보았다. 이 애기를 낳는 것이 너에게 즐거움을 주리라 생각하니?

모르겠어요.

다시금 저 흐려진 시선, 그 여자는 아직도 이해하지 못하고 있는 신체적인 변화 때문에 괴로워하고 혼란스러워 하고 있었다—

여기서 종이가 잘려 있었다. 그 대신에 1946년 5월이라고 적혀진 여러 페이지가 뒤에 붙여져 있었다.

—내가 1938년 '유대인과의 친밀한 접촉' 때문에 체포당할 우려가 있었을 때 나는 일기를 감출 뿐만 아니라 그 중 몇 절을 완전히 없애버리는 것이 낫다고 생각하였다. 나의 조심성 때문에 완전히 무해하고 절대로 감염의 우려가 없는 새로운 임신중절에 관한 구절도 희생되었다. 니나에게 임신중절을 권하는 것 외에 또 무슨 방도가 있었으랴.

나는 그날 저녁에는 그것에 관해서 이야기하지 않았다. 그러나 나는 그 여자의 내면적인 반대를 무릅쓰고, 이튿날 나에게 오도록 요청하였다. 그 여자는 주저하면서도 약속했다. 나중에는 다시 찾아올 수도 없었던 그 이름 모르는 카페문 앞에서의 작별을 나는 기억한다. 우리는 길가의 가로등 아래 놓인 내 차 옆에 서 있었다. 비가 눈과 섞여 내리고 있었다.

니나. 나는 말했다. 너를 도울 수 있어.

그 여자는 주의 깊게 나를 쳐다보았다. 계속해서 이야기하는 것이 나에게 쉬운 일이 아니었다.

넌 이 애기를 꼭 낳을 필요는 없어.

그 여자는 그걸 즉시 이해하지 못했다. 나는 그 여자의 시선에서 그것을 읽었다. 그러고는 그 여자는 천천히 입을 열었는데, 아마 그 여자는 대답하려고 했을 것이다. 그러나 그 여자는 대답하지 않았다. 그래서 이 움직임은 눈물 나도록 어쩔 줄 모르는 끝없는 충격의 제스처로 되어버렸다.

거기에 관해선, 하고 그 여자는 속삭였다. 거기에 관해선 난 아직 생각해보지 않았어요.

희망의 미광이 그 여자의 눈에 떠올랐다.

내일 오후에 나에게로 와, 라고 나는 말했다.

그 여자는 끄덕였다. 그러고는 천천히 떠나갔다.

밤에야 비로소 의혹이 나를 엄습했다. 나의 방법은 절대로 안전하고 위험이 없었다. 나는 의학상 징후에서 필요불가결한 경우에 임신중절을 여러 차례 시행했었다. 그렇지만 니나에게 그것이 필요불가결할 것인지? 니나는 건강했다. 그 여자는 자살할까봐 내가 두려워할 만큼 절망하고 있지도 않았다. 나는 이 숙명에 간섭할 무슨 권리를 갖고 있는 것일까?

나는 니나가 괴로워하고 있는 것을 보았다. 그보다 훨씬 더 중요한 것은 그렇게도 많은 것을 약속하고 있던 그 여자의 발전이 중단되고 나쁜 방향으로 강요되고 있다는 것이다. 니나의 저 정신적인 대담성, 불굴불패의 생활력, 경험과 고통과 죽음에 관한 그 호기심은 어디로 간 것인가? 니나는 무엇이 되어버렸는가? 공포에 찬 심신은 혼란에 빠진 피조물이 되어버렸다. (그러나 그 여자는 내가 생각한 것보다는 훨씬 나았다. 그건 이튿날에야 비로소 명백해졌다.) 그 할이라는 자가 그 여자를 버리거나 또는 니나가 그 남자를 떠나거나, 그 여자가 할이라는 자나 애기 아버지(누가 애기 아버지인지 누가 알 것인가, 라고 나는 쓰디쓴 질투로서 생각했다. 만약에 그 당시에 그것이 알렉산더였다는 것을 알았다면 무슨 일이 일어났을 것인지?)와 결혼하지 않을 때에는 그 여자의 생활이 어떻게 진전될 것인가를 나는 그려보았다. 그 여자는 애기를 낳을 것이다. 그리고 그 여자는 직업을 포기할 수 없기 때문에 애기를 탁아소에 집어넣어야만 할 것이다. 그 여자는 더욱더 일하지 않으면 안 될 것이다. 그리하여 일요일에는 자기 애기를 하루 동안 집으로 데리고 오는 애매한 즐거움을 갖게 될 것이다. 이 무슨 비참한 장래일 것인가. 그 여자를 도울 권리가 나에게 주어지지 않았단 말인가? 그것이 이 세상에 정신적인 조정자의 뜻에 합치되는 것이나 아닌지? 이런 종류의 모든 숙고에도 불구하고 나는 불안했다. 그래서 결국 니나의 결단에 맡겨버리기로 했다. 마침내, 어느새 아침이 되어버렸다.

니나가 왔다. 나는 첫눈에 그 여자가 좀 기운이 생긴 것을 보았다. 그리고 즉시 그 여자를 무감각에서 벗어나게 한 무엇인가가 일어났다는 것을 알았다. 물론, 나는 10년이 지난 오늘도 비록 니나에 관한 내 기억이 무엇보다도 충실함에도 우리의 대화를 완전히 기억할 수는 없다. 그래서 나는 그걸 재구성하려고는 않는다. 그렇지만 나는 중요 사실에 관해선 기억한다.

그 여자는 밤새 생각한 뒤에 아침에 그 약혼자에게로 가서 그에게 모든 일을 고백했다고 나에게 말했다. 그는 다만, 또 무슨 희극을 꾸며대니 응? 그리고 너는 그 애기가 내 아이가 아니라는 걸 뭘로 주장하지, 라고 말했다고 한다. 이 물음은 그 순간에는 니나를 놀라게 했고 갑자기 그 상태는 가장 의심스러운 것처럼 생각되었다. 그러나 그 혼란도 빨리 지나갔다. 그는 머리를 숙이고 잠자코, 방구석에서 입을 다물고 있는 그 여자를 거들떠보지도 않고 거의 한 시간 동안이나 방을 왔다 갔다 했다. 이 시간에야 비로소 그 여자는 어떤 무서운 일이 일어났다는 것을 인식했다. 그 여자는 약속을 위반한 것이었다. 이젠 그 여자를 아무도 더 믿을 수 없으며 자기 자신이 이미 자기를 회의하고 있었다. 그 여자는 그랬다. 그런 종류의 여자였다. 나는 그 여자를 잘 이해했다. 불가침한, 침해될 수 없는 그 여자의 본질적인 순결이 과연 이 새로운 경험을 극복할 수 있을 것인가.

그 여자는 엄격한 재판관이었고 그 여자는 아무런 변명도 자신에게 허용하지 않았다. 방은 갑자기 점점 더 좁아졌고 급기야는 그 여자 위로 무너져내렸다고 니나는 이야기했다. 그 여자가 깨어났을 때에 그 여자는 소파 위에 눕혀져 있었고 약혼자가 옆에 앉아서 말하였다.

누가 벌써 알고 있지? 없다고? 그렇다면 절대로 다른 사람에게 이야기하지 말아라. 나는 너를 놓치지 않겠다. 우리는 곧 결혼할 것이다. 만약 그 아이가 좀 일찍 태어나더라도 아무도 수상해하지 않을 거야. 그 애는 우리 아이다. 아마 실제로도 그럴 것이고. 자, 이젠 자.

이건 아주 이상적이었다. 그건 니나도 승인해야만 했다. 나도 착란의 정도와 원인을 무시함으로써 갈등을 해결하려는 결정적인 태도에 관해선 어떤 놀라운 존경을 갖지 않을 수 없었다. 그러기에 그 여자는 아주 편안하고 보호된 것 같은 느낌을, 더욱이 쾌적함을 느꼈다. 그래서 그 여자는 아주 고마워하며 좋은 아내가 되겠다고 약속했던 것이다.

대화 이후 나는 니나에 관해서 그 여자의 결혼 소식과 마침내 초가을에 딸 루트가 출생했다는 것 외에는 아무것도 더 듣지 못했다. 나는 여기 10년이나 낡은 기억에 더 첨가할 수 있다. 니나는 당시에 극도로 굳은 결심과 안도의 인상을 주었으나 외면적 혼란이 그 여자에게 유리하게 해결되었음에도 조금도 행복하게 보이지는 않았었다—

1936년 3월 3일

—니나의 방문이 나의 평화를 파괴했다. 그것은 공허한, 어떤 결합점에서도 삐거덕거리는 일촉즉발의 평화였다. 이제 그 여자는 가버리고 저 대수롭지 않은 청년 할과 결혼한다. 그 여자는 그 남자를 사랑하지 않으면서도 다만 그에게 약속했기 때문에 충실할 것이다. 그리고 아마 그 여자가 사랑한 그 애기 아버지는 그것에 관해선 아무것도 모를 것이다. 그는 무슨 일이 일어났는가를 상관하지도 않는다. 그 남자는 그 여자를 취하고는 가버렸다. 얼마나 책임없는 비열한 일인가? 나는 그 여자에게 묻지 않았다. 또 물어도 대답하지도 않았을 것이다.

나는 결혼식을 올리기 바로 직전에 니나를 유혹해낼 수 있었던 그 남자를 상상해보는 데 오랜 시간을 보냈다. 그는 매우 익숙하고 교활했거나 아니면 니나의 가장 내면에 품고 있는 이상형과 놀랍게도 꼭 같았어야 했을 것이다. 또는 니나와 이런 방법으로 약혼의 예속에서 벗어날 것을 기도했는지도 모른다. 나는 여자를 이해할 수 있기에는 너무나 여자를 모른다. 내가 아는 것은 다만 내가 새로이 고통과 비애와 불쾌와 질투와 기타의 이미 초극한 것으로 생각했던 감정의 소용돌이 속으로 끌려들어간다는 사실뿐이다. 그리고 나는 소름 끼치는 매혹을 느끼면서 니나가 나의 운명임을 다시 확신한다. 나는 니나를 축복하고 동시에 저주한다—

읽은 것을 생각해보면서 창가에서 밖의 거리를 내다보다가 나는 잠들었던 모양이다. 하여간 갑자기 벨 소리에 놀라서 잠이 깨었다. 나는 아직도 덜 깬 채 니나에게 문을 열어주기 위해서 달려갔다. 그러나 밖에는 아무도 없었고 요란하게 울리고 있는 것은 전화였다. 나는 아직도 졸면서 수화기를 들었다. 장거리전화라고 전화국에서 알려주었다. 제네바에서부터 부슈만 씨에게 온 전화라는 것이다. 수화자가 있습니까?

내가 어째서, 네, 본인입니다, 라고 말했는지는 나도 알 수가 없다. 잠시 후에 나는 나 자신에게 욕을 했다. 왜 남의 일에 개입하는가 하고. 니나는 분명히 그것을 나쁘게 생각하거나 또는 이상하게 생각할 것이다. 나는 전화국에서 전화를 걸고, 잘못이었습니다, 내가 아니라 내 동생에게 온 것이었어요, 한 시간 후에 다시 걸어주세요, 동생은 지금 없어요, 라고 말하려고 했다. 그러나 나는 그것을 하지 않았다. 왜 안 했는가? 다른 때라면 나는 남의 일에 호기심을 갖거나 예의 없이 구는 성격이 아니고 또 예감을 잘 갖는 성격도 아니었다. 그러나 이때만은 전화기 곁을 떠나기가 싫었다. 무언지 모르는 것이 나를 지배하고 결정했다. 그래서 나는 맑은 사고를 갖기에는 아직도 잠에 취하고 피곤한 몸으로 전화 옆에 있었다.

그러나 내겐 갑자기 이 전화가 '그 남자'로부터라면? 이라는 생각이 떠올랐다. 아니다, 그는 외국에 있을 리가 없다. 니나가 독일을 떠나는 것이 그 때문인데. 그렇지만 니나는 독일이라는 말로 유럽 대륙을 뜻했는지도 모른다. 그리고 또 그는 여행 갔을 수도 있지 않은가? 그렇지만 나는 지난번 전화에서 이미 그에게 니나는 영국에 가 있다고 말하지 않았던가. 그러나 그는 니나의 영국 주소를 알기 위해서 전화를 걸 수도 있지 않을까?

나는 이 모든 것을 여기에 씌어 있듯이 침착하고 명료하게 생각한 것이 아니다. 생각의 그림자의 조각조각이 떠올랐을 뿐이었다. 그러면서도 나는 흥분한 나머지 나의 전신이 차가워진 것을 느꼈다. 그러고는 갑자기 완전히 내 정신으로 돌아왔다. 정말로 그가 거는 것이라면 어떻게 해야 할까? 그가 무엇을 나한테 요구하는가에 달려 있다, 고 나는 생각했다. 그러고는 또, 아니다, 라고 나는 생각을 이었다. 나는 내가 그에게 무슨 말을 할 것인가를 지금 곧 생각해 내야 한다. 이것이 내가 니나를 위해서 무슨 일을 할 수 있는 마지막 기회일 것이다. 내가 니나의 운명과 또 다른 '그 남자'의 운명을 내 손에 쥐고 있다는 생각을 하니 기가 막혔다. 나는 내 상황을 저주했다. 그러면서도 결코 그 속에 빠져 들어간 것을 후회하지는 않았다.

통화는 곧 되지 않았기 때문에 나는 한참 동안 무슨 말을 할 것인가를 생각해볼 시간이 있었다.

그에게 할 말을 생각하는 동안, 간헐적으로 교환원으로부터, 끊지 말고 기다려주세요, 하는 안내의 말이 들려왔다. 나는 이렇게 말해야겠다. 여보세요, 나는 당신에 관해 거의 아는 게 없습니다, 아니, 전혀 모릅니다, 그렇지만 당신과 관계를 맺고 있기란 퍽 힘든 일이라는 것은 알고 있어요, 라고 말할까. 아니, '관계를 맺고 있다'는 말은 아무래도 의도적인 말장난처럼 들릴는지 모른다. 그렇지, 재치를 부리는 것은 나하고는 거리가 먼 일이니까, 달리 말하자. 니나는 당신한테는 과분하게, 아니 어떤 사람에게라도 과분하게, 당신을 사랑하고 있어요, 이곳의 상당히 괜찮은 직장을 버리고 망명간 거예요, 그래요, 그건 니나에게는 일종의 망명이에요, 대체 그쪽에 가서 니나가 할 일이 무엇이겠어요? 어느 노부부의 가정부 노릇을 할 거예요, 게다가 니나는 아이들까지 남겨두고 가요, 여자에게 그것이 무엇을 의미하는지나 알고 계세요? 라고 말할까. 아니, 그렇게 말해서는 안 될 것 같다. 그건 마치 그를 감동시키려는 듯이 들릴 것이다. 나는 그를 감동시킬 생각은 없다. 나는 다만……미안하지만 끊지 말고 기다려주세요, 라는 교환원의 소리. 네, 기다리지요, 기다리고말고요. 나는 기어이 그와 통화해야 한다. 나는 무엇을 말하겠다는 것인가? 그가 이리로 오도록 말하겠다. 그렇다. 그것이 좋겠다. 그러면 모든 일은 저절로 풀릴 것이다. 그렇지만 그들은 여태까지 같이 있지 않았던가? 그럼에도 '모든 일은' 저절로 해결되지 못한 상태가 아닌가? 그렇다면 좀 더 강경한 무기를 사용해야 한다. 솔직히 나는 그가 니나와 결혼하기를 바란다. 그렇지만 니나가 그걸 원할까? 도대체 사랑이 취할 수 있는 여러 변덕스런 형식을 어떻게 내가 안단 말인가.

그러나 갑자기 이 모든 깊은 염려가 구멍이 큰 썩은 그물같이 생각되었다. 뭐라고 말할 것인가? 그냥 전화를 끊지 말고 계세요. 나는 그 교환원의 말을 참을 수가 없다. 나는 니나가 결정적으로 나에게 명했던 말밖에는 하지 않을 것이다. 니나는 없어요, 벌써 여행을 떠났어요. 그렇지만 그렇다면 이 통화에 무슨 의미가 있겠는가? 나는 무슨 말을, 결정적인 말을 해야 한다.

수화기가 내 손에서 떨리는 것을 보자 참을 수가 없었다. 내가 모든 것을 망쳐버릴 수도 있는 것이다. 맙소사! 이 통화는 왜 또 이렇게 나오지를 않지?

그때 전화기에서 달칵 소리가 났다. 나는 운명의 달그락 소리를 들은 것처럼 놀랐다. 그러고는 이 깊은, 한번 들으면 잊히지 않을, 길게 끄는 외침 소리가 들려왔다. 니나? 마치 먼 나라를 통해서 부르고 있는 것 같은 목소리였다.

아니요, 니나는 없어요. 나는 갑자기 아주 냉정해졌다. 처음의 두려움은 사라져버렸다. 목소리는 달라졌다. 냉정해지고 약간 맑아지고 날카로워졌다.

부슈만 부인이 어디 계신지 모르십니까? 그러나 내 대답을 기다리지 않고 그는 빠른 어조로 물었다. 그러면 누가 전화를 받고 있는 것입니까?

니나의 언니예요, 전에도 한 번 제가 전화 받은 일이 있어요.

아니요, 라고 그는 말했다. 그러고는 자신의 말을 정정했다. 제가 아니라고 하는 것은 부슈만 부인은 여행을 떠나지 않았다는 것입니다. 당신은 여행 갔다고 말하셨지만.

갑자기 그의 음성은 가식을 털어버리고 다시 어두워졌다. 아닙니다. 니나는 여행가지 않았습니다. 왜 여행 갔다고 말하십니까? 니나는 분명히 아직 거기 있을 것입니다. 진실을 말해주십시오. 중요합니다.

좋아요, 꼭 알고 싶으시다면. 니나는 아직 있어요. 지금 밖의 어둠 속을 돌아다니고 있어요.

어둠 속을요? 무얼 하고 있습니까? 왜 돌아다닙니까? 무슨 말씀이신지요?

시내를, 어둠 속을, 이라고 말하고 나서 나는, 어서 더 묻거라, 얼마든지 물어도 좋다, 라고 생각했으나 그는 묻지 않았다. 잠깐 동안 침묵이 흘렀다. 그러고는 그는 되뇌었다. 어둠 속을 혼자서요? 혼자서라고 하셨나요?

나는 미소를 금할 수 없었다. 네, 혼자서지요, 물론.

왜 물론입니까? 라고 그는 천천히 물었다.

나는 나 자신을 쿡 찔렀다. 이제는 얘기하거라, 라고 나는 생각했다. 지금 얘기하지 않으면……

네, 혼자서 돌아다니고 있어요. 니나도 괴로워하고 있어요. 무슨 큰 근심거리가 있는데 얘기하지 않아요. 그걸 나타내지 않느라고 끔찍이 노력하고 있어요.

잠시 후에야 다시 질문이 들려왔다. 직업상의 근심입니까? 또는 아이들 때문에?

나는 맙소사! 당신은 정말 그렇게 눈치가 없나요? 아니면 능숙한 연기자인가요? 라고 외칠 뻔했다. 그러나 나는 다만 오, 아니에요, 라고 대답했을 뿐이었다.

그것만으로도 그를 흥분시키기는 충분했을 것이었다. 어디가 아픈 겁니까? 그의 음성은 점점 불안해졌다. 나는 그것을 눈치 채며 만족을 느꼈다.

아프냐고요? 병이 난 것은 아니지만 완전히 기진맥진해 있어요.

니나는……저……당신 동생에 관해서 아시는 게……저어……

아니요, 라고 나는 빨리 말했다. 내가 아는 것은 다만 내가 눈앞에 보고 있는 것뿐입니다. 니나가 영국으로 떠나려 하고 있어요.

그럼 정말로 영국으로 가는군요? 언제 떠납니까?

내일이요, 라고 나는 그 자리에서 결심해서 말했다.

내일이요? 그의 음성은 감출 수 없는 충격을 나타내고 있었다. 내일이라고요? 그러고는 그의 음성은 갑자기 모든 조심성을 잃었다. 내 말을 들어보십시오, 라고 그는 소리쳤다. 내가 그리로 가겠습니다. 니나에게…… 아니요, 아무 말도 말아주십시오. 가겠습니다. 그러나 내일은 거기에 가 닿을 수 없습니다. 모레 오후에 비행기로 떠나겠습니다. 저녁때면 뮌헨에 가 닿을 것입니다.

내 몸은 떨렸다. 그러나 그것을 감추고 냉담하게 말했다. 너무 늦어요, 그것은. (실컷 괴로워하고 흥분하거라.)

그렇지만 나는 갈 수가 없습니다……

나는 그가 얼마나 절망에 빠져 있는가를 목소리에서 알았다.

그보다 더 빨리 갈 수는 없어요. 회의가 있습니다. 아주 중요한…… 그렇지만 내 말을 들어주십시오. 니나를 붙들어주십시오. 어떻게 해서든지 내가 갈 때까지 니나를 붙들어주십시오. 그렇게 해주십시오. 가겠습니다.

통화가 이미 끝난 것으로 생각했을 때 나는 그가 또 중얼거리는 말을 들었다. 가겠습니다. 가겠습니다.

그것은 마치 맹세처럼 들렸다. 그러고는 그는 갑자기 수화기를 놓았다.

벌써 10시 반이었으나 니나는 아직 돌아오지 않았다. 니나가 없었던 것이 얼마나 다행이었던가. 그렇지만 왜 니나는 돌아오지 않는 것일까? 나는 슈타인의 일기를 계속해서 읽으려고 했으나 포기하고 말았다. 한마디도 눈에 들어오지 않았기 때문이다. 언제까지나 그의 목소리가, 극도로 불안감을 주는 목소리가 내 귀에 쟁쟁 울려왔다. 이 사건에 내가 이렇게까지 끌려들어왔을 줄이야! 뒤에서부터 나는 기습된 셈이었다. 그리고 나를 묶은 것은 거미줄같이 가느다란 끈이었으나 그것은 찢기지 않게 질긴 것임을 나는 지금 알아야 했다. 나는 집으로, 나의 고요한 생활 속으로 돌아가고 싶었다. 이렇게 멋지기는 하나 여태까지 가본 일이 없는 위험한 곳으로 먼 길을 떠나기보다는 정돈된 집에서 사는 편이 낫지 않을까? 나는 어느 편이 나은지를 알 수가 없어져버렸다. 갑자기 유일의 질서가 아니라 여러 종류의 질서가 있을 수 있다는 것을 알았고 그 모두가 다 옳게 생각되었다. 또는 다 그르게 생각되었다. 나는 매우 당황하지 않을 수 없었다.

나는 창문을 열었다. 싸늘하고 매운 3월의 공기는 기분 좋았다. 이른 봄에 종종 그렇듯이 불안스러운 녹색 빛을 띤 별들이 하늘에 박혀 있었다. 우리가 믿을 수 있는 가장 작은 것들—정확히 윤곽지워진 지붕, 번쩍거리는 전선, 날카로운 선을 긋고 서 있는 나무의 윤곽, 멀리 정거장에서 들려오는 소음—만이 진실했다. 현실적이었다. 나는 불확실한 것에는 맞지 않게 만들어진 인간이었다. 정열적인 것에는 맞지 않았다. 내 생이 니나의 생보다 얼마나 왜소한가를 내가 인식한들 무슨 소용이 있으랴? 이미 어쩔 수 없는 기정사실인 것을.

거리에는 사람이 없었다. 발소리도 들리지 않았다. 밤공기가 찼기 때문에 나는 창문을 다시 닫았다. 나는 이 방에서 저 방으로 서성거리며 돌아다니는 수밖에 없었다. 10분 후에 니나는 돌아왔다.

아, 이렇게 늦었네, 라고 니나는 헐레벌떡하면서 외쳤다. 나는 자꾸자꾸 강을 따라서 걸어갔어. 그러고는 다시 그 길을 돌아와야 했어. 언니는 그동안 뭘 했어?

나? 일기를 읽었지 뭐.

편집부에서 전화 왔었어?

아니, 라고 나는 양심의 가책 없이 대답했다. 거기서는 안 왔어.

니나는 더 묻지 않았다. 니나는 도대체 얘기할 기분이 아니었다. 자기 자신 속에 기어들어가서 완강하게 자기 혼자와 내면적 대화를 주고받는 것 같았다. 곧 자겠다고 말했다.

오늘 밤은 잘래, 라고 니나는 확고하게 말했다. 그러고는 다시 정신이 딴 데 가 있는 것 같은 목소리로 반복했다. 자겠어. 니나는 그것을 그 남자가, 가겠습니다, 라고 말한 것과 똑같은 어조로 말했다.

우리는, 잘 자, 하고 인사를 하고는 전등을 껐다. 그러나 우리가 어둠 속에 눕자마자 니나는 속삭였다. 언니가 무슨 말을 나에게 하지 않고 있는 것 같은 느낌이 들어.

나는 잠이 들어 못 들은 척했다. 그러나 니나는 계속해서 물었다. 누가 전화를 걸었지? 그렇지?

나는 하품을 하면서 대답했다. 아까 말했지 않니.

나는 잠자코 있었다. 나는 니나가 잠들기를 빌었다. 그러나 갑자기 니나는 말했다. 아무 말 안 해도 괜찮아, 이제는 아무 상관도 없는 일이니까.

나는 조금도 잠이 오지 않았으나 꼼짝도 않고 누워 있었다. 나는 니나가 더 이야기를 할 것을 기다리고 있었다. 그러나 니나는 아무 말도 하지 않았다. 그리고 얼마 뒤에 니나가 조용하고 깊게 숨 쉬는 것을 들었다. 그리고 또 얼마 있다가 달이 떠올랐을 때 나는 니나의 얼굴을 보았다. 니나의 얼굴은 평화로워 보였다.

그날 밤을 뜬눈으로 샌 것은 이번에는 나였다. 새벽녘에야 나는 잠이 들었다. 내가 마지막으로 본 것은 흐린 날을 예고하는 잿빛의 새벽 광선이었다. 내가 깨었을 때 처음으로 본 것은 잠들 때 본 것과 같은 회색 어둠이었다. 그러나 벌써 8시였고 밖에는 비가 오고 있었다. 가까운 데에 양철 지붕이 있는 모양이었다. 그 위를 비가 규칙적으로 완강하게 때리고 있었다. 아직 잠에서 완전히 깨기도 전에 나는 이유 없는 불쾌함을 느꼈다. 우울하고 침울한 기분이었고 이 불안한 기분을 떨어버리기 위해서 다시 잠들기만을 바라고 있었다. 그때에 내 시선이 유리창으로 갔다. 창문은 열려 있었고 니나가 그 앞에 서 있었다. 니나는 잠옷을 입은 채 헝클어진 머리카락을 늘어뜨리고 팔을 축 늘어뜨린 채 서 있었다. 그것은 고독의 상(像) 그 자체였다. 모습은 안 보였으나 밖에서 새의 울음소리가 들려왔다. 비가 그들을 몹시 기쁘게 만드는 것처럼 큰 소리로 노래했다.

니나, 라고 나는 불렀다. 니나야!

니나는 꼼짝도 하지 않았다. 어쩌면 내 말을 못 들었는지도 모르겠다. 나는 니나가 그렇게 서 있는 것을, 그렇게 슬픔에 몸을 내맡기고 완전히 고독하게 서 있는 것을 보고 있을 수가 없었다. 나는 일어서서 니나 옆의 창가로 가서 섰다. 니나는 나를 보지 못한 척했다. 어쩌면 정말로 내가 온 기척을 못 들었는지도 몰랐다.

니나, 하고 나는 말했다. 감기 들겠다.

니나는 천천히 얼굴을 내게로 돌렸다. 니나의 얼굴은 젖어 있었다.

나는 너무나 충격을 받아서 나도 모르게 소리를 질렀다. 우는구나! 니나는 조금도 눈물을 가리려고 하지 않고 소리 없이 계속해서 울었다. 그러면서 니나는 내가 거기 없는 것처럼 나를 지나서 다른 데를 보고 있었다.

나는 충격을 받았고 무안했다. 어떻게 해야 좋을지 알 수가 없었다. 마침내 나는 문턱에 기대서서 내리는 비를 내다보았다. 니나는 나를 상관하지 않았다. 나는 방 안으로 다시 갔다. 그러나 그것도 니나는 보지 않았다.

얼마 후에 니나는 잠옷 소매로 얼굴을 아무렇게나 닦더니 재빨리 나에게 몸을 돌리고 말했다. 마르그레트, 오늘 떠나겠어.

니나는 이 말을 아무 억양도 없이 말했으나, 무슨 말을 해도 이제는 소용없다, 니나는 결심한 것이다, 라는 것을 곧 알 수 있는 어조로 말했다.

그럼에도 나는 니나를 막기를 포기하지 않았다. 니나, 라고 나는 외쳤다. 너는 목요일에야 떠날 예정이라고 하지 않았니?

응, 그렇게 하려고 했었어, 라고 니나는 말했다. 그러나 나는 지금 결심을 바꾸었어. 니나의 목소리에 조금이라도 반항의 흔적이 보였다면 나는 니나를 머물도록 설득하는 데 희망을 가져볼 수 있었을 것이었다. 그러나 니나는 마치 그 모두가 자기와는 아무 관계도 없는 일이라는 듯 무표정하게 말했다.

니나, 하고 나는 북받쳐오르는 슬픔에, 그 순간만큼은 아무 저의도 없이 말했다. 너와 함께 며칠 더 있게 되는 것을 나는 기쁘게 생각했었어.

아, 내가 언니에게 무슨 소용이 있어, 라고 니나는 그렇게 말하면서 빨리 밖으로 나갔다. 나는 니나가 욕실에서 물을 틀고 물속에서 철벅거리는 소리를 들었다.

나는 말할 수 없이 고단했고 마치 머릿속에서 자갈이 끊임없이 힘들게 삐거덕거리면서 갈리는 것 같은 느낌을 받았다. 니나에게 전화가 온 것을 말해야 할지 어쩔지! 어쩌면 니나의 장래의 운명은 내가 니나를 붙들 수 있는가 없는가에 달려 있는지도 모르지 않을까. 그러나 문제를 그렇게까지 심각하게 생각하고 싶지 않고 귀찮은 생각이 들어서 '그 남자'가 정말로 니나를 그처럼 생각한다면 영국에서도 니나를 찾아낼 수 있을 것이라고 생각했다. 아마 내가 이 만남의 의미를 과장해서 생각하는 것 같다고 나는 스스로 위안했다. 니나가 그를 피함으로써 그의 눈에 니나가 더 가치 있게 보일지도 모르는 일이기도 했다.

그러나 곧 다른 근심이 솟았다. 만약에 그가 니나의 결심을 마지막 거절이라고 생각한다면? 그가 깊은 상처를 받고 실망해서 가버린다면?

그렇지만 그가 니나를 모른단 말인가? 니나가 왜 달아나는지를 모를 리가 있을까? (나는 한 번도 니나가 떠나간다고 생각하지 않았고 언제나 달아난다고 생각해왔다.)

마침내 나는 모든 경험으로 미루어볼 때 운명은 결국 운명이라는 것, 생의 가장 중대한 일들은 모두 당사자의 생각을 넘어서 엉뚱하게 결정되는 것이라고 나를 타일렀다. 이렇게 생각하는 것은 나를 얼마 동안 안심시켰다. 그러나 그것도 얼마 안 가서 니나가 방금 목욕을 하고 나서 눈물자국이 하나도 없는 얼굴로 나와서 전화기로 갔을 때 사라지고 말았다. 니나가 다이얼을 다 돌리기 전에 나는 말했다—내가, 그 말을 한 것은 나에게도 뜻밖이었다—니나, 전화기를 내려놓아.

니나는 나에게 몸을 돌렸다. 별로 놀라지도 않고, 흥미 있게라기보다는 예의로써 나를 보았다.

왜 그래? 라고 니나는 말했다.

너는 내일 밤까지 여기 있어야 해, 라고 나는 가능한 한 무관심한 어조로 말했다.

왜? 라고 말하면서 니나의 얼굴은 벌써 거절하는 빛을 띠고 있었다.

말하지 않아도 알지 않니, 라고 나는 빨리 말했다.

니나는 말없이 심각하고 침착한 얼굴로 나를 바라보았다. 천천히 니나의 이마에는 깊은 주름이 우울하게 잡혔다. 그러고는 일순간 마치 육체적인 고통을 느낄 때처럼 눈을 감았다. 그 모든 것이 오래가지 않았다. 마치 구름의 그림자같이 떠올랐다가 사라졌다. 그러고는 나에게 물었다. 그러면 언니는 이제 어떻게 할래?

나는 뭐라고 말해야 할지 몰랐다. 아직 생각해보지 않았던 것이다.

그것 봐, 라고 말하더니 니나는 다시 수화기를 들었다.

그럼 그 사람에게 전보라도 치지 않을래? 라고 나는 절망적으로 말했다.

니나는 다이얼을 돌리면서 말없이 고개를 흔들었다. 니나는 이 일에 관해서 이미 마지막 말을 다 한 것처럼 보였다. 그럼 좋다. 이제 내가 무엇을 달리 할 수 있을 것인가. 그러나 내가 할 수 있는 일이 하나는 있었다. 나는 그 남자를 여기서 기다리겠다. 그의 여행이 헛되지 않도록. 그러나 그 말을 니나에게는 하지 않았다.

나는 니나가 여행사에 전화를 거는 것을 듣고 있었다. 밤기차의 표가 아직 한 장 남아 있었다. 니나는 그것을 주문했다. 그러면 이제는 모든 것이 결정된 것이다. '운명의 봉인이 찍혔다'라고 생각하고 나는 그것으로 만족했다. 그러나 내가 잠에서 깼을 때 느낀 불쾌한 감정은 나에게서 떠나지 않았고 점점 더 심해져서 나는 몹시 비참한 기분에 빠져버렸다.

나는 그날 니나가 한없이 물건을 사러 다니는 것에 반대하지 않았다. 나는 어디나 다 니나를 따라다녔다. 만약 누가 우리를 관찰했다면 신경질적인 명랑함에 속았을 것이다. 우리는 어쩌다가 남편 없이 자기들끼리 외출하게 된 것을 기뻐하는 아무 근심도 없는 여자들처럼 훔플마이아에서 점심을 먹고 카알톤에서 커피를 마셨다. 그러나 시간이 경과함에 따라서 니나는 점점 창백해지고 말이 없어졌다. 니나는 아이들을 위해서 스웨터와 장갑과 초콜릿을 사고는 소포를 보낸 뒤 피곤해하면서 빨리 집으로 가자고 졸랐다.

그러나 집에 도착하자마자 니나는 짐을 싸기 시작했다. 성급하고 산만하게 아무 계획도 없이 쌌기 때문에 마침내는 니나가 말리는 것도 무릅쓰고 도와주어야 했다. 그러나 이 일도 곧 끝나버렸고, 그 다음에는 아무리 생각해도 일이 없었다. 7시였다. 기차는 9시에야 떠날 예정이었다. 이 마지막 두 시간은 내가 생각했던 것보다 힘들었다. 왜 나는, 영화관에 갈까? 라고 말하지 못하는 것일까. 니나의 어떤 과제나 어떤 어려운 상황도 피하지 않는 기질이 나에게도 전염된 것일까?

갑자기 우리는 더 할 말이 없어졌다. 깊은 거북함과 말없는 슬픔이 우리를 사로잡았다. 나는 슈타인의 일기 속으로 도피해보려고 했다. 그러나 니나는 그것을 내 손에서 빼앗았다.

이건 여기다 놓아두고 가겠어. 내가 간 후에 읽어봐. 흥미가 있으면.

니나는 흥미 없이 마치 권태로운 잡지처럼 뒤적거리더니 결재를 마친 서류처럼 탁 닫고 밀어놓았다.

읽겠어? 라고 니나는 단지 아무 말이나 하기 위해서 나에게 물었다.

물론이지, 라고 나는 대답했다.

니나는 마치 사람이 어떻게 이런 것에 흥미를 느낄까 하는 듯이 어깨를 추켜 보였다. 나는 니나에게 있어서는 여기에 씌어 있는 것은 모두 니나가 아주 버린 일이라는 것을, 지금은 그늘 뒤에 놓여 있는 지구 저편의 일이라는 것을 알았다.

언니가 이것을 정말로 읽겠다면, 그전에 할 말이 있어. 슈타인이 내가 자살을 기도한 것에 관해서 뭐라고 썼는지는 모르지만 그가 어떻게 썼든지 간에 진짜 이유는 그도 몰랐어. 사실은 아무래도 괜찮은 일이지만 나는……

니나는 말을 중단했다.

너는 왜?

언니가 나를 잘못 보는 것을 원하지 않아. 이 말을 니나는 빨리 무안스럽게 했지만 그 말을 하면서 니나가 나에게 비스듬히 던진 시선은 애정에 넘쳐 있었다. 니나는 그 시선을 곧 거두었다.

그런 낡은 이야기를 재탕하려 하는 건 어리석은 짓이야, 라고 니나는 중얼거렸다. 그러나 다음 순간에 니나는 벌써 마치 눈을 감고 얼음같이 찬 물에 뛰어들 듯이 뛰어들어와 있었다. 그리고 나는 니나가 말을 하고 있는 동안 이 이야기를 하는 것이 얼마나 니나에게 고통스러운 일인가를 느끼고 있었다.

내가 퍼시와 같이 살 때, 그러니까 내가 마침내 그와 결혼했을 때……

니나는 말을 중단하고 한숨 같은 소리를 내고는 다시 계속했다. 우리가 생각했던 것보다 결혼 생활은 힘이 들었어. 우리는 무섭게 노력했어. 특히 퍼시는. 그는 어찌도 힘이 들었던지 이를 악물곤 했어. 애기가 탄생했을 때 그는 애기를 단 한 번도 쳐다보지 않았어. 애기가 울면 그는 나가버렸어. 아무 말도 안 하고 모자를 쓰고는 나가버렸어. 그는 거의 매일 밤 집에 없었어. 나는 루트의 작은 침대를 부엌의 병풍 뒤에 숨겨놓아야 했어. 그는 그곳으로 오지 않았으니까 애기를 보지 않아도 됐어. 기저귀는 발코니에 널어서는 안 됐어. 그래서 나는 멀리 아는 사람의 마당에까지 들고 가서 널었어.

나는 소리를 지르지 않을 수 없었다. 그걸 네가 견뎠단 말이야?

아, 그건 지켜져야 할 계약이었으니까.

왜 너는 루트의 아버지한테 안 갔니? 라고 나는 주저하면서 물었다.

니나는 어깨를 추켰다. 아까도 말했지 않아. 지켜야 될 계약이었다니까. 나는 계약을 그렇게 아무렇게나 깨뜨릴 수는 없었어. 나중에 퍼시가 클레레한테 갔을 때는 문제는 달라졌지만. 그때는 알렉산더—루트의 아버지의 이름이야—는 이미 결혼한 뒤였어.

니나는 긴장해서 무릎을 내려다보고 있었다. 도대체 무엇 때문에 퍼시 곁에 머물러 있었는가를 생각해내려고 하는 것 같았다.

언니, 하고 니나는 말했다. 알렉산더와의 이 사건은 지속을 생각할 수 없는 종류의 것이었어. 나는 단 하룻밤을 그와 함께 보냈어. 그 이상 만났더라면 좋지 않았을 거야. 그날 밤을 생각할 때마다 나는 내가 라일락 꽃다발로 변했던 것같이 느껴. 우습지? 아니야? 나는 웃을 줄 알았어. 내가 시적으로 되면 우습게 보이니까. 그러나 내가 말하는 것은 시적인 의미가 아니라 내 감정의 정확한 묘사야.

니나는 어깨를 추켰다. 내가 자기를 미쳤다고 생각한다는 확신을 가지고.

그러나 내가 하려던 것은 그 말이 아니고 퍼시에 관한 말이야, 루트가 태어난 지 7주쯤 된 어느 날 나는 퍼시가 루트의 침대 밑에 가 있는 것을 보았어. 그가 거기에 가 있는 것을 본 것은 그때가 처음이었어. 그래서 나는 생각했어. 그럼 그렇지, 이제는 그도 애기에게 관심을 갖게 되겠지, 라고. 그러나 그는 침대 위에 몸을 굽혔고 그때 그의 얼굴을 나는 보았어.

그래서? 나는 니나가 말을 끊었기 때문에 물어보았다. 그래서? 그러나 나는 니나의 눈에 공포가 떠 있는 것을 보았다. 그렇게 오랜 세월 뒤에도 니나의 눈은 그 광경을 그대로 반영하고 있었다. 나는 그것이 무엇인지를 모른다. 니나는 말을 안 했다. 어떤 끔찍스러운 일이었음에 틀림이 없었다.

그러고는, 하고 니나는 갑자기 말을 이었다. 그는 나에게 와서 말했어. 이번에는 너는 나의 아이를 낳아야 한다, 라고. 점심때였고 음식이 부뚜막에 놓여 있었어. 그는 조금도 주저하지 않았어. 그는 힘이 세었고 또 저항하는 것도 꼴불견일 것 같아서 나는, 너무 일러요, 루트를 낳은 지 얼마 안 됐고 내 건강이 좋지 못한 것을 알잖아요? 라고만 말했어. 그러나 그는, 그게 내 탓이야? 라고 물었을 뿐이었어. 내가 뭐라고 대답할 수 있었겠어? 그의 말이 옳았어. 그러나 나는 그동안 죽 생각했어. 이것이 대가다, 우리는 우리가 한 모든 일에 대가를 지불해야 한다, 라고. 끝나고 나서 그는 말했어. 자, 이제는 계산이 맞았다, 이제는 네 실력을 보여라. 만약 그 다음 몇 주일 동안 그가 그처럼 다정하게, 비굴할 만큼 부드럽게 대하지만 않았어도 모든 일이 절반쯤밖에 불쾌하지 않았을 거야. 그는 그가 끔찍스러우나 관대한 승리자라는 것을 나에게 느끼도록 했어. 그래서 어느 날 나는 그에게 복수하는 방법을 발견했어. 그에게 아이를 갖게 하지 않아야 한다는 것이었어. 도대체 내 아이를 그에게 주지 않겠다는 것이었어. 그래서 나는 슈타인을 찾아갔던 거야. 그러나 그는 해주려고 하지를 않았어. 다른 의사한테 갈 돈은 나에게 없었고, 낡은 민간 처방은 듣지 않았어. 나는 어떻게 해야 할지 몰랐어. 슈타인에게 갔다가 집으로 돌아오는 길에 나는 뚜렷한 생각이 떠올랐어. 우선 편지를 몇 장 쓰고 집 안을 치우고 나서 루트를 보모에게 갖다 맡기고 편지와 함께 슈타인한테 데려가게 하고, 그러고는 — 말 안 해도 언니는 알겠지? 그런 상황에서 인간은 비상하게 날카롭게 생각하고, 정확하게 행동할 수 있는 법이야. 언니도 그런 경험이 있는지는 모르지만.

니나는 나를 냉정하게 흥미를 띤 얼굴로 바라보았다.

아니, 라고 나는 말했다. 나는 한 번도 절망한 일이 없어. 적어도 이런 식으로는.

없어? 라고 니나는 생각하면서 말했다. 참 이상해. 한 번도 절망에 빠지지 않다니. 얼마나 좋겠어?

그럴지도 모르지, 라고 나는 말했다.

응, 전부 다 했어. 맨 마지막에 나는 집으로 갔어. 새집이었고 우리가 너무 일찍 이사 왔기 때문에 아직 다 마르지 않아서, 집에서는 젖은 석회 냄새가 났어. 나는 몇 해가 지났는데도 젖은 석회 냄새를 맡으면 지금도 구역질이 나. 그런데 가스를 틀고 나니까 가스 중독에 걸리면 토한다는 사실이 생각났어. 그것은 추한 일이어서 나는 가스를 다시 막았어. 그러지 않아도 나는 임신 때문에 구역질이 났었어. 나는 두 손가락을 목에 넣는 것으로도 충분했어. 가스는 끔찍해. 나는 다시는 가스를 택하지 않을래.

니나! 라고 나는 외쳤다.

니나는 의아한 얼굴로 나를 보았다.

그런데 처음에는 기분이 좋았어. 가스가 흘러나오는 소리는 처음에는 쏴쏴거리는 바람 소리 같아. 마치 깊은 숲 속에 있는 것 같아. 그러고는 그 소리는 음악처럼 높아지고 커다란 오케스트라처럼 들려왔어. 그러고는 곧 사정이 달라져. 심장이 미칠 것같이 뛰고 구역질이 나고 호흡이 곤란해지고……

니나는 허공을 응시했다. 아니, 라고 니나는 중얼거렸다. 다시는 가스는 싫어.

그러고는? 하고 나는 빨리 물었다. 어떻게 됐니?

슈타인이 너무 빨리 왔어, 라고 니나는 말했다. 그가 내 편지를 받을 때쯤에는 나는 죽어 있을 것이라고 생각했었어. 다시 깨어났을 때 나는 그의 집에 있었고 그가 나를 간호하고 있었어. 그게 전부야.

맙소사, 라고 나는 소리 질렀다. 그 모든 일에 관해서 나는 아무것도 모르고 있었어.

언니가 어떻게 알았겠어? 라고 니나는 냉담하게 말했다.

네가 다시 정신이 들었을 때 죽지 않았다는 걸 알고 기분이 어땠어? 라고 나는 물었다.

그건 큰 차이가 없었어, 라고 니나는 중얼거리고 생각에 잠겼다.

갑자기 니나는 소리 질렀다. 어쩌면 슈타인은 자기가 나를 구제했다고 생각했을지도 몰라. 그렇지만 누가 죽는 것을 막았다고 해서 곧 그 사람을 살게 만든 것은 아니지 않아?

나는 또 한번 슈타인에 대한 추억이 니나를 흥분시키는 것을 느끼고 놀랐다. 슈타인은 니나에게 있어 니나가 스스로 믿고 있는 것보다도 훨씬 더 큰 의미를 지니고 있었던 것에 틀림없었다. 니나는 자기 어조의 격렬함에 스스로도 깜짝 놀라고 있었다. 그래서 재빨리 말을 덧붙였다.

그는 그 당시 나를 많이 도와주었어. 그렇지만 — 그러고는 다시 옛날의 분노가 치밀어오는 듯 니나는 그것을 억제하지 못했다 — 그는 그가 꼭 해야 할 일은 하지 않았어. 내가 그 당시 퍼시와 헤어지지 못한 것은 그 사람 때문이었어. 그가 그걸 말렸어. 저주스러운 온갖 결심을 두려워하는 마음에서. 좋아, 이제는 그에 관해서는 말하지 말아, 우리. 그렇지만 나를 도와준 것은 그가 아니었어.

그럼 누구였니?

나 자신이야, 라고 니나는 쌀쌀하게 말했다. 요양원에서 모두들 내가 이 사건을 극복하지 못하리라고 생각하던 어느 날 나는 살기로 결심하고 그것을 곧 실행에 옮겼어.

나는 웃지 않을 수 없었다. 좀 기묘한 표현이었기 때문이다.

아니야, 정말로 그랬어, 라고 니나는 거의 완강하게 말했다. 나는 책상 앞에 앉아서 소설을 쓰기 시작했어.

어떻게 그렇게 무턱대고? 하고 나는 물었다. '무턱대고'는 상황에 어울리는 표현은 아니었다. 그러나 니나는 그 말을 간과했다.

물론 그렇지는 않았어, 라고 니나는 생각 깊게 말했다. 첫날에는 종이가 빈 채로 그대로 있었고, 둘째 날에는 한 줄의 문장이, 셋째 날에는 그걸 지워버렸고, 넷째 날에는 두세 줄의 문장을 썼어. 그렇게 계속해서 결국은 하나의 소설이 되었어.

니나는 갑자기 일어서더니 뭐라고 중얼거리며 창가로 갔다.

뭐라고 말하고 있니? 라고 나는 물었다.

아무것도, 별말 아니야. 나는 다만 '구역질 난다'고 말했어.

뭐가 구역질 나니?

내가 이런 말을 다 해버린 것이. 왜 그런 말을 했을까?

내가 해달라고 했으니까 했지 뭐, 라고 나는 당황해서 아무렇게나 말했다.

해서는 안 되는걸 그랬어, 라고 니나는 대답했다. 지금은 아주 기분이 나빠.

그렇지만 니나야, 라고 나는 놀라서 소리 질렀다. 그러나 니나는 나의 말을 막아버렸다.

그런 일에 관해서 그렇게 많이 이야기하는 것은 좋은 취미라고 볼 수 없어. 특별한 필요성도 없이 말이야.

갑자기 니나는 웃었다. 이것 봐, 이것은 심각한 경우에는 좋은 취미가 나를 버린다는 또 하나의 예야. 좋은 취미란 언제나 절제와 관계되는데 나는 아마 극단을 위해서 만들어진 인간인가봐. 다만 나는 좋은 취미가 우리에게 주는 긴장을 완화하기 위해서 우리 같은 인간은 얼마만큼의 야만성을 필요로 한다고는 생각하고 싶지 않아. 인간은 언제나 자기 자신에 대해 완전한 용기를 갖고 있지 않아.

나는 속으로 생각했다. 그래 우리는 그걸 갖고 있지 않다. 나에게도 없고 너에게도 없다. 그렇지 않다면 너는 지금 굳이 떠나려 하지 않을 것이다.

니나는 마치 내 생각을 알아낸 것처럼 나를 보더니 갑자기 낮은 목소리로 물었다. 마르그레트, 언니가 내 처지였다면 어떻게 했겠어?

니나, 라고 나는 놀라서 말했다. 나에게 묻지 말아줘. 모든 게 다 벌써 결정되지 않았니?

그렇긴 해, 다 결정되기는 했어.

그러고는 아까보다도 더 낮은 목소리로 나를 보지 않으면서 말했다. 그렇지만 언니가 지금 그건 잘못이니 가지 말라고 하면, 나는 가지 않겠어.

어머나, 나한테 그걸 요구하면 어떻게 해?

좋아, 그럼 택시를 부르겠어, 라고 니나는 말했다.

니나가 전화기 옆으로 갈 때까지의 몇 초는 내 일생에서 최악의 순간이었다.

나는 우리가 역으로 가는 도중에 비가 오래 계속될 것 같다느니,

항해길이 나쁘겠다느니, 가기 전에 열쇠를 집주인에게 맡기는 걸 잊지 말라느니 하는 따위의 쓸데없는 소리밖에는 주고받지 않았던 것을 기억한다.

내가 하루나 이틀 더 머물겠다는 것을 니나가 무언중에 승낙했는지, 또는 우리가 함께 이야기했는지는 내 기억에 남아 있지 않다. 다만 우리는 모든 것을 정확히 의논했던 것 같다. 내가 기억하는 것은 니나가 또 한번 찻간 밖으로 나와서 빨리 강렬하게 나를 안고는 곧 계단에 올라가서, 내가 부탁한 대로 해주지, 언니? 그가 오거든 아무 말도 하지 말아줘, 내 주소도 말하지 말아줘, 라고 소리 질렀던 순간까지다.

기관차가 증기를 발했다. 물기를 품은 흰 구름이 차 밑에서 솟아올랐다. 기관차의 소리가 커서 나는 니나에게 대답을 하지 않아도 됐다. 그러고는 다시 기차가 조용해지자, 니나가 나에게 몸을 굽히고 속삭였다. 내가 결혼한다고 그에게 말해줘. 그렇게 말해줘.

그럼 니나야, 그게 정말이니? 라고 나는 소리 질렀다.

니나는 슬프게 고개를 흔들었다. 그것이 내가 니나를 본 마지막이었다. 문이 닫히고 기차는 떠났고 니나가 서 있는 앞의 유리창은 비에 가려버렸다.

나는 천천히 니나가 버리고 간 집으로 돌아갔다. 거기에는 내가 스웨덴으로 가지고 갈 궤짝이 놓여 있었고 소파와 책상보가 덮이지 않은 책상과 낡은 정원용 의자가 놓여 있었다. 그것은 나중에 이웃집 아주머니가 받아갈 예정이었다. 책상 위에는 니나의 마지막 유물인 알코올 램프와 먹을 것이 조금 놓여 있었다. 내가 모르는 사이에 니나는 한 봉지의 과일과 샌드위치를 나를 위해서 준비해놓고 갔다. 그러나 나는 아무것도 먹을 수가 없었다.

나는 너무나 고단했다. 마치 큰 병에 걸리기 전과도 같은 무거운 납덩이 같은 피곤이 나를 눌렀다. 나는 곧 침대로 들어갔다. 이런 날에, 그리고 한 걸음 걸을 때마다. 동굴 속처럼 울리는 이런 집에서 자는 것 이외에 무엇을 할 수가 있었을 것인가. 비가 오는 것이 나에게는 다행스러웠다. 내가 잠들 때까지 내가 들은 것은 쫙쫙 내리며 두들기는 단조로운 빗소리였고, 아침에 나를 깨운 것도 빗소리였다.

밤새껏 비가 내렸다. 유리창과 책상 사이의 마룻바닥은 젖어서 검게 보였다.

나는 이렇게 시작된 하루가 두려웠다. 다음 기차로 떠나고 싶은 유혹은 매우 강했다. 한 시간 동안이나 그 생각이 내 머리를 떠나지 않았다. 그러나 마침내 나는 자기가 끓인 죽은 자기가 스스로 먹어야 한다는 결론에 달했다. 내가 혼자서 '그 남자'를 여기에 오도록 한 것이었다. 나만이 그에게 해명을 할 의무를 갖고 있는 것이다. 나는 머물러야만 했다. 아주 정직하게 말하면 내 동생이 사랑하는 남자를 보고 싶다는 호기심도 없지는 않았다.

그러나 무엇보다도 나를 못 가게 붙든 것은 그 남자가 숨이 끊어질 듯 달려와서 한없이, 헛되이 초인종을 누르고 있을 상상이었다. 나는 그가 당황한 눈빛으로 이해할 수 없다는 표정으로 신경질적으로 거기 서 있는 것이 눈에 보이는 것 같았다. 그는 아마 이웃 여자나 집주인을 찾아갈 것이다. 그러면 그들은 그에게, 부슈만 부인은 떠나셨습니다. 네, 언니도 떠났어요, 라고 말할 것이다. 그는 천천히, 어찌할 바를 모르면서 상처를 입고 돌아갈 것이다. 안 된다. 나는 그를 그렇게 돌아가게 해서는 안 된다.

처음에는 나는 다시 잠들려고 애써보았다. 그러나 그것은 불가능했다. 그래서 슈타인의 일기장을 꺼냈다. 그러나 이제는 별로 많이 남아 있지 않은 것을 보고 오후에 보기 위해서 아껴두기로 했다. 밖으로 나갈 용기는 없었다. 비가 너무나 세게 퍼부었다. 쓰레기통 속에서 반쯤 찢어진 낡은 탐정 소설을 발견했으나 너무나 권태로웠다. 그걸 읽으면서 나는 지금 내가 오락물을 읽을 기분이 아닌 것을 알았다. 내가 니나를 생각하거나 또는 '그 남자'를 생각할 때마다 울적함이 짓눌러 오거나 신경질적인 긴장감이 괴롭히는 이런 날에는 결국 슈타인의 일기가 가장 읽을 만한 책임을 나는 알았다.

나는 애써서 문제의 전화가 오기 직전까지 내가 읽었던 곳을 다시 찾아냈다.

1936년 2월 16일의 긴 보고에 이어서 같은 해의 3월 3일에 슈타인이 니나의 '유혹자'를 상상해보는 일기가 있었다. 그리고 다음은 거의 반년 후의 일기였다.

1936년 10월 10일

—나를 니나에게 묶어놓고 있는 쇠고랑을 찢으려고 내가 감히 어떻게 생각할 수가 있었을까? 밀라노 대학에서의 초대 강의가 끝난 뒤 남이탈리아와 시실리 섬을 거쳐서 북아프리카로 가려고 했을 때 나는 내가 완전히 구제되었고 자유롭다고 생각했다. 나는 혼자였다. 헬레네는 아네트 아주머니의 집을 파느라고 바빴다. 그 집은 나에게 상속되었으나 나는 니나가 결혼한 지금 거기서 살 생각은

조금도 없었다. 때로는 만약 니나와 같이라면 이 여행이 완전히 아름다울 수 있을 것이라는 생각이 나를 방해했으나 그 생각은 이미 나에게 고통을 주거나 혼란을 일으키지는 않았다.

그러나 로마에서 나에게 입수된 한 다발의 우편물 가운데 니나의 딸의 출생 통지서가 들어 있었다.

나는 어렸을 때 발에 아주 깊고 심한 상처를 입었었다. 나는 아무 느낌도 없이 피가 솟는 것과 살이 찢어져 벌어진 것을 보았다. 나는 조금도 아픔을 느끼지 않았다. 훨씬 뒤에야 나는 소리 지르고 울기 시작했다. 나는 그 편지를 읽었을 때의 기분을 그때의 이상한 둔감과 비길 수가 있다. 그 편지를 읽고 나서 나는 다른 우편물은 거들떠보지도 않고 밖으로 나와 내 일생에 처음으로 술에 만취해서 돌아다녔다. 다음날 아침에 나는 이 여행을 3주일이나 단축시킨 것을 조금도 유감스럽게 생각하지 않고 독일로 돌아갔다.

지금은 물론 내가 왜 그렇게 했으며 나를 이렇게까지 흥분시킨 것이 무엇이었는가를 스스로 묻는다. 그것은 어쩌면 인쇄된 통지서에 니나의 필적으로 연필로 씌어진 한 구절 때문이었는지도 모른다. '겨우 목숨을 건졌어요.' 그렇지만 그것이 내가 이렇게 서둘러서 귀국할 이유가 되는 것일까? 그 아이는 10월 1일에 태어났고 통지서는 나에게 10월 7일에 도달했다. 나는 니나가 그동안에 벌써 난산의 기억을 잊은 지 오래며 회복되어 있어서 나를 필요로 하지 않으리라는 것을 짐작했어야 했다. 하여간 나는 여행할 기분이 없어지고 말았다. 이탈리아는 갑자기 견딜 수 없는 곳으로 느껴지고 알제리아에 대해서도 매력을 잃고 말았다. 나에게 남겨진 것은 집으로 돌아가는 여행뿐이었다.

헬레네는 아직 여행 중이었다. 내 집은 나에게 낯선 것이 되고 말았다. 나는 창의 덧문을 내려 닫고 병원으로 달려갔다. 니나의 남편이 와 있었고 애기에게 젖을 먹여야 한다고 해서 나는 기다렸다. 나는 니나의 방문을 볼 수 있고 나 자신은 가려져서 남에게 안 보이는 구석으로 가서 서 있었다. 잠시 후에 니나의 남편이 간호사에게 미소를 보이고 그 방을 나왔다. 문에서 몇 걸음 걸어 나와 그의 얼굴은 갑자기 표변했다. 냉혹하고 우울해졌으며 거의 분노에 일그러진 것처럼 보였다. 그는 다시 시선을 방 쪽으로 보냈는데 그 시선의 적나라한 야만성은 나를 놀라게 했다. 그러나 간호사 한 사람이 뛰어 지나가자 그의 얼굴은 갑자기 펴지고 아무 일도 없었던 것처럼 밝아졌다. 나는 어떤 것이 그의 정말 얼굴인지를 생각해보았다. 젊고 가벼운 얼굴이 참 얼굴인가? 또는 야만스러운 얼굴이 참 얼굴인가? 그리고 그는 평소에 어느 얼굴을 니나에게 보이고 있는 것일까?

나는—벌써 몇 번째인지—니나가 왜 그와 결혼했는가를 생각해보았고 왜 그의 곁에 머물기를 고집했는가는 더구나 이해할 수가 없었다. 얼마 안 있어서 니나의 애기가 내 곁을 지나갔다. 갑자기 그 아이가 내 아이일 수도 있다는 생각이 나에게 떠올랐다. 완강하게 반복되는 이 상상에 나는 마침내 항의를 포기했다. 아내가 자기와 함께 만든 아이에게 젖을 물리고 있는 동안 문 밖에서 기다리고 있는 것은 얼마나 즐거운 일일까? 그것은 무한한 조화의 느낌을 일으킬 것이었다. 생이 인간에게 주는 과제를 다했다는 느낌, 자연의 질서 속에 있다는 느낌을 갖게 될 것이며, 우리는 감사의 미소를 띠고 주위를 돌아다볼 수 있을 것이다. 어쩌면 이것이 인간이 무서운 고독을 극복할 수 있는—적어도 몇 번이나 며칠이라도—유일한 방법인지도 모른다. 몇 시간만이라도 질서 잡히고 안정된 생활의 단순한 행복이 나에게 주어질 수 있다면 얼마나 좋을까?

나는 안이한 꿈을 꿀 나이는 벌써 지났다. 그러나 꿈과 현실이 나에게는 뒤섞여 생각되는 것이었다. 이 아이는 누구의 아이든지 간에 내 아이였다. 그리고 니나는 내 아내였다. 그렇지 않단 말인가? 니나는 내 아내다.

아이가 다시 운반되어 갈 때 나는 좀 보여달라고 부탁했다. 아이는 나를 바라보았다. 그 시선은 내 뒤의 유리창을 통해 들어오는 한 줄기 광선 때문이었을 뿐 극히 우연한 것이었다. 그러나 아이의 시선은 나를 향해 있었다. 생이 나를 보고 있었다. 그러나 그것은 나시 빼앗겨졌다. 사람들은 아기를 데려가버렸다. 그것은 내 아이가 아니었다. 나는 아이와는 아무 관련 없었다. 나는 곧 니나에게 갈 수가 없었다. 나는 니나를 위해 가져왔던 꽃을 전해달라고 맡기고는 한 시간 후에 오겠다고 하고 그곳을 나왔다.

나는 니나가 그처럼 비참한 모습을 하고 있을 줄은 생각하지 못했었다. 사람들이 니나에게 나의 방문을 예고했었음으로 니나는 나를 조용하고 피로한 얼굴로 바라보았다. 니나는 베고 있는 베개보다도 더 흰 얼굴을 하고 있었다. 나는 할 말이 없었고 니나도 얘기하고 싶은 기분이 아니었기에 나는 곧 작별인사를 했다. 니나는 내 손을 놀라운 힘으로 꼭 잡더니 말했다. 와줘서 고마워요. 정말로 고마워요. 그러나 니나는 덧붙여 말했다. 다시는 오지 마세요. 당신이 퍼시와 마주치는 것이 싫으니까요.

니나는 남편의 질투를 무서워하고 있는 것인가? 또는 이중으로 신경이 과민해진 상태에 있는 그 여자는 더 이상의 분규를 두려워한 것일까? 니나는 남편의 의심쩍은 관대함에 보상하기 위해서 그를 불쾌하게 할 수 있는 모든 가능성을 회피하려는 것일까? 니나의 저 자유분방한 자존심은 어디로 갔는가, 또는 바로 그 자존심이 니나에게 새 과제를 아무 불평 없이 정확하게 실행할 것을 명하는 것일까? 나는 아직도 니나를 모르는 것 같다. 그러나 때때로 니나가 나를 비난하며 부른 '비인간적인 거만'을 니나 자신도 고도로 소유하고 있다고 생각된 적이 전에도 간혹 있었다—

다음 수기는 주로 흘림으로 씌어 있었다. 극히 바쁘게 썼거나 극히 흥분해서 쓴 것 같았다.

1937년 1월 12일

—가장 불길한 혼란의 이틀을 보냈다. 니나가 자살을 기도했다. 거의 성공할 뻔했고 나에게도 책임이 있는 것이다. 적나라한 정확성을 가지고 끝까지 수행된 이 생각은 나를 미치게 하고 니나의 재생에 대한 근심을 금할 수 없게 한다. 이 경과를 정확하게 적어보도록 하겠다. 아마 그것이 나를 진정시키는 데 도움이 될지도 모르니까.

1월 10일 점심때에 니나가 나를 찾아왔다. 니나는 매우 창백했고 조금도 주저 없이 목적을 털어놓았다.

다음 페이지에는 1946년의 수기로 새로 첨부돼 있었다.

—니나는 내가 말했던 임신중절 제안을 상기시키고 내가 그것

을 실행해주는 것을 당연하다고 생각하는 것 같았다. 나는 니나가 희망하는 원인을 물어보고 그것이 불충분하다고 생각했다. 니나는 그 아이가 남편의 아이이며, 그 아이를 낳고 싶지 않기 때문이라고 말했다. 그리고 이미 많은 민간 처방을—그 중에는 위험한 것도 있었다—써보았으나 아무 효과가 없었다는 것이다. 니나로부터 그 이상의 말은 꺼낼 수가 없었다. 니나는 완고했고 어두운 결심의 빛을 보이고 있었다.

이 경우에 어떤 단정을 내리는 것은 나에게는 매우 힘든 일이었다. 나는 태어날 아이에 대한 니나의 반감을 이해하기는 했으나, 그 반면에 니나가 그의 곁에 머물기로 결심했을 때 결혼의 온갖 의무를 자발적으로 인수한 것이라고 생각하지 않을 수 없었다. 첫 번째 아이의 경우는 외부적으로나 내면적으로 보아서 상황이 지금과는 판이했다. 그 당시는 니나의 자유와 발전이 위기에 놓여 있었다. 두 번째는 니나의 발전은 이 새로운 시련에 이길 것을 필요로 하고 있었다.

그뿐 아니라 니나의 소원이 나 자신의 의도와 너무나 일치되는 것에 나는 당황하지 않을 수 없었다. 나는 그 아이를 마치 그것이 퍼시 자신인 것처럼 음흉한 쾌감을 느끼면서 죽였을 것이었다. 나의 판단력은 흐려졌다. 나는 니나의 소원을 들어줌으로써 나 자신의 소망을 받아들인 것이 될까 두려워서 승낙할 수가 없었다. 그래서 나는 니나의 요구를 거절했다—

다음 페이지에는 1937년의 수기가 계속되었다.

—니나가 가버리자 처음에는 커다란 안도감을 느꼈다. 나는 유혹을 물리친 것이었다. 그러나 잠시 후에 나에게는 회의가 떠올랐다. 스스로 재판관을 자처하는 권리를 나는 어디서 받아온 것일까? 무엇을 하고 안 하는 것을 결정하는 용기를 나는 어디서 가져온 것일까? 그리고 니나의 그렇게도 절박한 간청을 물리칠 힘이 어디서 나에게 생긴 것일까? 만약 니나가 몹시 졸랐다면 나는 양보했을 것이었다. 그러나 니나는 나의 결심에 이의가 없는 것같이 보였다. 니나를 보냈을 때의 나는 눈이 멀었던 것일까? 어느 한마디 말이나 몸짓이 그대로 니나의 절망을 나타내고 있었을 것인데 나는 그것을 보지 못했던 것이다. 니나를 사랑한다고 하는 내가.

내가 악착같이 붙들고 늘어졌던 변명은 나 자신의 맹렬한 소망과 꼭 들어맞는 어떤 일을 한다는 것, 그리고 정확히 관찰하면 의도적인 살인이라는 두려움이었다. 어쨌든 간에 나는 니나를 다시 부르려고 길가로 뛰어나갔다. 니나는 아직 멀리 가지 않았을 텐데 아무리 불러보아도 없었다. 나는 니나의 새 주소를 알지 못했다. 그리고 만약 그것을 알았다고 해도 그 여자의 남편의 집엔 가고 싶지 않았다. 몇 시간 뒤에 집에 돌아왔을 때 니나의 편지가 와 있었다.

(그 편지도 이 페이지에 첨부되어 있었으나 나는 나중에야 그것을 읽었다.)

헬레네가 어린애를 데리고 웬 여자가 와서 편지를 주었다고 말했다. 나는 그것을 뜯었다. 내용은 짐작대로였다. 내가 자동차를 어떻게 차고에서 꺼냈으며 헬레네에게 뭐라고 말했는지, 차를 운전하고 가는 동안에 내가 무슨 생각을 했었는지—나는 이미 기억할 수 없다. 니나의 집은 (주소는 편지에 씌어 있었다) 찾기가 어려웠다. 새 주택지에 대해서 아무도 가르쳐주는 사람이 없었다. 마침내 나는 그 집을 찾았다. 문이 잠겨 있었다. 나는 벨을 누르고 문을 밀어 보았으나 소용이 없었다. 그 몇 분간은 내 생애에서 최악의 시간이었다. 마침내 나는 집주인을 데려올 생각이 났다. 그는 열쇠를 가지고 있을 것이었다. 그에게 사실을 알리는 것은 불가피했다. 나는 수중에 갖고 있던 돈을 전부 그에게 주고 침묵해줄 것을 부탁했다. 그러나 그는 화를 내면서 그것을 물리쳤다. 그도 나와 마찬가지로 부들부들 떨고 있었으나 매우 유능하게 나를 도와주었다.

내가 생각했던 것과 마찬가지였다. 니나는 벌써 죽은 것처럼 보였다. 아무리 생각해보아도 그때의 니나의 모습은 내 기억에 떠오르지 않는다.

나는 절망적으로, 기계적으로 행동했다. 가스 중독은 벌써 진전돼 있었다. 집주인은 니나가 정상적인 호흡으로 돌아올 때까지 말없이 힘을 다해 나를 도와주었다. 그러고 나서 나는 니나를 안아다 차에 태웠고 집주인은 집안을 다시 제대로 정돈했다. 내가 차를 출발시키려는데 집주인이 숨차게 달려와서 집 안에서 찾았다는 편지를 한 장 주었다. 그리고 할 씨가 여행에서 돌아올 때까지 니나의 어린 딸을 돌보아주겠다고 약속했다. 마지막으로 한 마리의 고양이가 몹시도 슬프게 울어대며 쫓아도 가지를 않아서 집으로 데리고 왔다.

나는 니나를 W에 있는 병원에 데리고 갈 예정이었으나 소문이 날 것이 두려워서 집으로 데려갔다. 니나는 다시 의식을 잃었다. 그래서 니나는 불쾌한 장면을 보지 않을 수 있었다. 헬레네가 문을 열었기에 나는 짧게 설명해주었다. 헬레네는 말없이 외면했다. 그러고는 한 번도 니나가 있는 방에 들어가지를 않았다. 헬레네는 우유와 기타 내가 필요로 하는 것을 전부 갖다 주기는 했으나 마루에 있는 책상 위에 얹어놓았다. 헬레네의 고집은 우리 사이를 영원히 그리고 가장 불쾌하게 방해하게 될까봐 두렵다. 헬레네가 왜 하필 이런 순간을 그런 시위 행동의 때로 골랐는지 지금은 생각해볼 여유가 없다.

니나는 오늘 점심때까지 의식이 전연 없거나 때로는 반쯤 의식이 돌아왔으나 무감각했다. 갑자기 니나는 정신을 차렸다. 니나는 나를 보더니 의아한 듯이 말했다. 내가 살아 있다니! 그러고는 낮은 목소리로 씁쓸하게 실망을 띤 어조로 말했다. 아직도 살아 있다니.

그러고는 벽으로 몸을 돌리고 한마디도 말을 하지 않았다. 내 생각으로는, 무슨 일이 일어났던가를 깨달은 다음 니나가 나를 미워하게 된 것 같았다. 그 후 니나는 잠들었다. 아직도 다섯 시간 동안이나 그대로 자고 있다.

저녁때에 깨어났을 때는 니나는 완전히 제정신으로 돌아온 것 같았다. 몸을 일으키고 물었다. 루트는 어디 있어요? 내가 안심시키자, 니나는 말했다. 퍼시에게는 아무 말도 하지 마세요. 그렇지만 거기에는 다시는 돌아가고 싶지 않아요.

그래, 내 곁에 있어. 여기 머물러 있으면 돼. 루트를 여기에 데려오자. 아니, 너는 요양소로 가는 편이 나을 거야.

니나는 내 말을 관심 없이 듣고 있더니 갑자기 말했다. 살고 싶지 않아요. 왜 나를 죽도록 놔두지 않았어요.

나는 위안의 말을 하려고 애쓰지 않았다. 니나 스스로가 다시 삶으로 돌아와야 하는 것이기 때문이다. 니나는 반드시 다시 살기 시작할 것이다. 나는 그것을 믿는다. 그러기에는 상당한 시간이 필요할 것이기는 하나…… 니나는 매우 쇠약해져 있었고 뜻밖에도 아주 열이 높이 올랐다.

갑자기 니나는 말했다. 내가 의식을 잃기 시작한 순간처럼 생을 미친 듯이 강렬하게 느낀 일은 없어요. 그처럼 집중돼 있고 끔찍하고도 아름답게 느낀 일은.

그러고는 벌써 우리 집에 낯이 익기 시작한 니나의 고양이가 창에 앉아 있는 것을 보고는 불렀다. 고양이를 팔에 안고 니나는 울기 시작했다. 나는 가만히 울도록 내버려두었다. 니나는 오랫동안 소리 없이 울었다. 마치 봄비가 내리는 것같이. 니나는 내가 창가에 서서 같이 울고 있는 것을 보지 못하고 느끼지도 못했다. 그러나 내 생각으로는 내 눈물이 니나의 눈물보다 더 쓰라렸던 것 같다. 내 눈물은 괴로움에서뿐 아니라 분노에서 나온 것이었다. 이 순간처럼 니나를 손에 넣을 좋은 기회는 없어 보였음에도 나는 이생을 저주한다.

니나는 다시 잠들었다. 울다가 부드럽게 잠에 빠져들어갔다. 나는 오늘 밤 어제처럼 이 방의 소파에서 잠자겠다. 나는 니나의 숨소리를 들을 것이고 니나가 깨면 우유를 갖다 줄 것이다. 나는 내 마음을 정리하도록 힘써보겠다. '정리한다'이 얼마나 멋진 표현이랴. 아니다. 나는 결코 다시 내 마음을 정리하지 못할 것이다. 그러나 니나, 너는 그것을 할 수 있을 것이다. 네가 깨닫지 못하고 인정하려 들지 않더라도, 너는 생을 믿고 있다. 너에게 있어서는 목숨을 끊으려는 이 시도까지도 생 그 자체의 일부인 것이다. 그것은 너의 정신과 생명력이 너에게 시험해본 새로운 눠앙스며 기습이며 깊고 흥미 있는 경험인 것이다—

1937년 1월 13일

—조용한 밤이다. 약간 기온이 상승했다. 밝게 해가 비치는 겨울날이다. 뜻밖에도 니나는 내가 우는 것을 보았다고 말해서 나를 놀래주었다. 그러나 저녁때의 일인지 밤이었는지 모르겠다고 말하면서 어쩌면 꿈을 꾸었는지도 모른다고 말했다.

꿈에서였든 현실에서였든 당신이 우신 이유를 나는 알아요, 라고 니나는 말했다. 당신은 나와 함께 죽지 못하고 대신 나를 살리신 것을 후회하시는 것이에요. 내가 매우 놀라서 반박하려 하자, 니나는 말했다. 당신도 나와 마찬가지로 인간이 살 가치가 없다는 것을 알고 계세요. 우리는 생의 의미를 물었지요? 그래서는 안 되었는데! 인간은 생의 의미를 물으면 결코 알지 못하게 되지요. 오히려 그걸 묻지 않는 사람만이 생의 의미를 알고 있는 것이에요.

니나는 이 말을 단순하고 슬프게 말했다. 그러나 이 짧은 말이 나를 다시 생으로 돌려보내주었다. 어찌된 셈인지는 이미 알 수 없으나 나는 내가 놀랍게 강해진 것을, '정리된 것'을 느꼈다. 이 여자 속에 얼마나 많은 힘이 있으면 이처럼 아무 희망도 없이 지쳐빠진 상태에서도 남을 일으켜 세울 수가 있는 것일까?

나는 이 힘이 필요했다. 니나의 남편이 오늘 여행에서 돌아올 예정이었다. 나는 역에 그를 마중 나가서 적당하게 설명을 해줘야겠다. 니나가 그에게 쓴 편지를 집주인이 발견해서 나에게 준 것은 얼마나 다행한 일이었는가! 나는 그 편지를 뜯지 않은 채 여기에 끼워

놓겠다. 니나는 그 편지에 관해서는 묻지도 않았고 남편에 관해서도 물으려고 하지 않았다. 니나는 그를 잊으려고 애쓰는 것같이 보였다. 내가 그에게 어떻게 보고할 것이라고 니나에게 말했을 때 니나는 흥미 없이 대답했다. 그렇게 하세요. 하지만 나를 찾아오지 말라고 말해 주세요.

그와 만나는 것은 나에게도 극도로 불쾌하다—

1937년 1월 14일

—나는 오후 기차 시간에 맞추어 나갔었다. 그러나 할은 오지 않았다. 내가 니나에게 돌아갔을 때 니나는 열이 높이 올라 있었나. 그리고 곧 나에게 물었다. 다시는 그에게 가지 않겠다는 내 말을 전하셨어요?

내가, 아니, 그는 안 왔어, 라고 말하려고 하는데 니나는 아니라는 소리만 듣더니, 나에게 무얼 던지려는 것 같은 성난 몸짓을 해 보였다.

그에게 말해달라고 하지 않았어요? 당신은 한 번도 해야 할 옳은 일을 안 하세요.

아니야 니나, 라고 나는 말했다. 그는 안 왔어.

아, 그래요, 하더니 니나는 조금도 안심한 빛 없이 말을 이었다. 그가 오거든 그렇게 말해야 해요.

그것은 새로운 전환이었다. 니나는 나를 매우 곤란한 입장에 몰아넣었다. 내가 그에게 무엇을 말하고 무엇을 말하지 않아야 할지 나에게는 매우 불분명했다. 기차가 들어왔을 때도 무슨 말을 할지 아직 망설이고 있었고 즉흥적인 재능이 나에게는 없었다. 그래서 나는 기차가 들어왔을 때 안정되지 않는 기분에 놓여 있었고 할이 한 소녀와 같이 내린 것을 보고 더욱 근심의 정도는 짙어갔다. 그들은 기차에서 사귄 것같이 보였다.

그들은 유쾌한 기분인 것 같아 보여서 나는 그들의 기분을 망치는 것에 음흉한 쾌락을 느꼈다.

나는 그들을 가로막고 말했다. 할 씨, 얘기가 있습니다.

그는 나를 곧 알아보았다. 그럼 그는 내가 그의 얼굴을 잊지 않은 것처럼 내 얼굴도 잊지 않은 것이로구나. 나를 보는 것은 그에게 극도로 불쾌한 것 같았다. 무슨 중대한 용건이라는 것을 그도 느끼는 것같이 보였다. 그래서 그는 같이 오던 소녀와 헤어졌다. 그 여자는 당황하고 몹시 실망해서 그를 보더니 화가 나서 재빨리 가버렸다.

나와 그와의 대화는 통행인과 소음과 기관차 연기에 뒤덮인 밤의 플랫폼에서 이루어졌고 5분도 걸리지 않았다.

당신이 여행 가신 동안 부인에게 작은 사고가 일어났습니다. 부인은 낙상을 당하셨고 임신 때의 부상은 대개 후유증이 따르는 것입니다.

그는 말없이 날카롭게 내 눈을 들여다보았다. 나는 그가 무얼 생각하고 있는가를 짐작할 수 있었다. 그를 당황시키는 것이 나는 몹시 즐거웠다.

아이를 무사히 낳을 수 있기 위해서는, 하고 나는 말을 이었다. 우리는 매우 조심스러워야 합니다.

그의 얼굴에는 긴장이 풀렸다. 그러나 의심의 빛은 그대로 남아 있었고 아직 아무 말도 하지 않았다.

부인은 현재 내 집에 계십니다. 부인이 나에게 도움을 청해 온 까닭에 내 집에 두는 것은 불가피하다고 생각했습니다. 당신도 찬성하리라고 믿습니다. 몇 주일이 지나면 부인을 요양소로 보내시는 것이 좋을 것입니다. 그렇지 않으면 이 임신을 무사히 넘기지 못할 것입니다.

이 말을 하면서 나는 그를 정확히 관찰했다. 내가 이 흐린 정거장의 불빛으로 볼 수 있는 한, 그는 창백해졌다. 그러고는 뭐라고 중얼거렸다. 그의 중얼거림을 그가 반복했을 때야 나는 비로소 알아들을 수가 있었다.

니나에게 가겠습니다. 집에 데려가겠습니다. 내가 간호하겠습니다.

안 됩니다, 라고 나는 말했다. 당신은 지금 부인께서 얼마나 위험한 상태인지를 모르고 계시는 것 같습니다. 당신의 아이가 건강하게 이 세상에 나올 것과 부인의 생명이 부지될 것을 원하신다면 나의 지시대로 하실 수밖에 없습니다. 그리고 따님은 집주인이 보살피고 있습니다.

그는 대답하지 않았다. 땅바닥을 응시하면서 생각하고 있는 것같이 보였다. 마침내 그는 말했다. 좋습니다, 당신 말을 믿겠습니다.

그가 나를 믿지 '않는' 것은 분명했다. 그때 나는 니나의 부탁의 말을 전할 수 있었는데도 이렇게 말해버렸다. 불가피한 일이 생기거든 곧 연락해드리겠습니다. 이것이 내 전화번호입니다.

그는 뭐라고 더 말을 하려고 하다가 어깨를 추키고는 그만두었다. 때마침 지나가는 화물열차가 우리를 갈라놓아서 우리는 형식적인 인사를 생략하고 헤어질 수가 있었다.

그는 여태까지 전화를 걸지 않았다. 그것을 나는 어떻게 해석해야 좋을지 알 수 없다. 내가 어젯밤에 집으로 왔을 때 니나는 자고 있었다. 나는 니나가 수면제를 먹은 것을 보았다. 수면제는 니나에게 금지되어 있었는데 어떻게 니나가 그것을 찾아내서 먹을 수 있었는지는 알 수가 없었다. 니나는 오늘 헬레네가 수면제를 주었다고 고백했다. 나는 극도로 의아한 느낌을 받았다. 그러면 헬레네가 이 방에 왔었어? 네, 과일을 갖다 주었어요. 무슨 말을 했어? 라고 나는 물었다. 아, 그뿐이었어요, 하고 말하고는 니나는 더 말하려고 하지 않았다. 나에게 무엇을 숨기고 있는 것이 분명했다. 나는 헬레네를 이해할 수 없다. 그러나 헬레네에게 묻지는 않겠다.

니나는 오늘 남편에 관해서는 한마디도 하지 않았다. 니나는 무감각하게 누워 있거나 잠잔다.

밤이다.

니나의 남편이 전화했다. 짧은 질문, 짧은 대답, 1분간의 통화.

그것을 니나에게 보고했으나 니나는 전연 흥미를 보이지 않았다. 밤이다. 니나는 깊이 잠자고 있다. 잠자는 니나의 모습에는 타고난 귀여움 — 그토록 숱하게 겪은 불쾌한 환경 때문에 가려져버린 — 이 감동스러울 만큼 생생히 떠오른다. 나는 니나를 보는 데 싫증을 느끼지 않는다. 니나를 보고 있으면 나의 딱딱함과 죄의식과 소심이 녹아 없어지는 것을 느낀다. 그러면 잠깐 동안은 또 하나의 좀 더 행복한 내 생의 가능성을 믿을 수 있어진다. 니나가 정말로 남편에게 다시 돌아가지 않으면 어떻게 될 것인가를 나는 감히 생각해볼 수가 없다. 그러나 니나가 여기서 아이들과 놀고 방을 왔다 갔다 하고 나와 함께 여행이나 드라이브하는 장면을 생각하면 나는 어쩔 수 없는 환희의 순간을 맛보곤 했다. 나는 이제는 잠자리에 들어야겠다. 깨어 있는 채 누워서 매 시간 니나의 숨소리를 듣고 말할 수 없이 미묘한 행복을 맛볼 것이다.

1월 15일

—어젯밤 나는 미묘한 행복을 결코 맛볼 수가 없었다. 어떻게 나는 가장 나쁜 유혹을 느끼지 않고 니나의 곁에 오래 있을 수 있다고 생각했던 것일까? 니나는 피곤하고 지치고 임신 중이다. 그러나 니나는 매혹적인 힘을 지니고 있다. 나는 사랑을 '정리했다'고 생각했었다. 나는 아마 소년과 같은 이상을 품고 있는 모양이다. 언젠가 '순결의 파토스'에 관해서 말한 것은 니나였던가? 값싼 사랑이 불가능한 나는 순결을 지키기로 단호히 결정했다. 천한 욕망으로부터 나를 한없이 멀리 떼어내는 것에는 성공했다. 나는 그러한 욕망에서 해방된 맑고 집중된 아침의 기분을 좋아한다. 그러나 나는 육체적 접근의 위험을 과소평가하고 있었다. 나는 그 방을 떠나야 했다. 밤중에 일어나서 옆방의 의자에 가서 아침까지 지냈다. 오늘부터 나는 내 방에서 자야겠다. 태연한 태도를 앞으로 계속해 보이기는 힘들 것 같다. 니나가 곧 떠날 수 있게 되기를 희망한다. 나는 보올레에게 전화를 했다. 나는 그를 잘 알고 있으며 그는 우수한 의사다. 오베르스트도르프에 있는 그의 요양원은 매우 잘 되어 있다.

하루 종일 니나의 남편한테서 전화가 없었다. 니나는 점점 열이 높아진다. 늑막염의 시초가 아닌지 모르겠다. 내일 마이트를 불러야겠다.

1월 16일

—쓸데없는 근심이었다. 열은 갑자기 내렸다. 나는 오늘 니나와 함께 요양원 문제를 얘기했다. 니나는 조금도 흥미를 보이지 않더니 불쑥 말했다. 우리는 돈이 없는 걸요.

나는 거짓말을 했다. 네 남편이 특허를 한 개 팔았다고 전화했어. 돈은 있으니까 아무 염려도 말아.

니나는 더는 내 말을 반박하지 않았다. 저녁때 니나는 고양이를 달라고 말했다. 그래서 고양이가 24시간 전부터 종적을 감춘 사실이 밝혀졌다. 나는 헬레네에게 물었다. 헬레네는 어깨를 추키면서 말했다. 독을 안 먹었으면 돌아올 테지요.

이 대답은 나를 놀라게 했다. 왜 고양이가 독을 먹어?

헬레네는 퉁명스럽고 날카롭게 대답했다. 내가 언제 먹였댔어요? 안 먹었으면 다시 돌아올 거라고 말했을 뿐이지.

헬레네와 나 사이의 긴장은 니나에 대한 나의 욕망에 정비례해서 자란다. 니나가 이제는 며칠 이내에 떠날 수 있으리라고 나는 생각한다—

1월 22일 밤, 새벽녘에

니나는 갔다. 나는 니나와 니나의 딸을 역까지 전송했다. 니나는 내가 요양소까지 데려다 주겠다는 것을 굳이 말렸다. 오베르스트도르프에서는 구급차가 마중 나올 예정이었다. 나는 방금 보올레에게 전화를 걸고 왔다. 니나는 무사히 그의 요양소에 도착되었다고 한다. 그리고 그는 오랫동안 지속될 깊은 위기를 예언했다. 그는 무슨 일이 있었는가를 알고 있다. 그에게 사실을 알릴 필요가 있다고 나는 생각했기 때문이다.

내가 정거장에 나간 동안 헬레네는 청소부를 기다리지 않고 스스로 니나가 쓰던 방을 청소하기 시작했다. 내가 돌아왔을 때 그 방은 난장판이 되어 있었다. 추위에도 불구하고 창문은 모조리 열려 있었고 이불잇과 베갯잇은 다 벗겨지고 이불은 바람을 쏘이기 위해서 밖에 널려져 있었고 헬레네가 보통 때는 혼자서 들지 못했던 양탄자도 발코니에 걸려 있었고 커튼은 다 떼어져 있었다. 시위라도 하듯이 청소부 복장을 한 헬레네는 마침 마룻바닥에 꿇어앉아서 바닥을 닦고 있었다.

나는 한마디도 하지 않았고 집에서 나와서 그날의 나머지 시간을 어떤 카페에서 보냈다. 그곳에서 나는 마이트를 만났다. 다행히도 그의 아내는 같이 있지 않았다. 그는 내가 정신이 산만해 보인다고 말하면서 과로와 피로 때문이라고 말했다. 그의 말은 맞았다. 사실상 나는 지쳐 있었다. 그래서 나는 자제심을 잃고 그에게 말을 하기 시작했다. 물론 나는 니나를 조금도 암시하지 않고 일반적인 문제로서 말했다. 그러나 그는 마침내 매우 직접적으로 왜 내가 그 여자와 결혼할 수 없는가를 물었다. 나는, 그 여자가 원하지 않을 거야, 나를 사랑하지 않으니까, 라고밖에는 대답할 수가 없었다.

마이트는 놀리는 것 같은 표정을 띠고 그러나 조금도 모욕적인 태도는 없이 나를 바라보더니 이렇게 말했다. 여보게 젊은 친구, (그는 나보다 열 살 위다) 자네는 너무 생각을 많이 하는 반면에 행동은 너무 적게 한단 말이야.

그것은 나에게 조금도 도움이 될 수 없는 진부한 결론이었으나 내 불행의 핵심을 찌르는 말이기는 했다.

마침내 마이트는 나에게, 그래 정말로 자신이 결혼에 적합하다고 생각하느냐고, 그리고 더욱 중요한 건 결혼이 바람직하고, 많은 도움을 주는 의의 있는 상태라고 생각하느냐고 물었다.

마이트의 결혼은 내가 아는 사람들 중에서 드물게 보는 모범적인 결혼의 하나로 인정되고 있었다. 그렇기에 그의 질문은 나를 당황케 했다.

자네도 알지만, 하고 그는 말했다. 내가 결혼했을 때 나는 서른 살이었고 내 아내는 열일곱이었네. 그 여자는 내 마음에 들었고 생기에 넘쳐 있었지. 그리고 어리고 똑똑했으므로 내가 교육하기에 적합하다고 생각되었어. 그래서 나는 그 여자를 교육했지. 처음의 한두 해는 그 여자의 빠른 발전에 나는 도취해 있었네. 그러고는—그것으로 끝나고 말았어. 나는 처음부터 그 여자에게 있었던 발전가능성을 발전시켰을 뿐이었지. 한계에 곧 도달하고 만 거야. 그때부터 그 여자는 자기가 하고 싶은 것만 하고 있어. 그 여자는 도달한 단계에서 꼼짝도 안 하고 몸을 펴고 있는 거야. 더 높이 그 여자를 끌고 가려는 내 기도에 그 여자는 반항했고 마침내 나를 우스꽝스럽게 보게 되었어. 그래서 나는 그 여자를 있던 곳에 그저 놓아두었고 거기서 그 여자는 만족하고 있어. 그 여자는 자기 세계를 꾸미고 그 속에 들어가서 만족하고 있고, 그 이외의 모든 것에 무관심해. 그 여자는 내가 그 여자를 내버려두고 있으니까 자기가 세상에서 제일 모범적인 결혼 생활을 하고 있다고 믿고 있어. 내가 혼자서 계속 앞으로 나아갔다는 것, 그리고 그 여자가 무관심해졌다는 것을 그 여자는 꿈에도 모르고 있어. 여자들은, 여보게, 여자는 언제나 우리를 실망시키네.

그러나, 하고 그는 화해하듯이 현명하게 덧붙여 말했다. 우리도 또 여자들을 실망시키네. 참된 결혼이란 이 세상에 없네. 다만 체념이 있을 뿐이지.

나는 아무 말도 하지 않고 마이트의 부인을 상상해보았다. 그 여자는 예뻤고, 보통 정도의 지능의 소유자였고, 생기에 넘쳤고, 자의식이 강했고, 살림을 할 줄 알았다. 나는 그 여자를 니나와 비교해보고 그들이 조금도 공통점을 갖고 있지 않은 것을 확인했다.

아니야, 라고 나는 마침내 말했다. 아니야, 자네 말은 옳지 않아. 우리와 보조를 나란히 할 수 있는, 아니, 우리보다 앞서 갈 수 있는 여자들도 있어.

마이드는 나에게 우수에 찬 시신을 던졌다. 그래? 하고 그는 물었다. 정말일까? 그렇다면 그런 여자는 참을 수 없는 타입이 아닐까?

우리는 둘 다 억지웃음 같은 것을 터뜨렸다. 그리고 마이트는 나에게 내가 사랑하고 있는(이라고 그는 주장했다) 여자를 소개해달라고 부탁했다. 그것이 불가능하다고 내가 말했더니 그는 같이 유곽에 가자고 제안했다. 그는 때때로 그걸 필요로 하고 있다고 솔직히 고백했다. 내 차로 그를 그곳에까지 바래다주었을 때 나도 갑자기 강렬하게 긴장을 풀고 싶은 욕망을 느꼈다.

어떤 의미의 매력이 없지는 않았으나 그것은 나에게 실망을 주었다. 흥분하거나 구역질이 나기보다는 차라리 권태롭게 느껴졌다. 다시는 그런 일을 하지 않겠다.

이 페이지에 슈타인 앞으로 쓴 니나의 편지가 붙어 있었다. 그 편지는 가느다랗기는 하나 놀랍게 정확한 필치로 씌어 있었다.

1937년 1월 10일

왜 당신은 내가 꼭 당신을 필요로 한 이번에 나를 도와주지 않으셨는지 이해할 수가 없어요. 아마 당신은 내가 이걸 이겨낼 만큼 강하다고 생각하셨는지 모릅니다. 또는 내가 최근 몇 년 동안 잘못한 모든 것의 앙갚음이라고 생각하셨는지 모릅니다. 또는 나와 무슨 상관이 있담? 자기가 선택한 길을 끝까지 견디고 가야지! 라고 생각하셨는지도 모릅니다. 다만 내가 아는 것은 내가 조금도 참회나 속죄의 필요를 느끼지 않는다는 것뿐입니다. 나는 많은 잘못을 저질렀어요. 그렇지만 인간이 어떻게 실수 없이 살 수 있습니까? 나는 아무것도 후회하지 않아요. 다만 더는 살고 싶지 않을 뿐이에요. 나는 자유 없이는 살 수 없어요. 그런데 자유를 잃었어요. 이제는 다시 자유로워질 방법은 단 하나밖에 없어요.

당신이 나를 죽게 하는 것은 아마 잘하신 일일 거예요. 다만 당신에게 책임이 있다고 생각하지는 말아주세요. 1초라도 그런 생각을 해서 자신을 괴롭히지 말아주세요. 죽는 것은 나에게 조금도 어려운 일이 아닙니다. 당신이 여태까지 나에게 해주신 모든 일에 감사드립니다. 또 하나만 더 나를 위해서 해주세요. 내 딸을 보살펴주세요. 개 아버지가 개를 데려가도록 퍼시에게 말해주세요. 퍼시는 그의 이름을 알고 있어요. 그의 주소를 알아내기는 힘들지 않을 거예요. 퍼시가 여행에서 돌아올 때까지 내 딸은 집주인한테 가 있도록 해주세요. 돈은 여기에 동봉합니다. 이게 내가 갖고 있는 전부예요.

이제는 더 지난날은 생각하고 싶지 않아요. 다만 앞으로 올 것,

필연적인 것만을 생각하겠어요.

—당신의 N.

P. S. 나는 3시경에 그것을 집행했어요. 약 10분 뒤에. 마치 절반은 끝나버린 것처럼 말할 수 없는 피곤을 느낍니다.

다음 페이지에는 봉해 있는 봉투가 붙여져 있었다. 니나의 필치로 퍼시 앞이라고 되어 있었다. 주저하면서 나는 봉투를 열었다.

1937년 1월 9일

퍼시에게. 나는 당신의 관용을 더는 견딜 수가 없어요. 또 당신도 그럴 거예요. 당신은 내 아이를 참을 수가 없고, 나도 당신의 아이를 사랑할 수 없을 것 같아요. 그걸로 우리는 서로 빚이 없어지는 거예요. 당신은 이혼에 합의하는 것을 거부했고 나는 더 싸우기에는 너무나 지쳤어요. 그래서 나는 가는 수밖에 다른 도리가 없어요. 여기 첨부한 편지를 루트의 아버지한테 전해줘요. 나는 그의 주소를 몰라요. 아마 취리히에 있을 거예요. 언젠가는 그의 주소를 알아낼 수 있을 거예요. 나 때문에 슬퍼하지는 마세요. 오래 그렇지도 않을 터이지만. 이것은 비난이 아니라 당신의 성질이 그러니까요. 당신의 성질은 내 성질과 대조적이죠. 왜 나는 당신과 결혼했을까요? 왜 당신은 나와 결혼할 것을 주장했을까요? 우리 둘의 불행한 과오였어요. 나는 당신의 가치를 알고 있어요. 그러나 당신이 나의 복잡성이라고 부르는 것을 미워하듯이 나는 당신의 무신경을 미워해요. 나는 지쳤어요. 첫 아이를 나은 지 얼마 안 돼서 또 내 의사에 반해서 밴 이 아이는 내 힘에는 부쳐요.

—N.

첨부되어 있는 편지는 다음과 같다.

1937년 1월 9일

알렉산더에게, 당신이 내가 죽은 지 한참 지난 뒤에 이 편지를 읽게 되리라는 생각은 나에게 이상한 느낌을 줍니다. 어쩌면 당신이 나를 뚜렷이 기억 못하실지도 모르지만, 그것은 당신 잘못이 아닙니다. 최근에 몇 가지 일이 일어나서 나에게 이런 상황 밑에서 사는 것보다는 차라리 죽는 편이 낫다고 생각하게 했습니다. 부디 루트를 데려가주세요. 루트가 당신의 재능과 성격을 유전 받았기를 나는 바라고 있습니다. 루트는 살아야 해요. 당신의 아이니까요. 루트가 나중에 언젠가 나에 관해 묻거든 내가 부자유와 굴욕 밑에서 사는 것을 견디지 못해서 죽었다고 말해주세요. 나는 완전한 자유에 대한 몹시도 강한 동경을 갖고 있습니다. 당신은 나를 이해하실 것입니다. 안녕히 계십시오.

—N. B.

슈타인에게 보내는 편지는 1월 10일자였으나 나머지 두 장은 하루 전에 씌어진 것이었다. 그렇다면 니나는 슈타인한테 가기 전에 이미 모든 희망을 포기하고 있었던 것이다. 슈타인의 거절은 다만 니나가 이미 예견하고 있는 것에 대한 확인에 불과했던 것이다. 나는 완전히 절망한 인간이 죽기 직전에 어떻게 그처럼 조용하고 명확한 편지를 쓸 수 있을까 의아한 생각을 금할 수 없었다. 나는 충격을 받았고 끔찍하게 느껴졌다. 니나가 혼란에 빠져 한탄하는 것처럼 썼다면 나에게는 더 자연스럽게 생각되었을 것이었다. 니나는 끔찍하리만큼 자신을 억제하고 있었다.

그래서 나는 며칠 전에 니나가, 많은 힘을 갖는 것은 위험한 일이야, 라고 한 말의 참뜻을 알 수가 없었다. 니나가 지금 절망해 있지만 그것을 표시한 것에 나는 갑자기 커다란 안도를 느꼈다. 온갖 괴로움을 감추고 어떤 일이 있어도 태연한 태도를 유지하는 것이 더 위대한 일인지는 알 수 없다. 그러나 한 번쯤 약해지는 것이 더 인간적인 일일 것이다. 그러나 나는 너무 큰 긴장감을 가지고는 많은 소득을 얻을 수 없다는 확신을 갖고 있다. 어쩌면 내가 실고 있는 태도도 그렇게까지 잘못된 것은 아닌지도 모른다고 생각했다. 약간 게으르고 생각이 없고 나 자신에 만족하면서 특별한 정열 없이 살고 있는 나의 생활도 그렇게까지 잘못된 것이 아닌지도 몰랐다.

다음 페이지에는 니나의 완쾌에 관한 슈타인의 일기가 계속되고 있었다.

1937년 3월 28일

—나는 지난 두 달 동안 거의 매일 보올레한테 전화를 걸었다. 몇 주일 전까지도 그는 니나의 상태를 염려스럽다고 보고 있었다. 그러나 어느 날 갑자기 쾌유되기 시작했고, 그 전환의 돌연성은 그에게는 수수께끼라고 그는 말했다. 마침내 그는 나에게 니나를 방문할 것을 허락했다. 나는 방학의 첫날을 이 여행으로 보냈다.

니나를 보기 전에 나는 보올레와 이야기했다. 그는 이 케이스에 매우 흥미를 가진 듯했고 특수한, 아니, 강한 호의를 니나에게 품고 있는 것 같았다. 그는 니나가 심각한 생의 위기를 넘기기는 했지만 만약 니나가 다시 전과 같은 상태에서 생활하게 되면 언제라도 다시 재발할 우려는 있다고 말했다.

나는 그의 말이 무엇을 가리키는 것인가를 물을 필요가 없었다. 왜냐하면 그가 곧 그 설명을 덧붙여 말했기 때문이다. 그는 니나의 남편과 만나보았는데 그와의 결합이 니나의 발전에 커다란 장애인 것 같다고 말했다. 이 확신은 그 남자에 대한 가치 평가가 아니라고 그는 빨리(너무나 빨리) 덧붙이고, 다만 니나가 이 결혼을 하나의 과제로 보고 그 과제를 제일 잘 수행하기 위해서 모든 힘을 남김없이 그리고 효과 없이 써버린 것을 말하려는 것이라고 그는 말했다.

니나는 지금 또다시 깨어진 의지를 이 소용없는 투쟁을 위해서 주워 모을 기세를 보이고 있다는 겁니다. 당신으로서 가능한 모든 일을 해주십시오, 라고 그는 나에게 말했다.

그 여자가 남편과 헤어지도록.

나는 그의 의견에 극도로 놀랐다. 왜냐하면 나는 오랫동안 보올레를 보수적이고 온갖 이혼에 반대하는 사람으로 알아왔기 때문이다. 원래 자기 자신도 조화되지 않은 결혼 생활을 하고 있으면서도 그는 여태까지 인간이 노력만 한다면, 그리고 상대방에게보다 자기 자신한테 더 많은 요구를 한다면 어떤 결혼 생활이든지 끝까지 영위될 수 있다고 주장했었다. 이 의견은 정신병의(그의 전공분야인)의 입에서 나오기에는 지극히 의심의 여지가 있고 생의 현실에 반대되는 말로 들렸었다. 일순간 나는 보올레가 니나의 경우에 객관성을 잃고 있으며 그의 관심이 보통의 정도를 훨씬 넘고 있다는 의심이 떠올랐다. 그러나 내 오해일지도 모른다. 나의 자극되기 쉬운 질투는 많은 것을 왜곡되게 보게 하는 것이니까. 어쨌든 보올레는 니나에 대한 내 영향력을 과대평가하고 있다. 그는 내가 그저 존재한다는 것만으로도 니나에겐 반발과 반항을 일으킨다는 것을 짐작하지 못하고 있다.

나는 과거의 그의 의견을 지금의 의견과 대립시키면서 그로부터 더 많은 말을 끌어내려고 해보았다. 그러나 그는 정열적으로 그의 새 이론을 옹호하면서 더욱 위대한 것을 추구하려는 인간을 그의 발전을 차단하는 대상과 결합시키는 것은 생리적, 정신적 모순이라고 말했다. 좋다. 나도 그의 의견에 찬성이다. 그러나 니나가 벌써 오래진에 완강하게 힐과 계속해서 살지 않겠다는 결심을 했는지 어쨌는지는 내가 알 바가 아니다. 내가 아는 니나는 자기가 한번 맡은 것을 그렇게 쉽사리 포기할 여자가 아니다.

보올레와 말하고 난 지 하루가 된 오늘 생각해보니까 그는 니나에 대한 나의 흥미가 우정 이상의 것인지를 알아보려고 숲을 두들기듯 타진해본 것 같다. 그가 나에 대해서 확실한 것을 알 수 없었듯이 나도 그에 대해서 마찬가지다. 우리들 상호간의 조심스러운 탐색은 지금 생각해보니 희극적인 요소가 없지 않았다. 애정을 숨길 수 있다고 생각할 때 남자란 얼마나 자신을 우스꽝스럽게 만들기 쉬운 것일까, 두 남자가 같이 그런 태도를 취하고 거기다가 또 둘 다(내가 믿기에는) 도달할 수 없는 대상을 목표로 하고 있는 경우는 두 배로 우스운 것이다.

니나 자신은 완전히 이런 영역 밖에 살고 있다. 니나는 매우 달라졌다. 니나는 조용하고 수줍어하고 자기 자신 속에 파묻혀 있는 여인이 되었다. 여태까지 숨겨져 있었던 그 여자의 본질의 다른 면을 보여주고 있다. 니나는 부드럽고 감각이 예민하고 식물적으로 되었다. 니나는 말을 적게 하고 다정하게, 그러나 멍청한 표정으로 미소 짓곤 했다. 니나의 책상 위에는 글씨가 씌어진 종이가 놓여 있다. 그리고 니나는 그것이 최근 몇 주일 동안에 쓴 소설이라고 말했다.

작별하기 전에 나는 조심스럽게 퇴원 후의 니나의 계획을 타진해보았다. 그러나 니나는 전에 없이 감동시킬 만큼 수줍은, 주저하는 태도로 어깨를 추켜 보였을 뿐이었다. 나는 보올레가 어째서 니나가 할과의 생활을 다시 하기로 결심했다고 보고 있는지를 알 수가 없다. 내 생각으로는 오히려 니나에게는 아직도 외적인 생활이 매우 멀리, 아무 요구도, 의무도 없이 희미한 박명 속에 놓여 있는 것같이 생각된다.

이 병과 이 생의 위기는 니나에게는 커다란 축복이 될 수 있을 것이다. 니나는 그 여자의 내면에 있는 가장 깊은 층을 깨워 일으킨 것이다. 그러나 니나가 완쾌하고 나서 어떤 일이 일어날지는 아무도 알 수 없는 것이다.

나도 안도감을 느끼고 마음이 가벼워진 것을 느낀다. 니나는 선과 악에 있어서 똑같이 커다란 힘을 펴나갈 수가 있다. 니나는 긴장과 위험 속에 살고 있다—

1937년 6월 25일

—오늘 저녁에 나는 니나를 보았다. 밖이 이미 어두웠으나 그것은 틀림없이 니나였다. 나는 차와 함께 횡단로에서 기다려야 했다. 통행인들이 그림자처럼 내 곁을 지나갔다. 나는 그들에게 주의

하지 않았다. 그러나 마치 몽유병자처럼 걸어가고 있는 한 여인이 눈에 띄었다. 그 여자의 눈은 꽤 먼 곳에 있거나 움직이고 있는 무엇을 응시하고 있는 것 같았다. 니나는 마치 그곳에 끌려가는 듯이 걸어가고 있었다. 몇 번이나 사람들에 부딪혔는데도 알지 못하고 그냥 가고 있었다. 사람들이 놀란 얼굴로 그 여자를 돌아다보았다. 니나의 가냘픈 몸은 임신에 의해서 벌써 달라져 있었다. 신호가 바뀌자마자 나는 니나가 간 방향으로 차를 몰았다. 그러나 니나는 이미 없었다.

이 해후와 또 8주일이나 니나의 소식을 듣지 못했다는 사실은 (나는 니나를 방문할 수도 없고 편지를 쓸 수도 없다) 나에게 몹시 근심을 일으킨다. 그러나 니나가 요양소에서부터 할에게로 되돌아가면서 그 여자의 결혼에 대한 모든 간섭을 금지한 이래 나는 조금도 니나에게 접근하려고 하지 않았다. 나는 새로운 파괴가 다가오는 것을 느끼고 보올레에게 전화를 걸려고 했다. 그와 공동전선을 맺기 위해서, 그러나 나는 그것을 그만두었다.

1937년 7월 29일

—병원의 간호부장이 전화로 니나가 어제 아들을 낳았음을 알려주었다. 조기분만이었다 한다. 니나가 안부를 전한다고 했다. 그것은 말하자면, 사실은 알려주지만 방문은 금한다는 것일 것이다.

나는 꽃을 보낼 용기가 나지 않았다. 니나의 비위를 거스르고 남편을 분격시킬지도 모르기 때문이다.

이로써 니나의 운명은 결정된 것 같다. 니나는 거기 머물러서 아이를 기를 것이다. 체념하고 꿈을 잊어버릴 것이다. 아까운 일이다.

니나는 그처럼 장래가 유망해 보였던 특수한 여자의 전형이었는데.

나는 뮌헨을 떠나서 이탈리아에서 방학을 보내겠다. 무슨 일이 있어도 이번에는 니나가 나를 불러들일 수는 없을 것이다. 헬레네가 나의 여행에 동반할 것이다.

1937년 10월 28일

—돌아와보니 니나의 편지가 나를 기다리고 있었다. 이 페이지에 그 편지를 붙여놓겠다.

1937년 10월 24일

당신이 이탈리아와 알제리아에 가 계시는 동안(당신의 소식을 다 듣고 있어요, 나는) 몇 가지 일이 일어났어요. 나는 마침내 퍼시할과 헤어져서 레오폴드 가에 작은 집을 얻었어요. 게다가 내 아이들을 돌보아주는 썩 유능한 하녀도요. 나는 낮에는 전에 다니던 책방에 다니고 있어요. 어쩌면 어떤 출판사의 원고 감수자가 될 수 있을지도 모르겠어요.

나의 결심은 다시 번복될 수는 없어요. 갑자기 더 견딜 수 없어진 어느 날 결심하게 된 거예요. 그것에 관해서는 나중에 얘기하지요. 하게 된다면. 그 일은 나에게는 얼마 안 있어서 중요하지 않은 일이 될 것이니까요. 앞으로 아직도 이혼이라는 문제가 남아 있어요. 나는 숨이 차고, 결심과 변화에 거의 마비되어 있어요. 내가 이미 새로운 물가에 도달했다는 것을 아직도 믿을 수 없어요. 마치 나쁜 병을 겪고 난 후 같은 느낌이 납니다. 다시 걷는 것과 가벼운 공기 속에서 숨 쉬는 것을 배워야 해요. 그렇지만 안심하세요. 나는 그걸 할 수 있을 거예요. 나를 찾아주시지 않으시겠어요? 내가 전에 있던 책방에서 책을 사시면 수요일을 제외하곤 언제라도 만날 수 있을 거예요.

—N.

—이 편지는 나를 불안 속에 몰아넣었다. 나는 나의 예정보다 길어진 만족한 여행에서 전의 어떤 때보다도 안정된 기분으로 돌아왔었다. 니나를 잊는 것에, 또 잊었다고 믿는 것에 나는 어느 정도까지 성공했었다. 그러나 내가 정말로 그것에 성공했더라면 이 편지가 나를 그렇게까지 당황시키지 않았을 것이다. 나는 니나를 잊지 않았고 앞으로도 잊을 수 없을 것이다. 어떻게 하면 좋을까? 니나가 나를 부른다. 왜 부르는 것일까? 니나는 몇 년 동안 자기가 얼마나 나를 괴롭혔는가를 생각해보기나 한 것일까?

니나는 자기가 원할 때는 나를 부르고 자기가 원할 때는 나를 쫓는다. 니나는 내가 자기 소원대로 행한다는 것을 알고 있다. 아마 그 때문에 니나는 나를 경멸할 것이다. 내가 때로는 그 여자의 무리한 요구를 거절했더라면 나는 몇천 배나 니나에게 강한 인상을 줄 수 있었을 것이다. 나는 니나를 한 인간으로 대하려고 했다. 나는 니나가 여자라는 것을 잊고 있었다. 나는 여자를 어떻게 취급해야 옳을는지 모른다. 나는 니나의 이성과 지성을 믿는다. 그러나 그러한 능력이 한 여인에 있어서 무엇을 의미하는 것일까? 니나는 자기가 '생'이라고 부르는 것을 위해서 조만간에 그런 것들은 내던질 용의가 돼 있는 것이다. 나는 니나를 방문하지 않겠다. 니나는 내 도움도 내 우정도 필요로 하고 있지 않다. 이 초대는 무엇인가?—

1937년 10월 29일

—니나의 편지는 나로부터 밤잠을 뺏는다. 나는 내가 어제 쓴 것을 읽어보고 나의 폭발에 놀라고 있다. 무엇이 나로 하여금 니나를 그처럼 욕하게 만든 것일까? 나는 니나가 결혼에서 놓여난 것에 대해서 니나에게 화를 내고 있는 것일까? 니나가 결국은 그런 입장에 놓인 어떤 여자든지 했을 것을 한 것에 대해서 나는 실망을 느낀 것일까? 나는 니나로부터 특이한 것을 기대했는데 니나는 평범한 일을 했다. 그것이 나의 분격의 원인인 것일까? 나는 그렇게 생각할 수가 없다.

그 페이지에는 종이쪽지 하나가 끼워져 있었는데 다른 것과는 달리 고무줄로 붙여져 있는 것으로 보아 절대로 없어져서는 안 되는 특별히 중요한 문서인 모양이었다. 쪽지에는 다음과 같은 글이 씌어 있었다.

1947년 5월 5일

10년 후인 오늘에야 비로소 나는 참된 원인을 안다. 아니, 나 자신이 승인한다. 그 원인은 우스꽝스럽고 창피스럽고도 깊다. 니나가 자유를 얻으려고 했을 때 내 앞에는 니나를 손에 넣을 새로운 가능성이 갑자기 열렸던 것이다. 그것은 유혹적이고도 무시무시한 것이었다. 그 가능성은 나로부터 명백하고 궁극적인 결정을 요구했다. 나는 전에도 또 나중에도 그랬던 것처럼 그러한 결정을 내릴 힘이 없었다. 그 변명으로는 나의 확실한 직감이 이 자유를 사랑하는 여인과 내가 결합되는 것을 나에게 경고했다고 말할 수 있다. 그러난 그것은 반쯤밖에 진실이 아니다.

결합을 회피한 것은 나 자신이었다. 내 속에서 그리움과 두려움이 오랜 세월 동안 심한 투쟁을 거듭해왔다. 비겁하게도 괴로운 분쟁에서 내가 놓여나기 위해서는 무거운 불치의 병 및 죽음에 가까워짐이 필요했다. 10년 전의 나는 지금처럼 나 자신을 잘 몰랐다. 그래서 나는 그때의 나의 맹렬한 폭발이 니나에 해당되는 것이 아니라 나 자신에 해당되는 것임을 알 수 없었다.

그리고 니나에 대한 나의 투쟁이 이 한 여자에 대한 것이 아니라 나의 본질의 특수한 방향으로의 발전과 인식을 위한 투쟁이라는 것을 알지 못했다. 동시에 어떤 여자를 선택하느냐 하는 문제가 여자의 선택에 해당되지 않고 나 자신의 본질의 가능성의 선택인 것을 몰랐었다. 나에게 없다고 부인하려고 했던 나의 본질의 일부분과 가능성을 니나가 구현하고 있던 것이 아닐까? 나는 10년 전의 내가 장님이었음을 후회한다. 오늘 내가 마침내 나 자신의 본질을 그대로 볼 수 있게 된 것은 기쁨은 아니더라도 매우 큰 안도감을 나에게 준다—

이 쪽지를 들추면 밑에 씌어진 글이 보였고 그것은 앞의 보고의 계속이었다.

1937년 10월 29일

—하여간 나는 니나를 방문하지 않겠다. 나는 휘파람을 불면 따라가는 개는 아닌 것이다—

1937년 10월 30일

—피할 수 없는 숙고, 니나는 나의 깨어지지 않는 우정을 기대할 권리를 갖지 않은 것일까? 니나는 자기가 폭군적인 주권을 가지고 나를 마음대로 하고 있다는 것을 의식하지 못하고 있다. 니나는 다만 자기에게 자연스럽게 느껴지는 일을 할 뿐이다. 그리고 내가 니나에게 그처럼 오랜 세월을 두고 바쳐온 자발적인 우정을 니나가 믿는 것은 자연스러운 일이 아니고 무엇이랴? 또는, 이것은 막연한 희망인데, 내가 어쩌면 정말로 니나와 제일 가까운 인간(남자는 아니더라도)인지도 모른다. 또는 그림자의 또 그림자 같은 얘긴데, 니나는 여태까지의 생활의 경험 뒤에—아니다, 환상은 그만두자. 만약 내가 니나를 찾아간다면 아무 다른 뜻이 없는 우정 때문일 것이다—

1937년 11월 12일

—마침내 어제 니나를 찾아갔다. 무엇 때문에 갔던가! 니나는 옛날 그대로였다. 다만 조금 더 풍요해져 있었다. 니나의 얼굴과 약간 신경질적인 동작은 아직도 니나가 겪은 고통을 나타내고 있었으나, 벌써 매혹적으로 웃음과 뒤섞인 일종의 용기와 약간의 자만이 보였고, 그것은 나를 매혹하면서도 동시에 의심을 일으켰다.

아마 니나는 여태까지 못한 것을 이제 와서 다 해볼 것같이 보인다. 니나는 생기와 기대로 전율하고 있는 것같이 보였다. 니나는 두 개의 단편소설을 썼고 최근에 장편소설에 착수했다고 한다. 이제는 자기의 천성에 맞게 살고 있는 것 같았다. 즉 무한한 자유 위에. 결혼에 관해서는 아무 말도 안 했다. 니나는 잊어버릴 수 있는 여자다. 니나는 나를 아무 다른 생각 없이 '옛 친구'로 보고 있다. 그러면 나는 얼마 동안 버틸 수 있을지는 모르겠으나 나에게 주어진 역할을 하겠다.

내가 자기를 사랑하고 있고, 자기 곁에 있는 것이 나에게 괴로움을 주는 것임을 잘 알면서도 왜 니나는 나를 부르는 것일까? 나는 니나가 나를 결코 사랑하지 않으리라는 것을 안다. 7년 전에도 그럴 수 없었으니까. 그러나 니나는 나에게 자유를 돌려주지 않는다. 그것이 얼마나 잔인한 일인가를 니나는 모르고 있다. 그처럼 총명하지만 니나는 다른 여자보다 나을 것도 없다. 그러면 나는 다른 남자보다 현명한가? 우스꽝스럽고도 끔찍한 놀음이다. 그러나 나는 니나를 자꾸자꾸 방문하게 되리라는 것을 안나. 이 무슨 미친 짓이고 무슨 어리석음이랴! 그러나 니나 없는 나의 생이 무엇이란 말인가?—

1938년 3월 1일

어젯밤에 N과 함께 '레기나'에 갔었다. 니나는 유쾌한 기분이어서 그 기분은 무의식중에 나에게 전염되기도 하고 또는 반발을 일으키기도 했다. 우리는 샴페인을 마셨다. 그리고 니나는 내가 할 줄도 모르고 또 하고 싶어 하지 않는다는 것을 잘 알면서도 춤을 추자고 졸라댔다. 나는 니나를 위해서 할 수 없이 같이 춤을 추었다. 마침내 니나는 나에게 니나의 명랑함의 원인을 고백했다. 니나는 어제 이래 법적으로 이혼되었다는 것이었다. '물론 죄는 퍼시가 짊어졌고요'라고 니나는 얼굴을 기쁨으로 빛내면서 말했다. 나는 니나의 야성적인 태도가 마음에 안 들어서 니나가 그 밑에 무엇을 감추고 있는가를 알아내려고 애썼다. 그러나 니나는 아무것도 감추고 있지 않았다. 그저 춤이 추고 싶어서 춘다는 것이었다. 나는 지금 같은 니나가 좋지 않다. 어젯밤의 니나는 그 어느 때보다 누를 수 없이 매혹적으로 내 눈에 비치기는 했으나. 아마 니나는 나와 함께 내 집에 가거나 어느 호텔에 가서 내 팔 안에서 밤을 보낼 수도 있을 것 같았다. 그러나 그런 값싼 기회를 이용하는 것은 내 성격에 맞지 않는 일이다.

서명이 없는, 타이프라이터로 친 편지가 다음에 첨부되어 있었다.

1938년 3월 18일

친애하는 슈타인 교수께!

우리가 당신에게 이 편지를 쓰는 것은 당신을 동정하는 데 기인합니다. 당신은 인간을 볼 줄 모르고 당신이 높게 평가하고 있는 한 인간한테 악용당하고 있습니다. 그 여자는 사실상 그처럼 돌볼 만한 가치가 없습니다. 그 여자는 감시당하고 있습니다. 그 결과 확인된 것은 그 여자가 2주일 동안에 네 명의 다른 남자들과—그 다음은 말 안 해도 아시겠지요. 우리는 그 여자를 공개되어 있는 장소에서 보았는데 그 여자의 행동은 난잡했습니다. 당신에게 호의를 품고 있는 우리로서는 당신에게 이 여인에게서 손을 떼라고 충고해 드립니다. 특히 이 여자는 정치적으로도 오점이 없이 깨끗하다고는 볼 수 없습니다. 그 여자는 유대인과 어떤 이유에서든 우리 마음에 안 드는 인간들과도 사귀고 있으므로 오랫동안 그렇게 내버려두지는 않겠습니다. 당신도 얼마 동안 감시의 대상이 되었으나 당신은 더 의심할 필요가 없다는 확신을 얻었습니다.

당신이 우리의 말을 안 믿는다면 밤에 '사계' 바나 또는 '물랭 루즈'에 가보십시오. 거기서 당신은 무엇이 사실인지 당신의 눈으로 보실 것입니다.

1938년 3월 20일

—익명의 편지는 불쾌하다. 처음에 충격에서 나는 다 읽기도 전에 이 편지를 찢으려고 했다. 그러나 정치적 위협이 나를 놀라게 했기 때문에 끝까지 읽었다. 나는 니나에게 경고해야 한다. 그러나 그 전에 나는 우선 이 편지의 내용이 순전한 상상의 소산인지 아닌지를 확인해야 한다. 니나가 제멋대로 굴고 있다는 것은 나에게는 조금도 의외의 일이 아니었다. 이러한 전환은 내가 예상했던 바였다. 그러나 니나가 정치적으로 자신을 위험에 내놓고 있다는 것이 나를 훨씬 더 놀라게 했다. 나는 내 관습과 취미와 내부의 저항을 무릅쓰고 이 편지에 지적되어 있는 장소에 가서 니나가 어떤 사람들과 어울리는가를 보아야겠다.

방금 나는 또 한 번 그 편지를 읽었다. 누가 썼는가를 아무래도 알 수가 없다. 문체는 서툴렀다. 그러나 나는 이 편지를 쓴 사람이 애써서, 그리고 재미있게 생각하면서 서투름을 가장한 것임을 확신한다. 그러나 누가 썼을 것인가? 나를 이 사건에서 멀리하게 함으로써 나를 사건에서 보호하고 니나만 위험 속에 넣고 나와 니나를 떼어놓으려고 관심을 기울이는 자는 누구일까?

나는 한순간, 정말로 한순간 헬레네를 생각해본 것을 고백한다. 고양이가 사라진 이래 우리 사이에는 아름다웠던 아프리카 여행에도 불구하고 전과 같은 관계가 다시 생겨나지 않았다. 그러나 나를 보호하기 위해서는 헬레네가 수단을 가리지 않으리라는 것을 알고 있으나, 그런 흔해빠진 책략을 쓸 것같이 생각되지는 않았다. 나는 그렇게 생각하지 않는다고 말했으나 확실치는 않다. 헬레네의 나에 대한 사랑은 신비스러운 형식을 띠어가고 있다. 최근에 헬레네는 새로운 사람들을 모아서 초대하고 있는데 그 중에는 특별히 아름다운 소녀들도 섞여 있다. 그리고 헬레네는 내가 매번 적어도 한 시간 동안은 같이 어울릴 것을 완강히 주장한다.

그러면 어쩌면 이 편지는 니나의 행동에 정치적으로 관심을 갖고 있는 전혀 모르는 사람한테서 온 것인지도 모른다. 어쨌든 나는 점점 불안을 느낀다. 가까운 날에 니나를 관찰해보고 필요하다면 경고해야겠다—

1938년 4월 1일

—내가 한 일은 구역질나는 일이었으나 나에게는 불가피한 일이었다. 그러나 결과적으로 보아서 아무 소용도 없었고 아직까지 지속되어온 나와 니나 사이의 우정에 극히 해가 되는 일이 되고 말았다. 내가 본 것을 적는다는 것은 몹시 안 내킨다. 그러나 이 수기의 정확성을 위해서 쓰겠다. 짤막하게. 이 일기를 니나 이외의 아무도 읽지 않을 것이므로 나는 쓰겠다.

3월 24일에 나는 몇 개의 레스토랑을 거쳐서 '레기나' 호텔의 바에 갔다. 거기서 나는 니나가 나의 옛 동료 마이트의 팔 안에 오해의 여지 없는 태도로 기대고 있는 것을 보았다. 둘은 극도로 흥겨워 보였다. 나는 그들이 나를 발견하기 전에 그곳을 나왔다.

3월 26일에 나는 니나가 '물랭 루즈'에서 몇 명의 청년들과 있는 것을 보았다. 그들은 술에 취해 있지도 않았고 눈에 띄거나 난잡한 태도를 취하고 있지도 않았다. 그들은 열심히 토론하고 있었으나 그들의 화제가 무엇인가는 들을 수가 없었다. 니나는 그들 가운데 단 한 명의 여자였다. 그리고 청년들은 자꾸 니나를 쳐다보았다. 니나는 그 중에서 지도적인 역할을 하고 있는 것으로 보였다. 니나와 그 젊은이들의 관계는 에로틱한 성격이 아니었고 그들의 감탄하는 시선은 니나에게 해당되는 것이 아니라 공동 연구 중인 어떤 일에 해당되는 것 같았다. 그러고 있는 니나는 내 마음에 들었다. 그러나 니나의 열광적인 표정은 나를 놀래주었고 이날 밤의 관찰이 그 전의 관찰보다 더 내 마음에 걸렸다.

그러나 3월 28일의 관찰은 가장 내 마음에 들지 않았다. 나는 자정 녘에 '사계' 바에서 니나를 만났다. 니나는 두 남자와 같이 와 있었는데 그 중 하나는 나의 고문변호사 헬름바흐였다. 두 남자는 이미 술에 취해 있었고 니나가 둘 중에 누구를 더 좋아하고 있는지는 알 수가 없었다. 헬름바흐는 내 나이 또래의 매우 엄숙한 남자다. 그의 외도를 인정 못할 만큼 나도 순진하지는 않았으나 그가 이 부자연스럽게 경박한 놀음에서 그의 나이와 그의 평소의 위신을 부인하고 있는 것은 몰취미하다고 느껴졌다. 니나는 두 남자가 까부는 것을 재미있어 하면서 내면적으로 초연하고 무관심한 태도를 가지고 점점 더 어리석은 짓을 하게끔 그들을 도발하고 있었다. 나는 이 서곡을 끝까지 기다리지 않았다. 나의 관찰만으로도 충분했다. 나는 니나하고 이 문제를 의논하기로 결심했다.

나는 어젯밤에 니나와 얘기를 했다. 그것은 실패로 돌아갔다는 말을 고백하는 수밖에 없다. 나는 나 자신을 우스꽝스럽게 만들었다.

나는 전에도 몇 번 갔던 니나의 집으로 니나를 방문했다.

나는 어제도 다른 때와 마찬가지로 니나와 가까이 있는 것이 나에게 기분 좋은 감동을 준 것을 부인하지 않았다. 나는 내 계획을 똑바로 기억할 수가 없어서 얘기를 다음날로 미룰까 생각하고 있는데 니나가 갑자기 나를 주의 깊게 바라보고 물었다. 왜 그러세요? 초조하신 것 같아요.

나는 부인하려고 했으나 니나는 설명해줄 것을 고집했다. 그래서 나는 니나와의 우정을 잃게 될지 모르는 불길한 대화를 시작한 것이다.

니나, 하고 나는 말했다. 너는 너무 많은 일을 한다.

니나는 놀란 듯이 기대에 넘쳐서 눈썹을 올려 보였다.

너는 다시 정치 운동을 하고 있지, 라고 나는 말했다.

대답하는 대신 니나는 뛰어 일어나서 내 입을 손으로 막더니 커피포트 덮개로 전화를 덮었다. 의아해서 묻는 내 질문에 니나는 말했다. 요새는 몰래 들을 수 있대요.

전화를 다 덮고 나더니 니나는 소파로 돌아오면서 말했다. 이제는 얘기해도 돼요.

니나의 목소리는 조롱에 가득 차 있어서 나는 더 얘기할 흥미를 잃었다.

그럼 나에게 경고를 하시려고 오셨군요? 고마워요, 그리고 잘 알겠어요. 그렇지만 우리는 이 점에서는 항상 서로 통했었지 않아요?

그랬었지, 라고 나는 말했다. 말해주지. 안 그러면 너는 나를 비겁한 바보로 여길 테니까. 나는 익명의 편지를 받았는데 거기에는 네가 감시받고 있다는 말이 씌어 있었어.

그래서요? 라고 니나는 태연하게 말했다.

그래서라니! 라고 나는 내가 생각했던 것보다 흥분해서 외쳤다. 너는 위험 속에 놓여 있어!

네, 벌써 6년 동안이나요. 잘 아시면서……

그러나 너는 지금은 아이가 있지 않아, 라고 나는 반박했다. 그리고 요새는 정부에 대항하는 일을 한다는 것이 전보다 두 배나 더 힘들어.

니나는 일어섰다. 온갖 사랑스러움이 당장에 니나의 얼굴에서 떠나 버렸다.

그래요, 라고 니나는 날카롭게 말했다. 그래요, 당신은 정부에 반대하면서도 그것을 파괴하려고 하지는 않는 것이지요.

나는 설명하려고 했다. 지금에 와서 그런 시도를 하는 것은 부질없는 짓이야. 모든 것은 너무 확고부동해.

니나는 나에게 경멸에 찬 시선을 던졌다.

니나, 라고 나는 말했다. 너는 젊어서 너희들의 힘을 믿고 있어. 그러나 구르고 있는 바퀴는 멎지 않아. 너희들의 반항이나 희생이나 의거에 의해서도 멈출 수 없는 것이야. 언젠가 제풀에 죽어서 멎을 것이다. 그러면 너희들은 무의미하게 자신을 희생한 게 되지.

그럴지도 모르지요, 라고 니나는 짧게, 쌀쌀하게 말했다.

아직 내가 하려던 말의 절반밖에는 못했으므로 나는 다시 말을 꺼냈다. 너는 위험하게 살고 있어.

니나는 내 말을 냉정하게 막았다. 그 말은 아까도 하셨어요.

니나의 맹목적인 반항은 나를 절망시켰다. 그래서 나는 더 뚜렷이 말할 용기가 생겼다. 너는 내 말을 잘못 알아들은 것 같다.

아, 나의 그 밖의 생활의 변화에 관해서도 사람들이 벌써 보고해 드렸겠군요.

내가 잠자코 있자, 니나는 웃었다. 내 영혼을 구제하러 와주셔서 고맙습니다. 설교하시는 것은 당신한테 잘 어울려요.

내가 너의 생활에 간섭할 하등의 권리가 없다는 것은 나도 잘 알고 있어, 니나. 그러나 나는 다른 사람들보다는 너를 잘 알고 있어. 그래서 나는 네가 모든 위험에 대해 면역이 되어 있지 않다는 것도 알고 있어.

니나는 조용한 얼굴로 나를 바라보았다. 무얼 그렇게 위험하다고 생각하시는지 이제는 좀 설명해주시지 않겠어요? 내가 때때로 밤에 외출하고 연애에 빠지기도 하고, 아무튼 다른 정상적인 여자라면 누구나 다 하는 것을 하고 있다는 건가요? 또는 다른 말이세요?

너는 강한 힘을 가졌어. 그러나 너무 많은 모험을 하는 여자는 누구나 손해 보는 법이야.

니나는 어두운 표정을 띠고 큰 소리로 말했다. 그러면 나보고 사는 것을 그만두란 말이세요? 내가 여태까지 살아보았던가요? 나는 살고 싶어요. 생의 전부를 사랑해요. 그렇지만 나의 이런 마음을 당신은 이해 못하실 거예요. 당신은 한 번도 살아본 적이 없으니까요. 당신은 생을 피해 갔어요. 당신은 한 번도 위험을 무릅쓴 일이 없어요. 그래서 아무것도 얻지 못하고 잃기만 했어요.

니나는 극도로 흥분해 있었다. 당신이 그럼 행복하시나요? 당신은 행복하지 않아요. 행복이 도대체 무엇인지도 모르세요. 그러나 나는 알아요. 그리고 나는 당신이 내 생을 당신 것과 꼭 같은 것으로, 일요일을 망쳐버리는 딱딱하고 힘든 숙제 같은 걸로 만드는 것을 용서하지 않겠어요. 나를 얼마든지 경박하다고 생각하세요. 생에 대한 당신의 공포가 어쩌면 생을 사랑하는 나의 태도보다도 경박할지 몰라요.

이제는 나도 화가 나버렸다.

생, 생? 도대체 그게 무슨 뜻이지? 라고 나는 소리쳤다. 생이라고 다 인간적인 생은 아니야. 너는 다만 생이라고 해서 무조건 매혹되어서 경솔하게 그 앞에 서 있는 거야. 이 남자 저 남자의 팔에 안겨서 자는 것을 너는 생이라고 생각하나?

그러고는 우리는 둘 다 우리의 언쟁의 격렬함에 놀라고 지쳐서 입을 다물고 말았다.

니나가 화제를 바꾸었다. 약간 미소를 지으면서 말했다. 도덕재판관들이 무얼 체험하는지 이제는 알았지요?

맙소사! 내가 그런 의미로 말하지 않는다는 건 너도 잘 알잖니, 라고 나는 절망적으로 대답했다. 나는 설교하려는 게 아냐. 내가 너에게 말하고 싶은 것은 다만 너의 힘을 낭비하지 말라는 것뿐이야. 참다운 재능은 축적을 필요로 하는 거야.

네, 라고 니나는 진정으로 말했다. 그렇지만 당신도 인간이 생의 이런 면도 알 필요가 있다는 걸 아실 텐데요? 제발 나를 진정하도록 내버려두세요. 내가 큰 긴장을 풀도록 내버려두세요. 나는 쾌락때문에만 그러는 게 아니에요. 나는 다만…… 아, 내가 그렇게 해야만 한다고 말한다면 당신은 이해하지 못할 것입니다. 당신은 결코.

갑자기 그 여자는 다시금 성이 났다. 당신은 무엇이든 너무 쉽게 말하고 있어요. 그 여자는 부르짖었다. 당신은 정상적인 생활을 하고 있어요. 당신은 나보다 스무 살이나 위예요. 당신은 내가 어떤 생활을 하고 있는지 알지 못하잖아요. 아침 6시면 나는 일어납니다. 밤에 몇 시에 잠들었든지 간에. 그러고는 원고를 읽습니다. 당신도 내가 출판사 원고 감수자의 일을 얻은 것을 아시지요. 아직 자리가 나지 않았는데도 거기서는 벌써 일거리를 주고 있어요. 아침 9시부터 저녁 5시까지 책방에 있습니다. 그러고는 한 시간 동안 아이들을 돌본 후에 영화관에 갑니다. 왜냐하면 석간에 영화평을 써서 돈을 벌기 때문이죠. 아니면 정치적으로 할 일이 있습니다. 그렇게 이런 날이, 매일 또 매주 계속되며 그사이에 나는 단편을 씁니다. 이제 나는 장편을 시작했습니다. 당신은 이것만이 인생이라고 생각하세요?

그 여자는 자기 의견을 나에게 쏘아붙이는 동안에 방을 왔다 갔다 했다. 그런데 당신은 어떤 생활을 하고 있지요? 하루에 많아야 네 시간 동안 강의를 하고는 그 외에는 당신이 하고 싶은 일을 할 수 있습니다. 당신은 돈도 충분히 갖고 있습니다. 걱정도 없고 아이도 없고 당신의 생활은 조용히 흘러갑니다. 당신은 아주 확실한 직위에 있으며 당신은 쉽게 고상해질 수도 있으며 또 여유를 가질 수 있습니다. 그래서 당신은 나같이 조용하지 못하고 의심스러운 사람에 대해서 우월감을 느끼고 있는 거예요. 아, 하여튼 저를 내버려두세요.

갑자기 그 여자는 웃었다. 나의 영혼은 구제를 필요로 하지 않아요. 당신은 내가 구제될 수 없다고 보고 계시잖아요. 모든 타락한 사람은 그런 식으로 말하지요. 또 그렇게 이야기하는 사람은 이미 냉혹하게 응결된 상태에 도달하였기 때문에 하나님의 은총에 의해서만 구제될 수 있을 뿐입니다.

그뿐 아니라, 하고 그 여자는 예리하게 덧붙였다. 또 만약에 당신이 내가 쓸데없이 떠돌아다닌다고 생각한다면 그건 곡해예요. 나는 살려져 있는 것이 아니고 스스로 삽니다. 내가 무슨 말을 하는가를 이해하신다면, 그리고 당신도 살기 위하여 한 번쯤 저 고상한 조심성을 포기한다 해도 아무런 해는 없을 것입니다.

이제는 내가 웃을 차례였다. 나도 역시 구제를 필요로 하지 않아. 나는 말했다. 우리들이 각자의 방법으로 몰락해가도록 내버려두자.

아니, 하고 그 여자는 도전적인 결단을 가지고 말했다. 나는 몰락하지 않아요.

그러고는 우리는 서로를 바라보았다. 주의 깊은 관찰자가 있었더라면 아마 우리들 눈에서 우울한 연민과 준열한 자기주장의 표현을 보았을 것이다. 그러나 헤어질 때 니나는 그 이전의 어느 때보다도 더 거만했고 냉혹했다. 나는 그 여자의 얼굴에서 조소와 우월감을 보았다고 생각했다.

나는 그 여자가 나에게 화가 나 있고 또 그것이 정당하다는 것을 의심하지 않는다. 나로 인해 도발되어진 그 여자의 책망은 옳았다. 나는 그 여자가 나에게 적나라한 질투를 책망하지 않은 데 대하여 오히려 감사했다. 아마 질투가 나의 가소롭고도 효과 없는 간섭의 참 동기였을 것이다. 이 가장 바보 같은 대화로써, 나를 향한 니나의 호의를 파괴했고, 그 여자의 사랑을 인내로써 얻을 최후의 기회를 놓쳤다.

내가 말한 것은 모두가 표면적이고 오해되기 쉬우며 바보 같은 것이었다. 이제야 나는 무엇을 이야기해야 했던가를 알았다—아니, 나는 그것을 이 대화가 끝난 그 밤에 깨달았지만 이젠 그것을 어느 틈에 잊어버렸다. 이러한 종류의 오해는 얼마나 무서운가—그런 오해는 말이나 견해에 있는 것이 아니라 본질적인 것이며 풀어질 수는 없는 것이다. 더는 다리를 놓아볼 수 없는 아주 깊은 낯섦. 나는 니나를 이후에는 방문하지 않을 것이다.

이 수기 뒤에 내가 일기를 처음 훑었을 때에 읽은 1938년 11월 9일의 기술이 있었고, 이어서 다음의 메모가 있었다.

1939년 2월 20일

—이 일기에 니나와 직접 관계되지 않는 것은 내 뜻이 아니었다. 내가 이 목적에서 빗나가는 것은 다만 외면적일 뿐이다. 나는 니나에게 설명해야 하며 또 변명한다. 언젠가는 이 수기도 그 여자의 손에 도달할 것이다. 아마 그 여자는 내가 한 일을 이해할 것이며 용서할 것이다. 아니, 그렇지 않을는지도 모르겠다. 여기에 나는 그 사실을 쓴다—

그러나 사실이 기록되었어야 할 이면은 없었다. 그건 급하게 찢겨진 것 같았다. 그 대신 여러 장의 새 종이가 클립으로 고정되어 첨부되어 있었다.

1946년 7월 21일

—1942년에 가택 수색의 위험이 있을 때에 나는 여기에 빠진 페

이지를 없애버리지 않으면 안 되었다. 나는 바로 이 부분의 상실을 유감으로 생각한다. 왜냐하면 그 당시 1939년에 취한 행위에 대해 아무리 설명해도 오늘날에는 비겁한 자의 변명이라는 혹평만을 받기 때문이다. 만약에 저 준열한 니나가 이 면을 읽게 되면, 그 여자는 내가 어떤 법정에서도 나의 정당성을 밝힐 수 있고 또 그렇게 하기를 강요받았음에도, 변명하지 않았다는 것을 알 것이다. 나의 오랜 친구인 그 여자에게 정당히 판단되어지는 것—그것이 나의 공적인 명예 회복보다도 훨씬 더 중요한 것이다.

나는 그 당시에 내가 썼던 것을 미화하거나 첨가함이 없이 반복하려 한다.

나는 이미 몇 차례나 당에 가입하도록 권유받았고 그때마다 나는 용하게 그 그물에서 빠져나왔다. 1939년 정월 초에 나에게 새로운 최후의 요청이 왔다. 최후통첩, 나치스 당에 가입하거나 그렇지 않으면 관직 박탈이라는 양자택일이었다. 그런데 내가 만약 니나가 상상하고 있는 바와 같이 자유롭고도 책임감 없는 사람이라면 나의 결단은 쉽게 내려질 수가 있었을 것이다. 비록 그것이 내게 교수직 박탈 이상의 일이 생길지라도. (나는 이미 한번 해임된 적이 있었고, 아주 가까스로 불신에 차서 다시 임용되었다.) 그렇지만 나는 반(半)유대인 처 때문에 직장을 상실한 마이트를 돌볼 책임을 떠맡고 있었고, 또 나의 옛 조수였던 빌 부인이 '정치적 불신' 때문에 해임되어 오로지 나의 보호 아래서 살고 있었다. 그리고 또 나는 몇몇 학생을 돕고 있었다. 거기에 또 니나가 조만간에 정치적 곤경에 처하게 되리라는 것과 그렇게 되면 그녀를 도와줄 사람이 아무도 없다는 것을 고려하게 되었다.

이러한 구속과 무엇보다도 니나에 관한 전망이 나의 장래의 숙명을 결정하였다. 1939년 2월 20일에 나는 비극을 면할 수 없는 불길한 상태에 빠져드는 것을 명백히 인식하며 나치스 당에 입당했다. 몇 사람을 구제하기 위하여 그들과 그 외 몇천 명의 다른 사람들을 위협하는 저 대열에 가담한 것이다. 만약에 내가 나의 정치적 신념을 좇았다면 어떻게 되었을까? 나는 이 몇 사람을(가치 있고 나를 믿고 있던) 희생시켰을 뿐만 아니라 일반적인 파괴도 방지하지 못했을 것이다. 그리하여 나는 나의 모든 친구를 전쟁 말기까지, 비록 1942년엔 나 자신까지 다른 사람의 도움을 받아야 할 정도로 위험해졌으나, (마이트와 빌 부인과의 나의 친교가 폭로된 것이었다.) 구조할 수 있었다. 위험은 사라지고 나의 피보호자들은 살아남았다. 그들은 지금 지도적인 지위를 차지하여 내 명예 회복을 위하여 최선을 다하고 있다. 나는 곧 관청 용어로 '무혐의'라고 부르는 상태가 될 것이며 나는 교수직을 다시 되돌려 받고 지불 연기된 월급이 다시 지불될 것이며, 이 사건은 아무런 관심도 추억도 없이 사라질 것이다.

그렇지만 나만은 그렇지 않았다. 나는 나의 이익을 위하여 손가락 하나 움직이지 않았고 말 한마디 하지 않았다. 나는 복권(復權)을 수락하지 않을 것이며 대학에 다시 서지 않을 것이다. 비록 내가 1년을 더 못 살 만큼 심하게 아픈 것은 아니다. 그러나 사람들은 나의 거부의 이유를 신병 때문으로 인정해줄 것이고 나를 방해하지 않을 것이다.

나는 내 죄에 대해서 — 입당은 그 작은 일부분에 지나지 않는다 — 뼈저린 죄의식을 갖고 있다. 나와 같은 종류의 인간에게는 새로운 시대의 운명이 위임되어서는 안 된다. 나는 비록 명백한 견식이 있음에도 무조건 그것에 따르는 힘을 갖지 못한 그런 무리에 속한다. 도대체 미래의 주인이 있을 수 있다면 때로는 가혹하고 일방적인 결단을 내릴 수 있는 니나와, 그녀처럼 강인한 사람들일 것이다. 나와 나 같은 족속은 필요 없는 존재다—

다음 편지는 다시금 약간 퇴색한 1942년의 종이에 적혀 있었다.

1942년 11월 14일

—내 일기의 크나큰 공백기, 전쟁의 모든 결과는 나를 침묵시켰다. 모든 개인적인 것은 일반적인 파괴 앞에서 중요치 않은 것처럼 보였다. 나는 니나를 지난해에 여러 번 만났다. 우리들의 친교는, 냉정하고도 유리처럼 투명한 영속적 상태에 들어갔다고 말하고 싶다. 그 여자는 비개인적으로 되었다. 이 시기의 큰 소음 속에서 모든 사람이 자기 자신의 음조를 약간 상실한 것처럼.

니나는 그동안에 두 권의 책을 썼다. 첫 번째 책은 대인기였고 두 번째 책은 판금되었다. 작년 여름에 출판사의 일자리를 잃었지만 옛 책방이 다시금 그 여자를 채용하였다. 그 여자는 이 두 번의 타격을 말없이 불편 없이 받아들였다. 그 여자는 그걸 예상하고 있었던 것이다. 그 여자의 아이들은 내가 판단할 수 있는 한에서는 잘 자라고 있다. 특히 알렉산더와 놀랍게 닮은 루트는.(니나는 내가 몇 년 전부터 이 사실을 알고 있다는 것을 몰랐다.) 니나는 훌륭한 어머니였다. 애들은 어머니의 근심을 아무것도 느끼지 못했다. 나는 그 여자가 일과 흥분에 지쳐서 집에 돌아와서도 아이들과 함께 아주 유쾌하게 떠들어댐으로써 마치 그 여자가 행복한 것처럼 느끼는 것을 자주 보았다.

나는 자주 그 여자 집에서 몇 명의 학생을 만났고 또 간간이 그 여자가 자살을 기도했을 때 충실히 도와준 그 노인도 만난다. 그도 역시 그 여자의 정치적 집단에 속하는 것 같았지만 내가 있는 앞에서는 그들은 정치에 관해서 아무 말이 없었다. 뿐만 아니라 니나는 나와도 그러한 일에 관해서 이야기하지 않는다. 나는 그 여자가 내 행적에 관해서 알고 있다는 것을 확신했다. 그런데도 그 여자는 그 인식을 무시했다. 도대체 뭣 때문에? 그 여자의 본성으로 보아 그 여자가 나에게 공개적이고 강력하게 혹독한 책망을 퍼부어야 마땅한데도 그 여자가 나를 봐주려는 것인지? 그 여자가 내 동기를 아는지? 그 여자가 그런 동기를 존중하는지? 그 여자가 내가 생각했던 것보다 깊이 이해해주는지?

오늘 밤 니나의 방문으로 보아 그 여자는 나를 신임하고 있었다. 그 여자가 어느 날 나를 미처 10년도 안 된 그 당시에 했던 것처럼, 특별한 용무로 이용하려는 건지? 나는 그 여자를 통찰할 수 없었다. 그러나 나는 거기에 관해서 그 여자와 이야기할 용기도 갖지 못했다.

이 과장 없는 기술은 엄청난 불안과 충격 그리고 공포를 진정시키기 위한 목적 하에 씌어진 것이다. 그렇지만 뜻대로 되지 않을 것이다. 자정 직전에 — 지금은 아침이다 — 벨이 울렸다. 나는 새벽에 체포해 간다는 것이 상례란 것을 알면서도 나를 잡으러 왔다고 믿었다. 나는 운명에 맡기고 문을 열었다. 그러나 그건 니나였다. 나는 그 여자가 도망 중이라고 믿었다. 그러나 그 여자는 앉지도 않고 비에 젖은 외투도 벗지 않고 서론도 없이 곧 이야기를 시작했다.

그 여자는 흐트러진 모습이었고 운 것 같았다. 그 여자는 할이 체포되었으며 지금 감옥에 있는데 며칠 내에 처형될 것이라고 했다. 비록 내가 할을 좋아하지 않았음에도 이 소식은 나에게 타격을 주었다. 그러나 니나의 슬픔의 태도나 정도가 그 이상으로 나에게 타격을 주었다. 그 여자는 아직도 그 남자에게 끌리고 있는 것 같다. 이상한 사랑의 변종이다. 니나는 나에게서 독을 요구했다. 그 여자는 그걸 그에게 가져가서 교수대에 앞질러 죽을 가능성을 만들어주려는 것이다. 그건 좋은 방안이었다. 나는 인간의 자유에의 권리를 죽음에의 결단까지 확장하는 것에 동의했다. 그러나 이 경우에 나는 훨씬 더 복잡하고 심각한 종류의 문제에 대면했다.

이 계획을 위하여 내가 선택된 것은 구역질이 나고 악마와도 같은 운명의 장난이었다. 옛날에 나는 몇 번이나 할의 죽음에 대한 갈망이 스스로 완전히 의식되기 전에 그것을 억제하곤 했다. 이젠 나에게, 하필 나에게, 그자한테 죽음을 주도록 요구하다니. 비록 할 자신이 죽음을 갈망하고 또 필요로 하기는 하나(나의 부적당한 충격이 그것을 알리고 있다) 아직도 억제되어 잠재하는 나의 소망이 그의 죽음과 일치하고 있었다. 그것에 관해선 나는 니나와 이야기하고 싶지 않았다. 나는 그 여자에게 독을 전달하는 것은 그 여자에게 위험하다는 것을 납득시키려고 노력하였다. 독을 가져온 사람이 그 여자란 것을 즉시 알아낼 것이라고. 그러나 이 규정은 그 여자의 성질로 보아 결코 타당한 것일 수 없었다. 아이들에 관한 염려까지도 아무런 효과가 없었다. 그렇게도 두 아이를 사랑하는 그 여자에게 할이 애들보다 더 중요하다고는 생각할 수 없는 것이기 때문에 나는 그녀의 태도에 놀랐다.

니나 자신이 아무리 억제하고 부정해도 그런 침울한 방식으로 아직도 할을 사랑하고 있는 것이라고 인정하지 않는 한, 그것이야말로 나로서는 설명할 수 없는 니나의 본질의 한 가지다. 니나는 엄청난 인내와 집념이 가능한 여자이기 때문에 — 이런 특성은 그녀의 생기발랄하고 마녀적인 기질에 모순되어 보이는 것이며 필시 실제로도 이 양자는 싸우고 있을 것이다 — 사랑이 끝난 오랜 후까지도 어떤 잠재적인 연결감이 존속하고 있다고 생각할 수 있을 것이다. (나에 대한 그녀의 놀라운 집착도 이 끈질긴 집념에 근거하고 있는 것이 아닐까?)

나는 그 여자의 가장 예민한 곳을 찌르려고 노력했다. 나는 그 여자에게 어떤 사람에게서도 비상하고 심각한 경험의 가능성을 기만하여 빼앗는 일은 용납될 수는 없다고 말했다. 그러므로 할에게서 시련의 최후의 날을 빼앗는다면 그를 위해서 어떤 인식이 상실되는지 누가 알 것인가. 그 여자는 나의 망설임에 성이 나서, 그는 죽음에의 결단과 죽음 사이의 그 한 시간 동안에 그러한 인식을, 또는 더 중대한 인식도 모을 수 있을지도 모른다고 말했다 — 할이 모든 추측에 반하여 아직도 구제될 수 있을지도 모른다는 나의 최후의 항변에 대하여 그 여자는 성난 시선을 보냈다. 그러고는 그 여자는 말했다. 이것이 우리의 오랜 친교에서 내가 당신에게 드리는 두 번째 부탁인데 당신은 또다시 거절하시는군요.

그래서 나는 비상시를 위해서 내가 항상 지니고 다니는 카페인 분제(粉劑)의 반을 주었다. 그 여자가 돌아갔을 때는 새벽 4시가 되어 있었다. 회색의 비가 내리는 척척한 아침이었다. 나는 차를 가지고 있지 않았고 그 여자는 내 동반을 원하지 않았다. 우리들이 이미 작별을 하고 났을 때 그 여자는 되돌아와 격렬하게 거의 무섭게 나에게 키스했다. 비의 장막이 그 여자를 가릴 때까지 나는 오랫동안 그녀의 뒷모습을 바라보고 서 있었다. 그리하여 이렇게 전송을 하는 동안에 나는 자신이 변화해가는 것을 느꼈다. 신경마다 경직되었고, 추웠고 세포마다 얼었다. 감정 없이 나는 남겨졌었고 나를 핍박했던 불안, 심지어 공포까지도 단순한 외면적 성격의 것이었다. 내면적으론 생명이 없었고 또 그렇게 계속될 것이다.

1944년 5월 3일

—니나는 구속되었다. 판결은 반란 방조죄로 15년 징역. 그 여자는 아이샤하 감옥에 감금되어 있었다. 나는 어제 그 여자를 방문했다. 그 여자는 그 판결이 후한 것이라고 했다. 기뻐하세요, 라고 그 여자는 말했다. 사형선고가 아니고 또 강제수용소에 가게 되지 않은 것을. 그렇지만 15년이라니, 니나! 나는 당황해서 말했다. 그 여자는 다만 웃었다. 그 여자는 이상하게도 조용했다. 그 여자는 이미 반년을 산 뒤였다. 그 여자를 처음 보았을 때 나는 그 니나를 알아보지 못했다. 그 여자는 인도되어 들어왔지만 나는 그 여자가 들어온 문을 계속 응시했다. 나는 내가 알고 있는 과거의 니나를 기다렸던 것이다. 이 죄수복을 입고 머리에 수건을 매고 나무신을 신은 회색으로 말라빠진 이 사람을, 나는 그 여자가 입을 떼기 전까지 그녀를 알아보지 못했다. 나는 이 순간 어떤 말도 찾지 못했다. 그러나 그 여자는 말할 수 없이 침착하게, 마치 이곳이 재회의 가장 자연적인 곳이며 가장 유쾌한 시간인 양 인사했다. 나는 뭐라 대답해야 할지를 몰랐다. 5분 동안 나는 그 여자와 면회할 수 있었다. 니

나는 나에게 애들을 간간이 방문해줄 것을 청했다. 아이들은 1943년 12월에 니나의 집이 폭격 맞아 반 이상 파괴되었을 때 옛 하녀가 시골로 데려갔던 것이다. 나는 그 여자를 위해서 무얼 할 수 있는가를 물었다. 그 여자는 단호하게 거절했다. 아니, 안 됩니다. 소용없습니다.

여간수가 그 여자에게 친절한 것처럼 보였고 또 아주 건성으로 듣고 있었기 때문에 니나는 나에게 귀엣말을 할 수 있었다. 아무 일도 시도하지 마십시오. 그대로 두세요, 나는 아주 운 좋게 면했어요. 그리고 결코 15년간 계속되지 않습니다. 절대로.

다시 끌려가기 전에, 그 여자는 나에게 미소 지으며 말했다. 다시는 오지 마세요. 당신 마음만 심란해질 뿐이며 나에게도 도움 되지 않아요. 그걸 알아주세요, 제발.

그 여자에게는 조금도 절망의 흔적은 보이지 않았다. 움푹 파인 그 여자의 눈도 약간 그늘이 졌으나 광채가 남아 있었다. 그 여자는 두려워하지 않았다. 사실상 그녀처럼 이미 여러 차례 혹심한 시련을 견뎌온 사람이라면 이번에도 굴하지 않을 것이다. 나 자신은 그럴 수는 없었다. 어디론가 급히 가고 싶어 소리를 지르려는데 발은 묶여 있고 입에는 재갈이 물려 있는 꿈을 꾸며 잠든 자의 상황에 처해 있음을 자각하면서 내가 도와줄 수도 없이 그녀가 갇혀 있다는 것만으로도 나는 견딜 수가 없었다.

내가 1939년에 나치스 당에 가담함으로써 언젠가는 니나를 도울 수 있을 것이라고 희망했던 것이 아닌지? 이 세상에는 양면적인 타협처럼 구제하기 어려운 결함은 없다.

나는 니나가 자유의 몸이 될 때까지 살기를 희망했다. 그때까지는 아이들의 보호를 맡으리라고. 나는 내가 마지막으로 베를린에서 만났고 지금은 러시아에 있는 알렉산더에게 알리고 싶은 생각을 가졌었다. 그러나 그러한 사실을 일선에 보고하는 것은 너무나도 위험했다. 그리하여 나는 그러기를 포기하고 헬름바흐에서 봉인된 서함을 나의 사후에 알렉산더에게 전하도록 할 작정이다.

이 면의 하단에 알아보기 어려운 메모가 붙어 있었다.

1947년 9월 3일

—오늘 나는 알렉산더가 러시아 포로수용소에서 사망했다는 소식을 받았다. 나는 완고하게도 그와 곧 다시 만날 환상 속에 살고 있다. 이 환상은 내가 자발적인 한도 내에서 한 번도 죽음 이후의 생에 관해서는 결코 생각해본 적이 없었던 만큼 나를 놀라게 한다. 비록 내가 아무런 위안을 필요로 하지 않는다 해도—마침내 괴로움의 극한적인 한계에서 나는 어떤 위안도 그 이상은 줄 수 없을 만큼 모든 것이 뭉친 최후의 기막히게 자유로운 명랑함이 다가옴을 느낀다—비록 내가 아무런 위안을 필요로 하지 않는다 해도, 이 증명할 수 없고 초정신적인 상상은 이 생으로부터 작별하고 나의 마음의 준비를 강조해준다.

그러고는 씌어지지 않은 두 페이지가 따랐다. 그것은 아마 다음 기록을 위하여 남겨놓았다가 사용되지 않은 것 같았다. 그러나 이 빈 백지는 마치 갑자기 내 앞에 나타난 심연처럼 나를 불안으로 몰아넣었다. 아마 내 느낌이 옳았을지도 모른다. 여기에 기록되어야 할 많은 사연이 아마 불가항력적으로 침묵되어졌을 것이다. 그러나 또한 내가 여러 날 잠을 설친 탓으로 너무나 피로하고 신경질적으로 되어 쓸데없는 망상을 했을 수도 있다. 어쨌든 거기에 계속될 수기는 그 중간에 특별히 나쁜 일이나 중대한 일이 일어나지 않았음을 추측하게 해준다.

1945년 5월 10일

—전쟁은 끝나고 니나는 석방되었다. 그 여자는 나오는 대로 나에게로 왔다. 그 여자는 매우 창백했고 가꾸지 않은 모습으로, 15년 전 병들고 거칠어져 내 진찰실을 들어섰을 때의 니나와 놀랍게도 비슷했다. 그 여자는 매우 쇠약해져 있음에도 언제나와 마찬가지로 생명과 신뢰의 분위기를 조성했다. 만약 아직도 내게 어떤 기대가 가능했다면, 나에게도 그 분위기는 전염되었을 것이다. 나는 내가 일선으로 끌려갈 것을 믿고 썼으나 발송하지 않았던 작별의 편지를 니나에게 주려고 했다. 그렇지만, 오늘날 이 편지가 무엇을 의미할 것인가? 나는 병든 사람이고 눈에 띄게 늙어가고 있고 나의 병세는 거침없이 진전되고 있어서 기껏해야 2년밖엔 더 살 수가 없다. 내 의사와 목적에는 상관없이 나는 니나를 계속해서 변함없는 강도를 가지고 사랑한다. 나의 전 생명력이 이 단 하나의 구심점에 집중되어온 것 같았다.

나는 니나에게 니나의 집이 반은 파괴되었고 다른 부분은 파손되었기 때문에 나의 집을 쓰라고 했다. 그러나 그 여자는 우선은 애들과 함께 슈타른베르크 호반에서 보내려고 했다. 나는 그것을 이해했으나 섭섭하게 생각했다. 나는 그 여자가 내 가까이에 있는 것을 몹시도 필요로 하는 것이다.

나는 전율을 느끼고 내 주변 인간들의 변형을 보았다. 나는 이 시대에 성장하지를 못했다. 니나는 그것을 이해함으로써 나를 도울 수 있었을 것이다. 그러나 아마 그 여자는 내가 시대와 현실에서 도피하는 것을 책망할 것이다. 내가 그러한가? 정말로? 쫓기는 자의 무리에 섞여 정처 없는 해안으로 급하게 달리는 사람일까? 또는 한때 가치가 있었던, 그래서 영원히 그 가치를 보유할 그것을 간직하기 위하여 자기 자리를 지키려는 사람일까? 과연 그 사람들 중에서 도대체 누가 도망하고 있는 것일까?—

1946년 8월 4일

—내 친구들이 그들의 호의에서 우러난 배려가 나를 괴롭히고 있다는 것을 알아준다면 좋겠다. 나는 그들을 나무라고 싶지는 않다. 그렇지만 그들이 제공하려는 것을 내가 원하지 않는다는 것을, 또 내가 모든 것을 정리하는 것 외에 아무것도 원하는 것이 없다는 것을 어떻게 명백히 설명할 수 있을지. 그건 어려웠다. 너무나도 어려웠다. 나의 죄를 시인한다고 해서 그것이 사태의 경감을 의미하는 것은 아니었다. 나는 이미 행해진 모든 행위는 취소할 수 없으며 부단히 계속 작용한다는 것을 이처럼 예민하게 깨달은 적은 없었다. 어떻게 속죄해야 할 것인가? 나의 행위는 객관적으로 관찰할 때 사소한 것이었다. 그렇지만 그것이 내 양심 앞에 깊은 죄로서 나타날 때에는 어찌할 것인가?

나는 니나와 내 입장에 관해서 이야기하고 싶은 강렬한 요구를, 아니, 피할 수 없는 갈망을 가졌다. 그 여자는 내가 아무것도 선사

받고 싶어 하지 않는다는 것을 이해해야만 할 것이다. 그러나 그 여자는 나 역시 다른 사람과 다를 바 없는 사람이며 또 때때로 아주 약한 사람이라는 것을 이해할지? 나는 내 병이 용서 없이 진전되고 있다는 것을 느꼈다. 그리고 나는 나를 기다리고 있고 이미 나를 둘러싼 저 위대한 공허를 자주 두려워했다. 나는 그것을 니나에게 이야기하겠다. 나는 그 여자에게 종종 나와 함께 저녁을 보내기를 간청할 것이다. 밤에는 베로날의 덕분으로 잠이 들지만 저녁에는 친밀한 사람의 접근이 필요했다. 헬레네는 나의 말벗으로는 점점 더 부적당했다. 그 여자는 내가 괴로워하고 있기 때문에 괴로워하고 있다. 그래서 우리는 잠자코 마주 앉아서는 시간이 흐르는 것을 느낄 뿐이다. 간간이 그 여자는 내가 이야기하도록 하기 위하여 말다툼을 시작하였다.

나는 니나를 부를 것이다. 그 여자는 약 8개월 동안 통역으로 일하다가 지금은 《노이엔 나흐리히텐》의 기자로 있다. 나는 최근에는 간간이 그 여자를 보았다. 그 여자는 아주 바빠서 나를 위해서 그녀의 자유 시간을 희생해줄 것을 요구하기가 퍽 망설여지기 때문이다.

1946년 8월 8일

―나는 내가 니나에게 아주 서투른 말상대였지나 않았는가를 두려워한다. 그 여자는 마치 순풍을 받고 마침내 대해에 도달한 열두 개의 돛을 단 배를 능가하는 활기에 차 있다. 오늘과 같은 그 여자의 모습은 나에겐 낯설었다. 옛날의 그 우울, 그 암울하고도 고집센 정열성, 그 여자의 예측할 수 없는 마녀성은 이미 없었다. 그 여자는 성공했었다. 인생의 밝은 면에, 이성에, 지성에 도달했다. 내

가 그 여자에게서 가장 찬미하였고 또 위험하다고 생각한 저 힘, 그 여자의 의사는 너무 팽팽하게 뭉쳐져 있어서 그 여자의 전체 모습을 방해하는 자기 안정감을 주게 된 것 같다. 그렇지만 나나는 자기 자신이 적나라한 진실이라고 표시하는 것에 쉽사리 기만당하기에는 너무나도 많은 암담하고 의미 깊은 꿈을 꾸어왔었다. 그 여자는 표면적인 성공의 세계에 속하지 않았고 조만간에 그것을 멸시할 것이다. 물론 나는 그 여자가 마침내 자유를 획득한 것을, 그 여자가 필요로 하는 자유와 필요로 하지 않는 자유를 갖게 된 것이 그 여자에게 크나큰 기쁨을 의미한다는 것을 이해한다. 그뿐만 아니라 지금이야말로 그 여자가 자기 자신의 힘을 실감하고 있으며, 더욱이 처음으로 폭발한 즐거움에 묻혀 자신의 힘과 그 힘 안에 내재한 능력 외에는 아무것도 느끼지 못한다는 것을 잘 이해한다.

그 여자는 이제야 자기의 청춘을 보상할 것이고 또 자신이 놓쳐버렸다고 생각한 모든 것을, 20세 젊은 날의 끝없는 희망, 모든 성공과 세력과 명망을 움켜쥐고자 하는 천진한 대담성, 이런 것을 다시 찾을 것이다. 행복은 그 여자에게로 다가오고 그 여자가 시작하는 것은 모두 성공시키고 있다.

그 여자는 좋은 주택을 얻었고, 신문사에서의 지위는 수입이 좋았고 또 세력이 있었다. 그 여자의 새 소설은 대성공이었다. (나는 그것을 읽었고 비록 사실적인 것에 치우쳐 있었고 과거의 그녀의 작품의 특징이며 의의를 찾을 수 있었던 철학적인 일면과 어둠이 부족하였음에도, 아주 우수하다고 느꼈다.)

그 여자는 많은 사람들과 친교 관계를 가졌다. 그들은 그 여자가 마음먹은 대로 영향력을 행사할 수 있었고 또 그들은 그 여자의 말에 귀 기울였다. 그 여자에게 정치적 진로를 취할 것이 권고되었으나, 내가 보기에 그 여자는 공명심에 불탔고 왕성해진 행동욕에 이끌리는 것처럼 보였으나 그러한 요청을 수락할 것을 거부했다.

그 여자는 너무나 유쾌하고 확신에 찬 기분이었기 때문에 나는 까다로운 문제로 그녀를 방해할 수는 없었다. 더욱이 나의 명예회복을 위해 가장 많이 노력한 것이 그 여자였으나 그 여자는 나에게 그것을 알리지도 않았다.

그리고 그 여자는 독신으로 있으며 또 그것을 후회하지 않는다고 이야기했다. 나는 그 여자가 새로운 결연으로 이끌려갈 가능성을 가지고 있음을 의심하지 않는다. 그 여자는 조금도 늙어 보이지 않았다. 그 여자는 연륜이 빼앗을 수 없는 그러한 매력을 가지고 있었다. 나는 이 저녁 동안 여러 차례 그 여자를 황홀하게 쳐다보았다. 그 여자의 외면과 행동의 우아성은 지성과 의지에 의하여 조금도 교란되지 않았고, 나에게 오래전에 잊혔고 꽤 고통스러운 흥분을 나의 심장에 가져오기에 충분하였다. 그러나 이것은 다만 일시적인 감정이며 나를 현혹시키지는 못하였다.

이 밤에 나는 서리 같은 우울 속에 남겨졌고 나의 고독이 눈앞에 나타났다. 나는 너무나도 멀리 인간들로부터 유리되어 있었다. 나는 이미 인간들 속에 있지 않았고 나는 그것을 구하지도 않았다. (나는 니나와 알렉산더 이외에는 찾아간 적이 없었다.) 그렇지만 나는 나에게 접근하려는 사람을 물리친 적도 없었다. 그런데도 나는 한번도 그들과 공동체라는 의식을 갖지 못했다. 이제 나는 어떤 사람도 나를 동정해주지 않는 혼자의 길을 이미 걷고 있음을 의식한다.

니나에게 와달라고 청했을 때 나는 그녀와 동맹을 맺어 이 무서운 고독에 대항하기 위해서였다. 그러나 이제야 나는, 니나가 그것을 아무리 원하고 모든 힘을 다해서 갈망할지라도 이미 불가능하다는 것을 알았다. 그건 이미 나를 괴롭히지 않았고 나는 이 무감각을 슬퍼하지 않았다.

나는 지금 생각해본다—이 문장과 앞 문장 사이에는 몇 시간이 경과했다—아마 이 무감각이야말로 그렇잖아도 저항성 없는 나의 본질에 대한 보호를 의미하는 것이며, 그 속에 극단적이고도 불가피한 절망을 내포하고 있는 것이나 아닌지?—

1947년 9월 4일

—나는 지루하게 내가 예견한 바와 같은 아무 성과 없는 요양을 했다. 이제 나는 몇 달 안에 죽을 것이라는 것을 안다. 나의 아픔은 견딜 수 없는 지경에 이르렀다. 어제 알렉산더의 사망 통지가 왔다. 그것이 나의 종말에 대한 동경을 강하게 해주었다. 나는 9월 8일을 내 죽음의 날로 선택했다. 그러면 나의 니나와의 첫 해후에서 꼭 18년이 경과하는 셈이다. 그렇지만 그전에 나는 니나와 작별을 축하해야만 한다. 그 여자는 내가 아프다는 것을 안다. 그러나 나의 병세의 정도를 알지는 못했다. 그 여자에게 그걸 알려서는 안 된다. 나는 결코 죽음의 축제를 올리고 싶지 않다. 내가 암흑으로 돌아갈 때 내 눈 속에 여운으로 남아 나를 인도할 그런 축연을 한 번 더 베풀고 싶다.

1947년 9월 7일에서 8일 밤에

—이것이 내 최후의 수기가 될 것이다. 나는 이미 글 쓰는 게 힘들어졌다. 그것도 중단해가면서만 가능하다. 이미 나는 생보다는

죽음에 가까워져 있고, 기억도 희미해져간다. 니나를 위해 완성을 위해서 나는 기억을 해야겠다.

니나는 늦은 오후에 왔다. 나는 헬레네에게 그 여자와 단둘이 있도록 해주기를 청했다. 헬레네는 대체로 그녀의 기분에 맞도록 부탁하는 나의 소원을 들어줄 때와 같은 원망에 차 있으면서도 의연한 태도로, 내 청을 들어주었다.

나는 아편을 먹었으므로 몇 시간 동안 비교적 편안하고 유쾌한 기분 속에 있었다. 니나는 처음으로 꽃을 가져왔고 그것은 나를 깊이 감동시켰다. 나는 그 여자를 초대하는 데 약간의 공포를 갖고 있었다. 왜냐하면 그 여자의 생기를 나는 이미 감당할 수 없기 때문이다. 그러나 나는 그 여자가 아주 변한 것을 발견했다. 지난해의 숨가쁜 명예심이나, 쉽게 신뢰하고 쉽게 달아오르던 정열, 분주함과 자기과시의 흔적도 없었다. 그 모든 것은 한낱 노정(路程)에 불과했다는 것을 나는 알았다. 그것은 자기 자신을 노력가로 몰아세우고 자기에게 주어진 침묵에서 도피하기 위한 필연적이고도 기필코 실패하고 말 시도였다.

(아, 니나, 네가 이 구절을 읽을 경우 너는 이 문구를 진정으로 이해할 수 없을 것이고 수긍하지도 않을 것이다. 그러나 조만간에 내가 무엇을 의미했는지 너는 알게 되리라.)

우리는 내가 여기에 반복하기를 꺼리는 이야기를 했다. 물론 나는 언제나처럼 어두운 해안에 있었고 니나는 다리 없는 강의 저편 밝은 대안(對岸)에 있었지만 그럼에도 우리는 다른 편에서 외치는 소리를 서로 힘들이지 않고 이해할 수 있었다. 그리고 니나가 가기 전에 우리가 이야기한 마지막 구절에 따른 무한히 긴 침묵의 시간처럼 서로가 밀착되게 느낀 적은 없었다. 나는 말했다. 내가 어두컴컴하고도 출구 없어 보이는 복도를 무한히 걸어갈 때면 너는 언제나 문을 열어주었고, 나에게 와서 햇빛이 찬란한 넓은 평야의 광경을 보여주었다. 비록 그 평야에 내가 발을 들여놓을 수는 없었으나 그 광경만이라도 나를 최후의 절망에서 구제했다.

아! 니나는 부드럽고도 슬픔에 싸여 대답하였다. 왜 당신은 내가 언제나 그 문을 다시금 닫아버렸다고 말씀하시지 않나요?

아니, 나는 말했다. 그렇지는 않았어. 비록 네가 그 문을 열고 있었다고 할지라도 그리고 너는 네가 믿는 것보다 훨씬 자주 또 오랫동안 열고 있었어—그렇다고 해도 나는 거기에 들어갈 힘은 없었어. 나의 눈은 광채에 적합하도록 만들어진 것은 아니었어. 그렇기에, 너도 알지 않니. 우리가 서로 해후하긴 하지만 결코 상대방이 있는 그 피안의 영역에의 문지방을 넘어설 수는 없었어. 너는 내 생을 인정하지 않을 거야. 그것은 네 것과는 달랐으니까.

그렇지만 당신은 내 생을 이해하고 인정하시잖아요, 하고 그 여자는 놀라서 부르짖었다.

나는 해야 할 말을 하지 않았다. 그건 너를 사랑하기 때문이다, 라는 말을 하지 않았다. 다만 미소를 지었을 뿐이다. 니나는 여전히 놀란 듯 나를 바라보다가 천천히 이해가 가는 표정으로 조용히 물었다. 왜 당신은 '할 수 있다' '이다' '원한다' 대신에 '할 수 있었다' '했다' '원했다'고 말하시는 거죠?

나는 이 질문에도 대답하지 않았다. 우리는 둘 다 잠자코 있었다. 나는 니나가 이 무언의 대답을 이해했는지 모른다. 그러나 이 침묵이 어떤 심연의 위에 서 있는 것인가를 그 여자가 알아차린 것을 나는 느꼈다. 그러고는 그 여자는 갔다. 그 이상은 더 이야기할 것이 없었다. 나는 그 여자의 뒷모습을 바라보았다. 그 여자가 나의 시선에서 사라지기 직전에 모퉁이에서 다시 한 번 되돌아보았을 때 나는 최후로 이승에 대한 작별의 슬픔을 느꼈다. 나는 이 아름다운 해후를 선사한 내 생에 감사한다.

니나의 목소리가 내가 들은 최후의 것이리라. 니나의 눈이 내가 기억하는 최후의 것이리라.

새벽녘이다. 다시 한 번 나의 양심이 내 생을 회고하기를 강요했다. 나는 많은 죄를 본다. 생의 죄. 이 아무런 변화도 더 있을 수 없는 이 순간의, 이 통찰의 고통은 아주 크다. 나는 니나에게 최후의 편지를 썼다. 날이 밝아온다. 이제 나의 시간이 다가온다. 아픔이 나의 의식을 뒤덮기 시작한다—

이로써 수기는 끝났다. 끝은 아주 슬퍼서 나는 울지 않을 수 없었다. 니나도 이미 여기에 없었기 때문에 나는 오랫동안 방해받지 않고 울 수 있었다. 나는 슈타인의 이미 시효가 지난 고통이나 니나의 자살적인 작별에 대해서만 우는 것이 아니고 내 생에서 처음으로 나 자신에 대해서, 또 마치 젖은 잿빛의 촘촘한 그물과 같이 얽힌 나 자신과 모든 인간의 숙명에 대해서 울었다. 누가 과연 이 그물을 찢을 수 있을 것인가? 그리고 비록 그것이 가능하더라도 그물은 여전히 발에 걸려 있어서 사람들은 그것을 끌고 다닐 수밖에 없으며, 그것은 보기에는 아무리 얇은 것 같아 보여도 감당하기에 어려운 무거운 짐이다.

그리하여 나는 얼마 동안인가 앉아서 빗소리와 먼 도시의 소음을 들었다. 저녁이 서서히 다가왔다. 그러자 나는 초조하게 기다리기 시작했다. 기다리는 시간이 경과할수록 나에게는 이 사람을 만날 일이 점점 더 난감하게 느껴졌다. 도대체 그를 어떻게 대하면 좋을지.

차라리 시내로 나가버리고 싶었다. 그렇지 않으면 저 친절한 이웃 여자에게. 그러나 나는 이 집을 단 5분 동안이라도 비워두지를 못했다. 마침내 나는 니나의 위스키 병을 찾았다. 그것은 아직 바닥이 나지는 않았다. 그것은 나를 웬만큼 쾌활하게 만드는 데 충분했다. 그러나 이 쾌활함이 계속되지를 않았다. 점점 어두워지자 나는 생각했다. 그는 오지 않는다. 이젠 더 오기는 틀렸다. 나는 바덴바일러에서의 광경이 떠올랐다. 그때 니나는 하루 종일 그를 기다리지 않았던가? 그런데도 그는 오지 않았었다. 도대체 그는 어떤 사람일까? 나는 호기심에 가득 찼고 화가 났고 우울해졌고 또 동시에 완전히 어찌할 바를 몰랐다.

자동차가 집 앞에 와서 멎었을 때는 이미 완전히 어두워졌을 때였다. 이어서 곧 벨소리가 났다. 어떻게 이렇게 순식간에 층계를 올라올 수 있을지 거의 믿어지지 않을 정도였다. 이제 그가 왔구나, 내가 상상했던 것처럼 숨이 턱에 차서.

그는 잠시 멍한 미소를 지어 보였다. 그러고는 그의 시선은 나를 지나쳐 빈방으로 갔다. 나는 이 순간의 남자처럼 번개같이 단숨에 사태를 파악하는 사람을 보지 못했다.

언제 떠났습니까? 라고 그는 물었다.

어젯밤에요. 나는 말했다. 니나가 예정했던 대로요.

그는 몇 번 고개를 끄덕였다. 이런 결과 외에 다른 아무것도 기대하지 않은 것처럼.

들어오십시오. 나는 말했다. 그러나 그는 듣지 않았다.

그녀는 내가 전화한 것을 알고 있었습니까? 그는 물었다.

알아챘어요. 나는 말했다. 자, 들어오세요. 그는 천천히 나를 따라왔다. 두 개의 방이 빈 것을 보았을 때 그는 마치 심장 속까지 놀란 사람처럼 숨을 모았다. 아마 그에게는 이 순간에야 비로소 니나가 정말로 떠났다는 것이 실감되는 것 같았다.

나는 그에게 정원용 의자 두 개 중 하나를 밀어줬고 그는 앉았다. 나는 그에게 시간을 주었다. 그는 등을 구부리고는 둔중하고 음울하게 두 손을 무릎 사이에 박고 앉았다. 그는 내가 보기에는 매우 창백했고 여윈 것 같았다. 그는 심한 낙담을 조금도 숨기려 하지 않았다. 그에게 이야기하도록 하는 것이 나을 것이라고 나는 생각했다. 그러나 이 비탄 앞에서는 어떤 말도 바보스럽고 불필요하게 느껴졌다.

나는 왜 불쑥 이야기를 꺼내게 되었는지 모르겠다. 왜 좀 더 일찍 오시지 않았어요? 당신은 니나가 그러리라는 걸 알고 있지 않았어요.

그는 나에게 무겁고 신비에 찬 시선을 던졌다. 그러나 그는 아무 말도 하지 않았다. 나는 이 일에 관해서는 그에게서 아무런 말도 끄집어낼 수 없다는 것을 알았다. 그렇지만 나는 포기하지 않았고 결국은 그에게 몇 가지 사실을 얘기하지 않을 수 없었다. 나 외에 말할 사람이 누가 있겠는가.

들어보세요, 라고 나는 말했다. 이것은 내 동생을 위해서 나쁜 일입니다. 나는 당신에 관해서는 아무것도 모르고 또 당신을 책망할 생각도 갖고 있지 않습니다. 그렇지만 내가 생각하기에는, 우리는 그런 사건을 완전히 포기하거나 또는 어느 날엔가는 서로를 위한 결단을 내리든가 둘 중 하나를 택해야 합니다. 이것도 저것도 아닌 상태로는 해결되지가 않지요. 그건 혼란밖엔 가져오지 않습니다. 당신도 보시지 않아요.

이 말을 하기가 얼마나 어려웠는지 누가 알 것인가. 그러고는 곧 덧붙여 말했다. 니나는 자기가 영국에서 결혼한다고 당신에게 말해 줄 것을 부탁했습니다.

나는 이 말을 하면서 그를 관찰했으나 그는 머리 한번 들지 않았다.

그 모습이 너무나 측은해 보여서 나는 재빨리 말했다. 그렇지만 그건 거짓말입니다.

나도 압니다, 라고 그 남자는 침통하고 침착하게 말했다. 그 여자는 당신이 내게 자기 주소를 가르쳐주는 것도 금했지요. 그렇지요?

네, 철저히 금했습니다. 나는 말했다. 그렇지만 여기 있습니다.

내가 주소를 종이쪽지에 적어주자 그는 급히 집어넣었다.

감사합니다. 그는 중얼거렸다. 매우 감사합니다. 당신은 아주 현명하시군요.

아니요, 나는 말했다. 아마 아닐 것입니다. 아마 나는 지금 내가 할 수 있는 가장 바보스런 짓을 했을 것입니다.

그는 약간 웃었다. 아마도 당신은 우리 셋 중에서 가장 이상적인 사람일 것입니다. 그는 말했다. 그때의 그의 미소를 나는 잊지 못할 것이다. 그 미소는 나를 매혹했다. 영원히, 무슨 일이 일어나든 간에 나를 그의 편으로 만들었다.

그는 거기서 밤을 새웠다. 우리가 무엇에 관해서 이야기했는지 모른다. 그렇지만 니나에 관해서는 아니었다. 우리는 좋은 친구로서 헤어졌다. 비록 그가 니나를 쫓았다는 것을 생각에 넣더라도, 나는 그 이후 그에게 어떤 분노도 품을 수가 없었다.

그날 밤으로부터 반년이 지나갔다. 여름의 어느 날 니나로부터 짧은 편지가 왔었다.

나는 여기서 잘 지내고 있어. 카펜터 부인 집에서 내가 맡은 일은 나에게 많은 자유 시간을 주고 있기 때문에 나는 번역 일을 좀 할 수가 있고, 밤에는 새 소설을 쓰고 있어. 나는 독일에서 꽤 멀리 떨어져 있다는 것을 느껴. 그러나 내가 기대했던 것처럼 멀지는 않아.

은행 전권 위임장을 동봉하겠어. 루트에게 옷을, 38크기의 비단으로 된 오후용의 예쁜 것을 사줘. 여기 이 시골에서는 적당한 것을 찾을 수가 없고 런던에는 당분간 가지 않을 거야.

만약 가을에 독일에 가게 되면 연락할게. 나는 무슨 일이 있어도 언니를 꼭 만나겠어. 편지해줘, 제발. 나는 언니를 발견한 것이 아주 기뻐. 그리고 내 걱정은 말아줘.

그것이 전부였다. 그 후로는 나는 니나로부터 아무 소식도 듣지 못했다. 그러나 나는 올 가을에 니나와 다시 만나게 될 것을 기대하고 있다. 만나는 것에 약간의 두려움을 느끼고 있기는 하지만.

작품 해설

뮌헨대학에서 심리학과 교육학을 전공하고, 나치 정부의 박해를 받고 투옥당하기도 했던 루이제 린저(Luise Rinser)는 독일 최대의 작곡가 카를 오르프(Carl Orff)의 부인으로서, 현재 뮌헨에서 그리 멀지 않은 암마아 호반에서 살고 있다.

1948년에 쓴 단편 《바르샤바에서 온 얀 로벨》을 카를 추크마이어(Carl Zuckmayer)는 '전후 독일의 가장 우수한 산문'이라고 평했다. 《생의 한가운데(Mitte des Lebens)》는 린저의 대성공 작품으로서, 특히 그 형식의 참신성에 의해서 매우 찬탄을 받았다. 이 작품 속에서 린저는 이야기, 보고, 일기, 편지, 회상, 여주인공의 창작 등 여러 형식을 서로 섞어서 한 개의 새로운 형식을 낳고 의식적이고 기술적인 문체 구성을 시도하였다.

이 소설의 주인공은 여자이며 남성적인 명성을 지닌 소설가이며 동시에 여성적인 매력으로 풍요하게 장식된 '니나 부슈만'이다. 니나를 통해서 린저는 현재의 지성 계급에 속하는 여자가 자기의 의식 세계를 주위와의 분쟁 속에서 얼마나 지킬 수 있는가를 시험해 보였다.

이러한 성질의 의도는 주인공 니나가 어떤 괴로움과 고독함 가운데서도 자기의 일에 대한 성실 및 대인관계에 있어서 타협이나 자기기만을 두려워하는 나머지 극단적인 괴로움을 일부러 불러오는 것 같은 데에서 단적으로 나타나 있다. 언제나 순간마다 판단을 내리는 니나의 본래적인 성실성은 연애에 있어서도 수많은 남성과의 순간에 불과한 '만남'밖에는 허용하지 않는다. 그와 대조되게 '슈타인'은 충실을 대표하는 사람으로 표현되어 있다. 영혼과 영혼이 맞부딪치는 한순간에 불과한 매혹을 의지의 힘으로 몇 번이라도 반복해서 원하고 지속시킴으로써 슈타인은 일생 동안 충실을 구현했던 것이다. 완전한 자의식의 화신 같은 슈타인에 대칭되는 인물이 니나의 첫 번째 남편 '할'이다. 그는 아무런 복잡성도 영혼의 깊이도 지니지 않은 건강한 심신의 기관(器官)과 금발을 지닌 소유욕과 관능이 왕성한 청년으로서, 사랑은 불가능한 그러나 결혼은 언제나 하는 즉자적인 존재의 화신이라고 볼 수 있다. 이외에도 여러 등장인물과의 하나하나의 분쟁 및 주인공과 그의 언니의 의견 등을 통해서 신, 죽음, 인간, 세계, 사랑, 결혼, 예술, 그리고 무엇보다도 '생'에 관한 린저의 신념이 한 개의 총체를 이루고 얽힌 구성물을 이루고 있다. 린저는 이 책 속에서 니나의 입을 빌려서 소설의 형식에 관한 자기의 의견을 다음과 같이 말하고 있다.

'생(生)에 일어나는 모든 일은 끝을 갖고 있지 않다. 결혼도 끝이 아니고, 죽음도 다만 가상적인 것에 불과하다. 생은 계속해서 흐른다. 모든 것은 그처럼 복잡하고 무질서하다. 생은 아무런 논리도 없이 이 모든 것을 즉흥한다. 그 중에서 우리는 한 조각을 끌어내서 뚜렷한 조그마한 계획하에 설계를 한다. 포즈를 취한 사진이다. 극장에서처럼 차례로 진행된다. 모두가 그렇게 쓰이고 있다. 나는 그렇게 모든 것을 간단하게 해버리는 인간이 싫다. 모든 것은 이처럼 무섭게 갈피를 잡을 수 없는데도 불구하고—'

전혜린

옮긴이 **전혜린**

1934년 1월 1일 평남 순천에서 태어났다.
서울대 법대 재학 중 독일로 유학,
루이제 린저가 수학했고《생의 한가운데》의 배경이 된
뮌헨 대학에서 독문학을 공부했다.
서울대와 이화여대에서 강의했고 성균관대 교수로 재직했으며,
1965년 1월 10일, 32세의 나이로 의문사했다.
번역한 책으로 F. 사강《어떤 미소》, 헤르만 헤세《데미안》,
E. 케스트너《생의 한가운데》, H. 뵐《그리고 아무 말도 하지 않았다》,
W. 막시모후《그래도 인간은 산다》 등이 있다.

생의 한가운데

1판 1쇄 발행 1967년 3월 30일
2판 1쇄 발행 1998년 1월 20일
2판 재쇄 발행 2023년 1월 10일

지은이 루이제 린저 | **옮긴이** 전혜린
펴낸곳 (주)문예출판사 | **펴낸이** 전준배
출판등록 2004. 02. 12. 제 2013-000360호 (1966. 12. 2. 제 1-134호)
주 소 04001 서울시 마포구 월드컵북로 21
전 화 393-5681 | **팩 스** 393-5685
홈페이지 www.moonye.com | **블로그** blog.naver.com/imoonye
페이스북 www.facebook.com/moonyepublishing | **이메일** info@moonye.com

ISBN 978-89-310-0335-2 03850

■ 문예 세계문학선

★ 서울대, 연세대, 고려대 필독 권장도서 ▲ 미국 대학위원회 추천도서
● 《타임》 선정 현대 100대 영문 소설 ▽ 《뉴스위크》 선정 세계 100대 명저

1 **젊은 베르테르의 슬픔** 괴테 / 송영택 옮김
▽ 2 **멋진 신세계** 올더스 헉슬리 / 이덕형 옮김
▽ 3 **호밀밭의 파수꾼** J. D. 샐린저 / 이덕형 옮김
4 **데미안** 헤르만 헤세 / 구기성 옮김
5 **생의 한가운데** 루이제 린저 / 전혜린 옮김
6 **대지** 펄 S. 벅 / 안정효 옮김
▽ 7 **1984년** 조지 오웰 / 김병익 옮김
▽ 8 **위대한 개츠비** F. 스콧 피츠제럴드 / 송무 옮김
▽ 9 **파리대왕** 윌리엄 골딩 / 이덕형 옮김
10 **삼십세** 잉게보르크 바흐만 / 차경아 옮김
▲ 11 **오이디푸스왕 · 안티고네** 소포클레스 · 아이스퀼로스 / 천병희 옮김
▲ 12 **주홍글씨** 너새니얼 호손 / 조승국 옮김
▽ 13 **동물농장** 조지 오웰 / 김병익 옮김
★ 14 **마음** 나쓰메 소세키 / 오유리 옮김
★ 15 **아Q정전 · 광인일기** 루쉰 / 정석원 옮김
16 **개선문** 레마르크 / 송영택 옮김
★ 17 **구토** 장 폴 사르트르 / 방곤 옮김
18 **노인과 바다** 어니스트 헤밍웨이 / 이경식 옮김
19 **좁은 문** 앙드레 지드 / 오현우 옮김
▲ 20 **변신 · 시골 의사** 프란츠 카프카 / 이덕형 옮김
▲ 21 **이방인** 알베르 카뮈 / 이휘영 옮김
22 **지하생활자의 수기** 도스토옙프스키 / 이동현 옮김
23 **설국** 가와바타 야스나리 / 장경룡 옮김
24 **이반 데니소비치의 하루** A. 솔제니친 / 이동현 옮김
25 **더블린 사람들** 제임스 조이스 / 김병철 옮김
26 **여자의 일생** 기 드 모파상 / 신인영 옮김
27 **달과 6펜스** 서머싯 몸 / 안흥규 옮김
28 **지옥** 앙리 바르뷔스 / 오현우 옮김
29 **젊은 예술가의 초상** 제임스 조이스 / 여석기 옮김
30 **검은 고양이** 애드거 앨런 포 / 김기철 옮김
31 **도련님** 나쓰메 소세키 / 오유리 옮김
32 **우리 시대의 아이** 외된 폰 호르바트 / 조경수 옮김
33 **잃어버린 지평선** 제임스 힐턴 / 이경식 옮김
34 **지상의 양식** 앙드레 지드 / 김붕구 옮김
35 **체호프 단편선** 안톤 체호프 / 김학수 옮김
36 **인간실격 · 사양** 다자이 오사무 / 오유리 옮김
37 **위기의 여자** 시몬 드 보부아르 / 손장순 옮김
●▽ 38 **댈러웨이 부인** 버지니아 울프 / 나영균 옮김
39 **인간희극** 윌리엄 사로얀 / 안정효 옮김
40 **오 헨리 단편선** O. 헨리 / 이성호 옮김
★ 41 **말테의 수기** R. M. 릴케 / 박환덕 옮김
42 **파비안** 에리히 케스트너 / 전혜린 옮김
★▲▽ 43 **햄릿** 윌리엄 셰익스피어 / 여석기 옮김
44 **바라바** 페르 라게르크비스트 / 한영환 옮김
45 **토니오 크뢰거** 토마스 만 / 강두식 옮김
46 **첫사랑** 투르게네프 / 김학수 옮김
47 **제3의 사나이** 그레엄 그린 / 안흥규 옮김
★▲▽ 48 **어둠의 속** 조셉 콘래드 / 이덕형 옮김
49 **싯다르타** 헤르만 헤세 / 차경아 옮김
50 **모파상 단편선** 기 드 모파상 / 김동현 · 김사행 옮김
51 **찰스 램 수필선** 찰스 램 / 김기철 옮김
★▲▽ 52 **보바리 부인** 귀스타브 플로베르 / 민희식 옮김
53 **페터 카멘친트** 헤르만 헤세 / 박종서 옮김
★ 54 **몽테뉴 수상록** 몽테뉴 / 손우성 옮김
55 **알퐁스 도데 단편선** 알퐁스 도데 / 김사행 옮김
56 **베이컨 수필집** 프랜시스 베이컨 / 김길중 옮김
★▲ 57 **인형의 집** 헨릭 입센 / 안동민 옮김
★ 58 **심판** 프란츠 카프카 / 김현성 옮김
★▲ 59 **테스** 토마스 하디 / 이종구 옮김
★▽ 60 **리어왕** 셰익스피어 / 이종구 옮김
61 **라쇼몽** 아쿠타가와 류노스케 / 김영식 옮김
▲▽ 62 **프랑켄슈타인** 메리 셸리 / 임종기 옮김
▲●▽ 63 **등대로** 버지니아 울프 / 이숙자 옮김
64 **명상록** 마르쿠스 아우렐리우스 / 이덕형 옮김
65 **가든 파티** 캐서린 맨스필드 / 이덕형 옮김
66 **투명인간** H. G. 웰스 / 임종기 옮김
67 **게르트루트** 헤르만 헤세 / 송영택 옮김
68 **피가로의 결혼** 보마르셰 / 민희식 옮김

(뒷면 계속)

★ 69 **팡세** 블레즈 파스칼 / 하동훈 옮김

70 **한국 단편 소설선 1** 김동인 외

71 **지킬 박사와 하이드** 로버트 L. 스티븐슨 / 김세미 옮김

▲ 72 **밤으로의 긴 여로** 유진 오닐 / 박윤정 옮김

★▲▽ 73 **허클베리 핀의 모험** 마크 트웨인 / 이덕형 옮김

74 **이선 프롬** 이디스 워튼 / 손영미 옮김

75 **크리스마스 캐럴** 찰스 디킨슨 / 김세미 옮김

★▲ 76 **파우스트** 요한 볼프강 폰 괴테 / 정경석 옮김

▲ 77 **야성의 부름** 잭 런던 / 임종기 옮김

★▲ 78 **고도를 기다리며** 사뮈엘 베케트 / 홍복유 옮김

★▲▽ 79 **걸리버 여행기** 조너선 스위프트 / 박용수 옮김

80 **톰 소여의 모험** 마크 트웨인 / 이덕형 옮김

★▲▽ 81 **오만과 편견** 제인 오스틴 / 박용수 옮김

★▽ 82 **오셀로 · 템페스트** 윌리엄 셰익스피어 / 오화섭 옮김

★ 83 **맥베스** 윌리엄 셰익스피어 / 이종구 옮김

▽ 84 **순수의 시대** 이디스 워튼 / 이미선 옮김

★ 85 **차라투스트라는 이렇게 말했다** 니체 / 황문수 옮김

★ 86 **그리스 로마 신화** 에디스 해밀턴 / 장왕록 옮김

87 **모로 박사의 섬** H. G. 웰스 / 한동훈 옮김

88 **유토피아** 토머스 모어 / 김남우 옮김

★▲ 89 **로빈슨 크루소** 대니얼 디포 / 이덕형 옮김

90 **자기만의 방** 버지니아 울프 / 정윤조 옮김

▲ 91 **월든** 헨리 D. 소로 / 이덕형 옮김

92 **나는 고양이로소이다** 나쓰메 소세키 / 김영식 옮김

★ 93 **폭풍의 언덕** 에밀리 브론테 / 이덕형 옮김

★▲ 94 **스완네 쪽으로** 마르셀 프루스트 / 김인환 옮김

★ 95 **이솝 우화** 이솝 / 이덕형 옮김

★ 96 **페스트** 알베르 카뮈 / 이휘영 옮김

▲ 97 **도리언 그레이의 초상** 오스카 와일드 / 임종기 옮김

98 **기러기** 모리 오가이 / 김영식 옮김

★▲ 99 **제인 에어 1** 샬럿 브론테 / 이덕형 옮김

★▲100 **제인 에어 2** 샬럿 브론테 / 이덕형 옮김

101 **방황** 루쉰 / 정석원 옮김

102 **타임머신** H. G. 웰스 / 임종기 옮김

●103 **보이지 않는 인간 1** 랠프 엘리슨 / 송무 옮김

●104 **보이지 않는 인간 2** 랠프 엘리슨 / 송무 옮김

▲105 **훌륭한 군인** 포드 매덕스 포드 / 손영미 옮김

106 **수레바퀴 아래서** 헤르만 헤세 / 송영택 옮김

▲107 **죄와 벌 1** 도스토옙스키 / 김학수 옮김

▲108 **죄와 벌 2** 도스토옙스키 / 김학수 옮김

109 **밤의 노예** 미셸 오스트 / 이재형 옮김

110 **바다여 바다여 1** 아이리스 머독 / 안정효 옮김

111 **바다여 바다여 2** 아이리스 머독 / 안정효 옮김

112 **부활 1** 톨스토이 / 김학수 옮김

113 **부활 2** 톨스토이 / 김학수 옮김

▲●114 **그들의 눈은 신을 보고 있었다** 조라 닐 허스턴 / 이미선 옮김

115 **약속** 프리드리히 뒤렌마트 / 차경아 옮김

116 **제니의 초상** 로버트 네이선 / 이덕희 옮김

117 **트로일러스와 크리세이드** 제프리 초서 / 김영남 옮김

118 **사람은 무엇으로 사는가** 톨스토이 / 이순영 옮김

119 **전락** 알베르 카뮈 / 이휘영 옮김

120 **독일인의 사랑** 막스 뮐러 / 차경아 옮김

121 **릴케 단편선** R. M. 릴케 / 송영택 옮김

122 **이반 일리치의 죽음** 톨스토이 / 이순영 옮김

123 **판사와 형리** F. 뒤렌마트 / 차경아 옮김

124 **보트 위의 세 남자** 제롬 K. 제롬 / 김이선 옮

125 **자전거를 탄 세 남자** 제롬 K. 제롬 / 김이선

126 **사랑하는 하느님 이야기** R. M. 릴케 / 송영택

127 **그리스인 조르바** 니코스 카잔차키스 / 이재형

128 **여자 없는 남자들** 어니스트 헤밍웨이 / 이종인